海格摩尼亞
永恆森林
大迷宮
羅克洛斯海岸
布拉德洪
紅色山脈
卡納丁
東部林地
賽多拉斯
那吳勒臣
巴拉坦
戴哈帕
伊斯
盧斐曼海岸
南部大道

龍族的世界
Dragon Raja
北部林地
灰色山脈
無盡溪谷
細美那斯平原
拜索斯
賀坦特
修多恩嶺
修多恩河
雷諾斯
中部大道
中央林地
卡拉爾
恩佩河
伊拉姆斯
拜索斯
恩佩
西部林地
褐色山脈
南部林地
藍色山脈
傑彭
深淵魔
Map Illustration © Hong Yeon Ju

龍族

5

李榮道—著　邱敏文、鄭旻加—譯

龍族

5

星星給予仰望者光芒

目錄

第9篇

星星給予仰望者光芒

7

第10篇

約定好的休息

267

龍族名詞解說

463

第9篇

星星給予仰望者光芒

……哈修泰爾公爵說道：「從你嘴裡說出的話語是你的仇敵。它會抑制你並且壓迫你。你永遠不可能擺脫你說的話而獲得自由。而且話語如同冬季樹枝上的雪花，純白的美麗掩蓋住凋零的樹枝。那就像是加在屍體上的裝飾打扮，繡在壽衣上的刺繡，撒在棺木上的花朵。話語會無止境地追趕著你。」智慧之士亨德列克隨即說道：「邊看實例邊聽說明，確實是很容易理解。」

——摘自《在風雅高尚的肯頓市長馬雷斯・朱伯烈的資助下所出版，身為可信賴的拜索斯公民且任職肯頓史官之賢明的阿普西林克・多洛梅涅，告拜索斯國民既神祕又具價值的話語》一書，多洛梅涅著，七七〇年。第四冊第七頁。

01

「今晚的天氣真是惡劣！」

轟隆！傑倫特才說完話，就立刻響起一陣雷聲。妮莉亞被嚇得一屁股坐到地上，而且還緊抱著枕頭顫抖個不停。她不久前才抱著枕頭，突然從她房間往起居室跑了出來，就一直這樣發抖著。妮莉亞的聲音簡直像是快哭了，她說：

「杉森！快想想辦法吧！」

杉森覺得很荒唐地看了看妮莉亞，說道：

「妳要我把暴風雨怎麼樣？」

杉森即使身處這滂沱大雨之中，也仍是一副悠哉的神情，正在擦拭他的劍，而且偶爾還用很有格調的動作把茶杯送到嘴邊。我實在是無法想像那傢伙的神經到底有多粗啊！

說到神經粗的，其實還有另外兩個人。

伊露莉正在看著風雨交加的窗外，那眼神就像是在欣賞一幅靜物畫似的平靜安寧。而在她旁邊的傑倫特則是以一副全然不同的神情在凝視著窗外。傑倫特似乎覺得這場暴風雨，是大自然所擺設出來的一場稀有且壯觀的盛宴。所以他用讚嘆的表情看著外面。嘖，還真是了不起。

就連卡爾，也對這場海洋性暴風露出了覺得不可思議的表情。

在我們拜索斯國，所謂的暴風就只是颳著凶猛的大風。可是在伊斯國這裡的暴風卻不是颳大風，感覺根本就像是在揮動什麼武器。就在這一刻，風也好像在撲打什麼東西似的。卡爾坐到椅子上，努力想讀點書，但是雷聲和閃電讓他無法集中精神。總之，暴風的轟隆巨響讓大家都睡不著覺，全聚在起居室裡了。

轟隆隆隆！電光一閃！

「呀啊啊啊啊！」

「咳！咳呃。快放手！」

妮莉亞死命地纏著杉森的脖子。她幾乎是在神經錯亂的狀態下哇哇大叫著說：

「我錯了，我做錯了啦！我是個低賤的小偷。哇哇。我主要只是收一些過路費，我根本不喜歡翻牆去偷東西。啊！是，我是去偷過，可是還不到十次！呀啊啊！不是啦，事實上是大約十二次……我已經知道錯了！拜託不要再打了！啊啊！」

「拜託妳不要再唸了！這只不過是風而已啊！」

只不過是風？杉森說得可真好聽。我一屁股坐在地上，想效法杉森，拿出磨刀石開始磨著巨劍。可是每打一次雷，磨刀石就會磨到我的手指甲。我嘆了一口氣，放下磨刀石，說道：

「妮莉亞，妳怕打雷嗎？」

妮莉亞根本沒有聽到我說的話，杉森則是正在努力想把她甩掉。儘管妮莉亞的身材又瘦又輕，但她現在正死命地抓著杉森不放，想甩脫如此哇哇大叫的人並不是件易事。世界又再一次變得白亮的一瞬間，妮莉亞尖叫著又拚命掙扎著，想黏住杉森，結果杉森直接往後倒下。砰！

「呃……我的頭鐵定破了。」

杉森躺在那裡嘟囔著。妮莉亞託杉森的福，才不致直接撞到地上，她一邊罵杉森該死，一邊還纏著杉森的脖子躺在那裡。蕾妮看到她那副模樣，遮著嘴巴咯咯笑了起來。我問蕾妮：

「蕾妮，妳不覺得害怕嗎？」

「我是在港口長大的。我還在我房間的窗口看過船隻在海裡沉沒。」

「船隻在海裡沉沒？怎、怎麼會呢？」

蕾妮舉起手，像一艘迎著風搖搖晃晃航行的船隻一樣搖擺著。

「風大的時候……剛好又碰到不老練的新舵手掌舵，讓船失控。就像這樣子。」

蕾妮一邊說，一邊把搖擺著的手撞到另一隻手，然後像沉沒的船隻一樣地把手翻過來，慢慢地往下放。

「偶爾會發生這種事。雖然說是在港口，但是颳這種大風的時候，如果不振作精神，可能就會沉船。」

嗯。她說這些話的時候，竟然是一副沒什麼大不了的樣子！

「那，那麼船上的人呢？」

「嗯？不會有事的。在港口附近的話，所有人都會被救起來。」

「天氣那麼惡劣，也可以救得了嗎？」

蕾妮嘻嘻笑著說：

「拜索斯是草原的國家，你們當然不會知道這些事。對了，修奇你是不是也不會游泳啊？」

「嗯，游泳？這個嘛，我除了在河裡游泳過……現在仔細一想，如果我被丟到海裡，應該會一動也不動地死去吧！蕾妮，妳很會游泳嗎？」

蕾妮圓圓地睜大她的眼睛，對我說：

「哦？只有男人才會去游泳呀！」

咦？為什麼只有男人才會去游泳？如果只有男人……呃，原來如此。游泳時是不穿衣服的。

我露出不好意思的表情，說：

「啊，抱歉。我不太知道，才會這樣問。」

「嗯，可是相對地，拜索斯人一定很會騎馬吧？」

馬……呃。我想起我剛開始學騎馬時的痛苦經驗。我敷衍地微笑點點頭。說得也是，我們一行人全都很會騎馬。我把巨劍擦拭得很光滑之後，插入劍鞘，從位子上站了起來。我說道：

「嗯，我倒要看看這場風雨有多厲害。今天早上應該要出發的……」

今天因為意外地下了一場暴風雨，延誤到我們出發。早上的時候，我們在蘇凱倫・泰利吉隊長的焦急之中做好了出發準備，在馬車裡的溫柴像在喃喃自語似的說：

「今天不能走。就快有一場非常大的暴風雨即將來襲。」

我們表情訝異地看了看溫柴，蘇凱倫・泰利吉用鼻子哼了一聲，說：

「你是怎麼猜測天氣的呀？」

我那時說：

「等等。溫柴，上一次你也成功地預測到會下雨，不是嗎？」

大家都看了看我，我才說出在賽多拉斯村時，溫柴曾說過會下雨，結果立刻就下了一場雨的事。

溫柴點了點頭，說道：

「傑彭國是個乾燥的沙漠地帶，所以傑彭所有的動物都對雨很敏感，就連人也一樣。而且傑彭的男人個個都跟船夫沒什麼兩樣。對於海上的天氣，我應該是比起那位穿著甲衣，趾高氣揚地對待被關在馬車裡之人的人士，要來得更能正確預測吧。」

穿著甲衣，趾高氣揚地對待被關在馬車裡之人的蘇凱倫馬上火冒三丈。那時要不是那吳勒臣的人們來傳達暴風雨即將來襲的消息，恐怕蘇凱倫真的會把溫柴拉出來棒打一番吧。

蘇凱倫以「我帶著祖國即將危險的訊息，以激昂的忠誠心要奔回祖國，一點小風雨怎可能擋得住我？」的態度堅持出發。而我們對於這份堅持，並無任何適當的應付方案，只好抱著「大不了受點苦」的態度同意出發。但是出城沒多久，我們就遇上了那位名叫暴風雨的先生了。在伊斯國裡，所謂的暴風雨，和我所認識的暴風雨是同名卻不同個性的先生。大海像是整個要傾覆過來似的在翻騰著，錫奇安湖則好像水沸騰似的洶湧著。馬車差一點就翻了，行李也差一點就都被風吹走，當時在一片混亂之中，我們咒罵著這個暴風雨，然後好不容易才回到了城裡。那時溫柴冷冷地笑了出來，而蘇凱倫則是看也不看溫柴一眼。

我一面回想一面站起來，隨即蕾妮也跟著站了起來。房裡的另一頭，杉森和妮莉亞仍然還打鬧在一起，而在他們旁邊，卡爾擺出一副像是與世隔絕的模樣，在看他的書。我站到伊露莉的身旁，望向窗外。

伊露莉見我走近，就輕聲地說：

「他行事真是魯莽啊！」

我往窗外一俯望，立刻吁了一口氣。傑倫特他也看了窗外，然後開始笑。他彷彿在自言自語地說：

「他真像是一位以全身抵擋全世界的戰士啊！」

蘇凱倫站在昏暗的庭院正中央，正默默地承受著這場暴風雨，眼睛正望向遙遠的地方。他全身一定都濕透了，但他好像還是不介意，只是望著他滿腔熱血所向著的西方，也就是他的祖國。我在想，或許現在他的臉上正流著熱淚，和冰冷的雨水一起混合著落下來吧。

他的護衛隊員們努力想把他拉回屋裡去，但是蘇凱倫仍然一動也不動。他的樣子像在對這場阻擋他奔回祖國的暴風雨，不斷罵出無言的詛咒。我說道：

「他那個樣子與其說是魯莽，嗯，倒不如說是在抗拒暴風雨吧。」

「抗拒……？他那樣站著，暴風雨也不會停歇啊！」

「是啊，當然啦。他只是在內心發出抗拒的心情而已。」

「他為何要做出這種毫無用處的行為呢？」

「事實上，人類的行為之中有用的又有幾項呢？只不過人類自己在思考之後，把其中幾項說成是有用的，如此而已。」

伊露莉臉色暗沉地說：

「傑彭國的人製作出那種可怕的武器，也是有用的嗎？他們是這樣想的嗎？」

「坦白地說，應該是吧。」

伊露莉以黯淡的表情看了看我之後，就又再看著外面。傑倫特和蕾妮都各自用不同的表情在聽我和伊露莉之間的對話。哼嗯，我對這種對話早已經很熟悉了。我再看了看窗外，然後說：

「不過這樣實在是誇張了。看來應該要有人出去跟他說一下才可以。」

我轉身走出房間，傑倫特跟著我後面走了出來。走在城堡裡的走廊上時，他說：

「喂，修奇。你為什麼要跟精靈那樣說呢？」

「為什麼？我說的是事實，還有必要解釋是為什麼嗎？」

傑倫特用奇怪的眼神看了看我。他摸著下巴對我說：

「人類是常會有不安感的種族。人類可以追隨優比涅和賀加涅斯兩者，但有時卻是同時被優比涅和賀加涅斯丟棄的小孩。身為優比涅的幼小孩子的精靈，有可能會理解那些話嗎？」

「這個嘛，我聽到難以理解的話就會頭痛。現在我們應該關心的重點，是去把蘇凱倫隊長拉進來吧？」

傑倫特微笑著露出贊同的表情。我們一起走出了正門。

呼呼呼呼！

我一打開門，就被突然襲來的大風給吹得差點往後跌倒。我突然覺得難以呼吸，無法睜開眼睛。我舉起手臂掩住臉，身體稍微往前傾。

「哇啊，這個，我覺得能不能走到那裡還是個疑問哦。哈哈哈！」

傑倫特笑著說出了這句話。可是在我聽來卻不像是在開玩笑啊！風吹的方向和力道一直不斷地改變，所以我和傑倫特才得以蹣跚地走出去。蘇凱倫在那邊一動也不動地站著。

「喂！蘇凱倫隊長！」

雖然風雨還是非常地強勁，但我的大喊聲應該可以聽得很清楚。但是蘇凱倫並不想回頭。這時候，傑倫特喊道：

「喂，泰利吉大人！」

隨即，蘇凱倫轉過身。他把貼在自己臉上的頭髮往後撥，然後好像剛洗過臉似的露出他整個臉孔。他一看到我們的模樣，就驚慌地說：

「傑倫特先生，你怎麼出來了？」

「你這是——在這裡做——什麼呀？」

傑倫特在狂風之中費力地說道。他寬鬆的袍子淋到雨之後，讓他變得非常難以行動。蘇凱倫沉默地搖了搖頭，然後說：

「你不要管我，趕快進去吧。」

「真是的，你先讓我們不要擔心你，你再這麼說吧！」
蘇凱倫又再搖了頭之後，轉身看著西方。他的目光落在強風來襲的錫奇安湖，但是他的心可能是在想著拜索斯吧。蘇凱倫說道：
「真是令人焦急。」
「咦？」
蘇凱倫的拳頭哆嗦地顫抖著。他的手已經緊握到發白了，就像是淬鍊過的鋼鐵般，把雨滴給彈開。蘇凱倫說：
「我實在是……實在是心急如焚。祖國處在危機之中，我卻在如此遙遠的土地上寸步難行。而且我有必須向祖國呈報的緊急報告，卻竟然被困在這裡無法前進。我心真是悲痛啊！」
蘇凱倫好像想要說得很感動。不對，他的企圖明明是讓人一定要很感動地聽完而且覺得肅然起敬。可是我們因這狂風搖來晃去的，不但沒有先深受感動，反而心裡先湧上厭煩。可惡！
「要是因為淋雨而生病的話，接下來的路途會很辛苦的！」
蘇凱倫根本不理會我說的話。他怎麼能夠一直站著呢？嘖。他的腳力好像很不錯的樣子。無情的雨滴打在我的臉上，我抹掉雨滴，又再喊道：
「蘇凱倫隊長，你現在這樣就叫怠忽職守，你不知道嗎？」
蘇凱倫表情訝異地轉頭看我，傑倫特則是終於禁不住風雨，開始抓著我的手臂。因為比起傑倫特，我當然是比較健壯。我扶著傑倫特大喊：
「隊長是國王陛下派來負責護衛任務的啊！如果你扔下護衛的工作不做，如此站在暴風雨之中，這當然就是怠忽職守！」
蘇凱倫的臉色變得很僵硬。他臉上流著雨水，把整張臉弄得更像是種無生命的東西。我喘了一口氣之後，繼續喊道：

「已經是晚上了！即使暴風雨停止，現在也無法出發！我們應該去為明天早上的出發做準備了吧！」

他說：

「我知道了。我們進去吧。」

啊哈！成功了。蘇凱倫扶著傑倫特走進了城堡裡面。一走進去，護衛隊員就拿著毛巾跑了過來。

結果我們頭上披著毛巾，直接走進了我們的房間。我一開門，就看到杉森剛好甩掉妮莉亞，恢復到原來的姿勢。而妮莉亞則是發出怪聲，轉而跑向蕾妮。蕾妮跌倒在地，還一邊喊著「放開我！」。卡爾仍然翻著書頁，看起來一副置身事外的樣子。其實，每打一次雷，他翻書的手指就稍微顫抖了一下。

傑倫特和我正在愁著沒有人可以和我們說話，所以我們走向伊露莉。她一看到我們就笑著說：

「你們是怎麼讓他進來的呢？」

「當然是用說服的嘍。」

「說服……？啊，是。這是人類試圖達到協調的特有詞語吧？」

「呃，是。沒錯。」

精靈應該是不需要互相說服吧？因為他們全都已經很協調了。

「蕾妮，蕾妮！幫我擋一下，讓它停下來，卡爾叔叔！不要看書了，快想辦法讓它停下來……啊啊啊！呃啊啊啊！我錯了……！呃啊！不是我，不是我！比我壞的人還多得是啊啊啊！」

杉森緊抓著妮莉亞的後腦杓，想要把她弄昏。伊露莉趕緊阻止他，然後嘆了一口氣，召喚出睡精，使妮莉亞睡著。不久之後，妮莉亞在睡夢中還開始磨牙，偶爾喊叫出聲音，我們被煩到受不了，把她丟到她的房間裡，才因此結束了這場鬧劇。

夜越深，我就越感覺不對勁。

狂亂的風聲和打雷聲，還有令人快迸出眼珠子的一道道忽然發光的閃電，一刻也不停息地在震撼這個世界，閃電的亮光、夜晚的漆黑、打雷的斷斷續續聲、風的連續響聲，總而言之，整體的聲音加上不協調的亮光，簡直讓人震耳欲聾，視線模糊。我躺在床上，用被單把頭整個蓋住，但是薄薄的被單實在無法保護我不受世界的撼動影響。

其實不只是因為這個，令人感覺不對勁的理由不只是因為這個。

一種莫名的不安感讓我睡得很不安穩。睡在被子裡就好像處在一堆剛洗好的衣服裡，既潮濕又令人覺得不舒服。吹打著牆壁的風雨聲，彷彿像是吹打到我的身體。就在這時候——

「什麼聲音啊？」

杉森說道。我和杉森住同一間房間。我把頭探出被子外，這時正好閃現了一道閃電，我看到杉森迅速從床上坐起身。

「你說還會有什麼聲音？外面的聲音可多著呢。」

「安靜！等一下……」

杉森的聲音聽起來很不尋常。到底怎麼了？我閉上嘴巴，並試著安靜傾聽在打雷聲與雨聲之間，是不是有什麼聲音。可是根本沒有辦法聽得到什麼其他的聲音。

「沒有聽到什麼奇怪的聲音……哎呀，真的有！」

我和杉森同時衝出被窩，來不及穿甲衣，只各自拿著劍就奔出去了。真的有尖叫聲。而且是女孩子的叫聲。我開門的那一瞬間，一陣大風將我們吹得向後退。杉森扶著牆壁說：

「哎呀，怎麼回事？陽臺的門被打開了！」

起居室裡的器物、桌子和椅子等東西全都被弄得亂七八糟、凌亂不堪。我一邊破口大罵，一邊往陽臺跑去。這時候，杉森又喊了一聲：

「蕾妮！」

我驚訝地轉過頭去。蕾妮的房門是打開的，現在那扇門正被風吹得開開合合。杉森衝進蕾妮的房門，進去一看便喊道：

「蕾妮不見了！」

那麼是誰從陽臺闖進來呢？我走向陽臺，不是去關陽臺那扇門，而是跑到陽臺外面去。我想往樓下查看，但是因為大雨傾瀉，而且四周又一片黑暗，根本看不到任何一個人。此時，一道閃電打下來，全世界都變成白亮色。

在那一瞬間，我看到下面有一個騎著馬離開的男子，而且還看到對方擄著一個女孩子，就彷彿像是穿越狂風而來，擄走小少女的華倫查騎士。一頭紅髮在閃電的亮光之下閃現著異常的紅色。是蕾妮！

「在院子裡！有人闖進來了！」

我大聲喊叫，並且跑向門的方向。杉森也拚命地跑了出去。可是我的喊叫聲被暴風雨的聲音給蓋了過去，根本沒有任何人醒來。杉森和我繼續拚命跑下一樓。

「他正要騎馬跑走！」

「可惡，我倒要看看這種天氣他能跑多遠！修奇，到馬廄去！」

我踢開門跑了出去，被狂風吹得都挺不直身體。而且因為下了一整天的大雨，城堡的院子裡積著很多的雨水。坐落在海岸懸崖上的城堡居然也積了這麼多的水。我們撲通撲通地踩著水，跌跌撞撞地跑到了馬廄。不過這狂風暴雨還不算什麼，比較麻煩的是上了鎖的馬廄門。杉森不說二話就拿起長劍揮砍了下去，砰砰，我也在旁邊用巨劍揮砍。

不久，門被我們弄壞了，我們跑進馬廄裡面。沒有時間找馬鞍，我們就直接騎上馬。我們兩個都沒穿甲衣，僅各持一把劍，就這樣騎著沒有馬鞍的馬衝了出去。此時風雨瘋狂傾瀉。

我們橫越過城堡的院子之後，杉森開始不停地咒罵。那吳勒臣的士兵們皆倒在雨中，從他們身上流出來的血隨著雨水流了一地。他們應該是被那個入侵者殺死的大門警備兵。在如此漆黑的夜裡，這些警備兵們一定是在措手不及的情況下被殺的。杉森拚命衝過大門。我為了不從沒有馬鞍的馬上摔落下來，用腳緊緊夾住傑米妮奔跑著。杉森停了一下，大聲喊道：

「太黑了，什麼都看不到！」

「等一下！等等我，呼呼，等閃電的時候……」

轟隆隆！轟隆！

「在那裡！」

遠方馬匹奔馳著的背影在眼前出現之後，又消失不見了。我們立刻死命地開始追。兩匹馬可能是被驚嚇到的關係，噗嚕嚕地發出鼻息聲，但在這傾盆大雨之中，牠們的反抗動作並沒有讓我們停止步伐。過了一會兒，我聽到馬匹奔跑的馬蹄聲。地上都是積水，所以可以很清楚聽到嘩啦嘩啦的涉水聲。我們現在聽到聲音了，便開始正確掌握方向地奔馳。

從天而降、打在我全身的雨點簡直和棍棒沒有兩樣，而且一陣陣令人難以呼吸的強風，吹得我都沒有辦法好好聚精會神。頭髮好像都被風吹得快拔光，濕透了的襯衫則是被雨淋得嘩啦嘩啦響。我每吸一口氣，便覺喉嚨疼痛不已，就連睫毛都刺痛著眼睛。

那個挾持者正跑向那吳勒臣的市區。可惡！我們對這個城市的路根本完全不熟悉！我們奔跑著，只求身下的馬不要滑倒，同時希望我們不要從馬上滑下來。可是，突然間聽不到馬蹄聲了，我們只好停下來。

「呼，呼。怎麼會這樣？聽不到聲音了！」

「等一下……呼，他在這裡。」

「嗯？」

杉森極度壓低他的聲音。唰啊啊啊！在雨聲裡輕輕地傳來了杉森的聲音：

「那傢伙也停下來了。在這裡的某個地方。」

我不禁覺得毛骨悚然！剛才一直在跑，而今停下來了，雨開始打著我們的頭。可能是因為在市區的關係，風已經稍微有些減弱了，但雷聲還是打得人震耳欲聾。轟，轟隆隆！我們緊張地環顧四周。那個挾持者可能是察覺到有兩個人在追他，所以才想把我們收拾掉再逃走。雨水從臉上一直流下來，幾乎快窒息，但我還是瞪大著眼睛。突然間——

「救命啊……」

從我們前方的十字路口方向傳來了高喊聲。

「蕾妮！」

我喊叫著，想要跑過去。這時候不知是誰緊抓住我的肩膀。我一回頭，竟然是騎在馬上的蘇凱倫。

他好像也沒有時間穿甲衣，就只穿平常的服裝，拿著一把劍就跑出來了。他和我們一樣，都濕得一塌糊塗，他在我和杉森驚訝地要說出話之前，把一隻手指頭放在嘴唇前，要我們不要出聲，然後附在我耳朵旁說：

「他是故意讓她尖叫的，如果你跑去，可就上了他的當。」

我閉上了嘴巴。杉森用銳利的眼神看著前方。蘇凱倫安靜地拔出劍，說道：

「我繞路過去，你們小心走到前面去。」

接著，蘇凱倫就走進旁邊的巷道。杉森和我互望了一下，點了點頭，然後往前走去。我一面走，一面大聲喊著：

「蕾妮！妳在哪裡？」

「……不要過來！」

「什麼！在哪裡呀？」

「啊……不要過……不要……」

這時候，鏘鏘！響起了劍互相碰擊的聲音。我和杉森跳下馬，往前走過去。撲通撲通踩水聲響起。我們差點就滑倒了，不過還是勉強走到十字路口。

我一看旁邊，蘇凱倫正和某個人打鬥，而旁邊有另一名男子正緊抓住蕾妮。兩個人全都蒙面，所以我們看不到臉孔。我和杉森同時想要悄悄地跑過去，可是在這滂沱大雨之下，是不可能不發出聲音的。緊抓著蕾妮的男子一看到我們跑來，就把劍抵著蕾妮的脖子。蕾妮臉色尖叫一聲後，就昏過去了。

「不要過來！」

我和杉森的腳步停滯下來。正在和蘇凱倫打鬥的男子把劍用力一揮之後，往後退去。蘇凱倫很快地走來和我們站在一起。唰唰唰！雨瘋狂地下著。

拿劍抵著蕾妮脖子的男子，將他濕透了的面罩拿了下來。在面罩之後，竟出現涅克斯・修利哲的臉孔。

「他媽的！你這個混蛋！」

我和杉森憤怒地說道。蘇凱倫則是更加緊握住他的劍。眼前突然一片白亮，轟隆！雷聲響起。杉森吼道：

「沒想到你竟然跟到這裡！」

涅克斯微笑著往後退，他這麼一退，我們三個就跟著往前進。涅克斯隨即把視線投向那把抵著蕾妮脖子的長劍，要我們停下腳步。他說道：

「因為我很好奇你們為什麼來伊斯啊！」

我們都不發一語地看著他。唰唰！狂暴的大風裡，不斷下著的豪雨像是要破壞全世界似的傾瀉下來。涅克斯眨了眨眼睛，說道：

「你們那天早上帶著這個丫頭，我那時就覺得很奇怪。事實上，這是很顯而易見的事嘛。因為你們帶著一個紅髮少女……所以我就這麼跟來了。」

看到他臉上沾滿雨水，我突然有股衝動想撕下他的臉皮。這個該死的傢伙！涅克斯從容地笑著說：

「這個少女應該是哈修泰爾家族的繼承人，嫡系所生出的最後一個龍魂使。我說得沒錯吧？」

「你既然都知道了，幹嘛還問？」

「喂，不要對我這樣啊。雖然我們認識的時間不長，不過在這段短時間裡，我們卻奠定了深厚友誼，不是嗎？」

友誼？呵，真是莫名其妙的話。就在我們啼笑皆非得說不出話來的時候，蘇凱倫低聲但堅決地說：

「涅克斯．修利哲！你膽敢陰謀企圖推翻國家，罪足以淩遲處死。你已經無從洗刷你的罪過了。不過，如果你現在放下這個少女，我們就不追捕你。」

「喀哈哈哈！要我放下這個少女？為什麼？我又不是瘋了！」

蘇凱倫淩厲地怒視著涅克斯，涅克斯則是咯咯笑著說：

「有了她，不管是傑彭或拜索斯，甚至是海格摩尼亞我都能統一。連路坦尼歐大王和亨德列克都無法做到統一大陸，我卻做得到！既然可以做得到，我幹嘛要把她交給你們？」

「這是什麼話！」

轟隆！又是雷聲響起。在這白色亮光之下，涅克斯的臉龐發出怪異的銀色。他笑著說：

「最強的龍！克拉德美索！牠曾是我們家族的龍，現在又將回到我們家族了。修利哲的龍，克拉德美索！」

我使勁地吼道：

「笨蛋！龍魂使是不會做任何事的！是龍和人類在對話啊！克拉德美索是不可能會實行你這種瘋狂計畫的。」

涅克斯冷冷地瞪著我，說道：

「你這樣認為嗎？」

「是啊！這是當然的。克拉德美索不會依從善的律法，也不會依從惡的律法，牠追求的只是協調而已！牠不可能會聽從將大陸統一為一個國家的愚笨計畫！」

「龍會記得的。」

「什麼意思？」

涅克斯咯咯笑了起來。那個忠心的馬夫把馬牽過來，拉住了涅克斯的手臂，但是涅克斯凶悍地甩開，反而向我們走近一步。他咬牙切齒地說：

「龍會記得的。有幾個種族是絕對不會忘事的不幸種族，而其中之一就是龍族啊。龍是絕對不可能享受到忘卻的祝福的。」

「你到底想說什麼啊！」

「克拉德美索當然會記得牠以前的龍魂使——卡穆・修利哲之死。」

他停頓了一下。這傢伙！他真的想要唆使克拉德美索！涅克斯繼續說：

「克拉德美索應該會很想報仇吧？而且我也一樣。當然我並沒有興趣去替我叔叔報仇。不過，我要拜索斯被毀滅，克拉德美索應該也這麼希望。你們不覺得我和克拉德美索應該可以溝通得很好？」

「真、真是一派胡言！」

「怎麼會是一派胡言？我看應該是可能性很高哦。哈哈哈！」

此時，馬夫又再次拉了一下涅克斯的手臂。涅克斯生氣地回頭看了看他，不過馬夫卻搖了搖頭。涅克斯緊咬牙齒，隨即笑著說：

「沒辦法了！我不能再跟你們多談了。啊，對了，我留了一個很不錯的禮物要給你們哦！」

「什麼禮物？」

「明天早上太陽一升起，就會發生很有趣的事情。」

杉森聽得一臉糊塗，可是我不禁打了一個寒噤。

「這裡會變成神臨地？」

涅克斯微笑著說：

「傑彭人知道要怎麼製造出有意思的東西。好了，我要走了。你們不要妄想跟來。」

接著，他把不省人事的蕾妮輕輕放到馬匹上，然後騎上馬。我們一動也不能動，只能看著他的一舉一動。涅克斯又再看了我們一眼，便笑著騎馬跑走了。

這時杉森火冒三丈地說：

「可惡！我們騎馬去追！」

我和蘇凱倫趕緊跟在杉森的後面。杉森一騎上流星就喊道：

「修奇！去帶大家來！記得幫我收拾行李！我跟著他們兩個傢伙，同時會留下記號。還有蘇凱倫先生，請你去跟那吳勒臣領主說，這個城市快要變成神臨地了！其他細節卡爾或傑倫特會說！」

杉森如此說完之後，就立刻騎馬跑走了。這個傻瓜！他只拿著一把劍，而且又沒穿甲衣，居然說要去追他們？竟然有這麼搞不清事情輕重緩急的傢伙？可是我喊他的時候，他已經不見蹤影了。我看著他消失的方向，大聲叫罵，接著立刻騎上傑米妮之後，和蘇凱倫一起跑向城堡。

卡爾一聽完我的說明，隨即動手收拾行李，並且說：

「泰利吉大人，雖然我有點像是在對你下命令，但請你聽好。去轉告那吳勒臣領主，請他到都市的中心位置有泥土的地方，去回收埋在泥土裡的聖徽。也請你轉告他，如果今晚不回收那個聖徽，這個城市的所有東西都會得病，漸漸死去，死了的人也會變成殭屍。」

蘇凱倫害怕得臉都白了，似乎想說些什麼話，但卡爾不停歇地說：

「你可以按照你自己的意思，看是要在這裡幫助那吳勒臣領主，還是今晚離開這個城市，都由你自己來決定。不過，我認為你現在馬上離開會比較好。你對這個都市的路並不熟悉，沒有辦法幫上什麼忙，而且，你必須盡快告訴國王陛下，傑彭已經開發出神臨地這種武器了。」

「賀坦特大人你打算怎麼辦？」

「請你向國王陛下說，我知道我不該背信。使節的任務失敗了。只要事情結束之後，我一定會回拜索斯恩佩的，要追究罪過，請那時候再追究。我丟下使節職位，現在起，我要和我們一行人一起去追涅克斯，救出蕾妮小姐。」

「救出蕾妮小姐？」

「是的。因為比起傑彭與拜索斯之戰的勝敗，還有更加重要的事，而她是關鍵人物。我們一定得把她找回來。」

「是。」

「還有，拜託請你幫我說溫柴的事。即使任務失敗了，但你也有看到，在巴拉坦的時候，他有按照我們所希望的，很誠實地據實以告。所以我希望你能拜託國王陛下善待溫柴。」

蘇凱倫看了卡爾好一陣子，然後點了點頭。接著，卡爾很快地轉頭，說道：

「欽柏先生，你打算怎麼辦？你說過要去拜索斯，那麼似乎是可以和泰利吉大人一起走，但是……」

傑倫特連想都不想，就說：

「我想和各位一起走。如果我說你們這一邊好像更有意思，你會不會生氣啊？」

卡爾微笑著說：

「對於德菲力祭司所決定的事，我是不能生氣的。」

於是，卡爾看了看伊露莉，還有靠在她身上抖個不停的妮莉亞，她們兩個人全都點了點頭。

卡爾很快地拿起行李，走近蘇凱倫，並伸出手來。蘇凱倫茫然地低頭看著卡爾的手，然後才握了他的手。卡爾說道：

「雖然與你相處的時間很短暫，但是我很高興與你同行。」

蘇凱倫似乎想對卡爾說些什麼，只是試了好幾次，最後終於放棄了。他放開卡爾的手之後，立刻行禮致敬。

「護衛賀坦特大人，我深覺光榮之至。」

「你辛苦了。」

接著，卡爾馬上跑出去了。我還背了杉森的行李，然後吃力地嗯嗯叫著，跟在卡爾的後面。伊露莉讓妮莉亞靠在她身上，看起來走得很辛苦。

我們走到外面，跑向馬廄的那段路真是艱辛。呼呼！可怕的風雨竟然還是沒有停息。我們非常艱辛地走到馬廄，把馬牽出來。妮莉亞還是顫抖著，每次閃電一打，她就一副想跑進城堡裡的模樣，所以伊露莉和她一起騎上了黑夜鷹。伊露莉坐在妮莉亞的背後，對傑倫特說：

「請騎理選吧。」

「嗯，我不太會騎馬。」

「牠不會讓你摔落馬下的。」

傑倫特用惋惜的表情和自己那頭騾子道別之後，騎上理選。真不愧是精靈的馬，牠安安靜靜地接受了傑倫特。卡爾立刻出發了。

「呀啊啊，哈啊！」

我和卡爾騎在前頭，我們後面則是妮莉亞和伊露莉共騎著黑夜鷹，以及傑倫特騎著理選跟著。在狂風暴雨及黎明前最為漆黑的黑暗之中，我好不容易終於帶大家抵達剛才和杉森分開的地方，然後朝著杉森最後奔馳的方向跑去。

然而，知道那個方向其實並沒有多大的幫助。那是往那吳勒臣外圍的方向，於是，我們勉強穿越那像是要把整個城市給掀起來的暴風雨，出到那吳勒臣之外，就開始變得不知該往哪個方向去才好。卡爾舉起手臂遮著自己的臉，像是想用自己的手掌來擋住大風似的，他沉思了一會兒之後，隨即點了點頭，對我說：

「你如果帶著克拉德美索的龍魂使，你會往哪裡走？」

這個問題很簡單！

「往褐色山脈！」

卡爾開始奔馳了起來，每次雷聲閃電交加，都會聽到妮莉亞放聲尖叫，我們就這樣從整片水面彷彿在啜泣著的錫奇安湖旁邊經過，奔馳而去。

02

我仔細地瞧了一番，說：

「這是杉森留下的信號吧？」

「看來也沒辦法做其他的推測了。但是實在很難猜出它代表的含義。」

卡爾點點頭觀察著那棵樹木。樹木上留有急忙用刀子刻下的人為記號，於是我們馬上沿著這條路往山裡走。在山上的岔路口，我們正想詢問傑倫特該往哪一個方向走的時候，伊露莉用她那雙夜晚也能清楚看見的眼睛，在樹木上發現了一個刻痕。

樹上的刻痕寫著「S—R」。這會是什麼意思呢？

伊露莉點了點頭，說道：

「它的意思好像是說，杉森在露米娜絲月神下沉的時候，經過了這裡吧。」

我們訝異地看著伊露莉。呵呵？好像真的是那個意思呢？卡爾點點頭，說道：

「現在是將近黎明時分……這麼說來，杉森是一、兩個小時前經過這裡的嘍。很好。那我們繼續前進吧。」

早已是筋疲力盡的傑倫特一聽到卡爾的話，馬上就點點頭接著說：

「是呀。因為杉森什麼裝備都沒有準備就出發了，我們要快點跟上他才行。」

「呀啊！」

隨著我們越往山裡面走，風雨也開始漸漸地停歇。但是整夜冒著風雨趕路的我們，已不敵天亮前的寒意，大家都冷得直打哆嗦，持續因寒冷而驟降的體溫一直沒有得到任何的補充。如果早晨的太陽升起後，會不會好一些呢？但是冬季的夜晚是特別漫長的。

我們越過了高原，沿著蜿蜒的山脊行走。舉目所及是一大片無邊無盡的低矮山丘。而山丘的周圍，有一些粗到超過好幾個人合抱的巨木像柱子一般佇立著，就如同天上有寬闊的屋頂四處延伸一般。但是在那一大片森林裡，雨珠卻是毫不留情、拚命地急速落下。

疾風拍打著落葉的聲音相當刺耳。我們騎過了森林，登到更高的地方。眼前出現一望無際的高原。我們大概是爬到了樹木生長線之上的地方。我們沿著綿延不斷的山脊開始奔馳。

視線變得模糊了。周圍的樹木、野草、山脊都已和夜空融在一塊，輪廓完全消失不見了。耳畔傳來的是掠過耳際的風聲，和踢踏不斷的馬蹄聲。

啪噠，啪噠，啪噠，啪噠，啪噠……

手和腳漸漸地不聽使喚，我再也感覺不到自己存在於世上任何一個角落了。伸手不見五指的恐怖暗夜從我身旁流逝，四周一切景物猶如腦海中浮現出的幻象。除了我們以外，全世界都在天旋地轉，在這混沌的世界裡，我們在暗黑的虛空中，沒有氣息地緩步跑著。

啪噠，啪噠，啪噠，啪噠，啪噠……

「修奇！醒醒呀！」

妮莉亞尖銳的高喊聲使我猛然地精神一振，幸好我在險峻的峭壁前及時停了下來。真是會令人抓狂的夜晚啊。

妮莉亞大聲喊叫著：

「卡爾叔叔！這樣下去是不行的，在這裡停下來吧。我們已經淋著雨走太久了。」

卡爾停了一下，但隨即搖頭說道：

「我們走到那道山脊再休息吧。就算是為了要看清楚四周，也必須走到那裡。」

「不行的，以我們現在的狀況……太勉強了。」

「涅克斯和我們的情況是一樣的，他可能也會走不太下去。費西佛老弟也是如此。所以我們再怎麼不行，也要勉強試試。費西佛老弟在這種環境下很難撐得到早上的。」

妮莉亞啞口無言。這和平時的卡爾差太多了。他不接受任何人提的意見，一逕地向前走去。我們在卡爾堅決的帶領之下，奔馳在飄著毛毛雨的暗夜森林中。我的全身都已經僵硬起來了，濕氣不再是濕氣，原本不由自主地發抖著的身軀，也因僵直而停止了顫抖。

我們努力地爬到了比周圍略高的山脊上。雖然大家都很吃力地從馬背上下來，但是卡爾和伊露莉仍然騎著馬在四周察視著。過了一會兒，卡爾在地上拾起了一顆石頭。

「這個是什麼意思呢？」

卡爾說話的聲音不是很清楚。我費力地抬起頭看著卡爾，他歪著頭看拿在手裡的石頭的模樣，把我從極度的混沌之中抽了出來，我的頭無力地垂了下來。這個時候，我聽到了伊露莉焦急的聲音。她說：

「我們升火吧。」

我聽到卡爾接著說：

「什麼？」

「大家喪失太多體溫了呀。」

接著伊露莉也沒等卡爾的回答，就開始收集附近的木柴。因暴風雨而折斷的樹枝到處散落在地面上。妮莉亞坐在地上，全身直打哆嗦。傑倫特則是面色蒼白，喘著氣靠坐在石頭上。我則是連坐都沒辦法坐，彎著腰，手抓著膝蓋，快要倒了下去。所以只有伊露莉和卡爾兩個人在撿拾樹枝。卡爾一面收集樹枝，一面說：

「涅克斯如果在附近的話，我們升火是很危險的。」

「如果不升火，我們會更危險。」

「……我知道了。」

兩個人把收集起來的樹枝堆在一起，伊露莉召喚出火精點了火。在浸得濕透的樹枝上能點著火是相當神奇的。我即使已使不出勁，仍還是勉強扶著妮莉亞，把她移到火堆旁後坐了下來。

卡爾坐在火堆旁，看著剛才自己發現的那顆石頭。那個表面平滑的石頭上，留有用刀尖鑿過的痕跡，上面寫著「S－H」。杉森也真是令人不解。這個到底是什麼意思？

「費西佛老弟並不是使用軍隊的暗號，他可能以為我們看不懂那種暗號吧。可是這個暗號更令人難以理解呢。」

我的頭好像快要炸開來一般。我一面按著前額，一面說道：

「這應該是指『杉森曾在這裡（Sanson Here）』的意思。」

「這樣解釋也滿恰當的。」

此時我聽到了另一種解釋。

「那個是指『此處留人（Stop Here）』的意思。」

我們慌張地望向說話聲的方向。杉森正在那裡嘻嘻地笑著。

「杉森！」

妮莉亞無氣力地笑了笑。杉森正從較低矮的山脊那頭往我們這裡走來。這個時候太陽正好升起，四處明亮了起來。杉森在陽光的照耀下向山頂爬過來。

杉森的衣服濕透了，而且不知道被什麼東西刮得破破爛爛的。大概因為他急忙地在山上奔跑才變成這樣。他手腳上也全是傷，還沾了不少的泥土。可是杉森假裝自己只有一點點的疲倦，全速地向我們這裡奔來。我們站都站不起來，只能這樣坐著迎接他。

「杉森？你沒怎麼樣吧？」

「我好得很。」

杉森開心一笑，坐了下來。我們也很高興地看著他。杉森開始向卡爾做說明：

「涅克斯和他的隨從正在前面的山頭另一邊紮營。蕾妮看起來相當疲累，不過沒有什麼大礙的樣子。我是在探查過他們營地後，回來的路上發現了你們。」

「好厲害呀，費西佛老弟！」

「哪有什麼。雖然我非常疲憊……大家看起來也相當疲倦呢。」

卡爾好像想再多問些什麼，不過他克制了這個衝動，說道：

「你先換一下衣服吧，把行囊裡的乾淨衣服拿出來換。還有其他人也把身體擦乾淨，換上乾淨的衣服吧。」

不久後，拿著衣服到另一處林子裡換好的伊露莉和妮莉亞一回來，卡爾馬上就正式地向杉森發問。妮莉亞和我裹在毯子裡，只露出頭來聽著卡爾和杉森的對話。

「好吧，劫持蕾妮的人只有他們兩個人嗎？涅克斯和他那個不說話的隨從？」

「不是的，不只有他們兩人而已。」

「不只他們兩個？」

杉森點點頭說：

「是的。我跟著涅克斯和那名馬夫越過了前面那座山頭，看到了其他正在等待他們回來的同伴。大概有二十幾個人，他們已將帳篷全都搭建好了，在等著涅克斯和那名馬夫回來。」

「怎麼會有這種事……」

「涅克斯把蕾妮丟給那群傢伙後就去睡了，那名馬夫也是。他們兩個人都是因為冒著雨在山裡趕路而疲憊不已吧。我看到了蕾妮也在睡，就先回來，在路上留下剛才你們看到的那個記號。我是怕你們從後面跟來，說不定會接近那裡並且被發現，所以才留了那個記號。」

「啊，是這樣的嗎？」

「是的。然後我又跑回去查探那些傢伙，看看有沒有一些蛛絲馬跡。不過他們並沒有別著任何明顯的動章、階級章或裝飾品之類的東西，穿著也都各隨己意，大概不是什麼正規軍。恐怕他們連一點團隊生活的經驗也沒有，也看不到有任何指揮體系，相當散漫。那群傢伙除了準備那裡的駐營事宜外，也沒有在做其他的活動。可能等涅克斯醒來之後，他們才會開始展開某種行動吧。」

「這樣啊？嗯，真是辛苦你了，費西佛老弟。我們來推敲一下吧。雖然他們不是正規軍，再怎麼說也是跟隨著涅克斯的一群人。因為他是拜索斯恩佩的盜賊公會會長，有可能是公會裡的成員也說不定。」

在毛毯裡趴著睡的妮莉亞，費力地把頭靠在手臂上說道：

「啊……那由我去查看就可以了。嗯，離這裡遠嗎，杉森？」

「要越過一座山頭，距離滿遠的。」

「那我要有赴死的決心了。」

卡爾煩惱了好一會兒，說道：

「好好休息再做打算吧。那群人除了涅克斯以外，應該都不至於很疲倦。而且他們人數多達二十幾個，我們根本無法輕易接近他們。」

「那接下來該怎麼做呢？」

「費西佛老弟，依你的判斷，他們那些傢伙有可能在今天之內開始行動嗎？」

「我也不確定。他們沒有什麼行李，全都只帶著個人的物品而已。所以一旦他們要展開行動，是可以馬上出發的。」

「這樣嗎？嗯。真是頭痛呢。」

我費力地抬起頭說：

「雖然不知道他們的下一步行動會是什麼，不過他們不是會往褐色山脈的方向走嗎？」

「應該是這樣沒錯，尼德法老弟。」

「這樣的話……我們知道他們的方向，就可以尾隨在後，趁暗夜偷襲他們了。這樣也可以救出蕾妮。因為不管怎麼說，如果是在白天進行攻擊，要營救蕾妮是很困難的。」

卡爾點了點頭，說道：

「這樣做的確比較好。畢竟從這裡到褐色山脈還有好長一段距離……好吧，反正我們本來也是要帶蕾妮到褐色山脈去的，方向也沒有不對。我們就一直跟著他們，看準機會下手吧。可是如果他們往褐色山脈以外的方向走的話，我們也得想想對策。」

伊露莉接著說：

「我應該有辦法監視他們的行動。」

然後傑倫特用著虛弱但愉悅的聲音說道：

「德菲力的祭司雖然沒有像騎警般快速，卻是比騎警更能正確掌握方向的追蹤者。」

卡爾笑著說：

「是啊。精靈的眼睛即使在微弱的星光下，也可以分辨出在數千肘之外的鸝鳥和山雀。而且再加上德菲力的加護，我們就不必擔心走錯路了。嗯。我們暫時先在這裡充分休息，消除疲勞後再繼續追蹤吧。但是我們太急忙就跟了過來，旅行的準備實在是不夠齊全。」

「我去檢查看看。各位先休息吧。」

杉森說完後，馬上就走到擺放行李的地方。真是鐵打的身體啊。我雖然有些過意不去，但還是無法抵擋襲擊而來的睡意。我顫抖了一會兒，馬上就進入了夢鄉。

泰班在仰望著天空。

「您在看什麼？」

泰班噗哧地笑了出來，揪著我的耳朵往前拉。他把我的臉貼到他一邊的臉頰，讓我們看的方向一致。

「喂，看到天空了沒？」

「看到了啊。」

「我看不到。但是不能因為我看不到，就代表天空不存在吧？」

阿姆塔特聽到泰班說的話，點了點頭。牠優雅地將尾巴放在地面上坐著，細長的脖子優美地在靠在泰班另一邊的臉頰上，也和我們的視線方向一致。

「看到了啊。」

所以我、泰班和阿姆塔特的臉，是整齊一致地朝著天空的方向望去。變身為蝙蝠的希歐娜飛到空中，向下俯視著。

「你們在幹嘛？」

希歐娜用奇怪的眼神瞧著茫然地看著天空的我們。泰班望了望希歐娜之後，說道：

「我看不到蝙蝠。但不能因為這樣，就代表沒有蝙蝠的存在了吧？」

阿姆塔特深深吐了一口氣，把希歐娜擊落了。希歐娜變成了一隻烤熟的蝙蝠掉落下來。我說道：

「可是我看不到蝙蝠啊！」

泰班驚慌了一下，又再一次用他乳白色的瞳孔望著天空。

「喂！我說我看不到的東西，不代表它就是不存在的。蝙蝠不就在那裡嗎？」

「我沒看到。」

泰班搔了搔下巴，然後點點頭。

「果然沒錯。」

阿姆塔特歪著頭，又再度望向天空。所以我和泰班，還有阿姆塔特又是井然有序地排成一行，朝向天空望去。

「呼隆隆隆！」

克拉德美索的鼻息發出了一陣巨響，牠飛到了天上。泰班把臉望著天空。

「克拉德美索飛上天了？」

我一說完，泰班就搖了搖頭。

「看不到就是不存在的東西。」

「不存在的東西？」

「無法認知到的東西，就是不存在的。」

「我看不到我爸爸。那麼我的爸爸也不存在嗎？」

「是呀。」

阿姆塔特嘻嘻一笑，又再吐出一口氣息。但是克拉德美索卻動也不動。

「呼隆隆隆！」

「呼隆隆隆！」

我一張開眼，原來不是克拉德美索，而是杉森在打鼾嘛。杉森跑到我的毛毯裡，用熱烈的動作抱著我，和我相擁而眠，我努力掙脫，才從他的懷抱裡脫逃而出。呃呃呃！不管怎麼樣，我往後大概會有三天倒楣日子了。

妮莉亞看了我的樣子，咯咯笑了出來。然後我看了一下四周，卡爾靠在樹幹上睡著了，其餘的人也都還在睡夢中。我望向天空，現在已經是太陽西照的午後了。

「你起來了啊。」

「在那種狀況下，換作是妳，妳也可以睡得很好嗎？」

「我？當然可以睡得很好啊。呵呵呵。杉森也是個不錯的男子嘛。他昨天晚上的表現不是很帥嗎？」

「啊，我承認杉森的表現是很帥啦，不過我是個男的耶！」

妮莉亞嘻嘻笑了笑，把放在爐火上的茶壺拿了起來。

「你要喝茶嗎？」

「好啊。」

我和妮莉亞手拿茶杯，觀賞著周圍綿延不斷、浩瀚無垠的高原和群山。山頂上吹著酷烈的風，我抓住了衣角。周圍皆是光禿禿的樹木遍布的高原，以及許多分水嶺。舉目望去，觸目所及的除了高山還是高山。我們的海拔位置似乎相當高。我撥了撥凌亂蓬鬆的頭髮，說道：

「在這裡很難弄到水吧。不知道水桶裡還有多少水。」

「啊，別擔心。杉森把水桶都裝滿了才去睡的。」

「這樣啊？嗯。杉森果真很帥呢。」

我用充滿溫情的眼神看著熟睡中的杉森。不過，我當然是沒一會兒就板起了臉冷眼看著他。因為看著在咯咯磨牙沉睡中的杉森，要引發一股帶有美感的情緒，是很痛苦的一件事。我看了看燃燒中的火焰，突然一下子清醒了過來。

「啊，真是的。在山頂上升火，就算不是精靈，誰都可以看得到呀。」

「這也是沒辦法的事。這麼寒冷的天氣，如果不升火，身體會無法忍受酷寒而凍死啊。」

的確是這樣。我穿上甲衣，把劍拉到身旁。身體每動一下，筋骨就痛得要命。我搖搖頭，拿出了料理的器具來。

「大家從昨天晚上開始就沒好好吃過一頓，也沒能好好休息，一路追趕……」

「嗯。我好期待哦，趕快做吧。」

「就算是空話好了，難道妳就不能說要來幫我一下？」

「我？做飯？我才不要。讓會做料理的人做就好了。」

妮莉亞連看也不看我一眼地說道。在我揉麵團的時候，妮莉亞在看著遠方飄過高原頂端的片片白雲。昨天的惡劣天氣已經煙消雲散。天空是一片刺眼的淺藍，給人的感覺就像冰塊般。

啪啦。咕嚕嚕。

我不小心踢到一個碗，妮莉亞撿起了滾過去的碗之後看著我。我壓低了聲音說：

「我在擔心蕾妮。」

妮莉亞點點頭，把那個碗丟了回來。我一接到後，她便接著說：

「沒辦法啊。對涅克斯來說，蕾妮也是很重要的。所以蕾妮應該不會有什麼事吧。」

「話是這樣說沒錯……可是現在的蕾妮不曉得會有多麼地不安，多麼地害怕。」

妮莉亞沒有回答，只是聳了聳肩膀。我又接著說：

「雖然這樣講有點可笑，在我們找到蕾妮以前，那才是她曾經有過的幸福日子。世界對她而言很單純，應該過得很愉快吧。」

妮莉亞皺起了眉頭，再次轉過頭去，看著那一片無垠的山巒。

「在混亂的世界中，每個人都不可能幸福的。」

匡噹。

「真、真是的，我在打瞌睡呢……」

這是剛剛靠在樹幹上睡著的卡爾的說話聲。我和妮莉亞把頭轉過去看看卡爾，對著他微笑。我說：

「什麼打瞌睡？你根本就完全睡著了嘛。」

卡爾不好意思地點點頭，抬頭一看天空，慌張地說道：

「真是的！原來已經這麼晚了呀。這樣下去不行，把大家都叫起來吧。」

「不，等一下……吃過之後再走吧。在我煮好以前，讓大家好好地多睡一下，不是很好嗎？」

卡爾揉了揉眼睛，看著我的平底鍋，煩惱了一會兒。他嘆了口氣，點點頭說：

「那請你快一些。尼德法老弟。」

卡爾說完話站了起來，望著遠處的山頭。他稍微瞇起眼，看著遠方。在他腳邊的妮莉亞抱膝坐著，也用相似的視線向遠處望去。

滋滋滋。

「嗯？好香哦。」

杉森在說話的同時坐起身來，只是不停地笑。不久後，伊露莉也起來了，滿是睡意的臉上掛著笑容。她說：

「嗯嗯。大家都睡得好嗎？」

但是因為傑倫特一直窩在毛毯裡，沒有起來，我們搖了他好一會兒才把他弄醒。傑倫特霍霍地磨著牙齒說道：

「真是太棒了，一張開眼睛就可以準備用餐了。然後吃完飯後，大概就要開始一場激烈的追逐戰吧？說不定會有生命危險呢。哈哈！這一餐一定好吃得不得了。」

卡爾歪著頭開始吃飯，杉森則是呼嚕呼嚕地將食物掃到他的肚子裡。

這一餐與其說是為了享受，倒不如說著眼點是實際要填飽肚子。用餐之後，我們彼此都沒說什麼話，馬上就快速地收拾行囊，躍上馬。杉森元氣旺盛地走在最前面。因為我們爬到了樹木生長的臨界線之上，周圍只看到短小的草和露出地表的泥土，我們就這樣走在高原上，緩緩地向前行進。馬兒們好像還沒有恢復體力，而周圍的草不適合當馬的飼料也是個問題。馬兒們要是像牛一樣只吃草的話該有多好。在這裡像吉西恩一樣騎乘公牛的話，是不是比較好呢？

「我們遲早要進入村子的。」

「救出了蕾妮後再說吧。」

「那是當然的啊。」

我們很吃力地走了約三十分鐘。右手邊遠處可以看到廣大荒原，左手邊也可以看到崇山峻嶺聳立在遠方。我們從中間越過小丘陵，杉森沒有說話，用手勢告訴我們放慢腳步。

「前面是完全沒有屏障的地形，如果有偵察兵就糟糕了。」

我們下了馬，慢慢地用走的過去。一越過了丘陵的山頂，馬上就聽到杉森從舌頭裡發出的嘖嘖聲。他說：

「可惡！原來他們已經出發了。」

然後杉森立刻又跳上了馬，往山下奔去。我們也跟在他後面，不久後我們沿著一片廣大的針葉樹森林一路追趕下去，最後在溪谷裡的空地停了下來。

杉森看了看周圍，伸出了舌頭。我們也心情沉重地環視著四周。地上有一些被火燒過的痕跡，一些地方被除掉了雜草，還有我們猜是搭帳篷的木樁痕跡。妮莉亞走到被火燒過的地方，摸了摸地上的石頭。

「還有點熱度呢。看來他們並沒有離開很久。」

「他們會往哪裡去呢？」

伊露莉眨了眨眼，向前面某個方向走了過去。是和我們來時相反的方向。

「雜草被割除了，又下了雨，所以他們留下了離開時的足跡呢！」

往伊露莉所指的方向一看過去，在濕地上果真留有印下的足跡。那是一條通往森林間的路，崎嶇到像是野獸走的。那條路崎嶇是崎嶇，不過整片森林的底部並沒有生長如灌木或矮木等等的東西，所以應該可以輕易地通過。這時卡爾問道：

「費西佛老弟，他們是騎馬走的嗎？」

「不是，只有涅克斯和那名馬夫有騎馬。」

「很好，這樣的話我們一定可以抓到他們。走吧，各位。」

我們再度開始行走於森林中。森林裡的路出乎意料地平坦，簡直令人難以相信是在山林裡面，馬兒們當然也就得以健步如飛地奔跑。我們又再一次開始了沒有交談、只有喘息聲的追捕行動。

除了從如屋頂般的樹枝和葉子隙縫間，灑落下的些許光線外，森林裡是一片漆黑。陰暗森林中的黑色樹群無聲地佇立，正在俯視著騎馬奔馳而過的我們；像布幕般傾瀉而下的光線，又直又利地將黑暗切成一塊塊。我感受到森林中分泌出特有的清爽物質，以及斷斷續續傳來的馬蹄聲。我們用一成不變的速度前進，沒有任何的交談，已經麻痺而不知奔馳的速度感了，甚至分不清楚是在向前疾馳抑或是靜止於原地不動。我們到底走了多遠呢？

「好奇怪，先暫停一下吧！」

卡爾這麼說著，我們全都安靜地停了下來。卡爾看了看四周，說道：

「雖然現在看不到陽光……但是這個方向實在是很奇怪。我們從拜索斯翻山越嶺到這裡來的時候，有看到這片樹海嗎？」

樹海？卡爾這麼一說，我才驚覺這片樹海真如同沒有盡頭一般。剛才在山頂用餐的時候，看到的還是光禿禿的山頭啊！原來我們已經不知不覺走入了廣大無邊的森林裡。我們幾乎全都在同一個時間裡油然生起不安全感。卡爾簡潔地表達出他的不安，他說：

「這裡到底是哪裡呀？」

我的天啊！

我們竟然不知自己身處何地，摸不清楚方向，也搞不清所處方位。杉森開始努力喚起回憶，說道：

「我們明明是從那吳勒臣往西邊出發的，難道現在不是在往拜索斯的路上嗎？」

妮莉亞不安地回答說：

「不是，不是。陽光照射的方向不對。」

「陽光照射的方向不對？」

「如果說我們現在這個時間往西邊行走的話，陽光應該照射在我們的正前方才對。」

哦？我們抬起頭看著射入樹林間的光線角度，光線全是由左上方向右下方直瀉而下，這麼說我們是……

「我們是在往北方前進嗎？」

大家陷入了一團混亂之中，傑倫特急忙說道：

「等一下，剛才一路上也沒看到別的岔路啊？我們是一路不斷地向前行進的……」

「啊！我們根本沒看到別的岔路，最重要的是，我們只是沿著腳下的足跡往前走啊？」

「也就是說，涅克斯是在往北邊走嘍？」

「他不是往褐色山脈的方向走？」

我們每個人都各自嘟囔著，一人一句，著急得東跑西跑。就算能一直跟著涅克斯走，既然我們不知道目的地，也不能就這樣無止境地一路跟到底。這次離開那吳勒臣的時候，本來就是非常倉促，沒有帶足夠的補給品在身上。這時候伊露莉說：

「伊斯公國的北邊是什麼地方呢？」

我們全都閉上了嘴，看著伊露莉。伊斯公國的北邊是什麼地方？然後我們又回頭看著傑倫特，傑倫特在眾人目光集中之下，有些驚慌地回答道：

「啊！哦，伊斯公國的北邊是海格摩尼亞，只是要穿過永恆森林……」

傑倫特突然張大了嘴巴，他像是被驚嚇到，面露恐懼地看著四周；妮莉亞瞪著圓滾滾的眼睛說道：

「永恆森林？」

「哦？等一下，你剛才說北方是嗎？那就是說我們正朝向永恆森林前進……？」

傑倫特面帶喪膽的表情說道。卡爾問他：

「什麼是永恆森林？」

傑倫特只是呆呆地望著周圍，沒有回答。所以卡爾又問了一次，傑倫特依舊是一臉地不安，環視著四周，結結巴巴地回答道：

「什麼？啊！是的，那、那是神龍王和亨德列克之間所訂的盟約，一座永遠、永遠不會消失的森林。是亨德列克為了救治達蘭妮安，而向神龍王所付出的代價……」

「等一下，你說什麼？」

卡爾幾乎是嘶吼地叫了出來。我們大家也都和卡爾一樣。正當大家一臉錯愕地看著傑倫特時，他才回頭看了我們大家。他用非常驚慌的表情，點了點頭說道：

「等一下，各位並不知道這件事嗎？」

「什麼？啊！是啊，我們不知道這件事。你說那是亨德列克和神龍王的盟約？」

傑倫特一副無法置信的表情，突然開始嘻嘻哈哈笑了出來。

「呵呵，真是的；現在是拜索斯的國民向伊斯公國的國民詢問有關亨德列克的事蹟嗎？這件事真是太好笑了，各位竟然不知道這是怎麼一回事。這麼說，各位並不知道有關大迷宮的事嘍？」

卡爾臉色蒼白地說：

「啊！大迷宮就是在光榮的七週戰爭最後一天，神龍王被路坦尼歐大王擊敗後藏身的地方，不是嗎？當時哈修泰爾公爵可能就是把神龍王帶往大迷宮吧？」

「沒錯。可是你們並不知道大迷宮是在哪裡，是嗎？」

卡爾滿臉地困惑，回答道：

「咦？啊！聽說是誰也不知道的地方……」

傑倫特開始咯咯笑了起來。

「就，就算所有人都不知道，但是我知道。大迷宮就在永恆森林裡。」

「什麼？」

卡爾相當地錯愕，好似自言自語地說道：

「等一下……明明哈修泰爾家族歸屬於拜索斯這件事情，是發生在拜索斯第四代耶里涅大王征伐北方之時。對了！哈修泰爾家族原本是北方的豪族。」

傑倫特看了看四周，好像怕被人偷聽到似的，壓低了聲音說道：

「正確地說，應該是這座永恆森林原本是哈修泰爾家族的領地。」

「就是這裡嗎？」

「是的，沒錯。所以他們把神龍王藏在這裡的大迷宮……等一下，你們真的不知道這個故事嗎？」

「完全不知道。今天是第一次聽到。」

傑倫特的頭歪得很厲害。杉森訝異得合不攏嘴。這時伊露莉說：

「這個故事好像很長，我們再趕一點路，等太陽下山後，再來聽這個故事如何？現在蕾妮小姐離我們越來越遠了。」

「啊，是啊。那我們就先追趕一段路吧。」

「不可以。啊！不，可以的。」

傑倫特慌慌張張地說著。我們訝異地看著傑倫特；傑倫特好像也被自己的語無倫次驚嚇到。卡爾驚訝地問他：

「請問你的意思是什麼？」

「這……這件事真的有些不尋常的地方。」

「啊，是嗎？」

「真是的，對不起。永恆森林是因為神龍王和亨德列克的盟約而存在……這個地方是禁止進入的。如果是伊斯人的話，誰也不會進去的。可是……我們必須要進入森林！」

杉森訝異地問道：

「你到底是說我們應該進去，還是不該進去？」

「一進入森林的話，就大事不妙了；可是，可是我們一定要進去。」

我們用狐疑的眼光看著傑倫特，傑倫特自己也是一副懷疑的表情。這時，卡爾小心翼翼地輕聲問道：

「欽柏先生的意思，就是德菲力的意思吧？」

我們再一次驚訝地看著卡爾，然後看看傑倫特。傑倫特一臉困惑，不知所措的樣子。

「這裡是禁止進入的……可是我卻有非進去不可的強烈欲望湧上心頭。真是的，可惡！」

傑倫特開始生起氣來。妮莉亞用不安的眼神，環視著四周，然後又看了一下傑倫特。傑倫特像是不耐煩地說道：

「這件事根本沒道理呀！」

「欽柏先生？」

「這件事情，這件事真的不是在開玩笑……」

然後傑倫特突然慌張地合上雙手，開始祈禱。我們不知該怎麼辦，只是在一旁看著他。過了一會兒，傑倫特用堅決的語氣說道：

「我是德菲力的權杖。」

這好像是我第一次看到他板起臉孔，卡爾雖然一臉嚴肅地看著他，但傑倫特猶如自言自語般地說道：

「因此，若是我依照德菲力的意志來做的話，即使是邁向死亡之路，我也了無遺憾。但是這對各位是行不通的！」

卡爾臉色蒼白地看著傑倫特一會兒，然後馬上就微笑地說道：

「我這樣問好了。我們不能進入森林嗎？」

傑倫特沒有回答。那麼這代表什麼意思呢？

卡爾點了點頭。

「我知道了。欽柏先生大概認為，如果我們一進入森林就只有死路一條。可是將欽柏先生引到此處的德菲力卻認為，我們應該要進入森林吧？」

傑倫特此時一臉的淒慘，他看著卡爾說道：

「卡爾先生……」

「沒錯吧？」

我們其他人默默地看著他們兩個。傑倫特點了點頭。可是他語帶不安的口氣說道：

「德菲力……搞不好是透過我，將各位引向死亡之路也說不一定。」

「這是無法預知的。說不定德菲力是將我們引向光榮之路呢。」

「在永恆森林中，沒有所謂光榮這回事。」

「請你換個說法：到目前為止沒有所謂光榮這回事。」

卡爾的神情堅決而不容改變。傑倫特深吁了一口氣，點了點頭。卡爾看著傑倫特說道：

「欽柏先生認為這裡潛在著異常恐怖的危險嗎？」

傑倫特鬱悶地看著卡爾，喃喃自語似的說道：

「危險？當然危險嘍，呵呵！我們連是什麼樣的危險都搞不清楚，就已經對永恆森林開始害怕起來了。」

「你是說，我們連是什麼樣的危險都搞不清楚嗎？」

「是啊！就像人們常說的：『進入永恆森林後，就再也無法回來了。』但也並非真的就是那個意思，因為有人沒回來，有人卻回來了。去其他地方的人情況也是相同的。就這一點上來說，永恆森林也沒什麼兩樣。」

「那麼到底是什麼事令人如此害怕呢？」

傑倫特緩緩地回答：

「回來的人會消失不見。」

「什麼？」

傑倫特沉鬱地說道：

「這可說是至極的恐怖。進入了永恆森林的人們，其中明明有人回來了，他們毫髮無傷，健康平安地歸來。但是他們卻都會消失不見。」

「消失不見……」

「是被遺忘了！哈哈！你們無法相信吧？」

傑倫特痛快地大笑，但是他的眼神裡流露出恐怖的感覺。他快速地用閃爍的眼神往四周掃射一番，像是要將周圍一切都燃燒起來，有一股極強烈的熱氣升起似的。傑倫特用非常快速的語氣說道：

「消失了，被遺忘了。甚或連父母也認不出自己的兒子。有的孩子也認不得他們自己的父母了。周圍的人們慢慢地遺忘一切從前和他們在一起時的記憶。不知道為什麼，就算是站在旁邊，視線也不會停留在他們身上。根本不會有人注意到他們，也幾乎沒有人會去看到他們。但是那又不是代表身體消失不見的意思。對了，各位還記得房間裡的柱子上的紋路嗎？平常根本不會去注意到它，所以也不會記得吧。這種事就發生在這些歸來的人身上。」

我開始顫抖起來。哪會有這種事啊？根本不可能！

「你們大概無法理解吧？可是這是真正存在著的事實。有一名從永恆森林回來的男子，他有一個愛人，回來之後兩人當然就敘舊了一番。一時之間並無異樣，但是不知不覺間記憶開始慢慢地消失了。那名男子問說：『妳還記得我們當時一起走過的路嗎？』女子回答道：『不記得了，我根本不知道有這回事。那是什麼時候的事？』這種程度的健忘，無論誰都有可能發生吧？哈！沒錯，就是從這些微的記憶開始的，然後記憶會越來越少，開始越來越嚴重。」

傑倫特漸漸提高了聲調，我們的呼吸漸漸和緩下來。

「他的生日是什麼時候？他喜歡什麼呀？第一次見面是何時的事？還有其他一些重要的事對這名女子來說全都停滯住，不復記憶了。不知為何，和他在一起的時間越來越短。即使是如此，卻一點也感受不到。從原來的每日相會，到後來一週見一次，再往後減少到一個月見一次。最後就完全忘記了他的存在。『他是誰呀？』看到他的時候，甚至會發出這樣的疑問出來。那名男子身邊所有的人都會發生這樣的反應。甚至連他自己都會變成那個樣子！」

卡爾瞪大了眼睛看著傑倫特，傑倫特嘻嘻笑著說：

「是呀！就是這樣，他自己也忘了自己是誰。小時候的朋友長什麼樣子都想不起來了，然後慢慢地也忘了身邊的人們，到最後也記不起自己的名字，甚至感受不到自我的存在了。明明是活著的人，卻什麼也不知道。這樣的話不就和不存在是一樣的嗎？就這樣消失不見了！沒有人知道他，甚至於連他自己也不知道自己了，這要怎樣說他是個存在的人呢？後來有一個非常彌足珍貴，幾乎不可能發生的幸運降臨了。有某個人艱辛萬分地想起了那名男子。『喂，我曾經有一個朋友，就是他嘛！不過，我記不得他的名字了。』『在說誰呀？』但到了這種情況的時候，也可以說這名男子就是完全從這個世界消失了，沒有人知道他了。」

卡爾一臉地不可置信的表情，看著傑倫特：

「不，這是合乎邏輯的事嗎？」

「當然不合乎邏輯，一點都不合乎邏輯，但就是這樣發生了。」

「等一下，有點奇怪，如果說沒有人知道他的話，又是如何知道他消失不見的這件事呢？」

「因為紀錄並沒有消失。」
「什麼？」
「記憶消失了，可是紀錄是保存下來的。再舉一次那名男子的例子吧，要是說他的愛人有寫日記的習慣呢？那麼那本日記會留下紀錄的。在他完全消失之後，他的愛人有一天翻了自己的日記本，她讀到了第一次看到的名字，還有怎麼樣也想不起來的一些事情，非常地驚訝，覺得這到底是怎麼回事？直到這個時候，我們才瞭解了這件事的來龍去脈。又有某個人消失了呀！說不定那個人就是我的父母，或是兄弟，或是自己的孩子，可是我們都絕對無法想起那個人。」
「這種令人啼笑皆非的……」
傑倫特開始發出咯咯的笑聲，他說道：
「哈哈哈！我們連這種事多久發生一次，第一次發生之時距離現在有多久都不知道。說不定在三百年前，永恆森林生成之時就有了也說不定。不過，自從知道了這個真真確確，奇怪又無法置信的事之後，我們都不再進入永恆森林了。也許不斷地有某些勇敢的人進入過也不一定。可是，我們還是不知道的！因為我們身旁說不定就有一些我們不知道是否曾經存在過，可是我們絕對不認識的親朋好友。哈哈！」
「這種事……這種事為什麼其他的地方都沒聽說過……」
「因為不知道啊！」
「什麼？」
「因為不知道！我們不知道有誰消失了，連原來他有沒有存在過都不知道啊！有人消失了，這是千真萬確的，可是卻無法得知是誰。所以，我們伊斯公國的人彼此都不願意提起有關永恆森林的故事，也根本完全不去靠近；所以其他國家更是無法得知這件事的。可是伊斯公國的人民全都知道這件事情，也許有些他國的旅行者來到我國聽到了這個故事後，就進入了永恆森林也說不定。可是他們也是會消失不見的。所以，會有誰知道呢？連我們自己也是依照那些已不存在的人們所留下令人訝異的陌生紀錄裡，費盡心力來瞭解事情的原委，所以又如何能讓其他的地方知道這件事呢？」

我們全都感受到一陣刺骨的寒意。午後的陽光散發出的涼意，和傑倫特說的話裡所發出的寒氣一併來襲。卡爾陷入了沉思。他說道：

「不管怎麼說，德菲力還是希望我們進入永恆森林吧？」

傑倫特又再次靜默不語。卡爾板直了臉說道：

「沒錯吧，這樣的話我要進去。」

「什麼？」

「欽柏先生當然也會進去吧？你們其他人怎麼樣？」

其他的人彼此觀望了一番，在還搞不清楚傑倫特到底在講什麼的狀況下，卡爾要我們決定什麼事？此時伊露莉說道：

「反正自己都無法相信的事，那就是不存在的事。」

我們都看著伊露莉。伊露莉沉著地說道：

「我們並不需要依據其他人殘留的記憶來確認自己的存在，我們是要靠自己來肯定的。我很清楚我自己想要救出蕾妮小姐。我會加入。」

卡爾一面苦笑，一面問道：

「搞不好自我會消失，這樣妳也要加入嗎？」

「在時間之下，沒有永恆的事物。」

就是這句話，成為了我們的行動指標。杉森拍了一下手掌說道：
「哈哈！反正我們死了後，過了一百年、兩百年，就跟不存在是一樣的。有關我們的記憶都不會留存下來了。這麼一來，我決定要做我現在想做的事情。」
然後我接在杉森後面說道：
「因為我們活在當下。我也加入。如果我消失了，我爸……我爸……」
我的話沒說完。淚水突然在眼眶裡打轉，流了下來。杉森默默地搭著我的肩膀，就是這個時候，我大叫了出來：
「我爸的一個酒鬼兒子就完全消失不見了！」
「噗哈哈哈！」
杉森大笑了出來，我也擦去了淚水，笑了一下。卡爾面帶笑容地說：
「是的，至少我們還有德菲力的引導做擔保呢。好像滿值得一試，不是嗎？既然有人將神的權能當作武器使用，讓我們也把神的權能當作擔保品來好好幹一場吧。哈哈哈。」
傑倫特張大了嘴看著卡爾，但是卡爾一副毫不在乎的樣子。我們看著到目前為止還沒有表示意見的人。
妮莉亞果然是在環顧著四周。卡爾看著妮莉亞，臉上浮現著不希望勉強她的表情，妮莉亞聳了聳肩膀。
「加入就加入嘛。就算我死在某處野地裡，也不會有任何人會記得我，沒有人會知道我在這世界走過一遭，曾經深愛過，還有我愛死了那些閃閃發亮的東西。這樣的話，倒不如和自己喜歡的人一起消失還比較好。」
我們彼此笑了笑。

傑倫特一臉訝異地說道：

「就算從這世上消失了也沒關係嗎？」

卡爾一面微笑一面回答：

「反正每個人到最後都會從這個世界上消失，什麼東西也不會留下來。可是在消失之前，應該要好好地認真過日子才是。」

傑倫特一副感動得快要哭出來的表情，一會兒看看我們，一會兒看看四周的景物。不久後，他突然一下子低下頭，又立刻抬起頭，並且給了我們一個哭笑不得的表情，他突然大喊：

「好吧！」

「啊？」

卡爾雖然懷疑了一下，傑倫特當作沒聽到似的繼續大叫著說：

「這麼說，這就是拿自己生命當賭注的冒險之旅了！太帥了。這是史上最危險的冒險之旅哪！對於置個人生死於度外的人來說，沒有比這次行動還要危險的冒險了！哈哈！這是在我們的理智判斷下，最後的冒險之旅！」

「啊，是啊。就如同你說的一樣。」

傑倫特突然舉起手，向前一指。他極力大喊：

「我們別管其他人曾留下了什麼樣的回憶，就照自己的意思向前出發吧！向永恆森林出發！」

然後傑倫特就奮力向前奔馳而去。

「呀啊，嘻哈！啊啊啊啊！」

我們一臉茫然地看著發了瘋似的奔馳而去的傑倫特背影，突然爆笑了出來，然後馬上就跟在他後面出發了。

「呀啊啊！」

03

夜深了。

我們一直跟在涅克斯一行人後面大約一個小時的距離。他們的人數很多，所以留下了很多的奔馳痕跡。要跟在他們後面並不是件難事。

他們晚上應該會停下來睡覺吧。那麼只要我們不睡，就可以去救出蕾妮了。

我們以非常小心的動作綁好馬匹，各自拿著自己的武器。可是此時，卻發生了一個很困擾的問題。

因為我們是在一座樹木十分茂密的森林裡，所以當然一點月光或星光也照不進來。雖然我們已經做好每晚都會做的事，也就是把木柴都充分準備妥當了，可是因為怕會被涅克斯他們那邊的人看到火光，所以我們並沒有點火。因此，現在周圍是一片漆黑，黑到我們都看不到彼此的地步。這麼一來，不用說是偷偷接近涅克斯那群人去救出蕾妮，就連我們自己要走個幾步，也都有問題呢！

於是，伊露莉率先站了出來。

「我去探看一下就回來。」

伊露莉只留下說話聲音，就輕快地消失了。

雖然我們極力想察看四周的情況，可是這裡黑得連身旁的人都看不到，所以終究還是一動也不能動。我們只能靜靜地坐著等待。周圍極度地黑暗，坐著不能動彈，實在是非常無聊難耐。但要是稍微移動，說不定就會和我們一行人走散。而且我們甚至不能發出聲音，所以令人覺得萬分無聊。

就連茂盛森林裡特有的聲音也聽不到。真是的！真搞不懂怎麼會有這種森林。周遭一片寂靜，真的很像進到人類所建造的巨大建築物裡面，那種給人壓迫的寂靜。就連一點風聲也沒有，也聽不見在我身旁之人的呼吸聲，甚至於連自己脈搏跳動聲也好像聽不到了。

「請你講有關亨德列克和神龍王的故事給我們聽吧。」

哇啊！呵，哈。嚇了我一大跳！卡爾突然冒出一句話，害我差點往後倒了下去。我突然聽到周圍都是很大的喘氣聲，看來其他人也大概都和我差不多，好像都被嚇了一跳。

可能是因為在黑暗之中感覺時間特別漫長，傑倫特似乎是過了很久才應答的。

「請問您是在跟我說話嗎？」

「是啊。我很想知道這片森林是怎麼形成的。」

「啊，是。呵呵，嘖。看不到說話的對象，我感覺好像在對空氣說話呢！」

「哈哈哈……」

傑倫特或許是在換個姿勢的樣子。我聽到沙沙響聲，過了一會兒，傑倫特開始說話了：

「啊，是這樣的，路坦尼歐大王和神龍王的戰爭，嗯，那個被稱為光榮的七週戰爭吧。在戰爭初期，被那位天才人物亨德列克逼得連打敗仗的神龍王，曾經以非常手段把亨德列克的情人——妖精女王達蘭妮安，當成人質留了下來。」

「咦？人質？」

卡爾這句話明顯表示出他的訝異。這到底是什麼故事啊？傑倫特繼續說道：

「是的，沒錯。妖精女王成了人質。當時神龍王被逼急之後，牠把妖精女王達蘭妮安當作人質抓了起來，來阻止亨德列克的進攻。亨德列克於是乎陷入了進退兩難之中，他怕會因為自己的關係導致拜索斯軍隊的潰敗，但他也想顧及心愛的達蘭妮安的性命。啊，各位可能不太知道這個故事吧？因為這個故事並沒有傳開。」

「然後……然後呢？」

「啊，是。後來亨德列克決心自己單槍匹馬去救達蘭妮安。他可能是認為，如果成功了當然是很好，如果失敗了，由於因妖精女王而被抓到弱點的人只有他自己，那麼他自己一個人死掉就算了。這樣聽起來，似乎有點像通俗的故事，是吧？嗯，其實通俗的事物中，有時也存在著許多真理的。」

「啊，是的……所以後來怎麼樣了？」

「雖然亨德列克救出了達蘭妮安，但是在脫逃過程，妖精女王卻受到憤怒的神龍王詛咒。為了那個詛咒，聽說神龍王還犧牲了一百隻的半獸人。不管怎麼樣，那個詛咒使妖精女王喪失了女王權能的象徵——翅膀。妖精女王的權能好像就是從那對翅膀而來的。」

這、這是什麼故事呀？怎麼完全不一樣呢？這和黛美公主說的那個故事完全不一樣！啊，結局是很像，但是過程也未免差太多了！到底哪一個故事才是真的呢？

傑倫特繼續娓娓道來：

「可是對於妖精而言，女王喪失了權能是整個種族的悲劇，很有可能漸漸把整個種族帶向滅亡之路。人類把國王當作是他們的代表人，而妖精也是，不過，人類只是在表面上說國王是他們的代表，但國王要是死了，不，甚至只是被更換掉，不管怎麼樣，人類這個種族還是會存在，不是嗎？嗯，會改朝換代，但人類這個種族卻是永恆的。所以人類的國王只是代表國家而已，並不是人類的代表。然而，妖精他們並非如此。他們可以說是把妖精女王當成是他們自己的代表。所以如果失去了妖精女王，妖精整個種族都會變得很危險。」

「我的天啊……」

是妮莉亞的感嘆聲。傑倫特像是很興奮地說：

「再回到剛才原來的那個故事，嗯，後來神龍王沒了人質，而且又因那個有些勉強的詛咒儀式，耗損了很多的力量，以至於在光榮的七週戰爭後期兵敗如山倒。結果最後那一天，下起那年初雪的日子，那場淒慘戰爭的最後一刻，神龍王就倒在路坦尼歐大王的劍下了。可是路坦尼歐大王那時沒有力氣把神龍王殺死，所以哈修泰爾公爵當時才得以有機會收留神龍王。」

「是，這是我們國家裡眾所周知的故事。可是這片森林呢？」

「啊，是。嗯，然後路坦尼歐大王就建立了拜索斯王國。亨德列克當時曾經沒有告訴任何人，就隻身起程北方旅行。」

「旅行？他原本就常去旅行……」

「是的。他原本就是一位常常旅行的巫師。有時是為了修煉魔法及採集材料，有時就和一般的巫師一樣，去尋找一些魔法寶物或古書籍。可是處於建國初期，國家到處都還很紛亂的時候，他旅行的主要目的都是去視察。那時候他常去做一些公務性質的旅行，而那次的北方之行，在名目上是去視察北方國境地帶。但實際上，嗯，其實是有另外的目的。首先是他隻身前往，而且沒有人知道他正確的行程和探訪地點，都證明是如此。他事實上是去見神龍王。」

「去見神龍王？」

傑倫特停頓了一下之後，繼續說道：

「是的。他為了拜託神龍王解除對達蘭妮安的詛咒，而去到北方見下詛咒的人——神龍王。」

「啊……怎麼可能？」

卡爾吃驚地喊出聲音。真是可惡！太暗了，根本就看不到任何人的表情啊！我皺起眉頭，聽傑倫特說這故事。這個故事也未免太……嗯，該怎麼說呢？嗯……

「在當時，北方荒野全都是哈修泰爾家族的勢力範圍，不過大法師亨德列克像是走入無人之境，不受任何阻礙就找到神龍王所在的地方了。見到哈修泰爾公爵的亨德列克，單刀直入地說他想見神龍王，但是足以堪稱是騎士之楷模的哈修泰爾公爵當然不會答應亨德列克。哈修泰爾公爵是個守著龍的騎士，他為了堅守自己的誓言，甚至還變成了人類的敵人。公爵怕亨德列克可能是要來殺神龍王的。」

「是，是。然後呢？」

「亨德列克好像跟公爵說，如果神龍王死了，就永遠無法解除對達蘭妮安所下的詛咒，那樣一來，妖精族全族可能都將滅亡，所以他不是要去殺神龍王的。總而言之，他用許多理由好不容易說服了哈修泰爾公爵，讓公爵引導他進入大迷宮。可是公爵說：『我希望你能像成功說服我一樣，成功地說服神龍王。要不然你就會變成一個在大迷宮失去肉身的靈魂。』嗯，聽說他就是這樣說的。」

妮莉亞大聲地發出了喘息聲。她好像聽這故事聽得很緊張的樣子。

「不管怎麼樣，哈修泰爾公爵說完之後，亨德列克和哈修泰爾公爵兩人單獨進入了大迷宮，而且經過很久一段時間之後，兩個人才又再出來。那時……那時亨德列克的臉孔可以說根本是不成人樣，哈修泰爾公爵也是一副非常蒼白的臉孔。不管怎樣，總之兩個人沒有說任何話就各自離開了。」

「沒有說任何話？」

「是的。可是聽說亨德列克那天離開哈修泰爾領地之前，曾指著領地說：『這塊土地上將長出一片足以關住無限的森林，戲弄時間，成為永恆之林。』」

「關住無限……」

「是的。然後就出現了這片森林。」

「啊……」

傑倫特用誠摯的聲音說：

「因此，我們可想而知的是，神龍王聽從了亨德列克的請託，而代價就是亨德列克造出一片永恆森林來保護牠。亨德列克可能早就預料到哈修泰爾家族終究會歸屬拜索斯。後來過了幾代，哈修泰爾家族果然就歸屬拜索斯了。不過，因為哈修泰爾家族得到神龍王的承諾，代代擁有龍魂使的血統，所以當然沒有受到什麼不好的待遇。這可以說是三方都得到好的結果吧？因為亨德列克解除了妖精女王的詛咒，而哈修泰爾公爵也榮顯了家門，神龍王則是得到了可以永遠和平休息的處所。」

「這樣的想法確實是很合理。」

「是的。」

「可是妖精女王呢？如果她被解開了詛咒，應該會繼續當妖精的女王，讓妖精族得以存續下去啊？」

「啊，各位可能會這樣想，但是根據我所聽過的故事，妖精女王好像並沒有完全解除詛咒。

不，應該說是被下了一次的詛咒，副作用是很大的。不管怎樣，總之她就不再活動，隱居到永恆的湖水之下了。」

此時，突然傳來粗重的聲音。當然，這一次是杉森開了口：

「可是這故事怎麼和我們所知道的差很多？」

「咦？」

傑倫特一反問，卡爾立即很快地說：

「不，費西佛老弟，這畢竟已經是隔了三百年的事。哼嗯。欽柏先生，請問你是怎麼知道這個故事的？」

「咦，這和各位知道的故事有什麼地方不同嗎？我是從……嗯，小時候從大人口中聽到的。這是伊斯國民大部分都知道的故事，而且還流傳著幾首詩歌呢。像其中一首，開頭第一句是『古老的大地上吹著新揚起的風』。」

杉森隨即又開口說話：

「那首歌我們之前有聽過。那首歌講的就是這個故事的內容嗎？」

傑倫特訝異地說道：

「咦？你不是說已經聽過那首歌，為什麼還問我內容呢？」

「因為我沒有聽完那首歌。」

「啊，是嗎？嗯。那首歌講的就是這故事的內容。結果最後獲得利益的就只有人類而已，嗯，你只要理解這一點，就掌握了大致的內容了。神龍王沉睡在永恆森林裡，妖精女王隱居在永恆之湖底下。而亨德列克建立了國家，哈修泰爾家族成為龍魂使的家族，繼續享受榮華。大概就是這樣的內容吧。」

「你所說的永恆之湖，指的是雷伯涅湖嗎？」

「是的。」

這是個聽起來很是奇怪的故事。卡爾閉上了嘴巴，杉森也不再說話了。接著，沉默再度開始包圍著我們。所有人好像都在反覆思索著剛才聽到的故事。我也正在想著那個故事。

有個地方和我們之前聽過的故事是完全相反的，在黛美公主的故事裡，亨德列克和達蘭妮安的關係是單向的，當時是達蘭妮安自己獨自行動。而且那也和當時的戰事相符合。因為那時亨德列克確實是已經被逼到不得不去暗殺神龍王的地步。

但是另一方面，傑倫特的故事後面那部分和事實則是相當符合。確實是有這麼一個叫做永恆森林的森林，而且有關哈修泰爾家族的部分也符合事實。那麼，到底是怎麼一回事？為什麼同樣的人物，卻在拜索斯和伊斯兩地流傳著如此不同的故事情節呢？是不是就像方言一樣，故事經過三百年之後就會變成各地不同呢？會不會就連路坦尼歐大王的故事，在伊斯國也是流傳成很不一樣的情節？

我聽完這個有些奇怪的故事，臉孔皺了起來，做出奇怪的表情。我敢這樣是因為沒有任何人看得到我。我對著漆黑的天空，試著模仿半獸人的臉孔表情。哼嗯，這樣挺有趣的。我繼續又做出了巨魔的臉孔，然後是杉森的臉……嗯，也就是食人魔的臉孔。

「修奇，你怎麼了？」

是伊露莉的說話聲。呃，這麼快就回來了啊？我對著根本看不見的伊露莉，露出不好意思的表情。伊露莉安靜了一下，便開始施法：

「在自己的敵人當中最美麗的妖精，隱藏住它的黑暗反而是它的食物，請出來吞噬掉黑暗吧！」

啪！因為我已經坐在極度的黑暗之中好一陣子，現在光精的光芒簡直讓我眼淚都快流出來。我環顧了一下四周，每個人都在揉眼睛，轉動著脖子。卡爾很是慌張地說：

「啊，謝蕾妮爾小姐，有火光照射也沒有關係嗎？」

「是的。涅克斯他們那一群人和我們之間隔著一座小山丘，他們不會看到火光的。」

「呼，那就好。」

光精的微藍亮光好像脈搏跳動似的，不對，是像跳舞似的東搖西擺，晃動個不停，不過，僅是那光芒就已經足以讓人看到其他人的模樣。但問題是，這微藍的光使所有人的臉色看起來變得很慘白。杉森轉過頭去看到妮莉亞的臉孔，便露出驚嚇的表情，而看到他表情的妮莉亞則是無聲地笑了出來。伊露莉說：

「他們確實是在我們的前方，大約走路三十分鐘就到了。雖然有幾名哨兵站在那裡，不過那只是因為在野外，所以才派人守望。」

「嗯？可是伊露莉妳好像沒花多久時間就回來了？」

伊露莉聽到妮莉亞驚訝的口吻，她答道：

「因為我在森林裡面走路是很快的。」

啊，真不愧是精靈，他們在森林裡面移動的速度真的是非常之快。此時卡爾說道：

「可是我們要是點著火接近他們的話，不會被發現嗎？」

「這樣當然會被發現。」

「那麼我們就不能接近他們了。要想在如此黑暗之中走三十分鐘，是不可能的。」

伊露莉仔細想了一會兒，然後說：

「那麼我一個人潛進去看看吧。」

「不，這樣太危險了。謝蕾妮爾小姐怎麼可以一個人去，千萬不可以啊。」

「可是，因為他們也是人類，在這種黑暗之中我是很有利的。那邊的營火都熄了之後，我再闖進去，應該是不會被抓到的。」

這時妮莉亞說：

「不，可能沒這麼簡單。卡爾叔叔說那些人是盜賊公會的人，如果真是這樣，那他們的夜視能力應該會非常不錯，根本不可能闖得進去。」

杉森露出沉重的表情之後，說道：

「黎明的時候呢？哨兵在那時間是最為鬆懈的。而且黎明的時候，我們會比較容易接近那裡，不是嗎？」

「你說的是很有道理，可是逃走的時候是一大問題，他們會很容易就追到我們。」

「他們沒有馬。」

「啊，沒錯。如果是全速奔馳，一定是我們這一邊會比較有利。」

卡爾點了點頭。

「那麼，我們就先睡覺吧。然後在日出前一刻開始出發。嗯，可是，謝蕾妮爾小姐，他們那邊確實沒有處在特殊的警戒狀態嗎？」

「是的，正如同剛才我所說的，他們做的都是一般的警戒。」

「那麼說來，他們還沒有察覺到我們。嗯，很好。那我們就先睡吧。啊，應該先點火才對。這裡這麼冷颼颼的，我們這樣睡，到明天早上恐怕就會永遠起不來了。」

於是我們先燃起了火堆。剛才在冰冷的黑暗之中坐了一會兒之後，現在一點起火堆，確實有像是得救了的感覺。必須要做記憶咒語的伊露莉和傑倫特先睡，其餘四個人則是輪流守夜。

首先是妮莉亞負責守夜，其餘的人睡覺。我整個人縮在毛毯裡。現在我已經很習慣睡在堅硬的地上，在有樹枝和小石子墊背的這種地上睡著。嗯，我也稱得上是經驗豐富的冒險家了吧？

我把毛毯蓋到頭上。可是，一想到要從漆黑的森林裡又再進入黑暗之中，實在覺得不妥。所以我露出頭來，把手臂枕在頭下，仰望著天空。事實上是完全看不到天空，全都只有樹葉而已。而且那些樹木因為下面有火堆的關係，樹幹下半截是暗紅色的，越往上面就越黑。有時還看得到樹葉被火光照耀成紅色飛舞著，但上面大部分看起來像個黑色的大帷幕。

這也可以說是看起來令人覺得很安穩。到目前為止，我已經在野外睡過無數次了，可是還未曾在像這片森林般有密閉感覺的地方睡過。冬季的野外森林大部分只剩下稀疏的樹枝，我還不曾看過如此茂密的針葉樹林。

上面彷彿是黑色堅硬的天花板，四周越往下面越紅的景象，令人感到很是溫暖。我眨了一下眼睛之後，轉頭往旁邊看去。

妮莉亞悠然地靠坐在樹下，偶爾折一些樹枝，放入火堆。

她的臉被火光照得輪廓分明。隨著火光搖晃，她臉上的影子也跟著跳起舞來。這樣看起來，好像她一直在變換表情的樣子。不過，她並沒有什麼表情。

「看什麼看？」

妮莉亞看也不看我一眼地說道。我一時不知道該做何表情，只是嘻嘻笑了一下，然後說：

「我在看美得幾乎是罪過的美麗夜鷹。」

妮莉亞笑了出來，仍然還是低著頭，說道：

「可是為什麼都沒有男人愛我？」

「啊？」

妮莉亞仍舊低著頭，咯咯笑了幾聲。呵，真是的。
「妳這麼想嫁人啊？」
「不。嗯，不嫁人也沒關係。我只是希望有男人喜歡我就好了。」
「那種男人一個也沒有嗎？」
「嗯。」
「可能是妳沒有仔細留意，才會這樣認為。還有，跟妳的職業也有關係。」
「嗯？跟我的職業也有關係？怎麼說？」
她突然間抬頭，投射出非常感興趣的目光。喂，喂！小姐！如果妳認為現在妳的這句問話，可以拿來問一個才過青春期，仍舊還是懵懵懂懂的十七歲少年，那妳真的未免也太糟糕了。
「因為這種職業過的是躲躲藏藏的生活。」
妮莉亞的眉間擠出橫向的皺紋，她說：
「你說的是沒錯……可是我很少翻牆到人家房子裡去偷東西。啊，當然啦，身為一個真正的夜鷹，是要很小心……嗯，不過，是因為這個原因嗎？」
「妮莉亞，我冒昧問一下，妳有沒有和盜賊交往過？」
「我又不喜歡盜賊，當然沒有和盜賊交往過。」
「啊，是這樣子哦。」
妮莉亞伸長脖子，看了看睡著的人之後，說道：
「嗯，嗯，修奇？」
「什麼事？」
「你們村裡的人都跟你們個性很像嗎？」

「咦？這個嘛……不，等等，妳把我、卡爾和杉森都看成同一種人嗎？我們有什麼共同點嗎？」

妮莉亞嘻嘻笑著說：

「有一種說不出來的共同點。」

「那麼，嗯，我這樣說吧。我從來就不曾認為我們村裡的人很怪異。那麼這也可能是因為我和村裡的人很相像的關係吧。」

「嗯，對，你說得對。」

妮莉亞看著突然往天空竄升的紅色火焰，說：

「這次的事情結束之後，我可不可以去你們村裡住下來啊？」

「住下來？當然好啦。可是妳住下來之後打算做什麼事呢？」

「做什麼事？這個嘛，嗯，我不會耕種，技能方面我只會打鬥和偷東西。唉，你也知道，我連煮飯炒菜也不會。」

「妳不會煮飯炒菜嗎？」

「嗯。」

「哼嗯。真是令人意外。哎呀，沒有關係的，慢慢學就會了。我其實也是因為沒有媽媽，才被我爸逼得練就出一番料理的手藝。」

突然間，妮莉亞的眼裡閃現出一道希望的亮光。

「你爸帥不帥啊？」

我的天啊，不行！

「妳、妳現在是想說什麼？」

妮莉亞很高興地笑著，還點頭說道：

「太好了，嗯，真是太好了。」

「是，我知道妳是說什麼事太好了，不過重要的是，我並不贊同妳說的那件事哦。」

「丈夫會做蠟燭，兒子會煮飯炒菜。嗯，太完美了。那我不就沒事做了？」

「喂，喂。」

「沒關係，沒關係。看你就大概知道你爸多大年紀。嗯，年齡不是問題啦。」

「嗯，雖然說愛是沒有年齡和國度之別……」

「你爸有沒有正在交往的女朋友啊？啊，沒關係。嘻嘻。我相信以我的容貌，絕對可以勝得過她。」

哦，庇佑精靈與純潔少女的卡蘭貝勒啊！哎呀，真的很久沒有呼喚您了。您最近過得好嗎？哎喲，我到底在胡說八道什麼呀！為什麼您所庇佑的女孩都這副模樣呢？咦？您說妮莉亞已經不是純潔的少女了？拜託一下，您是神，不要計較得這麼清楚嘛。在我看來，妮莉亞是純潔的少女，不對，應該是小姐吧？不管怎麼樣，反正就是這樣。如果您說只有像蕾妮那種終生不嫁的少女才是純潔的少女，那也太誇張了吧。啊啊！我仔細一想，您這是怠忽職守！您沒有好好庇佑蕾妮！

我全神貫注地看著天空，專心到即使突然有閃電或隕石之類的東西落下，我也能避得開。我一面看天空，一面說道：

「丈夫賺錢，兒子做飯，那妳到底要做什麼呢？我猜想妳可能連洗衣服或清掃家裡都說是兒子的工作！」

「家裡因為有母親在而變得溫馨，這是很好的事啊。」

「我認輸了。」

妮莉亞抬起下巴對著天空無聲地笑。我起身，說道：

「妳睡吧。我的睡意全沒了。妳好像睡眠不怎麼夠的樣子。妳在如此昏暗的漆黑當中，對著一個躺著要睡覺的純真少年，講出簡直會令人瘋掉的荒謬話語，妳想想看，那個少年會是什麼樣的心情啊！」

「那個少年是誰啊？」

「……妳去睡啦！」

妮莉亞嘻嘻笑著躺進毛毯裡。我走近剛才她靠坐著的那棵樹，坐了下來。

她一面躺進毛毯裡，還一面喃喃自語著：

「我是不是無法當個好媽媽呀？」

我用沉鬱的目光看了妮莉亞一會兒。可是妮莉亞把臉整個埋在毛毯裡，並沒有伸出頭來。我也像是在自言自語似的說：

「妳對妳的小孩來說，應該會是一個好媽媽。所以就不要再想當我媽了。」

過了一會兒，我聽到妮莉亞像在說夢話似的說：

「哈啊……我也不知道我到底可以當什麼。我只是一個技術不夠純熟的夜鷹，到現在為止還一事無成。我到底可以當什麼呀？」

「未來還沒有來臨啊。誰也不知道未來會怎樣。」

「說得也是。」

然後妮莉亞就不再說話了。

我為什麼會沒辦法給她一個肯定的回答呢？

坐了一會兒之後，覺得有些冷，我拿了毛毯圍在肩膀上，然後慢慢地環視附近。四周仍然還是一片漆黑。有時我感覺黑色的帷幕裡好像有什麼東西在移動，但卻都沒有任何東西。如果真要說有東西移動，那可以說是風正在移動嗎？夜風好像正在小心地接近火堆周圍，然後席捲了火堆的熱氣湧升上去。

那些低矮的樹枝上，生成了一些奇形怪狀的影子。樹上那些奇怪的影子好像是看著我的人臉，或者經過身邊的動物模樣。我噗哧笑著把一根樹枝折斷。

啪，啪。（斷裂聲）

等等，太奇怪了吧？我明明是折斷了一次，怎麼會響兩聲呢？

啪。

我輕輕伸出腳，踢了踢杉森的肩膀，還低聲地說：

「不要出聲，聽好。好像有東西在接近我們。」

雖然杉森沒有移動，但他確實醒過來了。他慢慢移動他的手，拿起了長劍。

啪，啪。

現在我確定有東西在我們周圍。我往右邊跑，杉森往左邊翻滾身子。可是我們依然還是一句話也沒說。我們開始無聲地緊急將身邊的人搖醒。而就在此時，攻擊開始了。

鏘鏘！

「有人偷襲！」

有兩種聲音同時響起。一個是杉森用劍抵擋住攻擊的聲音，還有一個則是我的喊叫聲。大家陸續起身，但另一邊攻擊我們的人馬也陸續來到。在樹木之間響起一些快速移動的腳步聲，以及沙沙響聲。就在這時候——

「呃啊啊啊！」

這慘叫聲聽得我血管都快凍結起來。杉森發出一聲很可怕的尖叫聲，嚇得我趕緊往後看。

「呃呃呃！」

竟有兩個杉森！

兩個杉森原本正在互相用長劍碰擊。他們看清楚彼此的臉孔之後，都被嚇得各自往後退了一步，就連呆愣住的臉孔也是一模一樣。這到底是怎麼一回事啊？這時候，另一邊傳來了喊叫聲：

「德菲力神啊！」

「我的天啊，這個人不就是我嗎？」

傑倫特？我轉過頭去。兩個傑倫特各自拿出聖徽之後，看到對方的臉孔而驚嚇住了。這到底是什麼誇張的場面啊？這時候，一道喊叫聲從我的頭上響起：

「三叉戟的妮莉亞！」

什麼呀？可惡，一點都不好笑！我勉強用一字無識的招式舉起了巨劍，格擋住從我頭上揮擊下來的三叉戟。對方被我格擋住之後，往後跳了一步，然後喊道：

「呃啊！修奇？你在這裡幹嘛？」

我的天啊，攻擊我的人竟然是妮莉亞。而她後面又有一個妮莉亞喊道：

「妳是誰呀？」

剛才攻擊我的妮莉亞往後一看，驚愣地嚇了一大跳。而另一個妮莉亞也同樣是驚嚇的模樣。

「啊啊！」

「這不是我嗎？」

卡爾跑到我身後，然後喊道：
「這到底是怎麼……呃？」
我看了看前方，簡直嚇壞了。在另一邊，我正拿著巨劍看著我，而在他後面有一個卡爾緊張地把弓放了下來。我看到我的樣子，不禁顫抖了起來。這到底是什麼情形啊？
就在這時候，這一邊和另一邊的卡爾同時喊道：
「是複製怪！」
他們聽到彼此所說的話，露出訝異的表情。我看了看長得跟我一模一樣的傢伙，實在是覺得啼笑皆非。那傢伙似乎也是跟我一樣覺得啼笑皆非。他說道：
「這實在是太令人難以相信了！喂，你，真的是我嗎？」
那傢伙到底是在問誰呀？等等，我應該要冷靜下來。
「等等，我考你一個問題，來決定誰是真正的修奇。杉森的情人叫什麼名字？」
「嗯？如果是你，你就會說出來嗎？」
「我不會說……那麼他真的是我嘍。」
那一邊的杉森打了那一邊的修奇，而這一邊的杉森則是朝我打了一下。
「這傢伙！」
啪！唉唷，我的頭啊。就連在這種情況下，我也顧及情誼而沒有對杉森說任何的話，由此看來，那個人真的是我。在那邊互相呆望著對方的伊露莉，應該也是跟我們一樣的心情。他媽的！我實在看不出哪一個是「我們」的伊露莉！不管怎樣，有一個伊露莉開口說：
「妳是我嗎？」
「好奇怪。妳真的是我！」

「是啊。嗯，這實在是令人驚訝不已。」

「是的。我無法理解怎麼會發生這種事。」

我的天啊。兩個伊露莉彼此很有禮貌地談論了起來。我一看到這幅光景，簡直快瘋了。而卡爾們也慌張地說：

「等等！請大家都不要打鬥！請不要攻擊任何一個人！」

「對！我們先釐清現在是什麼狀況吧！」

真的是一模一樣的口吻。卡爾們用眼角瞄了彼此一眼，然後歪著頭想了一下，說道：

「原本睡在火堆周圍的人，請到我旁邊來！」

「對！請各位停一下！原本計畫要去偷襲涅克斯一行人的人，請到我旁邊來！」

那一邊和這一邊的卡爾一面喊叫，一面對於彼此所說的話露出了啼笑皆非的表情。什麼話呀？原本計畫要去偷襲涅克斯一行人的人，不就是我們嗎？

過了不久，我們變成以對峙的狀態對看著每個人。可惡，這到底是什麼怪異的事呀？在另一邊的妮莉亞一面看著我們，露出糊裡糊塗的臉之後，又再看了看她自己那邊的一行人，然後一副滿臉疑惑的表情。杉森們互相瞪視對方，並凶悍地舉著劍，伊露莉們則是冷靜地觀察著杉森們。

我對著面帶和我一模一樣的迷糊表情的修奇說：

「喂，嗯，我就先叫你修奇吧。你要是我的話，就沒必要對你客套……哎呀！真傷腦筋！」

「哎喲，喂，是誰應該要傷腦筋啊？我跟你說，在我接受你這傢伙是真的修奇之前，我的自我意識是非常清楚透徹的。」

「這說話的語氣……天哪。簡直和我相像得快令人噁心肉麻了起來。喂！你是賀坦特村的什麼人？」

「你該不會也想說，你跟我一樣是蠟燭匠候補吧？」

哇，哇！我快瘋了。這個人鐵定是我。簡直一模一樣嘛！妮莉亞神情訝異地看著妮莉亞，說道：

「那、那個，我、我問妳……哎呀，算了。」

「咦，啊？妳該不會是想問我正想問妳的那個問題吧？」

「我的媽呀！」

「我的媽呀！」

妮莉亞們互相臉紅了起來。她們到底是想問什麼呀？另一邊的一行人呆愣愣地看著他們那邊的妮莉亞，而我們一行人則是傻愣愣地看著我們這邊的妮莉亞。我們這邊的卡爾首先說道：

「我看這情形好像……不是複製怪在搞鬼的樣子。嗯，我應該叫你賀坦特先生嗎？」

另一邊的卡爾皺起眉頭說道：

「這似乎不是很恰當。我覺得以自己的名字來稱呼對方，應該不是很恰當吧？」

「是，嗯，可是此時我實在是想不出來有什麼恰當的稱呼啊。」

真是快瘋了！另一邊的杉森搔了搔頭之後，說道：

「喂！嗯，你！你剛才在這裡是在做什麼？」

而這一邊的杉森則是咬牙切齒地說：

「我們當然是在這裡等著要去救出被涅克斯擄走的蕾妮啊！而你是在這裡做什麼呀？」

「他媽的。我們是要趕著衝去救蕾妮！」

我們這一邊的杉森隨即歡呼著：

「呀哈！是嗎？你這個冒牌貨，被我逮到漏洞了。你是假的吧？」

「什麼呀？你不要胡說八道！」

「如果你不是假的，你怎麼會說我們趕著衝去有二十個人之多的盜賊那裡呢？要是我的話，我是絕對不會這樣說的！」

「真是可笑！我們是決定由伊露莉先召喚睡精，用睡眠術將他們都弄睡了！然後我們再去攻擊那些沒有睡著的人，這樣就行了！」

我們這一邊的伊露莉隨即露出了驚訝的表情。我們的伊露莉轉頭向另一邊的伊露莉說道：

「對啊，可以用這個方法。可是如果要用這個方法，就必須接近涅克斯他們才可以，不然要如何帶著夜視力不夠好的人類去接近涅克斯他們呢？」

接著，那一邊的伊露莉便歪著頭回答：

「雖然夜視力不夠好，但是你們這樣點了火堆，即使是在很遠的地方也看得到。」

「啊，我懂了。妳把我們這個火堆看作是涅克斯他們的火堆了，是嗎？」

「是的。傑倫特先生說，這片森林裡絕對不會有人進來，所以我們沒有想到會有其他人進來。」

「啊，是，事實上我們也想過要摸黑接近他們，但是涅克斯他們一行人距離我們很遠，我們無法在黑暗之中接近，所以才決定等到視線轉好時的黎明時分再行動。」

「啊啊……是，我瞭解了。」

這實在是一番非常奇怪的談話。伊露莉們甚至還互相對彼此輕輕笑了一下。不過，我們也因此得以按捺住彼此要動起刀劍的想法。另一邊的卡爾用認真的表情說道：

「照我們這樣你來我往的話語看來，我們是同一個人。這真是奇怪的事。我們對於從伊斯公國的那吳勒臣追到此地的這段期間所發生的事，都記得很完整。可能你們也是吧？」

「您說得沒錯。之前的事想必您一定記得很清楚吧？」

「是的。」

「是否有理論可以解釋現在這種情況呢？」

「如果你是我的話？」

「我想是沒有。」

「是。」

傑倫特走到我身邊，說道：

「等一等，那麼說來，我們應該盡量不要做出傷害彼此的事吧？嗯，雖然我們也不可能共存在一起，但先暫時把武器收起來再談吧。」

另一邊的傑倫特也點了點頭，看了一眼他們那邊的卡爾。在兩邊的默契之下，我們把武器全都收了起來。杉森們就連最後面帶不甘把劍收進劍鞘裡的動作，都是一模一樣的。

接著，我們又再彼此瞪視著對方。他媽的！我越看那個修奇，越覺得不高興。眼睛、鼻子、嘴巴，沒有一個地方和我不一樣，他長得和我一模一樣！那個修奇一面雙手交叉在胸前，一面像是很看不順眼地看著我。哼！你竟然敢這樣瞪我？這傢伙，居然懷疑我！我可確確實實是真的修奇啊！不過依我看，那個修奇也一定正有這種想法。

我們這一邊的卡爾深呼吸了一口氣之後，說道：

「我們這個樣子應該不是複製怪在作祟，因為不可能連彼此的記憶都一模一樣。那麼這到底是什麼呢？」

「呃啊啊啊！」

妮莉亞怎麼了？卡爾這番話有這麼令人驚訝嗎？我看了看妮莉亞，可是她卻正望向完全不同的方向。我們朝向妮莉亞望著的方向看去。

「呵，呵呵……」

卡爾像是精神異常似的笑著。這也實在不能怪他。

在火堆的微弱亮光幾乎快照不到的邊緣，出現了一群表情驚訝的人正在看著我們，而他們竟然就是我們！

三個卡爾互相嚴肅地看著彼此，三個杉森則是互相對彼此叫囂著。三個伊露莉看起來還是像剛才只有兩個伊露莉時一樣，很高興可以遇到和自己講話的難得場面。嗯，其實她也不是很高興，只是那種沉著冷靜的樣子讓我看了有這種感覺。

三個妮莉亞像是快看不下去似的發顫地看著彼此，三個傑倫特則是互相懷疑地看著對方。三個我則是……真是一點也不好玩。就算開個玩笑，但是這些人全部都是我，所以根本就行不通。不，應該說我根本就沒有開玩笑的心情！

某一個卡爾說道：

「好，等一下再解釋清楚吧，首先我們先不要互相搞混在一起。最後走到這裡的那些人，請都站到我的旁邊，然後，都捲起右手的袖子。」

嗯，這個卡爾好像是最後出現的卡爾。接著，另一個卡爾說道：

「剛才睡在火堆旁邊的一行人，請全都捲起左手的袖子。可是……」

另一個一直沒說話的卡爾接著說道：

「竟然要把我和我區分開來，這實在是件非常奇怪的事啊。」

「是啊。可是為了便於對談，這是情非得已的事。」

於是，我就姑且先捲起了左手的袖子。在這種簡直讓人糊裡糊塗的情況下，大家互相用眼角瞄了瞄彼此的袖子之後，隨即一群一群地聚在一起。我整個思緒亂七八糟的，朝向捲起了左手袖子的卡爾身旁走去。某個卡爾說道：

「我們一定是中了某種魔法。是存在於這片森林裡的魔法嗎？」

「或許是吧。嗯。我們姑且先比較彼此的記憶吧。」

「好吧。那麼我可以先問嗎？」

為什麼這些卡爾有辦法如此和氣地對話呢？他們真是太令人敬佩了。有三群之多的我們開始注意聽卡爾們的對話。

有一個卡爾說：

「是，那麼我要問了。賀坦特領地的領主叫什麼名字？」

「我當然知道我兄長的名字叫……」

有一個卡爾答話答到一半突然間停了下來。咦？他是捲了左手袖子的卡爾，那麼也就是我們卡爾嘍？捲了左手袖子的杉森驚訝地問道：

「啊，卡、卡爾！你怎麼了？」

我們卡爾以絕望的表情說道：

「我想不起來……天啊！我竟然想不起來我兄長的名字！」

其他兩群的我們開始不停地打量著我們。什麼嘛，可惡！怎麼可以懷疑我不是我？捲了右手袖子的杉森嘻嘻笑著說：

「哈啊！這實在是太說不過去了吧。卡爾竟然會想不起來我們領主大人的名字？」

我們杉森當場氣得想要衝過去。就在那時候，我喊道：

「等一下！你，喂，修奇！他媽的，這是什麼跟什麼呀！我竟然在叫我自己！不管怎麼樣，我們爸爸叫什麼名字啊？」

沒有捲袖子的修奇噗哧笑著說：

「混蛋傢伙，開什麼玩笑！爸爸的名字是……爸爸是……」

沒有捲袖子的修奇的臉孔突然間變得很蒼白。我看到那個修奇突然露出煩惱的表情，其實是一件既痛快同時又讓我也覺得很煩惱的事。要是現在有人問我瘋掉是什麼樣的感覺，我應該可以非常詳細地說給他聽吧。沒有捲袖子的修奇很沮喪地說：

「等、等等！怎麼可能呢？我竟然想不起來我爸爸的名字……」

接著，沒有捲袖子的傑倫特向那個捲了右手袖子的傑倫特問道：

「那個，請問一下。哎呀，真是的！因為你是我，所以我不應該有什麼好不高興的吧？你說說看，我們修道院裡養了幾隻鴨子？」

這真是一個了不起的問題啊！捲了右手袖子的傑倫特一面抬起下巴，一面說：

「當然是十二隻嘍。」

「不對！上一回那個修煉士……他生病的時候我們殺了一隻鴨子！你不記得了嗎？不過，等等。那個修煉士是叫什麼名字呢？」

捲了左手袖子的傑倫特隨即答道：

「他叫霍斯。沒錯，霍斯是生病了。可是，那時我們有把鴨子給殺了嗎？」

捲了左手袖子的杉森喊道：

「真是的，這實在是太荒唐了！喂！你！我們守備隊員總共多少人數？」

被指名的是那個沒有捲袖子的杉森。他氣得抖著下巴，沒勁地說：

「這是什麼可笑的……我想不起來有幾個人。」

「這未免也太荒唐了！你這傢伙！你居然不知道守備隊員總共多少人？」

「他媽的，我想不起來！你這傢伙，那麼你倒是說說看，隊員裡面有誰拿的是鍍銀的長劍？」

「什麼呀！當然是海利和透納！」

捲了右手袖子的杉森一副不相信的表情說道：

「咦？等等。不是賈倫和透納嗎？」

接著，沒有捲袖子的杉森按著他自己的頭，說道：

「我的天啊……這個笨蛋！不對，我這豈不是在罵我自己。應該是海利、賈倫和透納他們都有拿！」

我們全都糊裡糊塗地互相對望著。此時，捲了右手袖子的伊露莉說：

「那麼說來，大家現在在這裡的三個自己，都各自記著對方不記得的記憶。換句話說，各自都忘了一部分的自己。」

什麼？這實在是令人驚訝得說不出話來。我們就這樣說不出任何一句話地看著伊露莉。這時候，捲了左手袖子的伊露莉點了點頭，說道：

「好像是這樣。那麼我們現在應該是已經被分成了三個，彼此擁有的，應該是對方所沒有的部分吧。」

「不要再說了！」

某個卡爾突然大聲喊道。而其他的卡爾也隨即臉色蒼白地互相看著彼此。

「你……好像想到我在想的事？」

「真不愧是同一個人，彼此心靈相通。」

捲了右手袖子的妮莉亞，表情緊張地向捲了右手袖子的卡爾說道：

「卡爾叔叔，到底是什麼事？怎麼了？」

捲了右手袖子的卡爾咬牙切齒說：

「不要再互相問問題了，越是問問題就忘得越多。我剛才還有一些記憶，可是每當你們各位互相說話，我就感覺到我又忘掉了一些。」

「咦？」

「各位回想一下你們的記憶。各位應該會有重要的記憶，也有不重要的記憶。不管是什麼樣的記憶，應該是已經有某些記憶是怎麼樣也想不起來了。」

「沒有錯。」

回答的人是卡爾。不過，在這裡的卡爾們全都個個緊閉著嘴巴。三群的我們簡直都快昏倒了，而我們望向傳出卡爾聲音的方向。

第四群我們正在朝這裡走來。

04

第四群我們看到另外的三個自己，也是大吃了一驚。第四個妮莉亞看得昏了過去，第四個杉森則是很用力地在揉他的眼睛。但是第四個伊露莉則是和其他伊露莉同樣地一派沉著。

捲了右手袖子的卡爾，語帶苦澀地對第四群的我們說道：

「你們必須要把兩手的袖子捲起來。我們現在是用這種方法區分彼此的。」

「是嗎？好。有三個之多的我，要我接受他們的規定，看來我是一定得遵守了。呵呵。」

第四個卡爾把兩手的袖子都捲了起來，說道：

「謝蕾妮爾小姐，嗯，也就是我們這邊的謝蕾妮爾小姐發現了你們，然後把我們帶到這裡來。我剛開始以為你們是複製怪，可是哪裡會有三群之多的複製怪呢？在我想到這個問題之時，才驚覺到我連什麼是複製怪也不知道了。我要問問我自己，你知道什麼是複製怪嗎？」

捲了右手袖子的卡爾，吁了一口氣才回答道：

「是一種殺了人之後偷走那個人外貌的怪獸。牠會扮成那個被殺的人，做那個人的替身。」

「啊……原來如此！」

兩手袖子都捲起來的卡爾點了點頭。然後他轉身開始向自己那群，也就是兩手袖子都捲起來的我們做說明。真是的，看到這幅光景，不就等於是自己的靈魂出竅嗎？

「各位，看來我們各自的記憶已被切割開來，分到另外生出來的我們各自身上了。所以，我們每一個都是真實的人。」

「什麼？你說什麼？等一下，你是說那些東西都是『我』嗎？」

兩手袖子都捲起來的杉森一副快要氣炸的樣子。傑倫特和伊露莉一起扶著妮莉亞向這裡走來。

「大家都是我們，沒有別人，所以請讓開一下吧。妮莉亞昏過去了。」

我們趕忙讓開來，讓第四個傑倫特和第四個伊露莉把妮莉亞扶到營火的旁邊躺下。另外三名妮莉亞看著這個昏過去的妮莉亞，臉上浮現的不是同情，而是恐慌害怕的表情。

兩手袖子都捲起來的卡爾對著其他的卡爾問道：

「你們就是我，向自己發問實在有些奇怪。不管怎樣，你們各位彼此都有交談過了，有沒有發現什麼原因呢？」

「還不確定是什麼原因。現在只知道我們在對彼此提問題的時候，會再分裂出另一個我們來。」

「提問題？你指的是什麼樣的問題？」

「也就是在對彼此確認身分的時候，就會發生這種情況。」

然後捲了右手袖子的伊露莉一面發著抖一面說：

「也就是說……」

然後捲了左手袖子的伊露莉一面發著抖一面說：

「對自己……」

接著另一位伊露莉接著說：

「產生懷疑——」

接著最後的伊露莉把話完成了，她說：

「——的時候。」

啪啊啊！

空間像是被濃縮了一段，我的身體全都失去了重量。時間既是暫時停駐了下來，而同時也飛快似的流逝而去。就如同打從我出娘胎開始活到現在的十七年，在一瞬間從我眼前飛逝過一樣。現在既是白天，也是晚上；周圍的一切都成了虛空，也成了宇宙。但是四周什麼也沒有，散布著一些沒啥用處的物體。那些物體有著各自的時間流程，但是沒有一件物體在移動。

而我仍然是我。

我現在是捲了右手袖子的修奇，也是瞪視著捲了左手袖子那個修奇的沒有捲袖子的修奇。而且也是最後一個出現看著另外三個修奇的修奇。

我不久前還想起和杉森一面走路，一面計畫如何襲擊涅克斯的計畫的我。然後看到另外兩個我，也令我想起了一些驚嚇的記憶。我聽著卡爾的說明，看著另外三個我。

但是我只有一個。

大家都是只有唯一一個的個體。卡爾也是，杉森也是，伊露莉也是，妮莉亞也是，傑倫特也是，我當然也是。

我們茫然地看著彼此。杉森一副無法相信的表情說道：

「我全、全都想起來了。我在看我，而我就是我，他媽的！連話都說不清楚！反正那些人都是我啦！」

妮莉亞也是一副呆若木雞的表情。

「我……昏過去了。不是，我剛才在俯看著昏過去的我……哦哦？這到底是怎麼回事？」

伊露莉冷靜地回答道：

「已經回到原來的自己了。」

卡爾吁了一口氣說：

「沒錯，我們都回到原本的自己了。」

呼！往旁邊一看，是一屁股坐到地上的傑倫特。他用看似相當平穩的姿勢坐在地上，眼光空洞無神。他說道：

「怎麼回事……真是的，我一點沒辦法理清思緒耶？哈哈，四名傑倫特的記憶合起來就是我呀！真是的，我前後還是連接不上。」

「似乎大家都是這樣。反正，大家都是自己，沒關係吧。」

「這麼說，我們是在懷疑自己的時候，才會發生自我分裂的事嗎？」

「好像是這樣。」

「然後、然後伊露莉小姐看出了這個原因，所以她讓我們回復到原來的自己？」

「應該是這樣吧。多謝妳，謝蕾妮爾小姐。」

卡爾向伊露莉點了點頭，表示謝意。伊露莉也點了點頭，可是她馬上往我這裡看過來，對著我說：

「修奇。」

「什麼事？」

「我只是做一下確認。修奇你剛才是在做看守的工作吧。你有沒有對自己產生懷疑呢？」

伊露莉這麼一問，大家的視線全都集中到我的身上來了。什麼跟什麼呀？居然說我懷疑自己？

「什麼？我沒有啊。這個一點道理也沒……」

突然間，我和妮莉亞的視線相遇。妮莉亞嚇到似的大叫：

「原來如此！」

我們全都看著妮莉亞。妮莉亞蒼白的臉上淚水快要奪眶而出。她說：

「原來如此，就是我，都是因為我的關係！」

「妮莉亞小姐？」

「我、我剛才在想我自己有多麼糟糕，在想著我不知道來這裡做什麼。還有，在進入這永恆森林之前，就像我之前所說的，我……就算我現在、立刻、馬上死了，也不會有任何人知道，也沒有人關心……嗚嗚！」

杉森眨了眨眼看著妮莉亞。卡爾做了一個大大的深呼吸後，馬上露出溫暖的笑容，走到妮莉亞身邊，拍了拍她的肩膀。

「妮莉亞小姐。」

妮莉亞突然一下子抱住了卡爾。

「嗚，哇哇哇！」

卡爾不好意思地笑了一下，拍拍妮莉亞的背。妮莉亞上氣不接下氣地號啕大哭，卡爾冷靜地跟她說：

「妮莉亞小姐，我們大家都在一起呀！妳怎麼會有這種悲觀的想法。」

「是的。啊、啊、嗚。就是這樣的。所以、所以我才一起到這裡來了嘛，和、和各位一起、和各位一起的話，消失我也甘願。這是我的真心話！嗚、嗚哦！我、到底是個什麼樣的人，我、沒人愛，我也不曾愛過別人，嗚哦，呃！」

我們靜靜地望著他們兩個。杉森開始搔他的後腦杓，傑倫特則用祈禱般的神情看著妮莉亞。

「妮莉亞小姐，有我們在啊，我們都愛妮莉亞小姐啊。」

「嗚嗚、嗚！對不起、對不起，都是我。呃呃啊！我、我太喜歡大家了。太喜歡、太喜歡了！所以、嗚、嗚。所以我才更悲慘。我、我是個卑賤的小偷，也不會煮飯，什麼事也不會做，嗚、呃嗚。而大家卻對我這麼好。杉森、杉森那天早上還對我那麼親切、那麼親切……嗚嗚、嗚嗚。」

「我們愛的不是妳的才能啊，妮莉亞小姐。」

「所以啦！是啊，嗚，你們不會以需要、需要來選人，哇哇！嗚嗚嗚！咯！不會根據你們的需要，即使是很悲慘、很悲慘的人……嗚嗚嗚！」

「妮莉亞小姐……」

卡爾靜靜地拍著妮莉亞的背部，而妮莉亞則是哭得上氣不接下氣。妮莉亞在卡爾的懷裡哭了好一會兒，到後來哭得太累而睡著了。

您看吧，卡蘭貝勒，我雖然不太喜歡像「我就說嘛」之類的說話語氣，可是現在卻不得不說這句話了。我說了什麼？我說妮莉亞是純潔的少女，哦！不，應該是小姐吧？如果您有異議的話，請您當場現身在我的面前說吧！

我現在的心境非常沉穩鎮定，就算神出現在我的面前，我也一點都不會驚訝。不過卡蘭貝勒沒有現身，真是好險吶！

卡爾和伊露莉一起扶著妮莉亞，讓她躺下。大家都訝異得睡意全消。卡爾沒有針對特定的人說：

「妮莉亞小姐原來有我們意料之外脆弱的一面。」

杉森嘟起了嘴，看著熟睡的妮莉亞。我也回頭看了看她。熟睡的妮莉亞大概是因為身體很虛弱的關係，臉龐看起來相當削瘦，頭髮也亂成一團。這時杉森說話了：

「哈哈！她現在這個樣子，真難想像她本來像個潑婦呢！」

傑倫特聽到杉森這樣形容她，噗哧笑了出來。我也聳了聳肩膀。

但是我記得一件事。那一天，和妮莉亞一起被關在拜索斯恩佩的盜賊公會裡時，在漆黑中，她讓我看到的是一個心靈受傷的人。為什麼我會在剛才暫時失去了這段記憶呢？

卡爾看了看四周說道：

「雖然大家已經知道這是怎麼一回事了，不過，我還是希望這件事情從今天晚上過後，各位就不要再提起。等到明日清晨，太陽升起之時，妮莉亞小姐就再度回復到原來的妮莉亞小姐。大家如同往常一般地對待她就好，我不希望妮莉亞小姐為這件事情再度受傷。」

「好的，您的想法非常正確。」

傑倫特一面笑一面說。我則是摸了摸鼻子，點點頭，可是一看伊露莉，我發現她滿面愁容。

「伊露莉？」

「啊，什麼事？」

「啊，沒什麼，只是有些事要請教妳。剛才妳好像完全沒有受到驚嚇？」

「什麼？我當然也嚇到了。」

「啊，除了嚇到以外，有沒有感到害怕或是生氣的感覺呢？」

「什麼？為什麼會感到害怕或生氣……？啊，我懂了，因為各位每個人的情況都不相同吧！」

卡爾插了一句話：

「喂，尼德法老弟，精靈是優比涅的幼小孩子啊！」

然後伊露莉接著說：

「是的。對你們來說，你們不會碰到和自己有一模一樣想法和行動的另一個生物體。但是我們所有的精靈都具有協調性，所以不會感受到像你們所感受到的驚嚇的程度。也就是說，碰到和自己意見一致的生物體時，不會有那種生存的威脅感。」

什麼生存的威脅感？這句話好難理解。

「嗯，也就是說，我們人類是因為彼此的相異點，才會感受到自我的存在嗎？」

「是的，這就叫做個性嗎？我不太清楚正確的說法。」

「啊，妳說得沒錯，原來是這樣，我懂了。可是，我還想再問一件事。」

「什麼事呢？」

「妳為什麼看起來心神不寧的樣子？」

我一說出口，其他人也同時望向伊露莉，伊露莉靜靜地回答道：

「啊……我在擔心涅克斯一行人不知怎麼樣了。」

「呃，啊！」

卡爾發出了慘叫般的聲音，伊露莉突然站起身子，說道：

「你們待在這裡吧，我無論如何非去看一趟再回來不可。雖然無法得知他們一行人會不會對自己產生懷疑，不管怎麼樣，既然知道了在這座森林裡會發生這種事，就非去看一下不可。」

卡爾臉色發白，他說：

「是啊，完蛋了。」

「什麼事完蛋了？只不過是心情不太好嘛……」

杉森滾動著眼珠子問道。然後，卡爾煩惱地咋舌，回答他：

「喂，費西佛老弟，你剛才看到了另一個費西佛的時候，不會想殺了他嗎？」

杉森張大了嘴，看著卡爾。

「什麼？啊……不會到那種地步……原來是這樣啊。沒錯，你的推測沒有錯，我會想殺了他。」

「當時我也是一樣啊。」

「卡爾你也是嗎？可是，剛才一點也看不出來你有……」

「因為我還可以控制自我的行為，費西佛老弟！可是我自己知道有一股非常旺盛的殺意。如果不是這樣的話，那還算是人類嗎？」

殺意，殺意？對自己本身懷有殺意？是想要殺死自己的感覺嗎？

老實說，我沒有辦法否認這件事。我不喜歡看到一個和我一模一樣的人，甚至想把他殺死。因為我有一種自己會從這個世界上消失的感覺。

我想起了我戴著ＯＰＧ時的記憶。戴著ＯＰＧ的人要避開食人魔才能行動。真是的，這是因為會感受到彼此的生存！威脅到彼此個體！我現在瞭解了，我完全懂伊露莉所說的「生存的威脅感」是什麼意思了。

杉森也是馬上就臉色發白起來。是啊！沒錯，當我看到另一個我的時候，會有一股莫名至極的恐懼感。同時，還想將另一個我除之而後快。但是我們沒有展開一場激烈爭鬥的原因是，沒錯，就是我們很幸運有伊露莉和卡爾在我們一行人之中，所以才能冷靜沉著地應付這件事情。可是，涅克斯那一行人裡，有像伊露莉或卡爾這樣冷靜的人物嗎？

伊露莉立即轉了身子，丟下一句：

「我馬上回來。」

然後她就消失在黑暗中了。

剩下的我們，為了避免看到彼此不安的表情，於是有的看看天空，有的在望著營火發呆。真是的，那一群二十多個的傢伙，萬一碰到了和我們一樣的事情，不知道會不會一下子變成八十幾個人出來。如果這種情況的話，一定會發生可怕的戰鬥。那麼，被捲入這場戰鬥的蕾妮會變成什麼樣子呢？這些混蛋們！

傑倫特忍不住說道：

「我們舉著火把去吧！如果沒發生什麼事的話，再逃回來就好。可是，如果發生了什麼事，要把蕾妮救出來才行。沒有誰知道在戰士們廝殺的時候，身陷其中的蕾妮會發生什麼樣的事。」

「可是……如果在這裡讓他們逃掉的話，以後就更難救出蕾妮了。現在我們的行蹤還沒有被發現，救出蕾妮的可能性還很大，但是我們的行蹤如果被發現的話，他們便會提高警戒，到時候要救蕾妮就難如登天了。」

卡爾慎重行事的回答，讓傑倫特露出一副不滿的表情。於是，卡爾突然用一種小心翼翼的口吻，問道：

「等一下，難道你現在是以德菲力權杖的身分在說話？」

傑倫特搖了搖頭。

「不，不是的。我沒有一個確切的答案。德菲力沒有給我任何的指示。我雖然想去，但是我沒有得到德菲力的確認，這個我可以分得很清楚。德菲力並沒有給我任何承諾。」

「這樣嗎？嗯，那麼雖然有些不放心，不過我們還是等謝蕾妮爾小姐回來再說吧。可是我們要做一下準備。喂，費西佛老弟、尼德法老弟！」

「知道了。要做好隨時可以出發的準備？」

「嗯。」

我和杉森捲起了毯子，整理行李，把馬匹們弄醒，裝上馬鞍。馬兒們都發出嗚聲抗議，可是現在沒有空閒去理會牠們的抗議了。我們一邊安撫馬兒，一邊整理行李，做好了出發的準備。

過了不久，如同在黑暗中滑行的伊露莉出現了。

「請大家起身吧。發生了很嚴重的事。」

伊露莉一現身就說了這句話。我們都訝異地看著她。伊露莉的臉上，該怎麼說呢，好像馬上就要哭了出來的表情和極度恐懼驚嚇的表情各摻一半，混雜在一塊。雖然是很罕見的表情，但那並不是我所熟悉的伊露莉的表情。我們沒說話，叫醒了妮莉亞後，就紛紛跨上了馬匹。妮莉亞揉著眼說：

「咦，怎麼了？還是半夜呢……」

杉森立刻回答她：

「涅克斯他們那邊發生事情了，我們必須快點趕去。」

妮莉亞張大了眼，一下子就上到了馬背。大家都上了馬之後，伊露莉要我和杉森拿出劍來，然後她馬上就施展了法術：

「Light!」（光明術！）

施法做了兩次光明術之後，杉森的長劍和我的巨劍馬上就閃閃發出光芒來。從劍身發出的亮光，讓我們可以行走在森林道路間。伊露莉和妮莉亞騎的黑夜鷹率先出發，然後是我和杉森舉著劍開始前進，最後是卡爾和傑倫特跟在後面。

我們一面奔馳，從劍身發出的青白光使四周的森林景物變成一幅詭異的模樣。而且在這個恐怖的森林中奔馳的我們，看起來並不像是人類在奔馳。前面是舉著發光的劍身的兩名騎士，跟著的男子及女子都顯出陰森可怖的面龐，好像一群亡靈在森林中疾走一般。但是我們都沒有任何交談，只是盡快地在這黑暗的森林中行進著，嗒嗒嗒嗒……

就這樣無聲無息地不知道走了多久。

好像從遠方隨著風聲傳來了微弱的呻吟聲。怎麼會有呻吟聲呢？我們更是加快了速度。然後眼前突然一亮，我們走到了森林中的一片空地上。

「唔呃！」

前面的妮莉亞喊了一聲，在我們面前正是一幕悲慘至極的慘劇現場，凌亂地呈現在眼前。

那是自己殺死自己的慘劇現場。

這到了會讓人暈厥的地步。營火雖然已被泥土覆蓋熄掉，但是周圍還有許多東西還在著火，照亮了這片空地。這其中竟然有的火光是在屍體上燃燒著。寬廣的空地上到處沾染了血跡，空氣中充斥著血腥的氣味，到了讓人無法呼吸的地步。

但是比這些還慘的是，令人不忍卒睹的數十具相同的屍體橫躺在地上。

那個模樣就好像好幾十對的雙胞胎彼此廝殺之後的慘狀，有一模一樣的人，互相用刀插入對方的心臟，倒下而死。有更多對長得一樣的人，橫死在各處，而且他們都像是就算對其他人也下不了這種毒手，可是卻都對自己犯下這種不可原諒的錯誤。很多屍體的臉都被劃得亂七八糟。

是啊，看到和自己一模一樣，這世界上最可怕又最令人憎惡的敵人模樣，真的是會看不下去。但是我現在看到的這一幕畫面又算什麼呢？有一個人亂刀揮砍對方的臉龐，結果背後中了一刀，然而他倒下的時候，看起來就像是要親吻那張血肉模糊的臉。但是這兩張臉孔是一模一樣的。

妮莉亞從馬上跳了下來，立刻轉身跑掉。

「唔嘔！」

真是的，吐得太大聲了吧！我也快要吐出來了。我費力地忍住身體的不適，從馬上下來。杉森已經瀟灑地向前走了過去。他看了看四周，馬上將手伸到一個躺在地上的屍體懷中。

我以為杉森要翻找屍體身上的東西，就在我差點要吐出來的時候，杉森突然大叫說：

「還活著！傑倫特！」

傑倫特面色慘白，顫抖著走了過去。他走到杉森指的那個人身邊，馬上開始祈禱。全身冒汗的傑倫特說：

「怎麼會這樣……我的睡眠不足，所以無法集中精神呢……而且他的情形太嚴重了。」

「你盡力就好了。拜託你了。」

我和卡爾走到傑倫特的身邊。在那群屍體中，有一名還在喘息著的男子。可是看來救活的希望不大。他是被攻擊到心臟部位，到現在還從胸口流出血來。傑倫特將發光的手蓋在他的心臟部位，他馬上就彈了起來。我們嚇了一跳，往後退了幾步，再仔細一看，原來剛才是施法術而引起的痙攣。傑倫特絕望地說道：

「這個人已經沒有希望了。」

但是這時，杉森馬上對著那個人大叫說：

「喂，蕾妮、蕾妮怎麼了？那個紅髮女孩啊！」

「咯咯咯！」

這名男子發出了一陣可怕的咳嗽後，張開了眼。但是他好像什麼也看不見，眼睛完全對不準焦距。男子用非常微弱的聲音說道：

「是……複製怪……呃啊！」

「笨蛋！不是複製怪！那是你們自己啊！紅髮少女，紅髮少女到底怎麼了？」

杉森雖然大吼大叫了一番，那名男子似乎什麼也聽不到，只是不斷地呻吟。杉森正咬牙切齒的時候，男子突然伸出手臂抓住杉森的咽喉。

男子仰起了上半身，身上一面湧出了大量鮮血，一面大叫：

「複、複製怪！出、出去，快離開這片森林！這森林是死亡的……」

男子身上湧出的血噴到了杉森的臉上，但是男子沒把話說完就倒地不起了。傑倫特放開手，搖搖頭。

「可惡！」

杉森一面說，一面握著拳頭向地面一擊。但是他馬上又站了起來，開始翻找其他的屍體。卡爾大大吁了一口氣，調勻呼吸之後說道：

「我們分散開來找看看吧，看看是不是有什麼痕跡遺留下來。」

然後卡爾就走掉了。伊露莉也靜靜地移動腳步。可是我一動也不動。要我在這群自相殘殺的巨大屍體堆中尋找什麼痕跡呢？真是的！

杉森在嘀咕著，他說：

「他們好像很喜歡複製怪呢！這些愚蠢傢伙！哪有死了以後，還保有原來模樣的複製怪呢？事實擺在眼前，卻還是互相廝殺到底！不，是自己對自己自相殘殺到底！」

「費西佛老弟，你能不能安靜點？」

卡爾雖然壓低了聲音說話，卻是帶有恫嚇的意味。杉森雖然磨著牙，一副不甘願的樣子，但還是閉上了嘴。大家的神經都繃緊得不能再緊了。

「這些混蛋傢伙，全部都要將自己置於死地般地攻擊自己……」

「費西佛老弟！」

我好像快暈倒了，鼻子一直在呼吸著空氣，裡頭好像有一半的成分都是血。連嘴巴都感覺到血的味道了。我呼吸困難地向前走去。蕾妮呢？港口的少女呢？

什麼東西軟軟的？

腳好像踩到什麼東西，我正踩到某個男子的手，但是手上面的手臂已經不見了。

我抬起頭，嚇人的火勢好似要將這片森林染上紅色。我把頭抬得更高了，連俯視著我的樹葉和樹枝也好似著了火般地紅。

「呃啊……呃啊……呃啊！」

「尼德法老弟？」

我的腦袋在發昏發脹。我什麼話也聽不到。天空好似在旋轉般。我扯著頭髮向天空大喊：

「呃啊啊啊啊！」

「這裡有涅克斯的屍體，但是都被徹底地亂砍了一番。」
「總共有三具吧？」
「嗯，其他的人最多有五具一樣的屍體。從這個推算起來，他們應該最少分裂了五次的樣子。」
卡爾揉了揉眼，用疲倦的聲音說道：
「嗯，這麼說來，就是至少還有兩個涅克斯活著的意思嘍。」
「但是可疑的地方是馬夫。啊，大家記得那名馬夫吧？就是那名涅克斯的忠實隨從。那名馬夫的屍體完全沒有被發現。蕾妮的屍體也沒看到。」
卡爾回了一下頭。我也隨著卡爾的視線，把頭轉了過去。
太陽已經升起。森林如同昨日般，到處都是光束像柱子般佇立其間。清晨時分的太陽比較低，射出的光束斜斜地切開了這虛幻的空間。然而在這美麗森林中的空地上，卻堆著我們昨晚熬夜收集起來的大量屍體。
傑倫特站在空地旁，正在祈禱什麼的樣子。伊露莉則是站在傑倫特旁邊，在等著他祈禱結束。不一會兒，傑倫特就結束了祈禱，然後伊露莉馬上開始施展法術。
「經由破滅來歌頌永生的力量，以破壞獲取生存的力量啊！請接納他們不幸的身軀，讓他們同歸在您的生命之中吧！」
唔啊啊啊！就像稻草堆在火柴點燃時，遇上風勢的那一剎那，屍體堆突然一瞬間開始燒了起來。傑倫特被火勢嚇到慌張地倒退了幾步，伊露莉則是慢慢地退後。瀰漫的煙霧和燃燒腐屍的味道，差一點讓人吐了出來。

卡爾看到了這幅光景，咋舌說道：

「這種煙霧，在附近的人一定都可以察覺得到，不過也沒有別的法子了。總比放任著屍體被野生動物吃掉好吧。」

杉森用感嘆的表情看著卡爾，然後再一次把頭轉過去。他說：

「沒有發現蕾妮，也沒有瞧見那名馬夫的蹤影，他們兩個會不會沒有發生分裂呢？」

「不是的，費西佛老弟。我們昨天也才經歷過了，如果一行人當中，有一個人對自我起了疑心的話，所有人都會遭遇到那樣的現象，不是嗎？」

卡爾一邊說，一邊看著靠在我膝蓋上的妮莉亞。妮莉亞昨晚整夜都像發了瘋似的，又哭又鬧，大吼大叫，現在已經是精神恍惚的狀態了。我一邊撥開她黏在臉頰上的頭髮，一邊說：

「是啊，而且一行人之中，只要有一個人知道怎麼回事，就像我們的伊露莉吧？沒錯，就會回復到原來的狀態了。」

卡爾點了點頭。

「就是啊。這麼說來，要怎麼推論呢？雖然蕾妮和那名馬夫也已經分裂過了，不過到了戰鬥末了的時候，有人知道了原因後，他們就恢復到原來的狀態了嗎？」

「好像是這樣。所以才停止了這場戰鬥。」

杉森點了點頭，我苦笑看著手上戴的ＯＰＧ。這是從涅克斯手上收回來的。涅克斯的屍體共有三具，其中兩具的手套雖然已被拿走，但其中有一具留下來。那一具屍體是躺在空地的最邊緣，不太容易發現得到的地方。這個涅克斯的背部中了箭而倒地不起。大概就是因為這樣，這具涅克斯屍體手上的OPG才被留了下來吧。雖然我一點也不想戴上它……

我舉起了戴上OPG手套的手說：

「兩具涅克斯手上的OPG手套被拔走了，這意味著什麼呢？」

此時，伊露莉往這邊走了過來，她說：

「應該是活下來的人拿走了吧。可能不只三個人吧？」

我們看著伊露莉。伊露莉的臉上找不到任何一絲疲倦的神態。她以一如往昔般的身手，坐到我們旁邊的石頭上說道：

「從戰鬥幾乎已經結束的觀點來看，不論是誰都可以掌握這個事件的狀況。說不定就如同杉森所說的，他們看到了死亡後的屍體模樣並沒有改變，也就有可能想到這不是複製怪在作怪，而是他們自己本身。」

「說得很有道理。」

「好，那麼我們可以推測出在他們知道了狀況後，於是就不再發生自我分裂了。可能再度回復了單一的原始狀態。但是死掉的人是沒辦法再回復到原狀的。還記得在我們到達之前，那名還活著的男子嗎？那名男子是單一的個體。」

卡爾點了點頭。伊露莉冷靜地回答：

「也許在當時，除了涅克斯外，還有三個人活了下來，是不是？從找不到蕾妮小姐的屍體看來，我推測蕾妮還活著。還有那名馬夫的屍體也沒瞧見。所以活著有兩人，可是OPG少了兩雙。他們是不可能給身為俘虜的蕾妮戴OPG的，所以是那名馬夫和另外一個人拿走了OPG。」

「沒錯，但是應該還有其他人活著。」

「這樣的話，為什麼留下了一雙OPG呢？」

「那個最後的一具屍體是躺在不容易發現的地方。」

「嗯……卡爾您認為是因為沒被找到的關係嗎？」

「是的。大概是這個令人打冷顫的景象，讓人巴不得一刻也不停留，飛快地要逃離現場，沒有心情去收拾殘局吧。」

「啊，大概是這樣吧。」

聽了卡爾和伊露莉的對話，好像這世上沒有所謂解決不了的事，只要冷靜地討論過後，什麼事都可以解決，所有的疑問就會煙消雲散一樣。

杉森動了動鼻子說道：

「嗯，反正他們死了相當多人，現在我們這邊的勝算比較大。我們趕快去追趕他們，救出蕾妮。各位意下如何？」

卡爾點了點頭，說道：

「說得一點都沒錯，但是我還有一個疑問解不開。」

「什麼？是什麼疑問？」

「涅克斯為什麼不是向褐色山脈的方向行進，而是進入了永恆森林呢？」

「我這樣回答雖然有點沒大腦，不過有一個很簡單的解決方法，就是把涅克斯抓起來，嚴刑拷打問他不就得了？」

「呵呵，真是的。我知道了，費西佛老弟。」

我們把從堆積如山的屍體中找到的武器收集起來，放在一個地方。大家都有各自的武器，所以我們並沒有多拿其他武器，而是帶了一些錢和食物上路。全身無力的妮莉亞起了身，拿了幾把匕首和刀子。她拿起一些短劍細看之後，面帶愁容地說道：

「這些人是盜賊公會的人沒錯。有一些人還是我認識的人。」
「是這樣嗎？」
「是的。我還記得這些匕首。哦哦，來到如此遙遠地方的暗夜紳士們竟遭受到了集體屠殺的事件。而且還是自己殺死了自己。」
妮莉亞突然勇猛地說道：
「這個叫涅克斯的混蛋。我要殺了他！」
沒有其他人回應她。妮莉亞好像也不期待有什麼回答似的，鬱卒地上了馬。
「伊露莉，我坐後面。我沒有力氣騎馬了。」
「知道了。」
所以是伊露莉在控制韁繩，妮莉亞坐在後面。我們全都騎上馬後，不去管還在燃燒的屍體堆，慢慢開始尋找一些蛛絲馬跡。
「是這裡！」
伊露莉手指著折斷的樹枝，以及被刀子亂砍過後的灌木叢的方向。我們一致地點點頭後，往那個方向緩緩地走了過去。
伊露莉走走停停，有時將身體傾斜出馬身，看著地上的泥土。真是才能不凡的精靈啊！伊露莉幾乎是將上半身整個彎了下來，察看著地面。她說：
「是啊，這些小腳印一定是蕾妮的。看來他們並沒有騎馬。」
「用跑的離開的？」
「是的。我還看到一些穿插其中的幾個不同腳印，因此我判斷蕾妮是被幾名男子拖走的。」
「嗯。雖然我們花了一些時間將屍體聚集起來，不過他們如果是往那個方向用徒步走的話，應該不難抓住他們才是。大家都很疲倦了，不過還是請你們打起精神來吧！」

我們一致向前奔馳而去。

我向後看了一眼，森林的樹木群中升起了一片濃黑的煙霧。半獸人與復仇之神華倫查啊，碰上了自己殺死自己，該怎麼報仇呢？

對於他們悲哀的死亡，請給予他們一些冥福吧。

在我們追趕的路上，我時時刻刻一直在注意傑倫特。傑倫特的臉上有好一段時間明擺出「我正在做一項偉大思考」的表情。他最後終於開口說話了。他說：

「我想到了一件事。」

卡爾打算讓他接下去說完，所以回答：

「你說說看吧。」

「好，那個，我是指分裂的這件事，就是昨天發生在我們身上，也發生在那些不幸的人身上的那件事。」

「是的。那又怎樣了？」

「是啊！所以說，啊，很明顯地，記憶也都被分割了。也就是說，被分裂成幾個個體後，每個個體都帶著各自的一部分記憶嘍？」

「沒錯！」

傑倫特一邊騎著馬，一邊說話，似乎有些吃力的樣子。他集中注意力看著前面，無法看著卡爾說話。傑倫特繼續說：

「那麼涅克斯會變成什麼樣子呢？」

「你的意思是？」

「有三名涅克斯死掉了，不是嗎？那麼對活下來的涅克斯來說，是永遠喪失了那死去的三名涅克斯的記憶嘍？」

卡爾眨了眨眼。然後不一會兒，他又瞇起了眼睛說道：

「嗯，你說得很有道理。因為至少分裂了五次，如果他還活著的話，他應該是喪失了五分之三的記憶了。」

「是的。在這種狀態下，他還能像正常人一樣地行動嗎？」

「很難吧。」

「嗯，總之越早找到他越好。要快如騎警捕捉馴鹿，老鷹獵捕黃鸝鳥般地迅速。」

傑倫特一面說，一面向前奔馳了起來。啊，這個人真是的。哈哈！

午後的陽光，只有在那一道道強烈的光線底下才感受得到。我們在光束間穿梭奔馳。伊露莉完全一副非常堅定的模樣，頭也不回地一直向前奔馳而去。

「這個方向沒錯，而且他們不久前才經過這裡。」

然後伊露莉幾乎是用飛的在疾馳。她後面的妮莉亞在喘著氣。杉森和我雖然也在趕路，不過像是騎警在捕捉馴鹿般疾馳的傑倫特，那模樣才是真的令人瞠目結舌。傑倫特在極度黑白分明的森林之中穿梭，袍子的衣角隨之揚起的景象，相當令人感動。如果不去在意他那張蒼白的臉龐的話。

「真、真是的。為什麼我一開始冒險，就碰到了這麼困難的事。從神臨地開始，到這永恆森林也是，我第一次騎馬竟是在森林裡開始的。」

他的抱怨也不無道理。在森林中騎馬奔馳是很辛苦的事，特別是傑米妮，牠吃了很多苦，因為找回OPG的我還尚未熟悉力量的拿捏，抓韁繩的手很難掌控得好。

超過一人可合抱的樹木群可以說是很大的障礙物，並且地面高低起伏。馬兒們喘著大氣在奔跑著。黑夜鷹載著兩位苗條的女生，不像是太吃力。不，是因為精靈在騎的關係嗎？那匹黑馬帶領著其他馬匹前行，似乎還行有餘力的樣子。

我們在咻咻擦肩而過的粗大樹群，以及閃耀之後即刻消失的林間陽光之中奔馳著。耳畔呼嘯而過的風聲在哭喊著，像是要插入心坎裡一般的疾風，將我的皮膚吹得緊皺，我們就在這種驚人的速度中，向前奔馳了好一段時間。

唰唰唰唰。

傳來了一陣陣震耳欲聾的水聲，好像連土地都在晃動。猶如天空把大地當作鼓，在演奏著極不協調的旋律一般。

然後伊露莉突然停了下來，她後面的四個人也依序停了下來。

我們停在森林的最末端，高聳的峭壁之上。在峭壁的下方，覆蓋了一大片像是綠色絨緞般綿延至地平線之外的森林。然後在這片樹林中，穿插了一條江水橫亙在其間。

峭壁上的風咆哮似的吹來。嘩嘩嘩嘩！

那是一條溪谷。下面的江水不知是不是因為昨夜下的雨，而增加了水量。嗯？好奇怪，昨天的雨水會留到現在嗎？不，不是的。像這樣的巨大森林，本來就有很豐沛的含水量才是。不然的話，也許這是一條本來就很澎湃洶湧的河流吧？江水不斷發出宏亮的聲響。嘩嘩嘩嘩。

但是我們並沒有看著那一片無止境的山林，也沒在看水勢浩大的江，而是看著正在我們左手邊直瀉而下的瀑布。

在我們左手邊，還有一片比我們站著的峭壁還更高聳的峭壁。那片峭壁好似沒有盡頭般，一直向上延伸。在那片峭壁的中間，有一個洞，瀑布便是從那裡傾瀉而下。

瀑布大得壯觀，可是和後面的那片峭壁相較之下，便顯得小了些。就好像從一大片城牆的某個排水口，流出的細長的水流一般，但是實際上是非常壯觀的瀑布。

它的寬度，少說也有數十肘，高度也有數百肘吧。往下方的池子傾瀉而下的水流像是在敲打著大地。由於從下方濺起了濃濃的水氣，像濃霧一般包住我們的腳，在這團雲氣間，我們突然看到了一潭池子的模樣。那潭池子就是江水的源頭。

洞穴像是渾然天成，但是洞口處有明顯的人為痕跡。兩邊佇立的巨大石柱和在入口上方像大梁般堆積著的石材等等，一看就知道是人工製造的。但是在這樣的峭壁中是如何施工的呢？而且還是在瀑布湍急直下的地方。

卡爾大叫了一聲。

「……！」

「什麼？你說什麼？」

「……！」

卡爾分明比剛才叫得更大聲了。可是瀑布的聲音完全把卡爾的聲音給蓋住，一點也聽不到。伊露莉看了看卡爾，頭低下了一會兒，便開始施法。伊露莉唸咒的聲音也完全聽不到。但是過了不久，瀑布聲音變小了許多，那時卡爾漲紅著臉，大聲叫喊道：

「我是說瀑布好大哦！」

大叫的卡爾被自己的聲音嚇了一跳往後退，而我們其他人也驚訝地看著卡爾。妮莉亞開始咯咯笑了起來，伊露莉則微笑了一下，說：

「我請風精幫忙，把瀑布的聲音變小了。」

卡爾紅著臉說道：

「啊，是嗎？謝謝。那麼我們該往哪裡走？」

伊露莉看了看兩邊，馬上就指著瀑布旁邊往上走的路。

「這裡吧。看到那裡滾下來的石頭了嗎？它脫離了原位，底下沾滿了泥土。」

看也看不到的東西，還要假裝看見了，真是去死算了。她是說某塊小石子吧？杉森雖然在點頭，但我肯定他一定也不知道是哪一塊石頭。如果不是這樣，那他怎麼會看著和伊露莉所指的方向完全不同的地方呢？卡爾說道：

「好吧，那麼我們就走上去吧。」

伊露莉送走了風精後，馬上又聽到了瀑布宣洩的巨響，已經到了會影響聽力的地步了。

峭壁邊的路非常陡峭，石子很多，馬匹們爬坡相當吃力。所以我們下了馬，拉著馬兒往上走。有時候馬匹因為滾動的石頭而拐到腳，差點跌落下去，驚險萬分。往瀑布方向掉落的石子，就直接消失在那片水氣濃霧中。如果是我掉下去的話呢？大概在掉到底之前，就已經魂飛魄散了。

我們一直拉著馬匹行走，歷經艱難到達了山頂後，全都筋疲力盡、無法動彈了。但是我還是可以體會得到ＯＰＧ回到我身邊的好處。那匹笨馬傑米妮，乾脆任我擺布，一點勁也沒使出來。這匹可惡的馬！

05

斥罵、尖叫、用力喊叫聲。總之，我是什麼聲音都試盡了，都喊過了，可是卻都完全被瀑布聲給掩蓋過去，什麼聲音也聽不到。其他人也看起來像是說盡了各式各樣的話，而我們的馬也像各自按照牠們的意思，在噗嚕嚕地叫著。只是我們一點聲音也聽不到。

我們一登到瀑布上方的峭壁上面，便全都一屁股坐在地上不動了。

「呼呼。」

杉森粗聲粗氣的呼吸聲很清楚地傳來。呼，到這上面來之後，瀑布聲音稍微有些減弱，而我們的馬也全都渾身是汗，從身上冒出了熱氣的白煙。妮莉亞可能是因為身體很輕，所以她一副不怎麼疲倦的表情，伊露莉也是一樣。可是傑倫特卻乾脆整個人都躺在地上了。

「呼，呼！天空的顏色原本就是這個樣子嗎？」

「聽說偶爾會轉變成這個樣子。」

「嗯，是嗎？呼呼。什麼時候呢？」

「聽說大概都是在快死的時候才會如此。」

「不行！呼呼！我都還沒有親吻過呢！」

「……你不是祭司嗎？」

「難道祭司就沒有嘴唇嗎？」

隨即，妮莉亞一面笑著，一面彎腰靠到躺在地上的傑倫特上方，目光像是在說「你這句話是在我眼裡透露著很不一樣的含義吧」。傑倫特倒吸了一口氣，急忙遮住他的臉，於是就被自己的口水給嗆到了，痛苦不已。讓傑倫特陷入這種痛苦地步的妮莉亞，嘻嘻笑著環顧了一下四周。她突然間指著一個方向，說道：

「你們看那邊！」

「我不要看！我連轉頭的力氣都沒有了！」

杉森雖然這麼說，但他還是轉頭過去。

我們現在坐著的地方，是峭壁上面的一片廣闊平地，我看見在與這平地另一頭的山頂相接的地方，矗立著建築物的廢墟。在傾倒的圍牆和殘破的建築物之間，依稀可以見到一些直立著的柱子等。而且還可以看到有幾個房間仍舊按原樣遺留了下來，不過已滿是藤蔓攀爬在上面。

即使因為傾倒之後已不見它原有的外觀，但是由殘留的建築物看來，我覺得它原本應該是一棟非常巨大的建築物。我再仔細一看，在地上有看起來像是建築物地基的幾條直線。而且有一條直線甚至還直伸到我們坐著的地方附近。也就是說，這原本是一棟矗立在峭壁正上方的巨大建築物嘍？

卡爾面帶著幾近於瞠目結舌的表情，說道：

「這棟建築物，原本到底有多大啊？」

「這一定是棟非常雄偉的建築物吧，簡直就大得像是座城堡。啊，對了。說不定真的是座城堡哦。這後面被峭壁擋住去路，所以作為城堡是滿不錯的……等等，可是在這種森林之中為什麼會建城堡呢？」

「在這裡確實沒有必要建城堡，這裡既沒有村莊，也沒有道路。在這種一望無際的森林裡……啊！」

卡爾突然問轉頭問傑倫特：

「欽柏先生，你說過這裡本來不是森林，對吧？」

「咦？啊，是的，在三百年前是沒有森林。」

卡爾隨即點頭說道：

「那麼這裡很有可能在三百年前，是哈修泰爾家族的城堡！」

「啊，原來如此。」

我們突然間籠罩在一股莊嚴的氣氛之中。我突然感覺像是回到路坦尼歐大王和亨德列克疾馳著馬匹，吟誦夢想的時代。原來這裡正是三百年前哈修泰爾公爵所住過的地方。而且當時被路坦尼歐大王擊退的神龍王可能就是被帶到此地吧。那時候這個地方應該不是森林，受了重傷的神龍王被移到這天涯海角的城堡裡。而路坦尼歐大王在過了魔法之秋，那年的初雪一下，他就無法追到此地了。然而三百年過去，雖然追蹤的對象不一樣，但我們卻終究還是到達此地。

我們仔細看著那傾倒的城堡，看了好一陣子。神龍王那個時候身處此地，一定是既痛苦，又充滿了無限的報仇心。當時天空可能正在下著雪，神龍王牠在這無盡寬廣的瀑布上方，凝望著南方，投射出如火般熾熱的目光。

卡爾嘆了一大口氣之後，說道：

「好了，我們動身吧。該去找蕾妮了。謝蕾妮爾小姐？」

伊露莉點頭答道：

「我去找尋他們路過的痕跡。各位請先在這裡喘口氣休息一下。」
接著，伊露莉就立刻敏捷地走了。
我看完了傾倒的城堡之後，轉頭去看它下面那片無限延伸的樹海。一直延伸到地平面的另一端為止，全都是樹木。既看不到裸露出的泥土，也瞧不見任何一顆岩石。我一眼望去，全是青綠的樹葉。或許除了我們現在所坐的地方以外，似乎都沒有看得到天空的地方了。沒想到竟然會有如此多的常綠樹。這樣給人彷彿像是季節顛倒了的感覺。這就是永恆森林！
「這裡的樹木好像都不會死的樣子。我完全看不到有泥土的地方。」
傑倫特起身坐著，答道：
「因為這裡是永恆森林。啊！對了。」
傑倫特看著卡爾說道：
「我想到昨天的事。我不是曾經說過進來永恆森林的人會漸漸消失嗎？」
「是的，你曾經這麼說過。」
傑倫特乾咳了好幾次，說道：
「會不會是這個樣子啊？進到這裡之後再出去的人，只要每懷疑自己一次就會漸漸被分離。所以記憶就會一個個分散，成為零碎片段，最後消失不見，會不會是這樣呢？」
卡爾點頭說道：
「事實上我也正覺得是這樣。」
「是。可是我們因伊露莉小姐的幫忙，得以找回我們自己。這麼說來，我們如今即使出了這片森林也不會有什麼事發生，不是嗎？」
「呵呵。是。如果真的是這樣，那就太好了。現在沒有確實的證據，我無法說些什麼，不過再怎麼說，如果德菲力不是要引導我們去送死，那可能就是祂考慮到我們當中有一個精靈在吧。」

「是，或許是吧。幸好有伊露莉幫忙。」

「那時你一定很擔心吧。」

「是的。因為是我主張應該要進來這裡的。」

「啊啊……沒事了。我們是為了救出蕾妮而自願進來這裡的。你不要太多慮。」

「謝謝您這麼說。哈哈哈。」

杉森聽了他們兩個人的對話之後，立即露出了心安的表情。嗯。原來是這個樣子啊。我們真是太幸運了。慶幸的是，還好我們有伊露莉在。

這時候，傳來了伊露莉的說話聲：

「我找到他們路過的痕跡了。」

我們站在崩塌的城牆之間，面帶為難的表情看了看下面。我沒有自信地說：

「要不要我來試看看？」

「別說是你，就算是十隻食人魔恐怕也很難移得開。」

說得也是。因為這石頭實在是太大了。

我們現在站著的地方，可能原本是城堡的地下室。這裡本來應該是比地面還低的地方，如今卻因為倒塌下來的石頭，以及經過三百年歲月的堆積，地下室等於是幾乎整個都被埋了起來的狀態。不過，伊露莉就在這裡的泥塵中發現到腳印。

沿著腳印看去，隨即有非常多的岩石擋住了我們。那些岩石不只有一、兩塊，看起來像是原本建築物一部分的石材滿滿堆積著，高度有一個人的好幾倍高。這底下一定原本有個大洞，有人進去之後，就想辦法讓上面建築物殘留的石材和岩石都塌陷下來。

伊露莉點頭說道：

「是。這些石頭應該是不久前才倒塌的。塌陷下來時，在岩石上所刮出的刮痕，這些白色的刮痕都還可以看得一清二楚。一定是涅克斯一行人進到這下面某個地方之後，製造出某種撞擊力，讓上面的圍牆和建築物殘留的石材都塌陷下來。」

卡爾深皺起眉頭，並且說：

「真是糟糕！如果下面全都坍塌，他們存活的希望恐怕不大。」

伊露莉閉上眼睛，開始施法。過了不久之後，她說道：

「我問過風精了。根據進去過石頭縫裡的風精說，這下面的空間似乎非常大。而且下面的空間幾乎都沒有被破壞，只有上面被堵塞住而已。」

「是嗎？嗯。這麼說來，可以確定的是，他們應該沒有被壓死。真是太好了。不過，如果沒有出口，那在這下面就等於跟死沒兩樣了。」

伊露莉點了點頭，說道：

「看來這岩石一定沒辦法移開。如果用魔法破壞岩石的話，下面會很危險，說不定整個都會崩塌掉。而且這些岩石又大又多，能不能移得開都還是個問題。」

她說得沒有錯。這到底算什麼呀？可以說簡直跟座山一樣大了。我們煩惱地瞪著那些岩石。如果要把這些岩石安全地移開，恐怕需要叫來數百個工人，花幾年的時間才可以哦！

我們不得已，只好繞著周圍查看是不是有別的出入口。可是根本看不到有其他出入口。大約過了一個小時，我們又聚在岩石堆前面，互望著彼此，垂頭喪氣著。

這時候，妮莉亞彈了一下手指頭，說道：

「下面的瀑布！」

「嗯？」

「下面的瀑布不是從地裡流出來的嗎？說不定有和這底下的某個地方相連接。這麼湍急的瀑布應該是會有很大的空間才對，我們進到瀑布的洞裡去探看一下吧。」

我深吸了一口氣之後，說道：

「好，妮莉亞，妳等一下。我從現在開始努力練習從山上往下跳。到傍晚的時候，可能我的腋下就會長出一對翅膀吧。變成一隻在瀑布上面飛翔的美麗小鳥……」

「真是的，我是說去探看一下！看看是不是可以進去！我覺得在那下面的瀑布洞裡應該有路吧。我們不是看到有柱子等等人工的建築嗎？」

卡爾苦惱了一會兒之後便說道：

「可是要如何去探看呢？」

妮莉亞開始很快地翻找她的行囊，不久，我們就全都來到峭壁邊上了。

我們站在瀑布湧現出來的洞口正上方。杉森和我爭執了好一陣子——「應該是再左邊一點才對！」「不對！是在這裡啦！」「你是眼睛有斜視嗎？」「你這是在跟誰說話呀！」——最後是伊露莉的一句話「稍微往右一點」決定了位置。

接著，妮莉亞把繩子丟給我。我將繩子綁在腰上，剩下的繩子捲成圓圈狀，拿在我的一隻手上。繩子的另一頭則是緊緊綁在妮莉亞的腰上。而杉森、傑倫特和卡爾他們則是緊抓著我的身體。伊露莉為了預防妮莉亞不小心墜落，她待命在峭壁旁邊用魔法。

「可是，為什麼是妮莉亞妳下去探看呢？」

「因為我比較輕嘛！」

妮莉亞簡短回答之後，就抓住了繩子。她在峭壁邊緣往下看了一下，就噘起嘴唇「噓」地吹了一聲口哨。

隨即她緊抓著繩子，懸吊在峭壁上。

「好，可以了。修奇！放繩子！」

妮莉亞被吊往峭壁下方。我緊抓著繩子，一點一點地放掉。幸好妮莉亞的體重只不過像是一個汲井水的吊桶重量。然而，稍有差池就大事不妙了。我很慎重地放開繩子。

伊露莉在峭壁邊緣看著下面說：

「慢慢地放。對，再放一點……方向很正確。對。就這樣繼續放，慢慢地，不要搖晃……」

不久之後，伊露莉舉起了她的手。我把剩下的繩子纏繞起來，不再放掉。

我就這樣站了好一陣子。就在我無聊得想問話的時候，一直往下望的伊露莉又再做了一個手勢。

「請拉上來。慢慢地拉。」

我把繩索往上拉。可能妮莉亞是一邊收拉繩子一邊上來的，所以很快就回到上面來了。她上來之後馬上說：

「哇啊，我冷得快凍死了。」

妮莉亞顫抖個不停，她的褲子被瀑布的水珠濺濕了。杉森點了點頭，說道：

「峭壁邊風一定很大吧？飛濺出來的水花一定很多吧？」

「呃呃，是啊。我都快凍死了。不過我很幸運。」

「妳的意思是？」

「下面有路。在水流出來的水路兩旁，有兩條稍微高起的平坦的路。裡面太黑了，我看不清楚，不過從路的樣子看來，一定是一條可以通到深處的路。」

「是嗎？那就太好了！」

下面的空間到底有多大，尚不得而知。由峭壁的寬度看來，裡面應該是大到足以容納一座城市。我們準備好可以當作燃料的柴棍。要不然，或許我們會在那裡面餓死也說不定。

接下來，我們的馬是個問題。不過。這個問題被簡單地處理掉了。伊露莉到理選旁邊，對牠說：

「把你的朋友們帶到安全的地方等著。我一叫喚，就要跑回來。」

理選點了點頭，不過我們並沒有因此驚訝。只有傑倫特露出非常訝異的表情。

「馬竟然聽得懂人話！可是我卻不懂馬話！」

接著，我們準備下去。這是最為困難的部分。要下去一定得綁繩子，可是周圍是空地，沒有可以綁繩子的地方。如果綁在遠處森林裡的樹木上，繩子又不夠長。我想了一下，於是從森林裡砍了一根樹幹，做成綁馬的那種馬樁，立在峭壁上面。傑倫特看到這馬樁好像不怎麼牢固，這會兒開始懷疑我的用心良苦。

為了要讓馬樁牢固，杉森用身體當錘子狠狠地釘了下去，結果還因此慘叫了好幾聲。然後他再把繩子很牢固地緊緊捆綁，再垂到峭壁下。杉森看著繩子，長長地嘆了一口氣，說道：

「如果這條繩子斷了，我們就無法上下通行了，他媽的。」

卡爾微笑著說：

「既然這條繩子現在還在，我們隨時都可以從下面上來啊。」

看。

我們個個都露出了笑容。妮莉亞首先把繩子綁在腰上，然後就下去了。我們順著峭壁往下看。

妮莉亞輕而易舉地下到了下方。她下去峭壁，就好像走平地一樣，嗯，真是厲害呀！就在她看起來像是快要掉進瀑布裡面的那一瞬間，妮莉亞就消失在峭壁裡了。

接著，繩子就鬆開來了。看來她很順利地下去了。之後，卡爾、伊露莉、傑倫特都依序下去。而接下來輪到他們、卻還堅持不要先下去的兩個人互相看著對方。杉森用沉重的表情說道：

「要不要丟銅板決定啊？」

「算了。我先下去。」

我把繩子繫在腰際，剩下的繩子垂到峭壁。然後牢牢地抓著繩子，下了峭壁。我一邊踢峭壁，一邊換手抓著繩子往下掉。因為地心引力的關係，幾乎不用什麼力氣，很容易就下去了。只是下面湍急湧出的瀑布巨大聲響，使我不禁毛骨悚然，感覺不是很好。

我左手一放，抓著右手下面的繩子部分，再右手放開，抓住左手下面的繩子，並且用腳輕踢峭壁，盡量不要去撞到。過了一會兒，耳邊響起震耳欲聾的瀑布聲，濺起來的水花把我的褲子都弄濕了。接著，我的眼前出現了一個很巨大的洞口。

在洞口中間，水不斷湧出，但是水的兩邊確實是有路。先下去的一行人在那裡向我伸出他們的手。我抓住卡爾的手，很簡單地就進到了裡面。就在我的左邊，流著一道可怕的湍急水流，根本聽不到其他的聲音。所以我只能露出微笑，然後鬆開繩子。

繩子慢慢地升上去。嗯。現在只要杉森也下來就可以了。我們用手塞住耳朵等杉森出現。可是等了好久，還是不見杉森的蹤影。

我忍不住到洞口伸出頭去看上面。杉森好像是這時候才從峭壁邊緣下來的樣子。我雖然想對他大喊，但是什麼也聽不到，只好算了。

杉森看起來像是決心讓自己確實安全下來。他每踩一步都簡直花了一分鐘之久，換手的時間也是差不多一分鐘。拜託，他也太誇張了吧？

在漫長的等待之後，杉森終於出現在洞口前面了。我抓住杉森的手臂，拉往裡面。我對杉森露出很生氣的表情，不過我隨即作罷。因為杉森已經露出一副驚嚇萬分的臉。

我將事先準備好的柴棍點上了火，然後拿著火把走在最前頭。

那條不斷湧出的瀑布水路既筆直又長，我們走了很久還是一直聽到瀑布的轟然聲響。因為整個峭壁發出了回音，所以在裡面的我們一直能聽到那聲音。往裡面走了好久，才好不容易得以聽到彼此的說話聲音。我首先對杉森說道：

「喂，剛才你為什麼時間拖得那麼久才下來？」

我並沒有說得很大聲，卻響起了很大的聲音，使我嚇了一大跳。杉森嘟囔著：

「你這傢伙！我溜繩索通常都是這樣慢吞吞的啦！真是的，我在故鄉受訓的時候，也常在溜繩索時被部下嘲諷。」

不過，杉森立刻轉為自豪不已的表情，說道：

「可是他們如果看到現在的我，應該就不會再嘲笑我了吧？他們之中有誰曾經在這麼湍急的瀑布上溜過繩索呀？」

「這裡有這麼多人都做過。有什麼好炫耀的？」

杉森對我做出一個很凶惡的表情。

我們走在長長的洞穴裡，走過的時候洞穴在火光下忽明忽暗。旁邊的水流開始逐漸平穩了下來。我一回頭，我們剛才進來的入口已經小得像是一根手指頭的大小。

卡爾像是在喃喃自語似的說：

「這個洞穴好像非常大。」

這句話的回音迴盪著，我們又再度無聲地向前走。

洞穴的上面幾乎都是天然的岩石。可是我們走的路及兩邊的牆壁，確實都是人工開鑿而成。雖然岩石凹進去的部分是照原樣不動，但是凸出來的地方則是有被鑿平磨整過。所以即使我們走了很久，洞穴還是一樣筆直。

現在水流的流速幾乎慢到潺潺小溪的程度。我們似乎已經走很久了。不過，黑色的水看起來好像很深的樣子。在漆黑的洞穴之中，看到像墨汁似的水，使我不禁打了一個寒噤，不敢再看下去，只能看著前方走路。

我們安靜無聲，用一定的速度向前走著，令我感覺十分無聊。所以當前方突然出現黑色的形影時，我嚇了一大跳。路的前方出現了一堆石堆。

「這是什麼？」

如果說是石堆，似乎有點奇怪，這看起來像是原本有某個東西，可是後來倒塌了的痕跡。這石堆本來應該是在我們走的這條路上立著的幾根小石柱，以及牆壁上突出的幾個石柱。而且地上還散落著原本雕得很好看的一些石雕。不難看出這些原本是什麼東西。因為另一邊的路，也就是水路左邊的路上，幾乎都還保持著原貌。卡爾仔細看了一下那東西之後，說道：

「原來這是石柵欄。」

嗯，這是用石頭做成的柵欄。可能原本是用來擋住兩邊的去路，連水路上也設置了石柵欄的樣子。卡爾說道：

「不論是多麼牢固設置的石柵欄，數百年來一直不斷被湍急的水流所沖刷，當然是很難一直屹立不搖。所以先從中開始壞損，然後因為撞擊力的關係，連邊緣的地方也倒塌了。」

杉森點了點頭，說道：

「幸好我們是從右邊的路進來的。不過這麼說來，這裡原本是不能通行的路嘍？」

「看起來似乎是這樣。既然擋路的石柵欄都塌了，我們就把這條路走完吧。」

越過倒塌的石柵欄，我們繼續走著和剛才一樣平直而且昏暗的路。我們又再無言地安靜走著。

走了一會兒之後，卡爾開口說道：

「真是奇怪。由我們走的距離看來，應該早就經過了上面是廢墟的入口。可是到現在都還沒有看到岔路。」

傑倫特接著說道：

「沒錯。而且建造這條水路的技術，實在是非比尋常。當時哈修泰爾家族雖然很強大，但是沒想到他們能建出如此了不起的工程。」

「最奇怪的是……」

說話的人是妮莉亞。她一面看著洞壁，一面說：

「這洞穴看起來像是歷史超過三百年的洞穴嗎？啊，除了剛才倒塌的石柵欄，其他地方的洞壁都非常乾淨。」

卡爾聽了她這番話，點頭說道：

「妳說得沒有錯。我覺得，這裡一定就是那個地方吧。」

「對。那個地方一定就是這裡。」

卡爾聽到我這句話，噗哧笑了出來，然後對傑倫特說：

「這裡像是大迷宮吧？」

傑倫特沉重地點了點頭。

「這裡很像是大迷宮。位處永恆森林裡，而且是在哈修泰爾宅邸廢墟的下面，又有如此大的洞穴，這不得不讓人聯想到是大迷宮。」

「呃啊？」

杉森大喊出像是喘不過氣的聲音。他用了手勢又加上腳的動作，來表達自己的感覺，結果最後，他還是用說的把它說了出來。

「那麼也就是說，神龍王在這裡面的某個地方嘍？」

卡爾點了點頭。火把昏暗的光芒照在他的臉上，我實在是很難看出他的表情。

「這當然是有可能的。神龍王是一頭龍，我們無法得知牠的壽命有多長。三百年對人類而言，是已經過了好幾代，可是對龍來說，並不是很長的歲月。」

卡爾沉靜地說道。杉森看到卡爾這種態度，很困惑地說道：

「那麼我們這樣進去之後就是『等待被吞噬』，這樣說對嗎？」

「我們哪有什麼好吃的？不管怎麼樣，我們一定要先找到蕾妮小姐。」

這時候，伊露莉面帶著憂心忡忡的表情，說道：

「會不會涅克斯不是覬覦克拉德美索，而是神龍王？」

「咦？」

「蕾妮小姐是龍魂使。龍魂使讓龍和人類之間得以溝通。涅克斯會不會是想利用蕾妮小姐，使神龍王能和他溝通？」

卡爾的表情簡直可以說是哭笑不得，他說道：

「呵呵。怎麼可能！」

但伊露莉還是一副擔憂的表情，說道：

「如果不是這樣的話，那他為什麼不去褐色山脈，而是到這個地方來？」

卡爾隨即無話可說了。接著沒多久，他轉而面帶著和伊露莉一模一樣的表情，說道：

「不管怎麼……他不會真的有如此誇張的想法吧？」

妮莉亞圓睜著眼睛，一面看卡爾，一面問：

「卡爾叔叔。那個，嗯，有可能嗎？」

卡爾搖了搖頭，說道：

「不可能的，妮莉亞小姐。龍魂使的權能是神龍王所賦予的。現在反過來要把那權能用在神龍王身上，實在是無稽之談。」

「可是神龍王終究還是龍啊。」

「話是這麼說沒有錯。唉！這怎麼可能行得通呢？妳想想看，妮莉亞小姐。各個領地的領主們，事實上都是替國王管老百姓。可是，領主有可能以他的權限來管國王嗎？」

「這樣好像不可能。嗯。可是……」

伊露莉接著說：

「那是在人類的情況下才不可能。」

卡爾好像又再度啞口無言了。想要比喻恰當，確實是件很不容易的事。他用力揉了揉太陽穴，並且說：

「不行！我再怎麼想都還是認為不可能。各位！加快我們的腳步吧！就算涅克斯真的在做那種令人啼笑皆非的打算，我們一定得在他見到神龍王之前抓住他。」

我們開始快速移動腳步。這麼一來，長長的洞穴之中便響起了我們宏亮的腳步聲。我們驚覺到用這種方式接近涅克斯他們，似乎不怎麼恰當。於是在驚慌之餘，我們又再減弱腳步聲，慢慢地向前走去。

唰！

前方又開始傳來水聲。怎麼回事？我們因為這水聲的關係，很慶幸聽不到自己的腳步聲，並且加快了步伐。杉森一面走一面嘟囔著：

「這到底是什麼迷宮啊？怎麼一直都是直的路？」

「路直你也要抱怨啊？這樣一來就不會迷路了，我高興都來不及呢！」

「你說得也有道理。」

可是就在這一瞬間，出現了一個巨大的空間，大到連火把的光芒也照不盡。

我們進入了地下一個巨大的洞裡。這個非常寬廣的黑暗空間，大到將火把的光芒全都吸收掉。兩旁有呈弧形彎曲的路，正前方則是一個巨大的地下湖。這池湖水好像是經由我們所進來的那條水路流到外面去的樣子。

而在湖泊的對岸，有一座規模比較小的瀑布。它是從對岸壁面湧出，流向地下湖，然後湖水再經由我們剛才進來的那條水路流到外面去。我們剛才走近這裡時聽到的水聲，就是這地下瀑布的聲音。

伊露莉環顧了四周之後，說道：

「各位一定看不清楚周圍吧。修奇？將火把拿高一點。」

接著，伊露莉開始施法。

「Affect Normal Fire!」（增強普通火光！）

噗啊啊啊。一直握在我手中的火把，突然間發出非常大的燃燒聲，火力變得很強，根本不像是一枝柴棍所發出的火光，而是由巨大柴堆所燃燒出的火花。我被突如其來變亮兩倍的火光給嚇了一跳，差點就把火把丟在地上。我擔心頭髮會被燒焦，所以盡量把火把舉到最高的高度。

隨即，原本隱藏在地下的神祕境地瞬間呈現在我們的眼前。

周圍幾乎呈現一個很完整的圓形，而高到看不清楚的上方則是一個稍圓的形狀，像一個半球形的圓頂，而且從圓頂上凸出一些尖尖的鐘乳石。周圍的壁面到處都有各式各樣的鐘乳石。它們彷彿像是長時間點著燭火的蠟燭，層層堆積著。

可是到了最下面的地方，也就是我們站著的地面附近的壁面，模樣就不大一樣了。我感覺像是進到一個很寬廣的大廳，壁面用磚石裝飾著，甚至於在圓形的壁面上，每間隔一定的距離就設有一個火把架。

而且在那些火把架之間設有通道。從我們進來的右邊開始算起，共有三條通道。在那些通道的位置上，應該要有第四條通道的位置，則是湧現出一道瀑布，接著再朝左邊越過去，有三條通道依照固定的間隔分布。然後就是我們進來的那條水路。所以那些通道的位置是呈八角形排列。不過那可以說是個非常非常巨大的八角形。就算是用跑的，也一定得花上十分鐘的時間才能轉一圈吧。

位在這寬闊空間中央的湖泊實在是堪稱巨大。雖然我這樣說對尼西恩陛下有些失禮，不過我覺得即使是把拜索斯恩佩裡的那座皇宮移到這湖泊，也都能夠整個容納進去。我完全看不清楚湖水下方，根本無法知道有多深，不過這漆黑的湖泊看起來是無限地深沉。如果掉進去，恐怕永遠都會沉在裡面，這使我不知不覺地往後退了一大步。

我把手上的火把盡量伸到這漆黑的湖面上。雖然火光的範圍很大，但是湖面的範圍更大，所以湖面上映照出的火光看起來並不大。

卡爾讚嘆地說道：

「這裡竟然有如此寬廣的空間……可是為何峭壁卻不會崩塌掉呢？」

卡爾的說話聲音很低沉。這空間給人一種無法容納很大聲音的感覺，可以說是給人一種肅然起敬的氛圍吧。而且跟剛才不一樣的是，卡爾的說話聲音一點也沒有回音。說話聲音就這樣在半空中消失了。哼嗯。這裡好像真的滿寬廣的。

伊露莉看了看壁面上的鐘乳石，說道：

「這些整整齊齊堆積的鐘乳石，扮演著令人很難想像的牢固梁柱功能。」

「啊，原來如此。聽說為了建造大迷宮，矮人敲打者伊斯諾亞・克拉賓花了十年的時間設計大迷宮，而且建造了五十年才完成。實在是非常浩大的工程啊。這個……要怎麼評論才好呢？這可以說是將這裡天然的優勢發揮到最大，而且在空間裡加入了完美的對稱和協調之美。真是了不起啊！」

杉森環視了四周之後，搖頭說道：

「可是應該走哪一條路呢？我們來的是右邊的路，所以這樣只能選擇右邊三條通道的其中一條了。」

我仔細一看，確實是沒有方法可以從右邊越過到左邊去。我們走進來的水路中央流勢太急，根本無法越過，也不可能游過這個大湖泊。而且湖泊的對岸也有一個瀑布擋住。所以我們能去的，就只限於右邊的三條通道了。

「真是奇怪。建造出相互不能通行的地方實在沒有道理。既然能辛苦建造出這個地方，應該不難在這中間造一座橋吧。雖然很難在這巨大的湖泊上造橋，但這裡窄一點的水路上頭應該可以造一座才對。」

對啊！為什麼不造一座橋呢？我們思索著這個問題，不過卡爾像是覺得船到橋頭自然直似的，毫無顧慮地說：

「我們一條條地走進去看吧。」

於是，我們從地下湖泊的最邊緣開始沿著圓周走，走進了第一條通道。伊露莉簡短地唸了幾句話，隨即，直徑十肘之大的火把光芒就又再回復到原來的樣子。

我們一走到第一條通道口，便稍微察看了一下通道。通道的高度大約十肘高，寬度也大約是十肘。這算是一條非常巨大的通道。伊露莉指了一下通道口上方，我一舉高火把，便看到上面的字。妮莉亞唸出了聲音：

「回想。」

為什麼是回想呢？怎麼不是寫著什麼什麼房，竟然只有「回想」兩個字？入口上方寫著字，這實在是很奇怪的一件事！我們聳了聳肩之後，往裡面走進去。

走在前面的是眼力比較好的伊露莉、我以及杉森，而跟在後面的是卡爾、傑倫特和妮莉亞。通道很寬，所以可以三個人成一排地走。

這條通道也是和我們一路走來的水路一樣，沒有任何岔路，是一條很直的路。走沒多久，就看到前方有一扇很巨大的門。我們在門前停下了腳步。

這扇門的材質看不出來是石材還是金屬，雖然在火光照射之下，它像石頭般全然沒有反射出一點光澤，但是其模樣和材質卻像金屬般光滑又冷冰冰的。這是一扇非常大的門，可是卻很難稱之為門。關於這一點，杉森是這樣表達出來的：

「怎麼沒有門把呢？」

這扇門沒有門把，就只是個光滑平坦的長方形物體。這真的是門嗎？這看起來像在牆上挖個洞，然後把剛好可以塞進這個洞的石頭塞進去。杉森面帶懷疑地看了看那扇門之後，說道：

「如果不能用拉的，就用推的吧。請各位準備好武器，站在離門遠一點的地方。」

接著，我和杉森走近那扇門。即使是走近看，那看起來仍然只像一塊滑溜的石板。杉森聳了聳肩，便伸出手來推門。

過了一會兒，杉森所讓我們看到的，就是他一個人努力推著牆壁。

「這是什麼嘛？」

「你幫我拿著這個。我來試試看。」

我把火把交給杉森，在手掌上吐了口水之後，用力推門。可是那扇門一動也不動。並不是因為門卡了什麼東西才這個樣子，而是感覺像在推一面牆。我放手之後，對杉森說：

「好了，我們要不要開始討論，是否有方法能把沒有門把的門給拉開來呢？」

「大聲喊一聲：『請開門！』」

「那是在裡面有人的情況下啦。」

在我們兩人互相講一些毫無益處的話時，大夥兒都走近了這扇門。妮莉亞很仔細地觀察了下，但還是看起來只是一塊嵌在牆上的石頭。妮莉亞嘟著嘴說道：

「就算有人說這門後面是牆，我也不會覺得有什麼奇怪的！」

伊露莉也到處查看了一遍，她說道：

「我想到的是，會不會這門需要起動密語才能開啟？」

「啊，妳的意思是這門被魔法封住了？」

「是的。」

傑倫特隨即彈了一下手指頭，說道：

「啊！沒錯！很簡單！解決問題的鑰匙總是在問題的旁邊！各位，請讓開一下。」

接著，傑倫特清了清嗓子，然後朝著門嚴肅地說：

「回想！」

傑倫特如此說完，門並沒有因此輕輕開啟。這也實在不能怪傑倫特。門連搖晃一下也沒有，不動如山，傑倫特這時表情變得很尷尬。

卡爾像是在嘮叨似的說：

「這扇門好像不太喜歡賀加涅斯的律法。」

我們又再想辦法想了一陣子，然後下了一個結論：我們不需浪費時間。接著我們就毫不眷戀地走回去了。

大家走出那條通道，走向第二條通道。在進入通道口之前，所有人全都看了一眼入口上方。果然在上面刻有文字。是「復仇」兩個字。妮莉亞看了之後，說道：

「回想……復仇……嗯，可以聯想出什麼共同點嗎？」

杉森搖頭說道：

「完全沒有共同點。」

妮莉亞隨即嘟起了嘴巴。

我們往通道裡面走進去。怪的是，幾乎是在進到剛剛類似的深度時，出現了一扇和第一條通道一模一樣的門。我和杉森抱著或許可以推得動的想法，推了推那扇門，但門仍然還是一動也不動。傑倫特看了一下大家的眼神之後，小心地說：

「復仇。」

然後我們就轉身往通路外面走去。

越走近第三條通道，瀑布聲音就變得越是大聲。一到達第三個入口，我們像事先約好似的，一致抬頭看入口上面。同樣也有字在上面，是「純潔」兩個字。

卡爾皺起眉頭說道：

「這些字詞完全看不出有什麼關係。回想，復仇，純潔。我想不出這些到底有什麼共同點。」

妮莉亞猛力搖了搖頭，像在自言自語似的嘀咕著：

「不對不對。應該是有什麼關聯吧。嗯，回想起被奪去純潔後的復仇行動……」

我們沒有一個人看她，妮莉亞紅著臉，只是盯著地上瞧。接著我們沿著通道走進去，在和前兩條通道相類似的深度裡，發現到一模一樣的門的時候，我們反而只是覺得熟悉而已。我們全都看了看傑倫特，他一副不怎麼想說的樣子，生硬地說：

「純潔。」

接著，傑倫特就轉身要走了。大家也都覺得厭倦地轉身。就在這時候，我突然腦子裡閃過一個想法。

「等等，請等一下。」

大夥兒用訝異的眼神看了看我，但我不管，只是轉身向著那扇門。雖然並沒有抱著很大的希望，但我還是用足以聽得到的聲音，對著那扇門說：

「卡蘭貝勒。」

那扇門隨即無聲地往外開啟了。

06

「尼德法老弟！我要向你致敬！沒錯，解決之道往往就在問題的不遠處！」

卡爾非常地高興，杉森也拍了拍我的肩膀。妮莉亞接連不斷彈著手指頭，傑倫特則是猛敲著自己的腦袋瓜。哈哈。也沒什麼了不起的嘛。只不過一句「純潔」就讓我聯想到了而已。

大家吵鬧了一陣子之後，再度往門的方向走過去。門的後面好像有房間的樣子，裡面看起來很暗。我和杉森先拿了火把往門邊靠近。

一走到打開著的門邊，就聞到一股陳腐的味道。杉森馬上就做出了嫌惡的表情向後退去。他大聲尖叫：

「慢著，說不定有毒？」

一說完，卡爾的聲音便從後方傳來。

「嗯。書也可以說是一種毒素。那是書的味道。」

杉森馬上就被妮莉亞當作認為書有毒的傢伙。我聳了聳肩膀，走進門內。

啪啪！

突然，眼前一片刺眼的光芒讓人馬上閉上了眼。呃啊！眼睛好像瞎掉一樣。我一邊流著眼淚，一邊半睜著眼，察看四周。

光線是從天花板射出來的。這裡就像尼西恩陛下的書房一樣，天花板發著光。而這個房間……這地方可以說是房間嗎？反正就是個很寬廣的空間，中間有幾根支撐天花板的柱子。然而這個大房間裡全都是書架。別說是四面牆壁了，就連房間中間也排滿了整排的書架。每一排各有十組書架，每組的兩個書架背靠背地排列著，這樣組合起來的排數少說也有五十排。也就是說，光是中間的書架就有一千個了。這真是書多到令人暈倒的書庫啊。

卡爾發出了讚嘆聲：

「怎麼會有這麼多的書！」

他馬上往書架的方向跑去。我們大家也分散開來，在書架堆裡東看西看。不一會兒又聽到了卡爾的讚嘆了：

「我的天呀！這本書還留傳了下來。葛雷傑的《文明評論》！這本書早在兩百年前就失傳了。據說兩百年前留下來的最後一本在路斯修雷戰爭時就被燒掉了。可是這裡竟然還有！還保持如此地乾淨呢。」

接著又聽到傑倫特在讚嘆：

「天啊！你來看，卡爾。海特洛徹的《對神的思索性漫步》初版第一刷呢。」

卡爾大叫：

「什麼？你說什麼？」

我也好奇地抽了一本書出來。當然我也是馬上驚訝地大叫：

「嘻，嘻呀啊！」

「嗯？是什麼書嗎？怎麼這麼驚訝，尼德法老弟！」

卡爾滿心期待的表情往我這裡慌慌張張地跑過來。我一副非常感動的樣子，把手上的書拿給他看：

《能讓廚房洋溢溫暖和欣喜的一百種精選料理》。

卡爾看到了書本的標題，馬上就變得索然無味的樣子。可是我卻很高興地說道：

「我也有這本書，這裡竟然也有耶！哇啊！」

「是、是這樣嗎？呵呵，你很高興吧，尼德法老弟。」

卡爾丟下了這句話後就馬上跑掉了，然後開始和傑倫特兩人一起在書堆裡不斷地發出驚嘆聲。我把書本闔上放回去之後，便想找找看有沒有料理千選或萬選之類的書。

傑倫特和卡爾兩人皆興奮地把書一本本地拿出來看。我們其他人為什麼無法參與他們兩人如此不斷發出的美麗驚嘆聲呢？嗯。我看了一下旁邊的伊露莉，她也正抽出了一本書，面帶微笑地在閱讀。我和杉森，還有妮莉亞，雖然用一副已經習慣得不得了的神態在書架堆裡拿起書本，翻開來閱讀，不過也幾乎是在同一個時間把書本闔上。啪啪啪！

光是以所有這些裝飾得美輪美奐的書架來說吧，似乎也是價值不菲的樣子。就算有人說這些精緻的書架是頂級的工匠花了一年以上的時間所製造出來，也不會有人不相信吧。而且書本還整理得相當完善。每本書的裝訂都很華麗，書本的大小厚度雖不一，不過這整列排列的方式卻是不能再更協調了。傑倫特和卡爾瘋狂地找書的模樣，已經到了有些精神恍惚的狀態了。

等到卡爾和傑倫特冷靜下來，已經是一段時間之後的事，所以這段時間的杉森和妮莉亞就一副非常興趣缺缺的樣子。卡爾用貪心的眼神，掃射著四周的書堆說道：

「這裡真是太神奇了。幾百年前的古書都聚集在這裡。沒錯。而且還如此豐富。」

「幾百年前的古書？」

「沒錯。你們看看這個。」

然後卡爾就舉起了他手上的書。卡爾臉上的表情寫著：「你們看看，是不是太神奇了？」卡爾雖然把書本拿給我們看，不過我還是覺得有些奇怪。他為什麼不讓我們看書的封面，而是讓我們看書的側面呢？卡爾是不是太過興奮，腦袋燒壞了？看到我們訝異的表情，卡爾咋舌說道：

「喂，你們看過這種裝訂方式的書嗎？這可是很久很久以前，年代久遠的裝訂法啊！」

「啊，是這樣子的嗎？」

呃。卡爾原來是這個意思。可是我怎麼也分不出書本裝訂的方式有什麼差別。伊露莉靜靜地說道：

「這裡看來是間圖書館吧。大概是模仿卡蘭貝勒的圖書館。」

「是啊。雖然這間圖書館實際上還稱不上是藏書的圖書館，不過也很接近了。呵呵。真是的！」

「卡爾。那個，我們還有正事啊。」

「啊，對了。我們走吧。我真是的。」

要把捨不得移動腳步的卡爾拉離那個地方，可真不是件容易的事。卡爾看起來好像想帶走一些書的樣子，不過他終究沒提這個想法。在這個華麗靜肅的圖書館裡，到底是無法讓人動起偷書的念頭的。

一走到外面，房內的火便熄滅掉，門也再度輕輕地關上。大概是設定了沒有人在房內之時會自動關上房門吧。我們突然走到一片漆黑的外部空間裡，什麼也看不到。為了等待恢復視力，在原地停留了一會兒後，我們才又開始往前面的通路前進。

前面那條通道是「復仇」。我們站在第二扇門前。我看著傑倫特笑了一下，傑倫特自信滿滿地說道：

「華倫查。」

門並沒有讓我們的期待幻滅。一喊出半獸人與和復仇的擁護者——華倫查的名字，門就緩緩地開啟了。我和杉森再次往前一站。

「走到房間裡就會有光了吧。」

「確認一下吧。小心眼睛。」

我把眼睛瞇成一條線之後，才把腳往房間內一跨。啪啪！

房間立刻亮了起來。雖然已經預先做了準備，不過眼睛還是被光線刺到，流下了幾滴眼淚，然後我才走進了房間。在我後面的一行人緊張得不得了，大家全都擠在一塊。

一走到房裡，我們的身體全都僵直了起來。可是妮莉亞卻飛也似的跳了起來。

「是寶物啊！」

妮莉亞在堆積如山的金幣、皇冠、金戒指、寶石手鐲、耳環、胸針等等的金飾品、寶石權杖、寶石箱、各式各樣的扇子，還有看起來很昂貴的劍、盾牌等組合起來的寶物堆裡，做出準備要游泳的樣子。當然嘍，大多數的寶物都很堅固。妮莉亞心裡想當然耳是有過某種妄想，不過似乎還不至於動了什麼歪腦筋。妮莉亞跪在這座可稱得上是完美的山丘也不為過的寶物堆前，張開了她的手指頭往寶物堆裡插進去。她毫不費力地就舉起了沉甸甸的金幣，然後再用歡呼般的表情，讓金幣嘩啦嘩啦落下來。

嘩嘩……噹啷噹啷。

原來這就是金幣的聲音。嗯。我還是第一次看到這麼多的金幣嘩啦嘩啦掉落的模樣，那噹啷的聲響也是首次聽見。說不定下次我可以跟人家聊「我跟你說，金幣落下的聲音是什麼樣子，你知道嗎？」之類的話題了。

我們一行人整排地站在原地不動，呆若木雞地看著前方。躺在眼前的這批寶物，如果異想天開要去數它就太可笑了。如果堅持要數的話，大概要用什麼大碗或超大型的秤臺來當測量單位，去計算它的總重量才行得通吧。不過當然是要在用這些大碗或秤臺來測量的時候，祈禱它們不會裂開或斷掉的條件下才行。不行，還是行不通的。雖然這樣做又太可笑了，可是好像也沒有別的計算方法了——就是用手推車，幾輛幾輛地來計算才行得通吧。

另外一邊堆積如山的金塊也是一樣的情況。不說它的重量達到多麼嚇人的程度，若把這些金塊當作牆壁，就足以建造出一棟典雅的小屋來。杉森像失了魂一樣往金塊堆的方向走去。他用非常訝異的表情，張開手要拿起金塊，不過馬上就斷定要用兩隻手才舉得起來。他雖用了兩手的力量，還是因為太沉重而有些重心不穩。

「這是真的金子嗎？」

我的天呀。如果是矮人們的話，不知道會不會為了要看這曠世奇景，而願意把自己的鬍子全都刮掉呢？這些做夢也想不到的寶物！金塊堆對面的牆壁更是讓人嘆為觀止。一些大型的架子整列地排靠在牆壁邊，架子上擺放著大約數十個裝衣箱大小的箱子。箱子有各式各樣、數不完的顏色。有藍色、紅色、黃色、黑色、白色等等，什麼顏色都有。傑倫特走到箱子旁說道：

「要不要看看裡面有什麼？」

傑倫特想要拉出了其中一只藍色的箱子時，臉上馬上浮現了驚訝的表情。我走到他旁邊幫忙他。但是我雖然戴著ＯＰＧ，卻還是得彎下腰才有辦法拉得出來。是什麼東西這麼重？

匡。我用力一喊才把它給拖到地面上來。箱子沒有上鎖。打開蓋子的一瞬間，耀眼奪目的光芒像是要把眼睛刺瞎了一般。裡面全是寶石，數不清的藍寶石。從箱子裡傾瀉射出的藍光，讓我們都感染了緊張的氣氛。我茫然地看著傑倫特。傑倫特的臉像被染上了藍色般。這世界上竟會有如此炫麗的光芒！

「那是什麼光啊？」

妮莉亞走到那個箱子的姿勢，誰看了都會認為她原本是一隻四腳動物。她往箱子裡一探，馬上就是一副快要暈倒的表情。她哇哇叫說：

「藍、藍、藍寶石！怎麼會有這麼多的藍寶石！」

妮莉亞用可怕的速度快速地轉過身子來說道：

「修奇啊，修奇啊！親愛的修奇啊！拜託你！可不可以把那邊那個白色的箱子給拿下來？嗯？拜託！」

我按捺住在發抖的雙腳，把白色箱子拿了下來。大家全都圍到箱子旁邊，妮莉亞是一邊流著口水，一邊打開箱子。

這一次是真的讓人瞎了眼，裡頭耀眼到讓人以為箱子裡射出了閃電。這一次妮莉亞連話都說不清了。她支支吾吾地說：

「鑽、鑽、鑽……鑽、鑽、鑽……」

卡爾幫了她一下，說道：

「是鑽石。」

「沒錯。鑽、鑽、鑽……」

這個東西叫做鑽石？它和其他東西不一樣，是透明的寶石，看起來幾乎是本身就在閃耀著光芒一般。哼嗯，這個東西雖然亮晶晶的，但是我覺得剛才藍寶石發出來的藍色光芒比較美。反正那個叫鑽石的寶石也是塞滿了整個箱子。妮莉亞發出了呻吟般的求救聲：

「誰能扶我一下？我快暈倒了。」

伊露莉馬上一把抓住了妮莉亞的肩膀，妮莉亞吁了一口氣，看著伊露莉。卡爾則是非常訝異地看著四周說道：

「呵呵。竟然有這麼多的寶石啊。就算拿來買一、兩個國家，可能還可以留下一些來當紀念品呢。」

「什麼？卡爾叔叔，可以拿這些來買國家嗎？」

卡爾聽到妮莉亞喘著氣息的聲音，馬上就笑了。他把手伸進箱子裡，立刻拿起了一顆鑽石。卡爾拿在手上的，是一顆直徑大約兩根手指頭寬的鑽石。怎會有如此炫麗巧妙的手藝啊，鑽石的切割面到底有幾面，根本連數都數不出來。

「只要這樣一顆鑽石，就可以買下一座完整的城堡了。」

「太好了！卡爾，收起來吧！」

「嗯？你說的是什麼話，尼德法老弟？」

「給阿姆塔特的寶石啊。」

「啊，這樣啊。可是這些寶石的主人是神龍王呢。」

「你不是說拿一顆就可以買下一座城堡嗎？那麼我們只要帶走幾顆，就抵得上要給阿姆塔特的十萬賽爾了，不是嗎？這裡有這麼多的鑽石，拿走幾顆應該不會有人知道吧。」

我話一說完，妮莉亞馬上用懇切的眼光盯著卡爾不放。可是卡爾搖了搖頭說道：

「『即使在路上看到了寶石，也必須要遵守晚間的約定。』這句話是誰說的？尼德法老弟？」

「路坦尼歐大王說的。可是我們現在又不是要赴什麼約啊。」

我和妮莉亞一副非常惋惜的表情，卡爾卻還是一臉義正辭嚴地說道：

「那句話不是在說約定的重要性。尼德法老弟。你應該很瞭解吧？那是在警告說，對不屬於自己的東西不要貪心。」

傑倫特和伊露莉竟也是氣死人地在拚命地點頭。快把我氣炸了！這麼一大堆寶石，就算是少掉幾個又怎麼樣呢？在數都數不清的寶石堆前，還說些什麼不著邊際的話嘛。可是卡爾仍是頑固地說道：

「在無法正確得知寶石的真正主人是誰之前，是不能夠飽入私囊的。喂，尼德法老弟，我可以理解你掛慮著父親的心情，我不也是在為哥哥的事情奔波嗎？但是我們還是就這樣決定了吧。」

真是的，非放棄不可了。我繃著臉說道：

「如果接受『就這樣決定了吧』之後的那句話，通常都會有好結果吧。」

卡爾笑著說道：

「我們盡可能徹底地探查這個洞窟看看。試試看有沒有辦法讓良心不沾染上半點灰塵地取走這些寶石吧。」

「卡爾叔叔！」

妮莉亞大聲叫他，卡爾還是不為所動。

「妮莉亞小姐，這是為了我們的安全著想啊。妳沒有發現到，這個房門只要一有人進入就會發出光來嗎？」

妮莉亞突然清醒了一般，而其他的人也嚇到了。就是說啊！真是的，怎麼沒想到這點呢？看寶石看到快瞎了眼。但是卡爾在這種狀況下，怎麼還能保持冷靜，觀察出這件事情呢？卡爾不疾不徐地說道：

「我看到了這麼多寶石，心裡想到的不是貪念，而是恐怖就近在眼前。我們並無法知道這裡除了使用光的法術以外，還用了其他什麼樣的法術。如果是下了對順手牽羊的人施以警告或懲罰的法術，那該怎麼辦呢？」

然後妮莉亞馬上臉色蒼白，把手伸到了上衣裡頭。這位小姐在做什麼啊？不一會兒，妮莉亞從胸前掏出了一大堆可觀的寶石和金幣。卡爾氣呼呼地說道：

「馬上就據為己有了啊？」

妮莉亞很不好意思地又把手伸進了長靴裡。袖子也是，皮帶裡也是，掏出了一大堆寶石和金幣。哎喲，我的天啊！有這麼多人在看，她還能藏這麼多東西？杉森拋出一句『松鼠愛藏松果』，擰了一下妮莉亞。松鼠是飯也不吃，覺也不睡，只顧著收集松果，到最後都忘了存放的地方在哪裡。這句話是在取笑那些無所不拿的人。反正，妮莉亞後來把全身上下數十顆寶石都拿了出來，放回到原來的地方。

妮莉亞惋惜地看著四周，說道：

「那……看看總可以吧？嗯，修奇啊，你把那邊那個黑色的箱子拿下來看看。黑色鑽石可是昂貴寶石中數一數二的。或者裡面有黑珍珠哦？」

「妮莉亞小姐，我們在趕時間。」

「咦咦咦！」

我把箱子放回了原位，等所有人都出來後，妮莉亞還沒出來。

「那個，洞窟探查少一個人應該也沒什麼關係吧？我會在這裡等你們……」

「妮莉亞小姐！」

「哦啊啊啊啊！」

結果妮莉亞那副表情就如同精神上被卡爾揪住了耳朵一樣，很不高興地被拖了出來。果然妮莉亞一出來，房間的光源就熄滅了，門也輕輕地闔上。傑倫特看著關上的門，摸了摸下巴說道：

「雖然我的話有些可笑，你們難道不覺得剛才看到的東西太不真實了嗎？特別是那些多到嚇人的寶物。」

「是啊，我也是這麼想。只要說出了通關密語就會開的門，以及沒有分岔、一條通到底的路都很奇怪。在我們面前有看不見的魔法，這一點是越來越明確了。」

「是的，沒錯。因為看不到，所以可以更加肯定有著看不見的陷阱。我們沒有帶任何東西出來似乎是正確的。我們要是拿了東西，說不定一走出到這通道，就會死掉也不一定……」

「華倫查！」

我們全都轉了身子看著妮莉亞。妮莉亞跑進又打開了房門的房間。我們訝異地往房內一看，妮莉亞正在自己的全身上下東搜西搜地跳來跳去。哎喲，我的天啊。過了一會兒，妮莉亞甩了甩手，然後才不好意思地走了出來。杉森氣得七孔冒煙地質問她：

「這次真的都沒了嗎？」

妮莉亞把手放在腰際，瞪著杉森說道：

「要不要我脫下衣服？」

「算了。如果身上還有的話，危險的是妳，知道了嗎？」

「我就是知道了，才把它們放回去了嘛。」

我們一邊笑一邊又走回通道上，然後往第一條通道走去。我們一面走，卡爾一面嚴肅地說道：

「可是如果連這個房間也是倉庫之類的房間，我們的探查就沒有任何意義了。那可真是不妙。第三次的運氣應該會比較好。」

傑倫特笑著回答說：

「必要之時會伴隨著小小的幸運。」

我們期待著這個必要之時的小小幸運出現，走到第一條通道的第一扇門前站著。這條通道的入口上方寫著「回想」是吧？傑倫特胸有成竹地說道：

「施慕妮安。」

一呼喊大地與回想之母——施慕妮安，施慕妮安馬上為她的兒子們開了大門。嗯。我現在漸漸理解了施慕妮安的兒子是代表什麼樣的意義了。

房門一打開，果然光又亮了起來。我們大家皆踏著小心穩重的步伐走入房間。

這一次是杉森張大了嘴說道：

「這些是什麼東西？是食物耶！」

天啊！在這超大的空間裡，竟全堆滿了食物和飲料。堆在牆壁上的桶子大概全是酒桶。然後另一面牆上堆的桶子，大概是存放麵粉或其他穀類的地方吧。牆壁上有架子，架子上有各式各樣的瓶子。裡面裝的是果醬、美乃滋之類的東西嗎？一些調味料等都很有次序，聲勢浩大地擺放著。香草也是一堆一堆地堆在一起。而在天花板上搖搖晃晃的火腿和燻肉等，散發出香得不得了的味道。房間的角落有個類似水槽的東西，可以聽到魚兒在裡面跳動的聲音。滿櫃子的蔬菜也是多到無話可說。我們一行人就算現在全都做出狼吞虎嚥般的聲音來，也沒什麼不好意思的吧。然後我們在房間的其他地方，看到了擺著許多食器的櫥櫃。

杉森慌忙地說道：

「這是怎麼回事？把賀坦特的居民全帶過來吃，也吃不到一半啊！」

「真是令人無法置信啊。如果說是釀了三百年的酒，或許還說得過去，但是這些食物就像是今天早上剛做好的呢。」

伊露莉靜靜地環視了四周，說道：

「可能是施了保存食物的法術吧。」

「啊，原來如此。」

杉森走了過去，打開了一只桶子，然後便滿懷欣喜地拿出了一顆蘋果。要阻止他把手往嘴裡送，可是要比他動作還快才行。

「杉森！難道一定要警告你不能碰這些食物才行嗎？」

「呃？啊，是啊。嗯。這個季節怎麼會有蘋果嘛。呵呵！」

杉森不好意思地把蘋果放了回去。嗯。先是圖書館，接著是寶石庫，那麼這裡是食物倉庫嘍？

「大地的施慕妮安……我想起了有關施慕妮安擁有取之不盡的食物倉庫的傳說。嗯。但聽說那些東西也會有腐敗掉的時候。」

卡爾下了這樣一個評語。看到了這些會讓人食指大動的食物雖然是好，但這樣不就表示我們的探查到此結束了嗎。這可不行哪。

這個時候，妮莉亞說話了。

「你們看那個。」

在二十肘之遠的位置，也就是在整個房間的中央，突然出現了一個白茫茫的形體。漸漸浮現出的影像，有兩隻腳和兩隻手，再來是身體，身體上面是顆頭。臉上也有兩隻眼睛……

那是個人類的形體。

我們猛然一退，各自把手放在劍柄上。杉森的手放在腰上，我則是放在肩膀上。然後妮莉亞把三叉戟向前推了出去。我們的肌肉全進入了繃緊的狀態。大家都做好了完全的對應準備。我們用凶狠的眼光瞧著那個形體。然後那個形體往我們這裡走了過來。開口說道：

「請問您要點些什麼？」

這真是個澆了我們一頭冷水的問題啊。誰聽到了這句話，都很難繼續保持緊張狀態。我不知不覺地放鬆了筋骨，手緩緩放了下來。杉森則是一面磨著牙，一面低聲地喃喃說著：

「他有可能是要先消除我們的戒心後，馬上進行快速襲擊也不一定。大家小心！」

我馬上打起了精神，再次握住巨劍的劍柄。此時卡爾站了出來，回答對方說：

「嗯。我們沒有要點餐，現在也不是用餐時間。」

然後那名男子的形體向我們鞠躬點頭後，用很熱忱又忠實的語氣說道：

「要不要替您準備簡單的飲料之類的東西？多少為您準備一些吧？」

「啊，很感謝你，不過不用了。我們比較想問一些問題。」

「好的。我們這裡可以準備的菜單是……」

「啊，不是的。我們不是要問可以準備的餐點是什麼。」

然後那個形體歪著頭，再一次忠實地回答道：

「目前保存中的材料包括……」

「呃，不是這個。拜託你，可不可以聽我說完再請你回答呢？」

「是的，我知道了。」

到了現在這種情況，要持續保持一貫的緊張狀態就太好笑了，可是我從頭到尾都是緊緊地抓住巨劍的劍柄。但是杉森卻已經在搔著後腦袋，一副輕鬆的姿勢。

「喂，修奇。放鬆心情了啦。」

哎呀！我也消除了緊張，直挺挺地站在那裡。傑倫特好像是忍不住好奇心，往前走去，看著那個形體。

那個形體就像停在空中一閃一閃發亮的閃光一樣。穿著像是制服，線條直挺挺的單純衣著，一臉善良的模樣。再加上很有禮貌地靜待著卡爾的指示，那模樣簡直是……

「是僕人。」

妳說得沒錯，就是僕人，妮莉亞。我們在聽到妮莉亞說的話後，一致點了點頭，放心地看著那名僕人的形體。傑倫特忍不住先問了個問題：

「呃，我叫傑倫特・欽柏，是德菲力的祭司。請問您是？」

卡爾點點頭接著說道：

「看來你大概沒有名字吧，必要時才出現的一個形體，也許沒有被特別賦予個性吧。嗯。那麼請問你，這個地方的主人是誰？」

「這個地方的主人是我。」

「什麼？」

「我是掌管這個廚房的人。各位客人如果希望點些什麼東西的話，只要下指令給我，我就會立刻……」

卡爾面有難色地微笑說道：

「啊，不是的。我是要問這個洞窟和這裡所有東西的主人是誰？」

這會兒換成僕人的形體面帶難色了。他謙遜地說道：

「在這天空之下，大地之上，所有東西的主人不是只有一位嗎？」
「什麼？」
「偉大的神龍王就是萬物之主啊。」

是神龍王。果然沒錯！我們皆同時點了點頭。傑倫特做了一個深呼吸，說道：
「啊，那麼這裡就是大迷宮嗎？」
僕人突然冷冷地看著傑倫特。傑倫特有些訝異，此時卡爾接著說道：
「嗯。是這樣的。我們要問的是，這裡就是神龍王棲息之處，龍之聖地嗎？」
僕人立刻點了點頭，說道：
「以那光榮之名支配此地。」
卡爾點點頭，向我們低聲說道：
「神龍王從矮人手上搶到這大迷宮後，把名字換成了龍之聖地了。那是場醜陋的騙局，我們現在不予置評。僕人看來是神龍王的忠誠部下，大家說話要小心。」
妮莉亞害怕地說道：
「呃，嗯。我們會在旁邊看，讓卡爾叔叔說就好了。」
卡爾認真地點了點頭，轉過身對僕人說道：
「我們是為了敬拜那偉大的神龍王才來到此處，而在我們為這些壯觀景象嘆為觀止之時，我們也迷了路了。」
卡爾雖然撒了個超級大謊，不過看到僕人聽了卡爾的話後，臉上浮現了同情我們的表情，就知道這個謊撒得很成功。

「啊，是這樣的嗎？看來是嚮導不夠盡責。我雖然是這個完美廚房的負責人，卻也常常得趕跑那些半獸人。我也想向神龍王稟報，請牠僱用人類或矮人。但是神龍王寬大為懷，牠的愛包容了那些醜惡的半獸人……」

「啊，這樣子的嗎？我可以理解你的苦衷。」

啊哈。看來本來是叫半獸人替那些來大迷宮的人類做嚮導。這麼說的話，僕人嘴裡所說的嚮導大概已經變成一堆白骨了。僕人繼續說道：

「是的。在沒有嚮導的情況下還可以走到最下層，真是厲害啊。我替那些醜惡的半獸人向各位致歉。各位，啊，你們是和德菲力祭司同行啊，所以才有辦法走下來到最底層吧。」

走下來？呃，對了，沒錯。我們是因為原本的路被大石頭擋住了，所以才走水路進來的。那麼我們就是抄近路來的嘍。卡爾一臉狐疑地說道：

「不會很辛苦啊。嗯，我們是平安順利到達此處的，難道說上面有什麼危險嗎？」

僕人極致讚嘆的表情說道：

「啊啊。原來是德菲力的神力加護在各位身上啊。真是太幸運了。聽說上面被既貪心又醜陋的矮人設下了許多很可怕的陷阱。神龍王決定把那些陷阱留下來，當作給入侵者的警告。我認為這個決定真是明智之舉。對於沒有得到允許就入侵的無禮之徒，當然要取下他的性命。但是頭痛的事情是，那些低能又幼稚的半獸人來來往往，常常讓自己掉入陷阱裡去。那種時候真的是讓龍之聖地整個亂成一團。道路被封鎖住，岔路的位置也會改變，真的是很頭大。連像地鼠般在地面下竄來竄去的矮人，都稱這個地方為大迷宮，也就不足為奇了。」

地鼠？呵呵。我們不知該回答什麼，只是一逕地笑開來。有一點可以肯定的是，如果艾賽韓德在這裡的話，大概會對那個形體大罵髒話，往他身上丟戰斧吧！

但是卡爾沒有笑出來。他一臉憂鬱地很快問說：

「那個，是這樣的嗎？那真是不好了。其實我們一行人中，有一些還在上面沒有下來。如果說有陷阱的話那就不好了。不好意思，可否請你告訴我們往上面走的路呢？我們下來是下來了，卻不知道是怎麼下來的呢。」

我們本來不知道卡爾在說些什麼，不過看了一下卡爾，馬上就明白是怎麼回事了。卡爾是在說涅克斯一行人。我們走進原本不是路的地方，雖然幸好避開了陷阱，但卡爾擔心涅克斯一行人是從上面入口進來的，搞不好已經掉入了僕人所說的可怕陷阱。可惡，大事不妙了！

僕人非常非常憂心地說道：

「這樣的嗎？怎麼會這樣呢？可是我是廚房的負責人，所以離不開這個房間。請你們出去之後，問問在通路兩邊的石像怪看看。牠們會帶各位走出去的。」

在通路兩邊的石像怪？呃，對不起，你說的石像怪，早已成了歲月風霜下的歷史陳跡了。卡爾面有難色地說道：

「啊，不好意思，我們已經很小心地問過石像怪了，但是並沒有辦法溝通。不過我們也問了是不是找得到可以和牠們對話的人，牠們告訴我們來這裡看看。」

他杜、杜撰謊言的功力竟然如此之深！卡爾說得跟真的一樣。那個僕人的形體馬上做出了理解的表情。

「哈哈，原來如此。嗯。怎麼辦？我是出不去的。」

「沒有辦法幫我們做說明嗎？」

「是啊。嗯，你們是從中央瀑布後面的通路下來的吧？從那上面的中央大廳，往最左邊末端的通道走去就可以了。走過那裡之後，隨便抓個經過的半獸人來問，牠們會告訴你們的。啊，最好用比較威脅性的口氣說話。半獸人是教不來禮儀的傢伙。我要再次讚頌神龍王，連那種生物也賜予無私的愛啊。」

卡爾認真地點點頭說道：

「啊。真的是如此啊。感謝你的親切指點。」

「祈望你們可以領受到龍之聖地的所有快樂。」

說完這句話，形體便漸漸地模糊，接著馬上消失不見了。

我們看看卡爾，卡爾聳了聳肩膀。妮莉亞眼睛瞇著看卡爾說道：

「您可真會說謊呢。」

卡爾笑笑地說：

「難道妳就不能說，我是為了協調對方的意見而很能自我犧牲的人嗎？」

我們全都爆笑了出來，走向外面。大家一出來，火光就熄滅，門也慢慢地闔上。我再次把火把舉高。妮莉亞一面向後看，一面說道：

「那個沒有名字的形體好可憐哦。出也出不來，也不知道這樣過了多少歲月了。」

卡爾笑了一下。說道：

「那只是個影像，妮莉亞小姐。」

「就算是也很可憐啊。」

伊露莉用不甚瞭解的表情看著妮莉亞。哼嗯。人類原本就是這個樣子的，伊露莉。

走到外面的我們，沿著湖邊往那個中央瀑布的方向走去。他說那後面有通道？我們越往前走，瀑布轟隆的聲響就越大聲，水面的波紋也越大。照到火把光芒的瀑布，看起來猶如幻象一般，就像難以計數的金銀絲線嘩啦啦地飛濺而下。

杉森看了看四周，馬上往瀑布的方向走了過去。他查看了一下瀑布的後方，馬上就向我們揮了揮手。走過去後，果然看到瀑布後方有一條被瀑布水流藏住的通道。嗯。這是第四條通路了。那麼可以確定通路的位置是呈八角形排列沒錯。

妮莉亞捂住耳朵，大叫著：

「不去看看那些房間嗎？」

一看才發現，瀑布後面的路，是可以通到左邊的那三條通道的。但是卡爾搖了搖頭，同樣也是大叫著說道：

「先去找蕾妮小姐。那些房間大概也是倉庫吧，沒必要進去了。」

妮莉亞雖然就是因為那裡是倉庫才想進去，不過也沒說什麼。嗯。事實上我也很好奇。在那些房間裡，又堆放了些什麼東西呢？

我們暫時撇開好奇心，往瀑布後的通路走了進去。走了一小段後，眼前就出現了和先前走的路完全不同的一座大型階梯。

我們往階梯上走。不一會兒就出現了階梯轉角，轉角左邊是往反方向上去的階梯。我們再往上走，又出現了一個轉角，是一座通過左邊中央瀑布上方的橋梁。橋的位置是被造在下面看不到的地方。

看著腳下湍急的水流，我們一行繼續向前走。過了橋，又有一座階梯，走上去之後，突然到了一個寬敞的大廳。

大廳四周佇立著整排的柱子。而每根柱子上都有雕刻的圖像。天花板不太高，用火把一照，可以瞧見曾有的圖畫痕跡，但是已經毀損到看不出是什麼圖樣。大廳的地板積滿了灰塵、木屑、破布、斷掉的刀等東西四處散落，到處都結了蜘蛛網。地板上好像有噁心的東西在爬。到處是骯髒的痕跡和分不清到底是什麼的乾屍。

「好奇怪。在這裡可以確實地強烈感受到經歷了三百年的感覺。」

卡爾為了不吸到灰塵，有些吃力地說道。卡爾一說完，就聽到了「啪啪啪！」的聲音。我們頓了一下，抬起頭，看到了往步道那邊飛過去的蝙蝠。

杉森拿出手帕，捂住臉說道：

「不對，地底下的洞窟怎麼會堆積了這麼多灰塵呢？」

「大概是有換氣設備的關係吧。透過那種通風器具，才會把外面的灰塵帶進來積在這的吧。而且在地底下，如果沒有換氣設備的話不就完了。」

我們都和杉森一樣拿出了手帕當作口罩。卡爾是最不合適戴口罩的，兩位小姐則是戴上了口罩依舊很美麗。傑倫特看著天花板上的畫說：

「可是那幅畫怎麼會毀損到如此的程度呢？剛剛下方的食物材料不都還很新鮮的嗎？」

伊露莉點了點頭。

「下面主要是用來當作倉庫用的空間，所以附有保存的魔法。如果我們不是從水路進來的話，也不會來到這下面大迷宮的最底層。把那裡當作保存重要物品的倉庫是很恰當的。還有這裡當初是居住的空間，不會設下那種魔法。我們恰巧是從最下層倒過來進入大迷宮的。」

「嗯，這樣子啊。那個形體說要我們往最左邊的通路走，是嗎？」

「是的。」

在我們上來的階梯對面，有一條長長的通道。而且左邊、右邊也都有長長的通道。我們走向左邊的那一條通道。

通道的地板本來似乎有鋪過地毯，可是現在只剩下一些難以辨識的破布塊鋪在地板上，滿是灰塵和骯髒痕跡。再加上踏過的腳印，經過了如此漫長歲月，幾乎已成為石子地板了。如果是在夏天來的話，好像會出現各種昆蟲和蛇來盛大歡迎我們吧。

「那個是什麼？」

杉森低聲地說道。我們看到通道前面有某種模糊的白色東西，不禁開始緊張起來。但是伊露莉說道：

「是遺骨。」

遺骨？再稍微向前走，仔細一看，果然是靠在通路牆邊的一堆白骨。我用火把靠近一照，我們一行人開始檢查那些白骨。

不過誰看了都知道那是個半獸人的骨頭。白骨好像一碰就會卡啦卡啦掉落一地，可是甲衣卻仍維持著原形，是半獸人的甲衣。其實只看頭蓋骨、手或腳的骨頭，就可確定那是半獸人。卡爾低聲地說道：

「這裡是大迷宮，是神龍王的處所，有半獸人在這裡一點也不奇怪。可是這個半獸人有些不對勁。」

「啊？」

「為什麼會死在通道上呢？通道不是個死亡的好場所呢。這一點放著先不談，經過這通道的其他半獸人也應該會看到牠才是，怎麼會放著不管呢？」

「咦？就是呢。嗯，會不會是發生了什麼戰鬥呢？」

「說不定是內亂。可是奇怪，神龍王沒有理由容許這種事情發生啊？」

此刻我們大家都頓時顫慄不已，東張西望地看著四周。

這裡有歷史悠久的空間，沒有留下任何痕跡的通道、大廳與階梯，下層的倉庫還施有保存的魔法。可是，這個地方怎麼也看不出來到底誰會住在這裡。傑倫特從這樣的光景裡，快速地推演出結論。他說道：

「我們是不是闖入了神龍王的墓穴了？」

「這個，牠進入了睡眠期嗎？嗯。反正現在這個地方完全是缺乏管理，而在這疏於管理之際，也有可能會發生內部鬥爭。我們再多看看吧。」

我們再度向前走。通道兩邊或多或少會看到一些房間，有的房間門都壞掉了。我們往掉了半邊門的房裡一看，真是太令人訝異了。

房裡的家具全都不見了，而且也可以看出它們到底去哪裡了。在房間的中央，有一塊像是火燒了很久的地方。周圍散落著一些原本房間裡華麗家具的碎片。

「有人把家具拆掉，全燒光了呢。」

還有分散在四周的毛毯破布，一些破裂的炊事用具，都讓人看得出曾有人在這裡紮過營。我們仔細搜了一下那塊寬大的毛毯，在下面發現了半獸人的白骨，它好像在對我們抱怨般，下巴處卡啦一聲掉了下來。當然嘍，一掀起毛毯，那堆白骨就散成一地了。所以這代表什麼呢？難道這整個地方都是一下子就完全荒廢了嗎？傑倫特訝異地說道：

「好奇怪。在這底層放著那麼大倉庫不用，為什麼擠到這裡來呢？」

「果然沒錯。那些倉庫裡的東西是碰不得的。」

卡爾點點頭說了這句話，妮莉亞心頭馬上涼了半截。卡爾繼續推測：

「可以確定此地沒人管理。在這地底下，餓死是家常便飯的事情。剛開始的時候，可以拿家具和剩下的一些材料來過日子，不過馬上就會面臨短缺了，那些下層倉庫內的東西又不能盜用。可以肯定的是，下面完全沒有發生過掠奪之類的事情。說不定這些傢伙是因為生活太貧困了，所以全都跑出大迷宮了。而且在這混亂之中、無政府的狀態下，是可能發生殺戮戰鬥的。」

我們心情沉重地走出房間。

進去其他的房間看過後，狀況也是大同小異。幾乎都是空蕩蕩的，頂多是散落著一些碎片在地上。

唯一的發現，是妮莉亞撿到的一塊金幣。金幣的模樣和現在使用的貨幣完全不同。卡爾點點頭說道：

「這是神龍王時代的貨幣。我們有許多珍貴的知識是神龍王流傳下來的。貨幣制度也是。」

「魔法也是。」

卡爾點點頭，同意伊露莉的話。妮莉亞摸了摸那塊金幣，捧著說道：

「這個拿走沒關係吧？嗯，這裡既然發生過很大的掠奪戰，看起來應該很安全，沒有魔法了吧？」

「應該是的。」

妮莉亞把金幣放到口袋裡，一副很惋惜的表情。她說道：

「哎，放著成山成堆的金幣不拿，只拿這一小塊。」

我們都爆笑開來，走了出去。

一到了通道底，右邊出現了階梯。那是向上走的階梯。卡爾對我們說道：

「好吧，這底下的倉庫、這裡住過人的房間都不是重點，但是從上面開始是真正的大迷宮了。大家要小心。還記得那個形體說過有可怕的陷阱吧？」

所以伊露莉和妮莉亞走在最前頭。這是因為伊露莉有敏銳的視力，妮莉亞則是在夜晚行動的黑夜鷹。

07

那階梯很高。走到階梯頂端，就感覺到一股與之前截然不同的氣氛。

上面的路很寬，是用堅硬的石頭築成，牆壁和天花板也都是石造的。在火把映照下又黑又髒的石壁，就算睜大眼睛拚命找也看不到有裝飾物，非常粗糙。道路寬到巨魔可以隨心所欲地奔跑，然而還是給人一種壓迫感。紅色的火光照在灰色石頭上，散發出古銅色調。四周的牆上結滿了蜘蛛網，但也許是因為季節的緣故，在這裡完全沒看到任何動物的痕跡，所以就給人更強烈的殘破和衰敗印象。

「真是冷清啊。」

妮莉亞喃喃自語之後，一面將三叉戟伸出到處戳，一面開始往前走。

走沒多久，就碰到了一條三岔路。沒錯，三岔路。這樣一來，不就沒辦法問傑倫特了嗎？妮莉亞煩惱了一會兒，指著左邊的路說：

「不管怎樣，先往左邊彎。知道了嗎？」

然後她掏出匕首，在左邊那條路旁的牆上畫了一個圓。卡爾像是知道這舉動是什麼意思似的點點頭。這是某種特別的技巧吧？

進入左邊那條路沒多久，又出現了雙岔路。我們聳了聳肩之後望向傑倫特。但傑倫特卻一臉茫然地看著我們。卡爾說：

「要走哪一邊呢？」

「不知道。」

什麼？居然說不知道？我們用驚訝的表情注視著傑倫特。但卡爾點了點頭，說：

「那麼這條路完全是錯的。往回走吧。」

啊，是這樣嗎？我們往回走，回到了剛才的三岔路口。這次選了另一條路走。進去之前，妮莉亞又畫了個圈。

不久之後，我們已經搞不清楚哪裡是哪裡了。

那裡的路就是路，並沒有連到門或房間之類的空間。到底這算什麼啊？又不是地鼠，幹嘛到處鑽一些沒用的通道？這很清楚地顯示出，這個地方在建設的時候，就是打算要讓進來的人迷路。當碰到雙岔路時，傑倫特會回答要走左邊、右邊或是不知道，然而大部分的答案都是不知道。如果出現了三岔路，妮莉亞就會高興地刻上個記號。每當要進入一條通道，她就會畫個記號，萬一發現走錯往回走的時候，遇到有做過記號的岔路口，就選擇沒有記號的通道繼續前進。這麼做好像是為了不要進入已經走過的地方。

但是一陣子之後，我們碰到兩條交叉路，四個路口全部都刻了記號。妮莉亞吹著口哨，在其中一條路再次刻了記號，然後走進去。杉森終於受不了，開口說：

「等一下，這些路全部都走過了，為什麼還要再走？」

「這裡面一定會有其他岔路的。不用擔心，不管怎樣只要往記號最少的地方走就行了。你連從迷宮中脫困的基本技巧都不知道嗎？」

「我怎麼會學過從迷宮脫困的技巧！真是的，居然有這麼讓人頭痛的地方。到底為什麼要如此浪費這麼大的空間？」

卡爾微微笑了笑，說：

「當然是要防範外人進來啊，費西佛老弟。而且，過去矮人為了誇耀自己的建築技術，在他們之間也掀起了建造這種迷宮的風潮。人類雖然也稍微承襲了這種風潮，但是一般認為人類蓋的所有迷宮，都只不過是這座大迷宮的縮小版。定下心來好好前進吧。」

杉森隨便嘀咕了幾句，無論如何，我們還是開始繼續前進。

突然，我們來到一條初次遇見的長長通道。妮莉亞停下了腳步，說：

「這條路很長，是最適合設置機關的地點！」

杉森將眉頭皺得不能再皺，說：

「機關？」

「嗯。例如踩到某個地方，就會往下掉入陷阱，或是有箭飛出來那一類的東西啊！」

「妳是不是在講什麼爐邊的古老故事？」

「你說是古老故事，就算是古老故事吧。你還沒體悟到，自己已經進了歷史超過三百年的迷宮嗎？可以說是三百年前的故事吧。」

杉森只好閉上了嘴巴。妮莉亞小心翼翼地環顧四周，然後一次踏出一步，嘀嘀咕咕地說：

「哼，我可是夜鷹，才不是什麼開鎖專家之類的。」

她的話還沒說完——

喀啦，喀啦！突然有怪聲傳了出來。妮莉亞吃了一驚，急忙後退。她拿三叉戟敲了敲地板，地板突然以兩邊牆壁為中心軸翻開，在地板轉動的同時，可以瞥見底下黑漆漆的一片。

我們每個人都僵住了，只是望著地板。地板已經恢復了原來的樣子。就算有哪個不幸的犧牲者掉了下去，也不會留下任何痕跡吧。妮莉亞聳了聳肩，回頭看杉森。她雖然對杉森皺眉頭，但是杉森一句話也說不出來，只是驚訝地張著嘴。

「嗯，長度多少？」

妮莉亞再度用三叉戟去戳地板。地板馬上翻開，一陣風吹了起來。翻起的地板長度大概是六肘左右。

「請等一下。」

妮莉亞用匕首在牆上畫了個「T」字，然後向後退。她從後面全力助跑，跳過了陷阱，剛好到達對面的陷阱邊上。她腳一碰地，就立刻彎腰，一動也不動。我們在陷阱另一邊用焦急的眼神望著她。她就跪在地上，伸出三叉戟往四周到處戳。地板都戳過之後，她將身體站直，說：

「很好。沒有第二重的陷阱。跳過來吧。」

杉森第一個後退，像頭野豬似的跑來，跳了過去。咚。聽到杉森著地的聲音，妮莉亞驚訝得合不攏嘴。第二個跳的是卡爾，接著，伊露莉也猶如飄浮般輕盈地越了過去。傑倫特露出悲慘的表情看著我。

「請把我拋過去。」

杉森接得很好。傑倫特一到地面，就擦了擦額頭，說：

「可是對這裡很熟的人經過的時候，也必須要這樣跳來跳去的嗎？這對鍛鍊體力可真有幫助。」

妮莉亞噗哧笑了一聲。

「他們才不走這條路呢。但是我們什麼路都得走，所以是不得已才如此。」

我們又開始枯燥冗長的迷宮探勘了。有時在雙岔路口，傑倫特會做出建議，如果有三條路以上，妮莉亞還是繼續做記號。

偶爾會看到通道以外的東西。有時出現寬大的廣場，有時出現階梯。間或必須走過懸在黑暗虛空上的橋，往底下一看，可以模糊地看見水波在搖動著。似乎是地下的中央湖。有時也必須爬上三十肘高的梯子，梯級非常地密，似乎是考慮到讓各種族的人都可以爬。

雖然還沒有人將抱怨說出口，但大家漸漸都厭煩了，心情變得很糟。我們就像瞎眼的小老鼠般跑東跑西的，看到哪裡可以去就走哪裡。光是走路就讓人覺得相當累。地下那種陳腐的空氣味道讓人很不舒服，但更使人在意的是，根本猜不出這整個地方到底有多大。我一向妮莉亞提出這個問題，她馬上很簡單地回答：

「嗯嗯。這裡原本就很大，再加上路東彎西繞的，所以走起來就更遠了。很長的一條線，如果揉成一團，體積也很小吧？就像是那樣。建造的人在地下到處挖通道，就是要讓不認識路的人走非常遠。」

由於根本不知道目的地，所以無法在腦中描繪整個旅程，只能無止境地一直走下去。再加上不知何時會出現陷阱，必須一直保持緊張狀態，所以精神上非常疲勞。隨著火把的光搖曳而忽大忽小的我們那些影子，也把我們弄得神經緊繃。

有時可以看到被機關壓扁的屍體。到底機關是怎麼運作的我搞不清楚，總之有石塊從天花板上落下，擋住了走道。石頭底下有某種東西的腿骨向外伸出。看到腿中間還有尾骨，我猜大概是石像怪吧。

有時站在地面挖出的洞邊上往下看，會看到令人消化不良的光景。那些掛在尖銳鐵錐上的骷髏大概是半獸人的吧。怎麼會這麼愚蠢！你問我為什麼這麼說？因為就在同一個洞中，居然有超過二十隻的半獸人！

「半獸人難道肩膀上是空的，牠們先把頭放在別的地方，然後才到處跑嗎？」

聽到傑倫特開的玩笑，我們都噗哧笑了出來。

不管怎樣，我們正在慢慢朝上走。當初想像中那些可怕的陷阱，現在對我們來說都不再可怕，因為被半獸人或其他怪物破壞的陷阱非常多。而且碰到雙岔路的時候，傑倫特幫我們省下許多時間。我們已從原來的最底層漸漸爬到很高的地方。

我一面走一面問卡爾：

「你說過神龍王占有大迷宮是一場騙局，那是什麼意思？」

「咦？啊，你是說那件事嗎？就是話裡說的那個意思啊！」

「果然！跟我想的一樣，是場騙局！但那又是什麼意思呢？」

卡爾微微笑了，說：

「嗯。那是在很久以前，神龍王還掌控著北方和大陸上大部分土地那時的事。各位大概都很清楚，神龍王連龍族都毫無慈悲地殺戮，靠著鐵拳席捲了各地，但還是有幾個自由種族不受支配，最具代表性的就是精靈跟矮人了。優比涅的幼小孩子精靈就不用提了，但是矮人因為具有寧可死也不想被控制的性格，加上在開採貴金屬的能力上，其他種族都完全跟不上他們，所以神龍王也只能用現在人類對待精靈與矮人的方式來對待他們。這些人是無法相信的盟友，又是無法操縱的敵人。」

「無法相信的盟友……無法操縱的敵人……這不就只是把『雙方什麼關係都不是』這句話說得難懂一點而已嗎？」

「說得也是。但有一次，神龍王對矮人提出了一項建議，也就是在北地建造一個與深淵魔域迷宮相似的大迷宮。」

「與深淵魔域迷宮相似？」

「當然，神龍王想辦法讓矮人們覺得，如果有了半獸人的勞動力、神龍王的財寶與權威，再加上矮人們的技術，是有可能蓋出和神為了封印住黑暗，而親手建造的深淵魔域大迷宮一樣偉大的建築。建造迷宮對矮人來說是一種特別的榮耀，而且神龍王又說迷宮建成之後，會送給敲打者及矮人，算是牠誠心獻給矮人們的禮物，希望矮人們成為跟牠合作的友邦。交涉過程中，神龍王把整件事情說得很動聽，最後矮人敲打者伊斯諾亞・克拉賓也就答應了下來。」

我們又到了一處岔路，妮莉亞又刻了個記號。卡爾輕輕地繼續說：

「伊斯諾亞・克拉賓花了九牛二虎之力，才說服了其他矮人。矮人們並不太願意跟神龍王締結契約。但是建築與深淵魔域迷宮同等級的迷宮，對矮人們是一大誘惑。其實天底下有深淵魔域這麼一座龐大的迷宮，再加上不是矮人所蓋的，這對矮人來說就是一項很嚴重的恥辱。」

「這也算恥辱嗎？」

「要是你碰到一個自以為很厲害的蠟燭匠，你的感覺怎麼樣呢，尼德法老弟？例如，有人說他閉著眼睛也可以做蠟燭。」

「當然心情會不好啦。嗯，我懂了。所以呢？」

「結果矮人們就答應了神龍王的條件。但這件事不管怎麼形容，也只能算是某種驕傲自大，甚至可說他們陷入了一種迷惘。他們居然想模仿這世上的終極監獄，充滿了痛苦的深淵魔域迷宮。不管如何，他們答應了這件事，就拿著鑿子開始敲打起岩壁來了。但是……」

卡爾突然望著天花板。我突然陷入了聽見當時的鐵錘跟鑿子聲的錯覺中。矮人們勤快地來來往往，在洞窟處處發出的巨大聲響當中笑著、歌唱著、吹著口哨。卡爾就像在尋找他們辛苦工作所留下的痕跡似的，望了望天花板，然後說：

「他們對與半獸人一同工作這件事並不是很高興。當然現實上，他們也無法拒絕這些勞力。所以這座大迷宮的工程，從一開始就包含了不安的要素在裡頭。」

傑倫特聽著卡爾說的故事，眼中閃閃發光。杉森突然打起了精神，雖然本來時時在注意周遭，但不知何時起已經聽故事聽得入迷了。我乾脆完全不注意四周，只一個勁地聽著卡爾說的話。

「那工程既艱鉅又漫長。最後總算完成了最難破解的地下建築，同時是最偉大的豐功偉績，也就是我們現在所走的這座大迷宮。接下來發生的事，就是可說早已註定的背叛。」

卡爾嘆了口氣，說：

「迷宮的工程完竣之後，半獸人卻不出去。牠們分散在迷宮各個偏僻的角落居住。事實上，整個工程花費了五十年，這裡已經變成了牠們的居所，說起來也是很理所當然的事。所以半獸人就將這裡當作牠們的隱匿處，也在這裡堆積牠們那些噁心的財寶。然後牠們把同夥，嗯，可以算是同夥嗎？反正把一些怪物也引了進來。牠們也開始不時偷竊矮人運進來的寶物。」

沙沙的腳步聲。每當卡爾停止說話，就只能聽到我們一行的腳步聲傳開。

「矮人因為牠們而非常煩惱。矮人與半獸人間的不合越來越嚴重，矮人們雖然向神龍王抗議，但神龍王只是粗暴地回答他們。神龍王的態度就是：『關於寄居你們家裡那些食客的事，一概別來找我。』事實上大迷宮的所有權已經給了矮人，結果變成矮人自己家裡管不好，卻去找鄰居抱怨。再加上神龍王也說：『已經把這個地方送給你們了還不夠，難道還要我出面處理善後？』所以矮人也就無話可說了。」

結果專心聽著卡爾講話的傑倫特一腳踏空，身子晃了一下。他帶著不好意思的表情搔了搔頭，卡爾微笑著繼續說：

「後來有一天，從這分不清日夜的地下某處，傳來了一陣慘叫。慘叫聲越來越大，那當然就是被半獸人殺害的矮人所發出的。敲打者伊斯諾亞・克拉賓也是最早被殺害的矮人其中之一。這可以說是叛亂嗎？嗯……應該說是客人反過來趕主人吧。用暴動形容可能更正確。矮人發現自己不知不覺間，已經在自己建造的監獄中跟半獸人、石像怪、巨魔、狗頭人、豺狼人關在一起了。這真是一段陰暗沉鬱的歷史。到暴動整個結束，已經過了一年多了。就連龍都說，如果要把矮人逼到絕境，最好事先為自己留好後路。據說被逼到死角的矮人拚命抵抗。他們很清楚大迷宮的每一處，知道所有祕密通道。」

卡爾嘆了口氣。

「但那些抵抗都是沒用的。結果矮人從大迷宮中逃了出去。啊，當然這是指最後剩下的那些還活著的矮人。從此以後，在大陸地下各處，甚至地面上，矮人跟半獸人都成了見面就必須以血洗血的死仇。而且後來……」

「還有後來？」

卡爾揶揄似的露出了笑容，說：

「後來，半獸人也謙虛地承認自己無法管理這個巨大的迷宮，所以就把這個地方獻給了牠們認為適合的主人，也就是神龍王。」

「呼。現在我知道大概是怎麼一回事了。結果是神龍王在後面操縱這一切嘍？」

「說得沒錯。這是場花了五十年時間的騙局。我們應該對牠的耐心表達敬意嗎？嗯……牠的五十年跟我們的五十年完全不同，我們的敬意對牠也許是一種侮辱。無論如何，最後擁有這座巨大堡壘的人是神龍王，又將矮人這個在背芒刺的勢力大幅削弱，對牠而言，應該是最完美的結局了吧。」

傑倫特點了點頭，似乎陷入了沉思之中。其他人也都感覺到心情變得很沉重。在暗紅的火把光芒照耀的地下洞穴中，卡爾的聲音低沉地迴盪，就像是從遙遠的過去傳來似的。

妮莉亞摸了摸耳朵，然後聳了聳肩。她又繼續往前走。一陣子之後，我們在另一個岔路口停了下來。妮莉亞環顧了一下周圍，正準備要刻上記號，卻突然驚訝地說：

「這是什麼？」

我們看了看妮莉亞所指的方向，牆上已經有人用木炭畫了個圈。杉森用慌張的臉色看了一下那記號，說：

「這是什麼？妮莉亞，妳不是都用刀做記號的嗎？」

「當然！而且我不會把圈圈畫得這麼大。這到底是什麼？」

卡爾看了一下那記號，露出了安心的表情。

「太好了！既然現在已經進了這大迷宮，畫記號來拚命找路的人是誰，我們應該很清楚。畫這個的就是涅克斯一行人。」

傑倫特突然精神來了，說：

「是的。我們不知不覺間，已經跟他們越來越近了。啊，他們不是比我們早進來很久嗎？」

「是的。大概上面有更多讓人迷路的通道，不知怎地他們就到了這附近。我們照著這個記號走吧。」

我們一下子精神都來了。現在我們很確實地接近涅克斯中。我們朝畫了木炭記號的通道走。

砰砰！轟隆隆！

突然洞窟發出了響聲。我們都扶著洞壁，好不容易才保持住了平衡。回頭一想，才覺得其實震動也不是那麼大。但因為事出突然，我們都嚇了一跳。妮莉亞說：

「什、麼？這是什麼聲音？」

杉森說：

「好像是……洞穴的某個地方坍塌了吧？」

卡爾跑到前面，說：

「快過去！」

大家都拔出了武器，然後快步前進。我們映照在牆上的影子以可怕的速度向後消失。又遇到了一處岔路，我們稍微猶豫的時候，傑倫特第一個選了左邊進去。妮莉亞急忙在牆上刻了個記號，然後跟在他後面走。

「別急！這裡可是迷宮！」

聽到妮莉亞說的話，傑倫特回答：

「如果我們也迷路的話……」

砰砰砰砰！

沉重的震動再次傳來。這次比先前近了很多。我們蒙住了耳朵，靠在牆壁上。

「這到底怎麼回事？就算是龍，要進來這裡也太……咦咦？」

杉森將自己講到一半的話吞了回去，然後我們都用驚嚇的表情回頭看他。杉森咕嚕一聲吞了口口水，說：

「難道，不會吧？神龍王……」

「快點！」

這是卡爾的催促聲。我們都慌忙地往前走。難道神龍王發現我們進來，已經開始有所動作了？所以洞穴才會這樣……轟隆隆！

我們被震得差點跌倒，但仍努力往前走。又遇到了一處三岔路。我們慌忙地左看右看，妮莉亞突然指著其中一條大喊：

「那裡！」

妮莉亞指的地方也用木炭畫了個圈，我們就進了那條通道。一面拿著火把一面跑，火花都彈到臉上來了，讓人簡直快瘋了。啪啪啪啪！我們都急忙跑著，傑倫特開始漸漸落後了。前方看見了一個陷坑。妮莉亞沒停下來，就直接跳了過去。又是被弄壞的陷阱嗎？大家一個個都一下子跳過了陷阱，我也跳了過去，就在最後一個傑倫特跳的時候——咚咚！

我回過頭看，結果是傑倫特由於震動而沒踩穩地面。在他往後掉的瞬間，我用盡全力抓住了他的手臂。幸好我跟他都滾到了通道上。

「呼，呼！謝謝了，修奇。」

「啊，太好了。呼。」

給傑倫特壓在身上的我微笑了。那時，抬起頭的傑倫特突然發出了慘叫：

「嗚哇啊啊！」

怎麼了？我趕緊躺著翻了個身，朝通道前方一看。

前面岔路的牆壁垮了。不久之前的震動，大概就是因為那面牆壁坍塌的關係。牆上巨大的石塊無力地掉落，到處瀰漫著煙塵。從倒塌的缺口中，有人走了過來。

我們都將掩面的手放了下來。雖然因為灰塵根本無法呼吸，但我們還是放下了手，看著從缺口走出來的人。大概因為就是意料中的那個人，所以我沒像傑倫特一樣發出尖叫。杉森咬牙切齒地輕聲說：

「是涅克斯！」

從缺口中走出來的人正是涅克斯・修利哲。那個馬夫，還有被馬夫緊抓住的蕾妮站在他身後。蕾妮一看到我們，立刻發出淒慘的號啕聲。

「修奇！修奇！」

馬夫凶惡地抓住蕾妮的手臂一拉，另一隻手用很快的動作將長劍架到了蕾妮的脖子上。蕾妮尖叫了一聲。接著，涅克斯背後又出現了另一個男子的身影。這男子看到我們，嚇了一跳，立刻拔出匕首。原來那是我們認識的人，也就是在拜索斯恩佩盜賊公會中遇見的年輕賈克。

他看到妮莉亞，嚇了一跳。

「咦？姊姊？」

但是他馬上又慌張地閉上了嘴。涅克斯望著我們，什麼話也不說。妮莉亞最後終於忍不住了，她大喊：

「愚蠢的傢伙！居然用OPG去到處破壞迷宮！簡直跟地鼠沒兩樣的傢伙啊！就因為你們的關係，無數夜晚的紳士，就在這連星光都看不到的鬼地方，用比狗還不如的死法死去！還有你，賈克！你居然跟隨這種爛人！」

賈克帶著蒼白的臉色，推卸責任似的說：

「因為他是公會會長，我是公會會員。這是沒辦法的事。」

「幹得好，真是幹得太好了！所以你才一直跟著這傢伙？跟著完全不顧會員死活，把他們全拖進死亡險境的傢伙？你難道不知道，他不是為了公會的事，只是為了自己心中那些骯髒的計畫，就把你們全拖來？」

青年賈克沒有回答。妮莉亞降低聲音咆哮說：

「圓圈是你畫的吧？」

「嗯。」

「那為什麼突然開始破壞牆壁？」

「因為……會長對找路已經厭煩了。」

那傢伙好像也是分不清自己處境的那種人。涅克斯身為背叛拜索斯的逃犯，他卻完全不管這些，只知道對方一旦成了自己的公會會長，就一輩子把對方當公會主人對待，也不管主人性格怎麼樣，只知道服從權威。我本來還以為盜賊都是很狡猾、知道變通的。

這麼說來，涅克斯一夥人中還活著的就只剩下三個。不見的OPG有兩雙，我看了看馬夫跟賈克的手，果然是他們戴著OPG。不管是再怎樣強壯的食人魔，也不可能打碎這種石壁的。但他們三個合起來，卻似乎可以打碎石壁。可惡，還真不能小看他們。杉森、我還有妮莉亞都完全陷入緊張，不斷瞪視著前方。

杉森大喊了一聲。涅克斯歪著頭，說：

「你們似乎是敵人。但看你們能追我追到這裡，似乎又是我很好的朋友。要不然，就是你們真的很恨我。」

是的，我們對你這傢伙除了怨恨之外，難道還能懷有什麼感情嗎？我嘴唇顫抖得說不出話來，只是用可以戳穿人的眼神瞪著涅克斯。但是涅克斯還是一樣鎮定地說：

「我好像殺了那位小姐的愛人似的。妳的愛人是夜晚的紳士嗎？」

我們每個人都好像後腦杓被重重打了一記。他這是什麼話？涅克斯甚至點了點頭，說：

「那傢伙一定是個可以用的人吧。如果是蠢貨，就算是敵人，我也不會去殺。」

涅克斯身旁的馬夫雖然一動也不動，但對著涅克斯做出了惋惜的表情。涅克斯的手扶住額頭，用很疲倦的聲音說話。他那表情看起來就像個白癡般愚蠢。

「等一下……對不起。只要一回想過去，我的頭就會痛。」

他帶著痛苦的表情，摸著頭說：

「一片空白……這種心情，你們能瞭解嗎？就像是看著沒有月亮，也沒有星星的一片白色夜空時的心情。好像快要瘋掉的心情……是的，那是個什麼樣的傢伙？那個夜之紳士？」

「你說什麼？」

妮莉亞到這時才做出啼笑皆非的表情，望了望涅克斯，再望向賈克。賈克的表情很陰沉。涅克斯嗤嗤笑了起來，用明顯帶著揶揄意味的動作鞠了個躬，恭敬地說：

「我來自我介紹。我是涅克斯・修利哲。可以告訴我你們的大名嗎？」

那傢伙現在在耍我們嗎？這時卡爾低聲說：

「欽柏的推測應該是正確的。你因為殺了自己而失去記憶了吧？」

涅克斯的眼睛眨了眨。他用惡狠狠的視線看著卡爾。卡爾點了點頭，說：

「果然沒錯。真是可憐。你無法承認還有另外的自己，所以全都殺了，因此也失去了人生中的許多部分。」

「你……你是誰？怎麼會知道這些！你是我的什麼人？」

卡爾帶著難過的表情搖了搖頭。

「你說我？我誰都不是。在你失去對我的記憶那一瞬間，我就不是你的什麼人了。但是如果你一定想知道，我就跟你說。我是卡爾・賀坦特，是為了找回那邊的那個紅髮少女，而一路追你到這裡的人。」

涅克斯眼睛開始閃閃發亮。他凶狠地拔出長劍，說：

「原來如此。你們是哈修泰爾的走狗。不，應該說是拜索斯王家的走狗吧？」

涅克斯泰然自若往前走了過來。

「你們是誰都不重要。如果妨害到我，我就只能殺了你們，這樣的話，也就沒有必要知道你們更多事了。去死吧！」

涅克斯走過來就順勢直接攻擊站在最前面的妮莉亞。他沒有用任何招式，就這樣走來，隨隨便便地一砍，所以妮莉亞也沒能舉起三叉戟。鏘！

是我擋下了他的劍。杉森啊，你就算為弟子自豪也無妨！

「別小看我！」

我直瞪著他的眼睛，用力一推。涅克斯跌跌撞撞地往後退，用驚訝的聲音說：

「怎麼回事？你是誰，怎麼能擋下我的劍……那個！那是我的手套！」

「我的手套？真可笑。你這傢伙！那不是你從我那邊搶過去的嗎？」

涅克斯再次出現了白癡般的表情。他頭腦不清似的望著我，但是他的憤怒突然爆發，說：

「你這小鬼還真狡猾！你以為我喪失了記憶，就可以騙我嗎？」

這時馬夫慌忙地抓住了他。馬夫不知何時已經把蕾妮交給賈克，自己走了過來。涅克斯猶豫了一下，接著開始後退，我們也都後退了。

「怎麼回事，哈斯勒？」

天啊，難道他的名字真的叫哈斯勒（hostler，馬夫）？那我們之前果然是叫對了。杉森一副受不了的樣子。哈斯勒將涅克斯拉了過去，說：

「這小鬼講的話沒錯。」

這是我們第一次聽到他講話。聲音冷峻又低沉，沒有高低起伏。涅克斯用混亂的表情望向哈斯勒。

「什麼呀，我會搶這種小鬼的東西？我是這種壞傢伙嗎？」

哈斯勒點了點頭。

「那些傢伙是甩也甩不掉的狠角色。」

我們聽到這種評語，雖然很不高興，但什麼話也沒說，只是望著涅克斯。涅克斯用充滿疑惑的眼神看了看哈斯勒，又看了看我們。然後他用力搖了搖頭，對哈斯勒喊道：

「該死，那不是精靈嗎？我、我難道是精靈的敵人嗎？」

「是的。」

「我不知道……可惡！那個祭司又是幹什麼的？難道連祭司也要抓我嗎？」

傑倫特看到涅克斯的手指指著自己，做出了驚訝的表情。哈斯勒用一副灰心的表情點了點頭。涅克斯立刻用很憤怒的聲音說：

「我什麼都不知道！想不起來！媽的，我到底是誰？我為了實現自己的盼望，到底做過哪些壞事？」

哈斯勒沒有回答。我們看到涅克斯眼睛周圍的肌肉開始顫抖。他大喊：

「說啊，哈斯勒！他們是妨礙我的東西嗎？」

「是的。」

涅克斯再次瞪著我們。他突然大發雷霆，說：

「好。那就沒關係了。不管是精靈還是什麼，都沒關係。哈！優比涅的幼小孩子？真是可笑。所謂真善美，只是文人筆下的產物，需要的話，我只要僱用一個文人就可以了！那我就成了真善美的代表了。祭司？祭司只是用來在漂亮的祭壇上敬拜神的吧。不管是精靈還是什麼，都一起上吧！我會把你們全殺了。這樣不就沒問題了？」

涅克斯一面說，一面凶狠地揮著劍。傑倫特嚇得往後退，但是杉森一點都沒有懼色，只是冷笑著說：

「喂，你這傢伙，你腿上是不是有傷口？」

涅克斯停了下來，用害怕的眼睛望著杉森。

「這是你幹的嗎？」

「沒錯。原來你根本不記得你那時差點被我殺了。這次我，會把你給解決掉。」

杉森一面說，一面就把長劍對準了涅克斯的胸口。涅克斯嚇得身體開始顫抖，轉過頭去看了看哈斯勒。

「那個……那個傢伙這麼強嗎？」

「就像他所講的，既強又有韌性。」

涅克斯抱著頭，發出了呻吟聲。

「媽的……媽的！這些我也想不起來！想不起來！一片空白！我的腦袋裡整個都是空的！整個都是白的，都是白的！可惡，可惡，可惡！我到底是誰？我到底是誰！」

抱頭痛苦的涅克斯突然用帶著瘋狂的眼神看我們，那眼中流瀉出的光芒讓人看了全身不寒而慄。但是卡爾很冷靜地說：

「我們這些人，跟你所不清楚的那個你才有關係。你想殺我們嗎？想把記不起來的過去一口氣埋葬掉嗎？想把你跟不認識的自己相遇的機會都一筆抹煞嗎？」

涅克斯吃了一驚，然後開始大笑。

「哈，哈哈，哈哈哈哈！我雖然想不起你來，但你一定惹火過我好幾次。你說你的名字叫卡爾，是嗎？」

「是的。」

「去死吧，卡爾！」

涅克斯咆哮著跑了過來。但是他的劍這一次又被我擋了下來，而且妮莉亞惡狠狠地舉起三叉戟刺了過去。涅克斯只能向後退去。

他後退的動作實在是笨拙得不能再笨拙了。這真是奇怪，不久之前他的攻擊連續被我擋下來很奇怪，躲避妮莉亞攻擊的動作也很奇怪。我們兩人直接往前進擊。但那時抓著蕾妮的賈克凶惡地大喊，使我們停了下來。

「別輕舉妄動，姊姊！」

妮莉亞咬牙切齒地說：

「幹得好啊！你做出這種事，還能算是夜晚的紳士嗎？居然抓著手無寸鐵的黃毛小丫頭威脅我？嗯？」

賈克大大地聳了聳肩，深呼吸了一次，說：

「可惡，我也不是很高興做這件事啊。妳不要再惹我了。」

妮莉亞靜靜地站著，用可怕的眼神瞪著賈克。我則是瞪著涅克斯，杉森點了點頭，說：

「你不是完全的入門者，大致上還算懂。」

涅克斯帶著訝異的表情說：

「你是什麼意思？」

「你已經忘記劍術了吧？」

涅克斯眼中燃起了火光。

「你這傢伙！」

「沒錯。似乎分裂的涅克斯當中，記得劍術的那個涅克斯已經死了。不，看了你劍的握法，還有揮劍的方式，你應該只忘掉了一部分。但是所謂劍術，不是只記得一部分就可以的。你完全忘記腳步該如何移動了吧？可惜你忘記的是最重要的部分。」

杉森點了點頭，意氣洋洋地說著，涅克斯那樣子就像是想用視線戳死杉森似的。杉森嘲弄地說：

「你好像分裂了很多次，是不是？說起來也是因為有那麼多人。但還真奇怪？記得劍術裡面最重要的部分，也就是記得重點的那個涅克斯，活下來的機率不是比較大嗎？為什麼是像你一樣差勁的傢伙活了下來？」

真可怕！杉森居然會用這麼尖銳的話來說對方？我們大家都張口結舌地望著杉森。

涅克斯突然開始害怕。他轉過頭去看哈斯勒，這時卡爾連忙說：

「哈斯勒，是你殺了那些涅克斯吧？」

涅克斯就像被逼到角落的野獸，反覆輪流望著卡爾跟哈斯勒。他焦躁不安的臉上，不知何時起開始掛著許多汗珠。哈斯勒的表情仍是一派沉著。

「我必須做出選擇，主人。你那時要求我，留下可以正確叫出我名字的那個你，把其他涅克斯全都除掉。」

原來如此。那個涅克斯記得跟哈斯勒的關係，只是出於單純的偶然。但是哈斯勒居然只因為這個小小的理由，就把一樣的主人，不，應該說是不同的主人，給全部殺光？還真是一個可怕的傢伙。

聽了哈斯勒的話，涅克斯開始顫抖。他正在跟他的馬夫，不，應該說是殺了他自己的人說話。是他忠誠的部下殺了他。他搖搖晃晃地向後退，哈斯勒連忙扶住了他，但是涅克斯卻把哈斯勒的手給甩開。

「給我放開！」

「主人！」

「可惡……那麼，哈斯勒……」

涅克斯抽泣似的說。哈斯勒靜靜地看著他，涅克斯緊咬牙根說：

「去他的。既然事情已經變成這樣，也不可能挽回了。剩下的我只是我殘破的一部分。是的，還是要繼續走下去。現在的我只剩下這個。我只剩下最小的一塊自我，我必須為了實現它而堅持到底。我一定要滅亡拜索斯。除此之外，我什麼都沒剩了！」

「居然是最可憎的那個部分留了下來……」

卡爾搖搖頭說。但是涅克斯好像沒聽見卡爾說的話。

「什麼，什麼意義也沒有。現在的我比蟲子還不如。蟲子只知道去找食物，看到敵人要避開。是嗎？如果是這樣，我就要變成個蟲子。我會根據蟲的價值觀，蟲的哲學來行動！我一定會成為忠實的蟲子！把拜索斯這塊食物吃個精光！」

卡爾用沉鬱的眼神望向涅克斯。

「為什麼？為什麼你要滅亡拜索斯？」

「因為除了這件事之外，我什麼都不記得了。不要問我理由！高貴的人類怎麼會問蟲子什麼理由！」

「世界上沒人比這傢伙更可憐了！」

卡爾輕蔑地說。涅克斯用混亂的眼神看著卡爾。

「忘掉的事只是過去的事。你活在現在，而未來還沒有到來。你雖然失去了很多東西，但同時你未來也還能擁有許多東西。你為什麼看不見這一點！」

涅克斯的喉嚨抽動著，同時瞪著卡爾。卡爾用鎮靜卻強力的語氣說：

「丟下你的劍吧，涅克斯・修利哲！反正這也是件好事。」

「什麼事？」

「既然忘記了過去，就代表你和過去的自己已經是不同的人了。你只記得自己對拜索斯的憎惡，卻忘記了理由。那麼，就請你把沒有理由的憎惡拋下吧。你說你除此之外什麼都沒有了？那麼請你去接受新的東西吧。只要創造出新的自己就行了。你無法理解嗎？我們也不會對你不記得的過去窮追到底的，因為那已經不存在了。我們會接受你全新的自己。」

涅克斯看來似乎眼眶深陷。他稍微低著頭瞪卡爾，嘴巴微微張開。

「反正是別人的事，說起來很容易！」

卡爾搖了搖頭。

「是的，這是別人的事。但是你如果將沒有理由的憎惡爆發出來，那你又留下了什麼？在你毫無理由、盲目地把拜索斯滅亡之後，你會感受到滿足嗎？別開玩笑了！至少我還能看出這件事。在那之後，你打算做什麼呢？」

涅克斯臉上的肌肉似乎都放鬆開來。他有氣無力地望著卡爾說：

「你問我要做什麼？在那之後……要做什麼？」

「是的。在你自己都無法理解的憎惡燃燒之後，你要做些什麼？你剛才說，你只剩下破裂的一小部分自我。涅克斯憎惡拜索斯的那個部分如果完成了使命，那你又是什麼？」

涅克斯的肩膀上下起伏著。他的臉雖然朝向卡爾那一邊，但視線的焦點似乎完全沒對準，他望著虛空，抽泣似的說：

「如果那一部分完成了使命？那我就什麼都不是了。」

「沒錯！你必須再次成為涅克斯，要再次成為完整的涅克斯。除了扭曲的憎惡心什麼都沒有的涅克斯，往後該如何活下去？請你連這部分也丟掉吧！那只不過是與你不同的另一個涅克斯，也就是過去涅克斯的碎片而已！現在你必須要成為新的涅克斯。過去的碎片，你自己都無法理解的碎片，是無法一直拿著的！這就像是插在你身上一根過去的刺，請你將它拔出來丟掉！」

涅克斯抬起了頭。突然，他露出喜悅的表情。

08

涅克斯高興地笑著對卡爾說：

「謝謝你對我說了這麼好的一番話啊。我現在要殺你了。」

卡爾為之一震，往後退了一步。涅克斯臉色蒼白地笑著，像是很高興似的說道：

「領死吧。你，還有你旁邊的那些傢伙，我也要殺。對。哈哈哈！你們是和我的過去有關係的人。過去的我已經死了。我失去了過去，現在那是不存在的世界，為什麼已經消失的過去中的人物要來影響我的現在呢？去你的！我已經消失了！可是為什麼你們還站在這裡看我啊？」

「涅克斯・修利哲！」

「你竟然要我連那個也忘掉！就算是那些偽善者，也比不上你這般厚顏無恥啊。你竟然要我連唯一剩下的東西也丟棄！為何不乾脆叫我連性命也丟棄算了？」

突然間，好像火光也變得昏暗了許多。雖然他沒有哭，可是他的眼裡似乎噙著眼淚。他像是受了傷地咆哮著：

「你竟然叫我連那個也丟棄！你去向破產的商人說吧！要他把最後僅存的財產都丟棄掉，然後叫他再重新站起來啊！你去向在戰爭裡失去所有家人的女人說吧！要她把唯一存活的嬰兒也丟棄掉，然後叫她再去組一個新家庭啊！你竟然叫我把唯一可以確定我還活著的東西，我沒有自殺的唯一理由給丟棄掉？然後要我完全地消失掉？你、你這個醜惡的偽善者！」

卡爾憂鬱地看著他。涅克斯突然伸出手來指著卡爾。涅克斯他那隻指著卡爾的手指頭，不停地顫抖著。

「你丟棄了什麼呀？」

「什麼意思？」

「我是問你，你為了成為現在的你，丟棄過什麼東西？放棄過什麼，忘記過什麼！你完全忘掉了什麼東西？你是不是因為不需要死去父母的記憶，而丟棄了那些記憶？你是不是認為不需要以前相親相愛的朋友的記憶，就丟棄了對他們的記憶？為了讓現在的你存在，你到底丟棄過什麼東西？」

「……我沒有丟棄過任何東西。所有的回憶都是很寶貴的。」

涅克斯用熾熱的眼神盯著卡爾，然後發狂地說：

「我把所有的東西都丟棄了！不對，是被奪走了！這不是我自己的意志所造成的，是那該死的森林從我這邊奪走的！可是，可是你現在卻叫我把我唯一剩下的也丟棄掉？要我做一個全新的我？為什麼？那麼你為什麼不丟棄所有你的東西，去做一個全新的你？嗯？」

卡爾搖頭說道：

「我可以管理我的那些回憶，可以不被牽絆在回憶裡。我並不像你，因為記憶而消磨掉了自我。我知道如何活在當下。」

「因為你還保有你的記憶！你還擁有過去的你，所以當然可以隨心所欲地活在當下！可是我還擁有的過去只剩下一樣了，所以我活在當下的方法就只有一種！」

卡爾搖了搖頭，對他說：

「你已經成了像盲眼馬的人，只能夠不知方向地不斷奔馳著，要不然就是停下腳步等死。」

「你這是在責難我嗎？你是在為了堵住我的嘴而誹謗我嗎？你是在罵我沒有了過去，就和笨蛋傻瓜沒兩樣嗎？」

卡爾皺起眉頭看了看涅克斯，說道：

「你為什麼進來這裡？」

涅克斯聽到這突如其來的問話，暫時忘了從剛才到現在的憤怒，驚慌地說：

「你這是什麼意思？」

「我一直很好奇，你既然到現在都還想要毀滅拜索斯，那麼請你告訴我，你為什麼不去褐色山脈找克拉德美索，而來到這個地方呢？」

涅克斯臉色變得蒼白，他的眼睛滾動了一下。他像是頭暈似的搖了搖頭，說道：

「克拉德美索？克拉德美索……啊，對了。是這丫頭的龍嗎？當然我也會去找那頭龍。然後利用那頭龍……」

「可是你為什麼來這裡？」

涅克斯一副覺得很奇怪的臉孔，最後，他終於用驚慌的語氣說：

「你不知道嗎？為什麼不知道？你不知道原因，怎麼還來追我呢？」

哈斯勒隨即靜靜地說：

「他們只是為了找回這丫頭，才來追我們的。」

涅克斯點了點頭，說道：

「啊，是嗎？那我就沒有必要解釋了。我要讓你在不知道原因的情況下死掉。」

杉森大聲喊著：

「你認為殺得了我們，就試試看呀！你沒了記憶，所以我告訴你，你總是在我們面前逃走！在拜索斯恩佩的時候，你在伊露莉小姐面前逃走，在戴哈帕的時候，你在我的長劍之下逃走。你以為你能把我們怎麼樣？」

「是嗎，我曾經這個樣子嗎？我知道了。那我現在要報仇。」

涅克斯甚至還點了點頭，想要往前走。此時，哈斯勒抓住了涅克斯的手臂，他搖頭，對涅克斯說：

「這是無益於事。沒有必要和他們交手。」

「你放手，哈斯勒！我要殺了他們！」

哈斯勒憂鬱地看了一下涅克斯之後，轉頭對我們說：

「如果你們不想讓這個少女沒命，就給我後退。」

「你這個狗崽子！」

杉森大喊了一聲，不過哈斯勒還是一動也不動。他舉起了一隻手，一直緊抓著蕾妮的賈克隨即把匕首抵在她脖子上。哈斯勒說：

「只要我一下令，這丫頭就會死。放下武器，往後退。」

就連現在這一刻，哈斯勒的聲音還是非常沉著。可惡。如果在這狹窄的洞穴裡放下武器的話，我們就完蛋了！根本沒有可逃的地方，簡直就是要我們乖乖地等死啊！

這時候，妮莉亞低聲地說：

「賈克！」

在這一瞬間，賈克用不安的眼神看了看妮莉亞。妮莉亞說：

「這不像你。」

賈克還是用不安的眼神看妮莉亞。涅克斯凶悍地轉頭瞪了一眼賈克，他隨即嚇得退縮了一下。可是妮莉亞還是繼續說道：

「這不像你。你本來是個只想搖旗吶喊的不懂事孩子。你以前總是喜歡和人相處，想要像我一樣會打鬥，是個喜歡自命不凡的善良笨傢伙。你……你真的會殺了這個少女嗎？在那堆屍體裡面，我沒看到有你！你是個不曾殺死自己的人，所以才會重新合為一體。這樣的你，真的會殺了這可憐的少女嗎？」

賈克在猶豫不決。他支支吾吾地說：

「如果是會長的命令……」

「閉嘴！你是三歲小孩嗎？會長的命令又怎麼樣？」

賈克更加支支吾吾的。涅克斯和哈斯勒全都對賈克投以凶狠的目光。我們都手冒冷汗地看著這一幕。

剛才涅克斯向我們這邊衝了過來，所以涅克斯和哈斯勒兩人距離賈克很遠。萬一賈克說他不會殺蕾妮，我們會在他們兩人衝回賈克之前，先抓住他們兩人。相反地，如果賈克說會殺蕾妮，我們就會束手無策。我們無法穿過涅克斯和哈斯勒去救蕾妮。

這兩群人的命運，將隨著賈克的心意而決定了。

賈克一副很煩惱難過的表情。這時候，蕾妮用她顫抖的嘴唇開口說道：

「賈克哥哥……」

賈克用沮喪的臉孔低頭看了看蕾妮。蕾妮哽咽地說：

「請不要殺我……拜託。好嗎？拜託饒了我一條命……」

賈克猶豫不決著，他說道：

「唉……真是的，妳閉嘴！」

「拜託……我不想死……拜託……」

所有人都緊閉著嘴巴。就連呼吸聲也聽不到的寂靜無聲之中，蕾妮突然哽咽哭著說：

「我想念大海……我想念我爸……爸爸正在等我回去。拜託，拜託你賈克哥哥……請不要殺了我。」

「我叫妳住嘴！」

賈克雖然大聲喊出了這一句，但他的聲音卻很無力。這時候，涅克斯突然開始走動。賈克目光呆滯地看著涅克斯，就連蕾妮也屏聲息氣。涅克斯一面走一面說：

「你是不是想背叛我呀？」

賈克突然回過神來，說道：

「請、請你不要過來！」

涅克斯停住了腳步，對賈克說：

「沒錯……你這樣就是想背叛我的意思嘍？」

賈克一副心亂不已的表情。我再也忍不住，跳了出去，說道：

「住手，涅克斯！」

可是我隨即被哈斯勒的劍給擋在前面。我感覺眼前劍光閃爍。不知何時，我的巨劍和哈斯勒的長劍已在半空中交錯。我大聲喊道：

「杉森！抓住涅克斯！呀啊啊啊！」

我一面喊叫，一面用力推哈斯勒。可是哈斯勒仍然戴著ＯＰＧ。他巧妙地扭了手腕，隨即我的巨劍就滑落下去。我腿頓時一軟，身體開始往前搖晃。

「修奇！」

我耳邊傳來呼嘯而過的聲音，是妮莉亞舉起三叉戟猛刺了過來。和我在交手的哈斯勒後退了一步，我才不至於人頭落地。我趁著往前搖晃的時候，乾脆順勢倒過去，朝著哈斯勒的腿砍下去。哈斯勒輕輕抬起腿來避開了那一劍。

「給我站住！涅克斯！」

杉森跑了過去。可是涅克斯並沒有和杉森交手，而是直接用力大喊著，衝向賈克。

「我兩個人都殺！」

這時候，我看到了不太可能發生的一件事。卡爾的手像疾風般移動。在這個狹窄的通道上，在這麼多人之間？卡爾！你瘋了呀？咻！

正衝著過去的涅克斯突然停住腳步，全身抽搐了一下。在我、妮莉亞、杉森和哈斯勒這四個人的混亂之中，有一枝箭飛射出去，穿過了小小的縫隙，刺中了涅克斯的背！妮莉亞並沒有錯過機會，她喊道：

「快跑！賈克，快點跑走！讓這個少女可以去見她爸！」

賈克的表情看起來像是仍不瞭解眼前的情況。他呆愣地停在那裡看著我們，戴著ＯＰＧ的那隻手臂雖然牢牢緊抓著蕾妮，但是他一動也不動。

他突然間嘶喊著：

「不要碰我們會長！」

所有人的動作都停住了。賈克怒視著我們。沒有一個人動，甚至是中箭跪倒在地的涅克斯也靜止不動。這種局勢就好像小孩子在打架時，被大人的喊叫聲給嚇阻住了。我們用焦慮不安的目光看著賈克。

賈克喘著氣，費力地說：

「可惡！就因為一個丫頭！我不能因為一個丫頭而放棄一切！我是賈克呀！是賈克三代的最後一個賈克啊！我的父親，還有我的祖父都死了！都在絞刑臺上被絞首了！」

這是什麼意思呀？不過，妮莉亞沉鬱地說：

「因為你們是叛亂份子的手下……」

原來如此。我們離開拜索斯恩佩之後，一定是發生了這種事：皇宮守備隊一定是全員出動，去搜索叛亂份子了吧？我們表情沮喪地看了看賈克。可是妮莉亞還是不放棄地說：

「這都是這個傢伙造成的啊！是誰身為貴族還侵吞掉公會，引導一些夜鳥們叛亂？而且還帶你們來這座森林，結果弄得連一些倖存的人也都死了，到底是誰的錯？你有頭腦你就想一想！」

賈克突然用陰鬱的目光看著妮莉亞，說：

「妮莉亞，妳的嘴巴一向都很厲害。」

妮莉亞表情僵硬地看了看賈克。賈克費力地說道：

「妳很會說話。媽的。那又如何？如果我們沒有發動叛亂呢？那麼那些夜鳥們就可以稱得上是光明正大的拜索斯國民了嗎？我們要是沒有引發叛亂，就能光明磊落地做小偷嗎？」

妮莉亞並沒有回答。賈克用可怕的眼神瞪視著我們，說道：

「會長答應過我們。他答應給我們的，是我們不惜生命終生做小偷也絕對偷不到的東西，是堂堂正正地看著天空，說出名字的權利！媽的，我也想要有一天當個領導人，號令其他人，而不是一個冒生命危險被追趕的夜鳥。會長給我們允諾，而賈克家族也接受了！然後父親把公會會長的位子給了涅克斯！我要遵從父親的意思，遵從父親的遺願！」

「於是你們就把妨礙到你們的人都給殺了？而且到處造出神臨地，害死無辜的人？」

「他媽的！路坦尼歐大王不也是把妨礙到他的人都殺死，才當上大王的？我這樣做又怎麼樣了？哼！再過幾百年，我說不定就成了修利哲大王的八星了。大家都是這樣子，不是嗎？」

卡爾搖了搖頭，說道：

「看來你已經被洗腦洗得很徹底了。」

賈克沉重地喊道：

「退下！我不想殺這個丫頭。可是如果你們敢惹我們，我就殺了她！哈斯勒！扶好會長。」

哈斯勒點了點頭，把涅克斯扶了起來。涅克斯吐出呻吟聲，站了起來。哈斯勒低聲地說：

「請咬緊牙關。」

然後哈斯勒便將涅克斯背上的箭給拔了出來。涅克斯痙攣了一下，隨即倒在哈斯勒的懷裡。哈斯勒扔掉那根箭，說道：

「所有人都從後面的那個坑洞跳過去！」

我們一動也不動。不過，卡爾率先用死心的語氣說：

「沒辦法了。」

然後卡爾就先往後轉身，跳過了那個坑洞。妮莉亞則是火冒三丈地跳過去。然後伊露莉冷靜地越過去，之後則輪到我。杉森一直到那時候還是不想越過去，一直瞪著涅克斯他們。可是哈斯勒低沉地喊道：

「跳過去！」

杉森深吸了一口氣，努力讓自己沉住氣。他用很明顯的生氣態度轉過身去，然後說：

「傑倫特，你先過去吧。」

傑倫特低頭看了看剛才差點失足跌落的坑洞，緊閉了一下眼睛，往後退幾步，然後助跑了一會兒，忽地跳了起來。不對，是準備要跳起來。

咻！

「呃啊啊！」

突然間，傑倫特慘喊出一聲令人窒息的尖叫聲，在坑洞的前方停了下來。

「啊啊啊！」

是蕾妮慘叫的聲音。蕾妮整個人昏了過去。我們全都僵在那裡。傑倫特充滿恐懼與驚愕的眼睛和我的眼睛對看了一瞬間，然後傑倫特就很快地往下面跌落了，這樣子看起來像是在開什麼玩笑似的。可是傑倫特卻落下去消失了，再也看不到他。在他整個掉下去的前一刻，插在他背後的匕首在我眼裡閃過。

「傑倫特！」

我飛快地跑去，可是已經太晚了。我趴在地上探頭看坑洞下面。坑洞裡是深不見底的一片黑暗，根本連傑倫特摔落的痕跡也見不到。從後面傳來了杉森的喊叫聲：

「你這個混蛋！」

哈斯勒表情驚訝地看了看自己扶著的涅克斯。涅克斯仍然保持著被哈斯勒抱著、丟出了匕首的姿勢。他慢慢地放下手臂，用衰弱的聲音說道：

「岔道的守護者跟在我後面，我覺得很麻煩。」

「這個狗崽子！」

「你也過去那邊。要不然蕾妮就會沒命。」

杉森用一副要殺人的眼神看了涅克斯之後，便跳到我們這邊。賈克不停顫抖著，看了我們一下，又看了涅克斯，如此反覆地看。涅克斯推開哈斯勒的手臂，往後退，靠到牆邊說道：

「哈斯勒，把坑洞附近的地面破壞掉！」

哈斯勒面無表情地走來，站在坑洞的另一邊。然後他喘了一口氣，忽地跳了上去之後，直接用拳頭下擊地面──轟隆隆！

坑洞的另一邊就坍塌了。一些石塊崩落，往下面掉落。哈斯勒繼續做了幾次這個動作，我們卻什麼也不能做，只能看著他。最後，哈斯勒終於弄出一個完全無法跳越過的大洞，才往後退去。

涅克斯倚靠在牆邊，只有頭轉過來，對我們說：

「你們，雖然我不記得了，不過好像常常在折磨我，讓我十分痛苦。你們不要再追過來了。如果你們追過來，我就會殺了這丫頭。」

接著，涅克斯把他的身子靠在哈斯勒的肩上。賈克則還是一副呆愣的表情，緊閉著嘴唇，交互地看著我們和涅克斯。涅克斯對賈克說：

「背著那個丫頭，跟我們走。」

賈克用挑釁的目光看了涅克斯一下子。不過，維持不了多久。他露出一副逆來順受的表情，背起了蕾妮，跟在涅克斯後面走了。過了不久，四個人的形影就消失在岔路裡。

我們一行人直到這時候都還是說不出話，無法動作，只是看著他們的背影。他們完全消失不見之後，我們便默默地走回坑洞方向。大家都聚到坑洞邊，茫然地俯視下面。

傑倫特、傑倫特、傑倫特！單純只是為了好玩而跟著我們的樂觀祭司，竟然就在這裡如此白白地犧牲掉自己！妮莉亞跪了下來，她嗚咽道：

「嗚嗚！傑倫特！」

卡爾擦了擦眼睛，喊道：

「化悲傷為力量吧。把悲傷留到往後靜靜地回想他的時候。我們趕快走，必須追到涅克斯他們才行。」

我們全都無力地轉身。妮莉亞稀里嘩啦地哭著靠到了伊露莉身上，伊露莉摟著她的肩，低著頭前進。杉森握著拳頭捶打牆壁。可惡！

我們踩著不忍離開的腳步，一直往後回頭看。即使到了現在，我還是覺得傑倫特好像會從那裡爬上來。好像他就要一邊嘟囔著，或者一邊笑著，然後爬上來的樣子。可是這只是個不切實際的想法。因為他跌落的是深不見底的陷阱啊。

德菲力的祭司走上了連他自己也不知道會死的路。他們不是預言家，只是他們要從現有的兩條路之中選擇出一條的時候，可以比別人更快。這並不是靠思考或推理選擇。然而有時候，他們也會跟我們一樣選擇錯誤，只不過他們是按照神的意旨而選錯的，這一點和我們不同。他走了他自己所選擇的路，結果竟然就這樣離開我們了。這實在是難以接受的事！

「嗚嗚嗚嗚！」

是妮莉亞的痛哭聲。我感覺有東西哽在喉嚨，喘不過氣來。我們拖著步伐向前走著。從我喉嚨裡湧上來的熱淚，好像在嘴裡全溶化掉了。我整個腦袋都在嗡嗡作響，耳朵像是快掉下來似的發燙。傑倫特，傑倫特！

我們因為是在地下，所以分辨不出是晚上還是白天。不過，我們都因殘酷的精神打擊而弄得疲憊不堪了。所以一出現適當的寬廣空間，我們就全都無言並毫不猶豫地坐了下來。

我和杉森以無力的動作從行囊裡拿出柴火。我們很擔心會不會因為煙霧而窒息。不過，點火之後，煙霧卻散得很快。我們在火堆周圍靜靜地圍坐著。

大家都沉默不語。我望著火堆。

「呼，呼！天空的顏色原本就是這個樣子嗎？」

「聽說偶爾會轉變成這個樣子。」

「嗯，是嗎？呼呼。什麼時候呢？」

「聽說大概都是在快死的時候才會如此。」

我不禁打了一個寒噤。快死的時候，當時我是說在快死的時候？結果他就真的死了。高興了吧？修奇・尼德法，你的詛咒真的實現了。好了，這下你高興了吧？他媽的！

轟隆隆！

從遠處傳來了轟隆作響的震動聲。可能因為是在很遠的地方，所以聲音很微弱。妮莉亞凶狠地喊道：

「那個狗崽子！他是不是想把整座大迷宮都毀掉啊！」

卡爾嘆了一口氣，說道：

「距離我們好像很遠。我們應該趕快跟上才對。」

大夥兒沒有說話，現在根本不想起身移動腳步。卡爾好像也是如此，他並沒有再說什麼了。伊露莉說道：

「我們到下面去等，各位覺得如何？」

「咦？」

「涅克斯是要到大迷宮的哪裡去呢？應該是最底層吧，要不然可能是中間的那個居住區域。雖然不知道他有何目的，但他好像不是針對迷宮本身而來的，所以才會這樣破壞。」

「是。然而問題是，涅克斯他們是不是能夠找到地點。他們那樣破壞之後，我很懷疑他們是否可以找得到路。另一個問題是，剛才的居住區域和這迷宮之間，是不是有連接的通道呢？」

妮莉亞揉一揉紅腫的眼睛，不高興地說：

「因為這裡是迷宮……應該不會造出很多條通道吧。」

卡爾點頭說道：

「好。那麼我們稍作休息之後，跟著標示的記號走，下去等他們吧。」

於是我們就開始淺眠地睡了起來。杉森首先負責守望的工作。我把身體用毛毯裹著，不安地準備睡覺。可是每當我要睡著的時候，就聽到遠處傳來的轟隆聲，而且每次都會緊接著聽到妮莉亞的斥罵聲。涅克斯好像真的想完全毀掉這裡的樣子，這個該死的傢伙。最好洞穴崩塌，把你們給埋起來！

又再次轟隆作響，妮莉亞果然又嘀咕道：

「這個地鼠混蛋！難道他不會累嗎？」

卡爾發出不舒服的呻吟聲，說道：

「真糟糕！這樣破壞下去的話，真的會很危險啊。洞穴要是塌了，該怎麼辦才好？」

「把他們都埋了那最好。」

「那麼蕾妮小姐怎麼辦？」

妮莉亞這會兒閉上了嘴巴。可惡，可惡！

杉森正蜷縮著身體坐著，在他背後的牆上映出了一個很巨大的影子。我看著那影子。傑倫特消失在巨大的黑暗之中了。

「我冒險成功之後，應該會被稱作大迷宮的入侵者傑倫特，或者深淵魔域的勝利者傑倫特。」

是的。你真的成了大迷宮的入侵者。只不過大迷宮卻成了你的墳墓啊。

最後一道陽光照耀山峰之後，
夜晚也降臨在德菲力的房子了。
眼睛明亮的賢者傑倫特睜開眼睛。
他的手上拿著酒瓶？

杉森沉鬱地笑了出來。卡爾翻過身，躺著望向我這邊。我仰望著頭頂，不知不覺地繼續開口吟道：

某個傍晚，如往常般的日落時分，
西邊吹來一陣神祕的風。
為了一個理想而奔馳的旅人們召喚了他。
傑倫特於是奮然而起。

沒有岔路可以阻擋他，
沒有悲劇可以阻擋他。

他快樂地笑著，騎馬奔馳，
他一向是率先出發，卻總會四腳朝天。

他的一生並不是非常轟轟烈烈，
他的一生當然也不會記在敘事詩裡。
然而遺留在不斷流逝的時間裡的
卻是他那能夠使歲月停留的笑聲。

神龍王時代至今三百年，靜止的影子，
大迷宮的黑暗拘留住了無限。
雖然他快樂的微笑依然不變，
但必要時所需的小幸運卻不再有。

轉進最後岔路的他，
被大地吞噬，被黑暗覆蓋。
笑容不再。悲慟無窮無盡。
時間流逝而過，將他掩蓋。

我覺得頭昏眼花，已經分不清楚是醒著還是快睡著了。我應該是已經快睡著了吧，因為我看到迷宮在旋轉個不停。一直胡亂旋轉著的迷宮變得亂七八糟的，所有地方都是通道，所有的地方都是牆壁。雖然眾人都一副不知所措的表情，但是傑倫特臉上沒有任何慌張的神色，他說道：

「應該是往這邊走。不要擔心。」

「這麼多的岔路，你是怎麼選擇的呢？」

「這個呀，很簡單。這是傑倫特的選擇呀。哈哈哈。」

然後，傑倫特就掉進坑洞了。妮莉亞看到傑倫特墜落，直跺腳，笑著：

「嘻嘻嘻！」

傑倫特跌落著，他的袍子突然長出了一雙白色的翅膀。傑倫特拍著翅膀往上飛起。我們感到有一點點的失望，看著傑倫特。

傑倫特看到我們便笑了出來，繼續飛著。我們開始不安了起來。傑倫特已經飛到足夠的高度了，可是他還是繼續在飛。妮莉亞突然間喊道：

「傑倫特！」

傑倫特回頭看我們，蒼白地笑著。突然，洞穴頂端裂了開來，刺眼的光線傾瀉而下。我們全都因為太刺眼，無法朝上看。可是傑倫特卻像是被陽光吸住似的，逐漸加速往上衝去。我大聲喊著：

「你要去哪裡？回來，傑倫特！」

但是傑倫特仍然面帶高興的笑容向上飛去。陽光實在是異常地刺眼，越來越強的太陽光盡情地在投射著。可是我看到了。在天上，傑倫特頭上有數十名騎著靈幻駿馬的涅克斯正等在那裡。傑倫特他低頭看著下面，所以沒有看到那些涅克斯。突然有人喊叫著：

「傑倫特！」

數十名的涅克斯抓住傑倫特，把他丟到了太陽裡面。傑倫特的翅膀著火了，他的袍子也著火了。他像流星般拖著長長的尾巴，掉落了下去。而在下面，正有一頭龍張嘴等著。我大喊著：

「傑倫特！」

「什、什麼呀？傑倫特在哪裡啊？」

——我定神一看。我剛才靠坐在牆邊大喊著。可能因為火堆的火勢已經快滅了，所以周圍黑漆漆的。杉森正用驚訝的表情看著我。他剛才一定是在打瞌睡。我嘆了一口氣，突然覺得鼻子發酸，只好用雙手遮住臉孔。

杉森揉了揉眼睛，說道：

「你剛才是不是做夢了？」

「嗯……是啊，做了一個夢。」

杉森伸了伸懶腰，然後開始翻動火堆。火勢突然變大，把杉森的臉照得通紅。牆上則是映出了杉森巨大的影子。我目光昏眩地看著那影子。杉森看著火堆，說道：

「你做了什麼夢？」

「就像往常一樣，做了一個誇張不像話的夢啦。」

杉森點了點頭，他一邊把火堆熄滅，一邊說：

「現在大家該起來了。已經過了這麼久，你去把大家叫醒。」

我無力地起身去叫醒大家。

一行人又再邁出沉重的步伐。我們沿著標示記號的路走回去。要找到記號並不是件難事，可是杉森和妮莉亞卻起了口角，卡爾深深地吁了一口氣。妮莉亞不停地顯出她的不耐煩，杉森則是不斷地在嘀咕著，結果害我們沒看到記號，走了一段路之後又必須回頭，這種事反覆發生了好幾次。甚至於看到記號也不相信，而依照我們自己的記憶走，就這樣浪費了許多時間。在途中，偶爾會在遠處或有時像是在近處，聽到震響整座洞穴的聲音。每次妮莉亞都會喊出一些詛咒的話，最後杉森受不了妮莉亞，而開始詛咒起她來。由於我們一邊走還一邊遇到這種事，所以發現可以下到居住區域的階梯時，除了伊露莉以外，其他人都已是筋疲力盡的狀態。

我們沉默地走下了那條階梯。一到達階梯底下，卡爾隨即說道：

「在這裡等比較好吧？」

杉森環顧了四周圍之後，說道：

「嗯，我們最好是在這走道旁邊的房間裡等吧。在房間裡面可以監視階梯的動靜。而且可以趁他們幾個傢伙經過我們前面時，從後面悄悄地出來襲擊他們。」

卡爾用疲憊的聲音說道：

「就這麼辦吧。靜靜地監視應該就會讓大家的嘴巴閉上了吧。」

一聽到卡爾這番話，妮莉亞和杉森都閉上了他們的嘴巴。

在這大迷宮裡，只要熄了火把，就會變得伸手不見五指地黑暗。如果不是像伊露莉這樣的精靈或者蝙蝠，恐怕是不會有人看得到我們的。所以我們準備熄了火把之後開始監視走道的動靜。大家坐定了位置後，就在我要將火把熄滅之際。

這時候，又再傳來轟隆響聲。妮莉亞雖然很快地發出一聲「呃！」的聲音，但並沒有再嘀咕什麼。不過，伊露莉起身說道：

「請不要熄火，修奇。」

「咦？」

「這聲音的方向有些不對勁。」

「方向有什麼不對勁嗎？」

「是的。再怎麼聽都像是……從這一層傳出的聲音。涅克斯已經下到居住區域來了。」

「什麼？」

卡爾趕緊站了起來。我們全都衝到房間外面。杉森拔出了他的長劍，我則是將火把移到左手，拔出了巨劍。伊露莉找到方向之後，說道：

「是這邊！是這個方向。走吧。」

伊露莉率先移動了腳步。卡爾很焦急地說：

「真是的！沒想到他們這麼快就下來了，已經走在我們的前頭了嗎？」

妮莉亞一邊跑一邊說：

「剛才都還沒有那種跡象！這幾個傢伙一定是破壞了地面之後下來的！」

「我的天啊！我竟沒有想到他們會這麼做。」

又是轟隆隆的聲音！這一次我也確實感受到了。傳出聲音的地方是和我們同一層。洞穴響起的衝擊力可以直接在腳底下感受到。我們趕緊向前跑。火光搖晃著，我們噠噠的腳步聲在走道上響著。快速在走道的牆上掠過的影子，讓人看了眼花撩亂。伊露莉跑在我前面，她的後面頭髮上一直有紅色火光晃動著滑落下來。

通道很平直，所以我們不知不覺就已經回到要通往最底層的階梯。杉森開始環顧四周。這裡是三岔路，涅克斯如果要到地下去，就必須經過這裡。杉森指了指我們旁邊的房間，說道：

「大家都到那裡面去！」

我們連忙走進房裡。

「修奇！熄火！」

我匆匆忙忙地將火把丟在地上，踩了下去。霎時之間，可怕的黑暗襲來，我眼裡依稀殘留其他人的模樣。我緊閉了一下眼睛，隨即再睜開，可是已經搞不清楚自己的位置了。我把手往旁邊一伸，好不容易摸到了牆壁。在黑暗之中，傳來了杉森的急速喘氣聲，他說道：

「大家安靜不要出聲！他們一走近，我們就會看到火光。這幾個傢伙要下到最底層的話，一定會經過這條階梯。」

妮莉亞說道：

「確定他們是要下去最底層嗎？他們會不會是要去居住區域啊？」

「不會的，妮莉亞小姐。我們雖然只是大致看過，可是居住區域全都是廢墟啊。所以不會去那個……」

卡爾無法把話講完。因為突然傳來腳步聲。

我屏息著，全神注意傳出腳步聲的方向。到處都黑漆漆的，黑到連站都快站不穩了，要在這種狀態下集中精神在別的地方，結果我的身體便開始搖晃了起來。此時，我感覺眼前出現一道細微的光線。前方呈現四角形的光芒靜靜地浮現。是在門那個方向。

杉森微弱地說：

「他們朝這邊來了。」

我看到那道光線之後，才勉強得以站穩。我們全都聚集在門的旁邊。前方的光線逐漸變強，腳步聲也越來越大。我們很專心地注視前方。

接著，忽然出現涅克斯的身影。

涅克斯的側面簡直和鬼沒有兩樣。他蒼白的臉上帶著可怕的表情，一直往前走去。他好像是因為被卡爾的箭射中，一副極為痛苦的模樣。可是他的步伐卻不紊亂。後面則是哈斯勒拿著火把跟著，然後是賈克抓著蕾妮的肩膀跟在後面。他們的身影一眨眼間在房門前面經過，這期間我們都屏氣凝神地看著。突然，涅克斯停下腳步，我隨即差點昏了過去。

「有階梯。太好了。」

涅克斯看到通往下面的階梯了。在他後面的哈斯勒帶著不太情願的語氣說：

「您真的要下去下面嗎？」

「你怎麼到現在還問我這個問題？都到這裡了，我是不可能回頭的。」

「這下面說不定有神龍王在。」

「但是應該也有我在找的東西。」

涅克斯有一半的身影被遮住了，看不到，可是卻能清楚看到哈斯勒的模樣。而在後面的賈克則是面帶不安的表情看著他們兩個人。蕾妮被賈克的手緊抓著，看起來很憔悴無力。

這時，蕾妮忽然轉頭看向這邊。我感覺簡直快窒息了。

蕾妮茫然地看著我們藏身的房間。她是在看我們嗎？不行！現在被發現的話，就不用談什麼救人計畫了！這時候，賈克說：

「妳在看什麼啊？」

蕾妮沒有什麼表情。她只是稍微訝異地看了一下房間而已，隨即她的頭就無力地垂了下來。我撲通撲通的心跳聲好像被涅克斯給聽到了。哇啊，我快昏了！賈克訝異地看著我們這個房間。

「蕾妮，妳在看什麼？」

蕾妮支支吾吾地嚅動著嘴唇。這時候，涅克斯說：

「她一定是看到以前的人的亡魂了，該不會是亨德列克的亡魂呢。沒有時間在這裡磨蹭了。走吧！」

接著，四個人就走了。我們聽到下階梯的腳步聲，過了不久，門那裡又再度變得一片漆黑。

我聽到黑暗裡到處傳來的深呼吸聲。

伊露莉開始靜靜地施法。過了一會兒，半空中浮現出光精，我才得以看到大家都在擦額頭上的汗水。

「他到底是在找什麼呢？」

聽到卡爾的話，杉森答道：

「我們悄悄地跟去吧。然後再抓住他們。這樣既可以救出蕾妮，也可以解開卡爾的疑問啊！」

「對。可是走階梯時會發出腳步聲，所以我們先等一下吧。他們下到接近下面的中央瀑布附近時，才會聽不到我們的腳步聲啊。」

這是卡爾慎重的提議。杉森點了點頭，說道：

「好。可是具體的方案是什麼呢？有人質在他們手中……」

伊露莉說：

「我小心接近他們之後，用睡眠術讓他們睡著。」

卡爾搖頭說道：

「不，這樣行不通。謝蕾妮爾小姐妳不在的時候，亞夫奈德曾和他們打鬥過。睡眠術對他們來說根本沒有用。」

「是嗎？嗯。卡爾和我可以各自狙擊一個人。卡爾，你能夠狙擊哈斯勒吧？」

卡爾點了點頭。他一副沒什麼大不了的表情。隨即，伊露莉說：

「好。那麼我會用魔法飛彈狙擊那個叫賈克的青年。這樣應該就可以把賈克完全制服。到那時候，其他人再跑去救蕾妮，同時阻止涅克斯，這樣就可以了。他因為剛才受了傷，動作一定無法很快。」

「雖然這是個很危險的作戰計畫，不過也只能這麼做了。走吧！」

我們走出房間。他們好像已經下到中央瀑布附近了。可是我們還是躡著腳跟悄悄地下去。下階梯的時候不得已，需要光精的光線。我要幫傑倫特報仇了。涅克斯，我絕對不會原諒你。我用力握了握巨劍。我不想殺人。我不會殺了你這混蛋，傑倫特也不會希望我殺了你。可是我要聽到從你的嘴裡說出對傑倫特道歉的話！我一定要讓你對他的死下跪，並且謝罪！

中央瀑布的水聲又再變得很大聲的時候，伊露莉便送走了光精。我們靠著牆邊，小心地下去。在伸手不見五指的黑暗裡，可以說是危險萬分。從旁邊傳來的水聲，像是快把身體整個吞噬掉。我們互相踢著彼此，費力地下去。

我們一走到階梯的最後一階，眼前便出現反射了光線的水流。稀里嘩啦！

涅克斯！他在這裡！火光是從涅克斯一行人那裡發出來的。而且因為那火光的關係，瀑布的水流看起來像是光的帷幔。我們安靜地從瀑布後面探出頭來。哈斯勒，他不是說過我們是甩也甩不掉的狠角色嗎？沒錯。我們又追他們追到這裡來了。你們等著吧！

我看到遠處在移動的火光。因為這寬廣的空間裡並沒有屏障物，所以不管距離多遠都可以一眼看到。涅克斯一行人在我們跟進來的方向相對的另一邊，也就是現在從我們的角度來看，他們處在右半圓的地帶。他們應該也是從右邊第一個通道出來的。我們沒有適當可躲的地方，所以藏到了瀑布後面。因為這是湖泊旁的一條微彎的路，所以我們好不容易才看得到他們。這時伊露莉說道：

「『到底這是什麼門呀？』」

我們驚嚇地看著伊露莉，然後立刻知道，原來她是在轉述涅克斯一行人說的話給我們聽。她的耳力真是厲害！伊露莉是從瀑布正後面的這個地方，聽到另一邊涅克斯一行人的話。伊露莉繼續說道：

「『既無法破壞，也沒辦法打開！』『媽的，這又是什麼呀？破壞？既然是沒辦法破壞的門，幹嘛寫著破壞兩個字？』」

卡爾嘻嘻笑著說：

「看來那個房間是劍與破壞之神雷提的房間。」

由於瀑布聲的關係，卡爾這句話並不是聽得很清楚。伊露莉繼續說道：

「『破壞兩字會不會就是起動密語？』」

「『是嗎？嗯。我們再進去一次。』」

接著他們就又再進入通道。卡爾拿出了弓箭。

「很好，行了。謝蕾妮爾小姐，他們幾個傢伙出來之後，要往第二個通道去的時候，請妳射出魔法飛彈。然後其他人都準備隨時跑過去。」

「是。」

我、杉森和妮莉亞在前面站成一排，接著單腳跪下準備。妮莉亞的咬牙切齒聲穿過瀑布聲，傳到我耳邊：

「這是報仇！為了拜索斯恩佩的那個小孩、那晚的市民們，以及在戴哈帕港死掉的人們、夜之紳士們，還有——可惡！實在是太多了，多得講不完。」

「還有為傑倫特報仇。」

杉森凶悍地說道。我沒有說什麼，只是用力握著巨劍。我感覺到纏繞在劍把上的皮革，緊貼著我的手掌。我專注地看著一片漆黑的前方。

後面是卡爾和伊露莉正站著準備攻擊。我聽到卡爾拉弓的聲音。伊露莉可能是在準備施法，所以並沒有出聲。

過了一會兒，我們又再看到火光，那幾個傢伙走出來了。雖然伊露莉沒有再轉述，不知道他們在說什麼，可是這麼快就出來，再看到火光映照出的模樣，就可以猜出他們無法打開那扇門。

很明顯的，涅克斯正在抱怨發牢騷。他身旁的哈斯勒則是默不作聲地站著，而賈克和蕾妮站在稍遠的位置，不安地看著他們兩人。涅克斯很快地轉身，其他人也隨即跟在他後面走。這時，卡爾喊了一聲。是他們不會聽到、卻能穿越過瀑布聲讓我們聽到的音量。

「就是現在！」

咻！箭矢急速射出，朝向火光像野獸般飛了出去。隨著這枝箭，同時有另外四枝光箭射了出去。伊露莉所發射出的魔法飛彈，在黑暗之中劃出了長長的光之軌跡。砰砰砰！我看到賈克中了魔法飛彈之後倒地的模樣。

「啊啊啊！」

是蕾妮的尖叫聲。在這一瞬間，我、杉森和妮莉亞三個正往前跑著。

「覺悟吧！涅克斯！」

「受死吧！」

我看到哈斯勒跳了起來。他被卡爾的箭給射中了。哈斯勒跌倒在地的同時，他手中拿著的火把就落到水裡去了。霎時間四周又是一片黑暗。呃啊！他媽的！怎麼沒想到會這樣？

我們叫罵著往旁邊跑去。我靠到牆壁之後，一手摸著牆跑去但與跑在前面的杉森撞在了一起。該死！杉森和我發覺只要我們身體動錯方向，就會立刻掉落到湖泊裡，所以連動都不敢動。

砰！呃。妮莉亞被我們絆倒了。妮莉亞氣喘吁吁地喊著：

「你們兩個笨蛋！怎麼滾到地上去了？」

「妳如果不小心妳的嘴，我就從妳先開始，呃！妳在踩哪裡？」

「拜託，拜託妳先起來再吵！你們用點腦袋好不好！」

我們三個跌倒在地，互相扭成一團，同時還彼此斥罵著。接著，從後面傳來了伊露莉的聲音，然後光精的光芒浮現在湖上。

周圍一亮起來，我們才好不容易站起身。可惡！計畫失敗！我們竟然沒有想到火光的問題。視線清楚之後，涅克斯便蹣跚地移動腳步。他馬上表情凶狠地想去抓住蕾妮。

「不行！」

「趕快逃，蕾妮！」

「嘎啊啊啊啊！」

蕾妮尖叫著，以坐在地上的姿勢，一直往後退。涅克斯雖然想抓住她，但是她驚險地避開了，然後站了起來，尖叫著跑向我們。而我們也慌慌張張地跑向她那邊。此時，我看到涅克斯往後舉起長劍——這個混蛋！他想用丟的！

「蕾妮！趴下！」

杉森極力嘶喊道。然而被驚嚇到的蕾妮聽到杉森的話，反而停了下來。她的眼淚嘩嘩落下，面帶訝異的表情。我看到她茫然地轉過頭去。可惡，不可以！涅克斯像發狂似的大喊：

「你們幾個可惡的傢伙！我是不會把她交給你們的！」

轟轟轟轟轟！

突然間，整座大迷宮都在震動。我們無法站穩，慌張地跌坐到地上，甚至差一點就掉進了那潭黑色的湖裡。這時候，卡爾叫喊著：

「快看湖泊！」

湖泊裡的水正往上湧出來。而且中央的湖水隨即慢慢地旋轉了起來。接著，整個湖泊就變成一個巨大的漩渦。然後我們抬頭，看到讓人眼花撩亂的光線。

周圍巨大牆上堆積著的無數鐘乳石，都開始各自放射出光芒。從很深的岩石縫裡散發出青綠色、藍色以及淺褐色的光芒，簡直令人頭暈目眩。那些鐘乳石彷彿像是掛滿了巨大鐵塊般地發出光芒，而且還響著像是鐵塊被風吹得互相碰撞在一起的清脆聲。噹啷噹啷。整個洞穴散發著奇異的光芒。

周圍的人的臉上都被映照得五顏六色。

鐘乳石發出了光芒。那些光芒就像被風吹起的落葉般，一群群地跳著舞。中央的湖泊猛烈地旋轉，製造出巨大的水聲，上面則是數千個鐘乳石像珠子般噹啷作響著。隨著這響聲越大，就有越多的光芒傾瀉下來。

無數的光芒宛如秋天的落葉，也像夏天的雷陣雨般，整個洞穴都是光芒的泡沫在浮動著。那是些黃色、白色、淡藍色的光珠子。而且湖裡漩渦製造出的風，使那些半空中的光群跳起舞來。但我們一點也沒有吹到風。然而眾人卻還是東搖西晃著。

我看到了。

在這光的泡沫之中，掠過了前人的臉孔。孔武有力的戰士挺著他凜然的肩膀。我還看到高興唱著歌的青年模樣、沉浸於苦惱的老人模樣，以及呼嘯著奔馳於戰場的戰士，他沾血的劍閃閃發亮著。

我還看到熬過長夜之後，終於看到太陽升起之人的疲憊臉孔。我看到在兄弟的遺體前嗚咽的人的模樣。有高貴的臉孔、滿是哀傷的臉孔、狡猾的臉孔、悲慟的臉孔、歡喜若狂的臉孔、悲壯的臉孔。有些則看不清楚臉上的表情，是一些過去的模糊陰影，只不過像是從過去投影到現在的影子一樣。

而且那裡還傳來了哭聲、戰場的馬蹄聲、戰車奔馳的聲音、慘叫聲。我聽到某個冬天早晨擦拭窗邊結霜的聲音、夏天敲打著大地的雷陣雨聲音。我聽到讚美春天的小鳥們鳴啼聲，也聽到了荒涼的秋天田野犁耕聲。

然而，我不知道有沒有確實地看清那些東西。可能我看到的，只是半空中胡亂反射出來的一些光影罷了。我聽到的可能只是湍急的漩渦聲吧。

周圍有時變成一片白亮，有時又變成一片昏暗。

09

「不，事情不是這樣的。」

「是嗎？那結果變成怎樣了呢？」

「是的。我不是跟您說過，我們一行人當中有精靈在裡面嗎？」

我記得這個聲音。

「嗯，所以呢？」

這個聲音我還是第一次聽到。是誰呢？那個我認識的聲音又再度傳來。

「所以精靈伊露莉很懇切地拜託我說：『求求你！跟隨真理之路的勇猛祭司啊，求你將我們從邪惡的勢力手中拯救出來！』」

伊露莉應該不會說這種話吧？

「嗯。然後呢？」

「我掏出了懷中的聖徽。其他人就像在徹底的恐怖與黑暗中看見太陽升起一般地望著我。當然，我只是謙虛地跟隨德菲力的旨意而已。不管怎樣，那時我大喊：『黑暗的權能，疾病的權能啊！將您那黑手從我面前撤走吧！我無法忍受這種侮辱！』」

「呵呵呵……真了不起。」

「是的。所以我們一行人就在我的保護下，開始尋找倖存者。但是在當時的狀況下，最重要的事情並不是尋找倖存者。杉森那時就像個強硬的戰士，啊，這裡所謂強硬的意思要搞清楚才行，總之他主張先搜救生還者。但是因我的力量而恢復鎮靜的精靈伊露莉卻指出了正確的狀況。因為我是祭司，所以早就清楚整個情況，也就是如果神臨地解除的話，所有的事物都會恢復原來的狀態。」

「啊哈！是這樣嗎？」

不知怎地，我突然覺得心裡越來越火大。

「是的。我帶著我們一行人前往神臨地的原因，也就是埋藏了讓疾病四處蔓延的魔法物品之處。就在這過程中，城市的居民依然一個個接連倒下。所有人都焦急地大叫，渴望接受治療。那真是讓人非常痛苦的一段時間。」

「嗯，我能夠理解。」

「是的。我雖然不想說自己是英雄，但至少還有自信，我不是只被眼前的小事困擾的凡夫俗子。雖然胸中簡直快要漲滿似的，但我想辦法壓抑自己的痛苦去思考。您應該知道我思考什麼吧？在當時那種狀況下，治療不是最重要的事。比起為了治療市民而浪費時間，還不如早一刻解除神臨地，才是能將損害減到最低的方式！」

「嗯，沒錯。如果能夠不被眼前的事絆住，可以說這個人就是擁有英雄的資質了。」

「哈哈哈。您過獎了。所以我將痛苦埋在心中，連忙催著我們一行人……」

冗長的故事不斷繼續說著，當然故事裡頭還是把我或其他人扮演的角色壓縮到最少，甚至完全跳過，只有其中一個人的功績無比閃耀，被誇大到有些荒唐的地步。我終於無法忍受了，站起身來說：

「傑倫特！拜託！我已經醒了，請你不要再把我弄昏過去！」

我一從位子上起來，就一眼看清了四周。

原來我躺著的地方，是大理石地板，我們似乎是在水的中間。頭上照下來的明亮光線，隨著水波的起伏而搖動著，透到底下來。我向四周轉了一圈，看到有三階淺淺的階梯，上面豎著許多根柱子，雖然除了柱子之外什麼都沒有，但水就停在那裡，不會再流進來。我們一行人就各自倒在這淺碟般空間最底下的地面上。而我們的背包也散放在四處。

周圍很溫暖。不，也許因為之前都在冰冷的地底行走，所以現在才有這種感覺。這地方既不冷也不熱，就是那種適當的溫度。空氣當中什麼氣味也沒有。

在稍遠處的階梯上，坐著一個相當老的人。他穿著白袍，有著長長的白鬍子，頭髮也完全是白的，讓人完全猜不出他的年紀。從他滿臉的皺紋、蓋滿胸前的白鬍子及白髮看來，他年紀一定非常非常大了；但是他寬闊的肩膀跟強壯的體格，卻又會讓中年男子相形失色。而那老人身邊的階梯上，坐著剛才一直弄得我心裡七上八下的男人，傑倫特。

我說不出話來，只是望著傑倫特。本來還倒在地上的杉森不聲不響地起身，用茫然的表情望了望傑倫特，然後將頭轉過來對我說：

「我說啊，我認為現在看到的是最糟糕的幻象。聽到傑倫特說的話，我本來想笑出來，但因為是在夢中，所以我覺得沒辦法笑或是說話。但是剛才修奇你說話了，不是嗎？現在這不是幻象嗎？」

我說了一個非常奇怪的答案。

「傑倫特！是不是我死了，你活下來了？」

傑倫特爽朗地笑著回答說：
「這個問題不需要用到德菲力的大能，也可以回答。哈哈哈！當然你還活著。」
「那你也還活著嗎？」
「我可以很確實地跟你說：是的。」
杉森一下子站了起來。
「那你還真是該死！剛才一直折磨我們，難過到都不能呼吸了，那是怎麼回事？居然還說什麼強硬的意思要搞清楚？」
傑倫特生硬地笑了笑，他身邊的老人臉上立刻浮現了喜悅的微笑。然後卡爾聽到了杉森的大喊聲，也跟著起來了。他似乎還搞不清面前的狀況，只是用漠然的表情環視著我們。那時妮莉亞大喊：
「傑倫特！傑倫特！你還活著嗎？」
「這個問題我已經聽好多次了，哈哈哈。」
「你真的還活著嗎？」
傑倫特起身向我們走來。妮莉亞已經站了起來，抓住傑倫特的肩膀，將他轉了過來。傑倫特不好意思地笑了笑，搔了搔後腦杓。我們發現他的背上並沒有傷口，不，正確地說應該是袍子上沒有任何的痕跡。妮莉亞摸了摸傑倫特的背，用失了魂似的聲音說：
「不會痛嗎？」
後來回想時，覺得這個問題有點奇怪，但當時完全沒有這種感覺。只是傑倫特苦笑了一下。
那時伊露莉也慢慢地起身了，她說：
「傑倫特，原來你還活著。」

伊露莉說的話，聽來就像是讓我們完全相信的最後一次確認。到了這時，我們才開始或哭或笑地抱住了傑倫特。傑倫特被大家拖去輪流擁抱或者親吻，看來一副迷迷糊糊的樣子。杉森拚命地搖他，妮莉亞則是熱情地吻了他的臉頰。卡爾抱住了他，眼淚都快流出來似的，伊露莉則是不斷握著他的手，我擦了擦淚水，瞪著他說：

「你講的故事還真精采耶。但看在你還活著的分上，我就饒了你這一次。哈哈哈！」

傑倫特繼續只是搔著他的後腦杓。然後，我們就都將頭轉向一直看著重逢場面、臉上帶著微笑的老人。伊露莉第一個開口：

「傑倫特，這裡是哪裡？這一位又是誰？」

「啊，對呀，傑倫特！蕾妮現在在哪裡？涅克斯還有其他傢伙呢？這裡到底是哪裡啊？」

杉森急忙地問。傑倫特那時好像才打起精神來，他向老人行了個注目禮，說：

「啊，我太失禮了。我幫你們介紹。那一位就是把我治好的人。」

卡爾擦了擦泛紅的眼睛，低著頭說：

「啊，太感謝了，真的非常感謝。您怎麼能從那個洞中……？」

傑倫特立刻用暗沉的表情說：

「啊，是的。我搞不清狀況就掉進了洞中，那真是惡夢般的記憶。嗯。比起背上感覺的痛苦，我覺得無止境墜落的感覺更令人害怕。在似乎會無限持續墜落的最後，我……」

「我們到底什麼時候才能知道這裡是哪裡，這一位是誰？傑倫特。」

聽到我的話，傑倫特做出了洩氣的表情。他回答：

「這個，真對不起。這裡是中央湖的湖底。」

卡爾驚訝地說：

「你說這裡是湖底下？」

「是的。而這一位就是這裡的主人。」

此刻大概我的嘴巴張得比卡爾的更大。這是因為我張得更開。杉森迷迷糊糊地看著傑倫特，突然做出被雷打到似的表情。卡爾說：

「那、那、那麼，這、這位就是……」

「這位是神龍王。」

「啊啊啊啊啊！」

這是妮莉亞的尖叫聲。我們大概沒辦法從神龍王那裡得到禮數周到的評語了。

神龍王在原位上一動也不動，只是帶著微笑看著我們。我不自覺地開始向後退。我看了一下杉森，發現他的手正在劍柄附近不安地動來動去。但似乎他沒有勇氣像我一樣將劍給拔出來。妮莉亞躲到了卡爾的背後。但是卡爾跟伊露莉一動都沒動，只不過他們兩個的表情完全是兩個極端。卡爾臉上帶著極感動的表情望著神龍王，但伊露莉臉上卻沒有什麼特別的表情。

一時間都沒人說話。我們屏住氣息，只是看著神龍王，卻猶豫著不知道該如何行動。這時，伊露莉對神龍王行了禮，說：

「伊露莉・謝蕾妮爾參見榮耀的神龍王。」

神龍王從位子上站了起來，說：

「很榮幸能遇見森林的女兒。」

接著卡爾就開始慢吞吞地說：

「我是卡爾・賀坦特。請原諒我們這些不請自來者的無禮，沒得到您的允許就進入了大迷宮。」

「太久沒客人來了，若有怠慢之處，尚請見諒。」

杉森一面咕嚕咕嚕吞口水，一面說：

「我是杉森・費西佛。」

神龍王輕輕點了點頭。用牠深邃的眼睛望向我，我一面發抖一面說：

「我、我是修奇・尼德法。」

「很高興見到你，修奇。」

妮莉亞到這時候都還沒有從卡爾背後出來的打算。卡爾轉過頭去，對妮莉亞使眼色，妮莉亞才帶著蒼白的臉色說：

「我、我是妮莉亞。我絕對、絕對沒有拿走這裡的任何一顆寶石！我全部都放回原位去了，連一顆也沒弄走，是的，就是這樣！」

神龍王微微笑了。

「知道作客禮節的人，可以期望得到好的接待。」

然後神龍王就又坐回了階梯上。我們就這樣在牠面前排成一列，看著牠的臉。神龍王慢慢地說：

「請坐。雖然不是什麼舒服的座位，但總不能讓我抬著頭跟你們說話吧。」

牠這麼一說，伊露莉微笑了一下，就立刻坐到了地上。之後其他人也跟著她坐在地面上。但是妮莉亞跑到稍微遠的地方，開始環顧四周，馬上變得一副愁眉苦臉。四周的牆都是水，根本沒有可以逃走的地方。她露出絕望的神色，在卡爾的背後坐了下來。

神龍王用很舒服的姿勢坐在階梯上，之後說：

「你們進來這裡有什麼事呢？你們應該知道這是我的家。我剛聽了傑倫特充滿機智的故事，但以他說話的方式，實在不適合傳達正確的內容。」

我們都猶豫地望著卡爾。卡爾慢慢地開始說：

「我們是為了找回一位被綁架的少女，所以才進來這裡。因為綁架她的人也進來了，所以我們不得已之下才跟著進來的。」

「是嗎？就算代價是喪失生命，你們還是要進來嗎？」

卡爾只是微微一動，並沒有回答。神龍王似乎在教訓卡爾似的說道：

「這是我家，不是你們可以隨隨便便進來的地方。我可不記得有答應讓你們進來。」

卡爾很緩慢地，但秉持著一種就算在神龍王面前，卡爾・賀坦特的任何一部分也都不會懇求任何東西的態度，粗魯地回答說：

「當時的狀態，是一個要救大家就必須有她在的柔弱少女，正時時刻刻地遠離我們。在那種狀況下，根本沒時間考慮這裡是有主人的地方，還是荒蕪的不毛之地。再加上我們當時又沒人可以問，所以除了直接進來，也沒有別的辦法。」

為什麼我突然想起我們一行人晉見尼西恩陛下的時候呢？我轉過頭去，發現杉森口中正在喃喃自語。我仔細看他的嘴形，原來他在說「龍的晚餐」這幾個字。妮莉亞一直從後面戳著卡爾的腰，雖然她自認為別人都沒看到，但是她的動作其實大家都看得很清楚。

神龍王微笑了。

「你們是拜索斯人嗎？」

「是的。」

「你們常常不去弄清楚自己所走土地的主人是誰。不管是三百年前還是現在都一樣。」

卡爾舔了舔嘴唇，說：

「這狀況是不一樣的。」

「怎麼不一樣法？」

「路坦尼歐大王跟您對決，是為了要決定誰才是更適合當這片土地的主人。雖然之前您是主人，但既然您已經輸了，也不能否認失敗的代價。是您自己沒守住您的東西。」

神龍王的眼中開始發出光來。但牠還是用更平穩的聲調說：

「你難道是在讚揚那個奸惡傢伙的智慧嗎？」

「您說奸惡的傢伙……」

「你是要讓我再一次體認到，我被亨德列克打敗的這件事嗎？」

「我沒有這個意思。我也不認為您已經忘了他的事情。當然，您也沒忘記自己的失敗。」

卡爾很鎮靜地說，此刻杉森又在喃喃說話了。他這次說的是：「龍的甜點！」妮莉亞的表情像是就要當場哭起來，傑倫特則是輪流看著神龍王與卡爾，做出不安的神色。

神龍王還是像原先一樣，用冷漠的臉望著卡爾說：

「我沒忘。我們這種存在體，是不會忘記事情的。同時得到優比涅及賀加涅斯祝福的，只有你們種族而已。」

「是的。」

卡爾不卑不亢地說道。神龍王看著卡爾。

「那麼現在請你選擇。」

卡爾用明亮的眼睛盯著神龍王瞧。

「要選擇什麼呢？」

「你說的話，有一部分我可以接受。我同意對你而言，根本沒時間問這龍之聖地有沒有主人，也沒時間讓你去找出是誰。你大概能猜出這是我的家，但對這件事你應該不會去說。」

神龍王從位子上站了起來。牠用平靜的眼神向下看著我們，我們每個人都感到不寒而慄。

「但是，你們現在已經親自用雙眼看到這裡的主人了。你們無法否認。」

「是的。」

神龍王點了點頭，還是一樣用柔和的聲音說：

「你們不請自來地進了龍之聖地，所以你們也無法否認我可以正當地下命令，將你們驅逐出去。」

「是的。」

「這麼說來，我要下命令了，請你們自己選擇。我命令你們當場給我出去，你們願意接受嗎？」

卡爾慢慢地站了起來。

這件事大概到死時我都不會忘記。四周的水柔和地搖曳著，光線被分成許多道，從水牆裡透出來，光線明亮而湛藍。大理石發出的白色光芒甚至讓人的眼睛覺得寒冷。眼前的是越過三百年時光，再度出現在人類面前的神龍王，正用嚴厲的表情看著我們。光是看牠壯健的體格，就給人帶來一種壓迫感。但是牠卻又像是一塊石頭。我們完全無法從牠身上感受到任何情感，也感受不到生命，牠就這樣站在那裡。

而站在我們前面的，是一個人類，卡爾。但是卡爾並沒有相形矮小。他直挺挺地站立，和神龍王對望著。他的體格還是一樣，加上中年的歲月痕跡，使得他的肩膀都下垂了。但是他就像不屈的松樹一樣站著，和神龍王對望。

「我不接受您的命令。」

「你是想否認我的正當權利嗎？」

「只要您阻擋在我的心指引我的道路上，我就必須否認。」

「你的心中是什麼在指引你呢？」

「我們必須拯救名叫蕾妮的少女，才能出去。」

「只因為這個，你就要否認我嗎？你們難道不知道，我只要一下子，就可以把你們的歷史長卷全終結掉？」

在神龍王的話中感受不到任何情緒。就算是石頭講話，恐怕也比現在的神龍王更有生動感吧。

卡爾突然做出了疲勞的表情。他的臉上出現激烈的變化。他似乎突然變老了，面龐急遽地度過了漫長的歲月。在歲月快速流逝的過程結束後，他居然看起來跟神龍王是同一輩的人物。我們屏氣凝神看著雙方。看著這個龍跟這個人。

卡爾的嘴無力地張開了。

「請你不要玩弄我，龍。」

妮莉亞當場就昏了過去。

我抱住了妮莉亞。妮莉亞的身體雖然輕，但是因為我的手抖得太厲害，還是差點把她摔到地上。傑倫特慌忙地跑來幫我。我跟傑倫特扶著她站了起來。而杉森跟伊露莉也都站了起來。這樣站起來到底能夠改變些什麼？我們這樣對抗神龍王似的排成一列，又能怎麼樣呢？這樣子就像是在排隊等吃晚餐似的！雖然我無法成為餐桌的主人。天啊，我想起了老爸。搞不好老爸的妻子跟兒子都要死在龍的手裡了。可惡！

我們連發出呼吸聲這個小小的自由都被剝奪了。我跟傑倫特還有杉森，都感覺窒息般的沉重壓力，看著卡爾跟神龍王。神龍王那岩石般的面龐雖然無甚改變，但是卡爾的樣貌卻完全老去了。不，那種感覺，更像是他小心隱藏許久的真面目總算顯現出來似的。

伊露莉帶著平靜的表情退到稍微後面的地方，聽著兩種不同存在物的對話。現在甚至連她看起來也跟神龍王一樣，像塊冰冷的岩石。受到精靈與龍兩者注視的人類，現在正無力地舉起手臂。

卡爾將頭髮向後撥，接著將手停在後頸上。他就這樣低著頭，將頭向左右轉來轉去。這還真是放肆。他帶著疲勞的神色，沉鬱地望著神龍王。

「應該不是因為你嚐不夠熱騰騰的滋味吧，龍啊。你根本不會忘記事情，所以也不是因為忘了才這樣。是因為很無聊吧？」

我嘴裡突然感覺到奇怪的滋味。到底是什麼樣的瘋子才會講出這種話來？但這就是卡爾·賀坦特說的，也是他會說的那種話。卡爾將手臂垂下，望著神龍王。神龍王依然用原來那張臉看著卡爾，牠的嘴似乎沒有要張開，所以卡爾就繼續說：

「是的，你眼前流逝的三百年歲月，我們根本無從去揣想。我們根本無法想像你那雙眼睛看過些什麼。但請你想想看。我是同時受優比涅跟賀加涅斯祝福的人類。」

卡爾還是用旁若無人的態度將手臂環抱在胸前，接著搔了搔下巴，說：

「那到底是什麼呢？是摧殘肉體，壓迫精神的孤獨嗎？不是的。你根本不在乎這種事。因為龍是不懂孤獨的存在物。那麼是被龐大的記憶重重壓迫嗎？這更荒唐了。無法忘記事情的存在物，也不會因為記憶而受折磨。我倒是看過因為忘記所有事情，只剩下一件記憶而痛苦的人類。」

這時卡爾的話停了下來，他那表情就像是沉浸在自己的內心世界中。神龍王無言地看著他。一陣子之後，卡爾搖了搖頭，說：

「是的，絕對不是那樣。那麼到底是什麼呢？大概跟我所想的一樣，是因為無聊吧？」

神龍王的頭開始微微動了起來。

如果用好意的眼光去看，可以說那是一種類似點頭的動作。神龍王慢慢地說了：

「沒錯。」

「果然如此。但是不要只因為如此，就把我當玩具來對待。」

「對於我這個可以接受知性刺激，又活過三百年的存在體，你真的能夠理解嗎？」

「不，完全不能。三百次的開花，三百次的落葉，我完全無法理解。但坦白說，到底我說得對不對呢？」

「真對不起。」

對不起，牠居然說對不起？現在是神龍王在跟卡爾說對不起？我用無法置信的心情看著這幕光景。但是卡爾完全沒露出驚訝的神色。我因為抱著妮莉亞，所以失去了昏厥過去的自由。杉森臉上的血色都不知道跑哪去了。傑倫特一面顫抖，一面看著這一幕。

就在這時——

神龍王的臉開始變化了。這是我很熟悉的模樣。神龍王的臉上顯出巨大的疲勞。不，應該說看來瞬息間有張牙舞爪的惡魔掠過牠的臉龐。毀滅所有東西、無視於任何意義的惡魔。優比涅與賀加涅斯之子，時間在瞬息之間拂過牠的臉龐，就好像神龍王岩石般的臉上浮現了荒廢的廢墟。

牠的臉就像……在沙漠的沙粒縫隙中，突然出現的某個古代沒落王國的石像。

神龍王點了點頭。

「我本來是想玩弄你們的……這麼說也沒錯。但其實我自己還無法理解。我說的是你們對世界那種莫名其妙的傲慢。」

卡爾點了點頭，說：

「你還無法理解嗎？」

「是的。這應該怎麼說呢？用你們的說法，應該是腦袋知道，但心裡不知道吧？雖然這樣比喻是很粗糙的，而且跟事實相去甚遠，但也是沒有辦法的事。」

卡爾雙手抱胸，點了點頭。

「太……太不一樣了。」

「是的，非常不一樣。」

「那你打算要怎麼樣呢？」

聽到卡爾的問題，神龍王抬起頭看著天空。卡爾也隨著牠的視線望向天空，我也不知不覺跟著往上看了起來。

不知為什麼，我感覺光線正在消退。周圍的水開始變成更深的藏青色，原來上頭燦爛的光芒也開始漸漸減弱了。神龍王說：

「我首先想問一件事。」

「那是什麼？」

神龍王沒有回答卡爾，牠突然將頭轉過去看著傑倫特。

好漂亮啊！什麼時候我已經有了這樣的想法？是在不久之前，神龍王的表情開始變化的時候。現在牠給了我在原地站立三百年的石頭不會給人的感覺。石頭就只是站在那裡而已。但是神龍王像石頭一樣站著是在思索。牠在觀察，在思考。如果牠是石頭的話，也是立在瀑布中的石頭。是幾百年當中被水沖激，自尊心卻強到不知自己被磨損的固執石頭。如果有磨損的部分，也是它自己願意讓水帶走的。

牠說話了。

「傑倫特・欽柏，人類的孩兒，德菲力的權杖啊。」

「咦？啊，是。」

傑倫特很慌張地回答。卡爾看了神龍王一陣子，然後就向後退了幾步，所以神龍王能夠直視傑倫特。當然傑倫特不是很喜歡這狀況發生。傑倫特一面流冷汗，一面望著神龍王。

「你可以告訴我，你在世上覺得最重要的東西嗎？」

「咦？啊，您是要問這個嗎？我覺得最重要的東西？」

「沒錯。」

「啊，那就是德菲力的旨意吧。」

「德菲力的旨意？」

傑倫特雖然慌張，但現在這個問題對他來說似乎完全沒有困難。他很自然地說：

「是的。我已經把自己獻給德菲力了，也得到了依據祂的旨意選擇道路的能力。我所走的所有道路，都有祂的恩惠在其中。」

「比你的生命還重要嗎？」

「這個問題沒必要回答。」

神龍王問得很快，傑倫特也回答得很快。卡爾在稍微遠處大膽地用鼻子發出哼聲。他怎麼會這種反應？神龍王回頭看了看卡爾，對他微微笑了一下，然後再次看著傑倫特。

「很好，傑倫特。你是岔道之神德菲力的權杖。所以請你選擇。把你跟你的同伴分成兩邊，一邊是你，一邊是其他的人。這兩邊我只讓其中一邊可以活下去。」

神龍王的聲音還是一樣平靜。牠將抱怨時可以簡簡單單把人抓來塞牙縫的真面目隱藏起來，但聲音還是很安詳平靜，所以恐怖的感覺也來得比較遲。

傑倫特全身僵住了。

「咦？」

「這個理解起來這麼困難嗎？那我再說一次好了。如果你死，我就放過其他人。如果其他人死，我就放過你。請你自己選擇要死還是要活。」

傑倫特用茫然的表情望著神龍王，神龍王卻似乎對自己所說出這麼可怕的話沒有一點感覺，還是泰然自若地看著傑倫特。

傑倫特爆笑了出來。

「噗哈哈哈！」

我跟杉森都用蒼白的臉看著傑倫特。傑倫特到底在高興什麼呢？做出其他什麼樣的反應我都可以理解，但他居然笑了起來？是不是因為受到太大衝擊，精神已經開始異常了？

「呵呵呵，嘻嘻！這個問題實在太簡單了。當然是我死。」

「你居然說簡單？」

「哈哈！是的！真的是很簡單。不，怎麼回事？為什麼活了超過三百年的神龍王會問出這種問題？啊哈！原來如此。現在我才知道卡爾為什麼說您在玩弄我們了。哈哈哈！」

傑倫特笑得太厲害了，還擦去了流到臉上的眼淚，才抱著肚子說：

「神龍王，偉大的神龍王啊。哈哈哈。您應該瞭解人類吧。人類聽到這樣的問題，通常都是回答相同的答案。根本沒有必要去問德菲力。當然是我死。請您放我的朋友走吧。」

我跟杉森都失魂落魄地看著傑倫特。杉森臉上洋溢的那種感動很難用言語形容。

真的所有人都會這樣回答嗎？

不可能。我輕輕搖了搖頭。因為是你傑倫特，才會這樣回答吧。因為你相信所有人類，所以才會答出這種莫名其妙的答案吧。但不知怎地，我自己也沒自信能夠這樣回答。傑倫特現在帶著很愉快的神情說：

「您為什麼要問我這麼無聊的問題？」

神龍王沒有回答他的問題。

「德菲力的回答又是什麼呢？」

神龍王這麼一問，傑倫特的臉突然僵住了。他咬住嘴唇望著神龍王。他說：

「這麼明顯的事就不用再問了。可惡。那些人並沒有辦法實踐德菲力的旨意，而是我在實踐德菲力的旨意。您如果要殺我，就跟要殺德菲力是一樣的。德菲力一定會要我活下去。」

杉森的臉色一下子變得鐵青。但是神龍王很沉靜地說：

「那麼你不就違背了德菲力的旨意嗎？違背了對你而言最重要的事？」

傑倫特一下子啞口無言了，只能望著神龍王。但是神龍王也只是靜靜看著傑倫特，什麼話也不說。傑倫特口中喃喃唸著一些聽不見的話，一陣子之後，他的聲音才越來越明確了。

「當然。我不是德菲力，我是傑倫特。」

「對你而言最重要的東西是？」

「德菲力。」

「不是傑倫特？」

傑倫特搔了搔鼻梁，說：

「嘿嘿，這是沒辦法的事。如果沒有我的話，就沒辦法侍奉德菲力了。請您看一遍海特洛徹寫的《對神的思索漫步》這本書。這裡也有吧。如果我這個存在消失了，信仰也跟著不見了。如果您要我更簡單地說，就是德菲力並不希望侍奉祂的是一些奴隸。如果要奴隸的話，人類是不夠資格的。因為奴隸沒有必要思考。」

神龍王靜靜地看著他。傑倫特緩緩地說：

「所以呢……反正……就是這樣。如果沒有我，就沒有我對德菲力的信仰。因此我必須存在。所以我為了侍奉德菲力，我必須仍是跟德菲力不同的傑倫特，這樣的傑倫特針對你的問題，可以回答自己選擇要死，這就是我的想法。」

「就算違背德菲力的旨意，你也要這樣選擇？」

「我的人生都已經獻給德菲力了，所以至少我的死法可以留給傑倫特選擇，我想德菲力應該不會因此而生氣吧。」

傑倫特用開玩笑似的語氣說完，對神龍王笑了笑。

「德菲力這個老師應該會給學生傑倫特不及格的分數吧。」

「連我自己也是這麼想。哈哈哈。」

「謝謝你的回答。那麼……」

神龍王將頭一轉，這次他望向杉森。杉森吃了一驚，同時用如臨大敵的眼神看著神龍王。他的手又開始在劍柄附近游移了，把我弄得很不安。杉森的肩膀硬直了起來，讓人覺得有點害怕。簡單地說，他全身擺出的姿勢，就是如果惹到他的話，他會馬上採取攻擊行動。但是神龍王應該也看到了，卻還是沒有什麼改變地說：

「杉森・費西佛。」

杉森用不安的眼神望著神龍王，最後以帶著幾分怒意的聲音說：

「是的，請說。」

聽到那聲音，我真想忘記眼前一切的狀況，開始爆笑出來。杉森那語氣聽起來，就像是小孩子對想搶走手上玩具的大人說話的語氣。將不安跟敵意用這種方式表達出來，簡直就成了喜劇。卡爾轉過頭去，他的肚子在顫抖著，傑倫特則是突然惡狠狠地望著天空。然而伊露莉跟昏過去的妮莉亞沒有任何反應。神龍王說：

「對你而言，最重要的東西是什麼？」

「我嗎？您是在問我嗎？」

神龍王點了點頭。能讓我們暫時忘卻一切不安的機會來臨了。我們所有人都用期待杉森會說出什麼答案的視線望著他。杉森搔了搔後腦杓，表情突然變得很嚴肅。

他煩惱著，陷入了內心的沉思中。神龍王跟我們都靜靜地看著他。戰士杉森。他的幼年期是在賀坦特度過的，他的成長過程伴隨著沾了血的劍。他在生死的夾縫中看到的人生是怎樣的呢？佔據他內心最深處的是什麼呢？

在深深地省思和思索之後，賀坦特的守備隊長杉森・費西佛，終於回答了偉大的神龍王的問題。

「哎，真是的。一般回答這一類問題的時候，應該只能回答一、兩種吧。可是我有很多答案……」

「噗哈哈哈哈！」

傑倫特摟住卡爾開始大笑。卡爾雖然努力試圖保持威嚴，但好像也忍不住嘴角的抽動。傑倫特猛烈的笑聲使得妮莉亞醒了過來。她像是頭暈似的看了看四周，發現了所有人都在笑，所以她雖然不知道理由，卻也跟著笑了起來。看到她的臉，我終於也爆笑了出來。

「噗嘻呵呵喔啊哈哈哈！」

妮莉亞看到我笑的樣子，又再一次微笑了。好像在這之後，她才發現自己身處何地。她害怕地轉過身去看著神龍王。

連神龍王臉上也浮現了些微的笑容。牠再度靜靜地望著杉森說：

「不只一、兩種嗎？」

「是的。故鄉也很重要，祖國也很重要，家人那就不必說了，還有……嗯，我不知道您會怎麼想啦，但是故鄉有女孩子在等我。」

「城外水車磨坊……」

「不准給我唱那個！」

杉森勒住我的脖子開始搖。卡爾聽到杉森的回答，鬆了一口氣。然後神龍王再次看著卡爾微笑，接著對杉森說：

「故鄉、祖國、家人、女孩的前面，不是應該加上兩個字嗎？」

「咦？」

「這一切前面都應該加上『我的』這兩個字，不是嗎？因為你不是在說別人的故鄉，別人的祖國吧。」

「咦？啊，是的。您說得沒錯。」

「那麼對你而言，最重要的應該是？」

杉森做出了煩惱的表情，說：

「啊，是這樣的。如果這麼說來，那就是我了。最重要的東西就是我自己。」

「但是你的故鄉、祖國、家人、女孩如果沒有你，不也是好好的嗎？當然，家人跟女孩子會因為失去你而痛苦，但對他們而言，太陽還是會再升起的，不是嗎？就算沒有你，他們也還是存在。對不對呢？」

「咦？啊，啊，您說得沒錯。是的，您說得對。」

「這麼說來，如果我從這裡出去，把你的祖國全毀了，你怎麼辦呢？這樣你的故鄉會被破壞，你的家人跟那個女人無疑也都會死。」

杉森張大了嘴看著神龍王。突然，他的眼中爆出火花，他向前踏了一步。我們根本沒有機會去攔他。他猛烈地踩著地面，緊緊握住了劍柄。

「那我一定會用我整條命阻止你！」

杉森的臉上現在已經完全看不到不安之類的東西了，只有單純的憤怒投向神龍王。神龍王一動也不動地看著杉森。

但是一陣子之後，神龍王徐徐抬起了手臂。

「你說要阻止我？阻止神龍王？」

接著牠的聲音變成了雷聲。牠讓整個世界都開始迴響似的大喊：

「你居然敢說要阻止我？」

牠的喊聲震耳欲聾，聽了讓人連站都站不穩。神龍王一下子變得巨大到充滿了世界，我不但看不見天，也看不見周圍任何東西。只有無限巨大的神龍王存在。四周只是一片漆黑，連腳都感覺不到所踩的地面了。無盡的狂風吹來，全世界都被捲了進去。只有我們跟神龍王存在這世上。

牠像是在雲端大喊：

「你！竟敢說！要阻止我！」

我一屁股跌坐到地上。怎麼可能有這種事？該死！該死！世界都消失了，所有東西都不見了！只剩下，只剩下神龍王。我回頭，看到傑倫特也是雙膝無力地跌坐在地上，妮莉亞則是跪著，把頭埋在雙臂之中，一面發抖一面抽泣。卡爾的臉色變成像張白紙一樣。

我就這樣坐在地上看了看杉森。

杉森在顫抖。他緊咬著牙，死命不讓自己的腳步往後退。他發出巨大的呼吸聲，急促地喘著。但是他還是拔出了劍。他就這樣在似乎會扯裂身體的強風中，舉起了劍。

他將劍豎在胸前，用盡全身的力氣大喊：

「我一定要阻止你！」

他一說完，全世界崩潰的響聲立刻傳來。

「你想死是吧！」

真愚蠢！這樣絕對死定了！我望著杉森，無聲地大喊。這愚蠢的傢伙！神龍王會把你弄得屍骨無存！粉身碎骨之後，你身體最小的一點碎片，也絕對會因為無法承擔的巨大恐怖而發抖！不，連靈魂都會陷在恐怖中，永遠不斷吶喊！

我不知道我說了些什麼，連自己有沒有說話都不知道。但是我在壓迫與恐怖中一面喘著氣，一面看著杉森。這暴風像是要把世界全都吹成碎片，但是變成碎片的世界是不可能存在的。

然後杉森說話了，他盡全力大喊的聲音穿過暴風傳來。

「死也無妨！但你這傢伙絕對無法屈服我的意志！」

一瞬間，所有的東西都恢復了原樣。

連神龍王也恢復了原來的樣子，而我們也還是在水裡的建築物當中。我低頭看了看手，將手套脫了下來。啊，可惡，我的指甲斷了。因為我戴著OPG用力抓地面，所以指甲斷了好幾處。我緊抓住發抖的手。

妮莉亞哭得不成人形，小心地抬起頭來。她一面發抖一面環顧四周。確認了世界還是原樣的她抽噎了幾下，然後看著神龍王。

卡爾大大地鬆了一口氣。但是他的臉上浮現一種無法形容的奇特表情。是滿足？是痛苦？我不知道。好像是兩種情緒都有吧。

傑倫特低著頭，大概是在祈禱吧。我雖然看不到他的臉，但是他的肩膀抖得很厲害。

伊露莉靜靜地看著杉森，我也轉過頭看著他。

杉森的臉是說不出地蒼白。他的肩膀上下起伏，拿著劍的手臂顫抖著。但是他的眼神中還是沒有一點猶豫，依然帶著燃燒的憤怒瞪著神龍王。

我拚命想要停下來不喘氣，一面望著神龍王，心跳得非常厲害，手也止不住顫抖。

「對你而言，最重要的就是你自己。因為有你在，才能理解你的祖國、你的故鄉、你的家人、你的愛人之類的東西。但你為什麼要獻出自己的生命？為了如果沒有你這個人，就什麼意義也沒有的東西？」

「你說……你說什麼意義也沒有？」

「是的。看看你的家人跟你的愛人好了。如果把你拿掉，這兩件事物中間完全沒有任何的關聯性。世上的所有事物都是不相關的東西。看看你的祖國好了。你的祖國跟海格摩尼亞一樣是個國家，並沒有什麼特別不同之處。但因為有你存在，拜索斯才是你的祖國，對你而言才是重要的東西，不是嗎？世上的所有事物，其實都是毫無意義的巨大垃圾。但因為有你在，所以才產生了意義，產生了關係，產生了愛，不是嗎？」

杉森擦去額頭上的汗，用蒼白的臉望著神龍王。神龍王平靜地說：

「但是，你居然打算為了如果你不存在就失去意義的東西而犧牲？」

杉森大大地深呼吸，調勻自己的氣息。我舔了舔嘴唇。神龍王的話似乎沒錯。雖然我因為瘋狂的心跳和發燙的腦袋，不能好好整理自己的想法，然而牠說的話好像是對的。但是很奇怪。還是有什麼東西不太對勁。到底是什麼東西呢？杉森說話了：

「可惡……你說的我都不懂！不要問我困難的東西。但是我很清楚我會怎麼回答！只是因為我口才不好，無法說明而已。不過我就算死，也要阻擋你！」

他一說完，神龍王就慢慢點了點頭。

「我瞭解了。你是誠實的人。」

誠實的人？杉森怎麼個誠實法？他不但連自己的想法都說明不出來，而且還隨口亂說話。杉森望著發愣的神龍王。但是神龍王已經沒在看他了。

神龍王現在看的是妮莉亞。卡爾皺起了眉頭。

「妮莉亞。」

「別找我！」

妮莉亞開始尖叫。那尖叫聲真的很難聽，我們都嚇了一跳。但是神龍王只是歪著頭看她，她掙扎似的說：

「不、不要對我做那種事！把世界全弄不見，弄成漆黑一片，還、還讓風拚命亂吹！嗚、嗚，不要、不要做那種事！我忍受不了的。拜託！我如果再經歷一次那種事，我一定會死掉！」

神龍王點了點頭。

「我不做。請妳放心。」

「啊啊！拜託，請您別做！我還以為我死了。嗚，嗚！這、這種事我根本無法想像。拜託，請您別再做這種事了！」

「我不會做的。」

妮莉亞一面不斷流著眼淚，一面望著神龍王。伊露莉靜靜地走了過去，一扶住了妮莉亞，妮莉亞就用顫抖著的雙腿吃力地站了起來。伊露莉沉著地望著妮莉亞笑。妮莉亞用茫然的表情看了看伊露莉，然後擦去眼淚。

神龍王說：

「我要問妳話，請妳誠實地回答。」

妮莉亞一面抽泣，一面回答說：

「您、您要問我覺得最重要的東西嗎？」

「不是。我要問妳最憎惡的東西。」

「咦？」

妮莉亞驚訝地張著嘴，看著神龍王。神龍王生硬地回答說：

「對剛才那個問題，我已經得到了答案，所以沒必要再問了。我想問妳最憎惡的東西。」

妮莉亞露出慌張的表情，看著神龍王。她用手指著自己的胸口說：

「您……您問我？您問我最討厭的東西？」

神龍王點了點頭。妮莉亞眨了眨眼，環視了一下四周。她一個一個仔細地瞧了我們一行人的臉，然後才回過頭去看神龍王。接著，她就低頭看著自己按在胸前的手。

「我、我最討厭的東西……」

我吞了口口水，先看了一下妮莉亞，再看神龍王。神龍王完全沒有露出焦躁的神色。妮莉亞好一陣子不說話，牠也只是氣定神閒地在那裡等。牠就是……對了，沒錯。

修奇・尼德法呀！你一定要瞭解這件事才行。神龍王跟我們是不一樣的。牠是不受時間拘束的存在體。為了一座大迷宮，牠可以輕輕鬆鬆地等待五十年。所以牠完全無法理解焦躁這回事，也就是說……

這一瞬間我望向卡爾。

現在我懂了。我懂卡爾在講什麼了。我也懂得他剛才表現出的態度了。我點了點頭，用更為平靜的心望著妮莉亞。

妮莉亞開口了。

「我最討厭的是……有人站在我背後講話。」

神龍王歪著頭。

「這是什麼意思？」

妮莉亞聽了自己說的話，似乎覺得很慌張。她拚命地思索，然後回答：

「就……就是那樣。是的，我最討厭有人站在我背後講、講話。」

「似乎『背後』有什麼意思在。可以解釋給我聽嗎？」

妮莉亞突然深深吸了一口氣，然後她開始大喊：

「我最討厭不正眼瞧我的人！」

她的眼神燃燒了起來。

「我討厭逃亡，討厭被別人加害！我討厭不知道何時會死！我討厭在溫暖的窗內坐著笑的人們。我討厭自己一群人互相交換著幸福的視線，卻對我非常冷酷的人！」

她的呼吸開始急促，卻還是毫不休息地繼續喊：

「我討厭看到他們那樣子，卻只能轉身離開！我討厭離開時，他們在我背後拋來的辱罵！他們充滿著幸福，卻連一點點，一點點也不分給我，只知道自己獨吞，只有自己一夥人獨吞，就只有他們自己一夥人獨吞！我還討厭將辱罵跟冷漠的話一股腦往我背後拋來的人！我討厭因為討厭他們，而像刺蝟一樣將刺全豎起來的自己。我討厭必須翻過圍牆，只能在黑暗中行走的自己！」

妮莉亞舉起兩隻手，掩住了她的臉，說：

「您滿足了吧，是不是？現在滿足了吧？我全都說給您聽了。您還想知道什麼？是的，我是個骯髒野貓般的丫頭。只要有一尺的陰影，我就可以跑進去裡頭逃掉；就算被人趕，我也只知道像陣風似的逃走。是的。這就是我。」

我們都不知該如何是好，只能看著妮莉亞。妮莉亞開始抽泣。這時神龍王說話了。

「妳說的不是事實。」

妮莉亞抬起頭，用悲傷的表情望著神龍王。神龍王微微笑了笑。

10

四周好像突然吹起了春天的暖風。周圍變得很溫暖。所有的東西看起來都好柔和。我揉了揉眼睛。真是奇怪，明明剛才還是冷冷的大理石建築物，可是現在上面卻爬滿了藤蔓。藤蔓的莖被炎熱的午後陽光給照得像是忍不住睡意而下垂著，鬆軟的葉子則盡情地攤展開來。而且我還感覺到一股乘風而來的香味。這股令人快窒息的濃郁香味，簡直像是在洗滌我整個肺腑。

有幾隻小鳥正在展翅飛向遠方的青山。我的四周浮動著因熱而產生的游絲。而在遠遠的另一頭，被陽光照耀得閃閃發亮的小溪流動在高地間，看起來簡直就像是把閃亮的絲線撒到原野上一樣。在花朵之間飛來飛去的蝴蝶讓人看得眼花撩亂。在爬滿藤蔓的大理石柱子後面，有一隻小鹿正在吃著草。小鹿的純真眼睛實在是漂亮極了。我們彷彿來到了沒有武器和戰爭的終極樂園裡。

神龍王依然還是站在那個位置。牠穿著白衣，用無限仁慈的臉龐看著我們。即使牠是問我們最近天國的情況如何，也不會有任何人覺得很奇怪。

神龍王說道：

「妳是個擁有一顆溫暖的心的姑娘啊。」

妮莉亞靜靜地站著看神龍王。周圍所有的事物好像都是為了她而存在的。可惡。為什麼我突然覺得很嫉妒呢？不對，與其說是嫉妒，倒不如說是敬畏吧。我尊敬地看著妮莉亞。

這個世界是為了她而存在的。小鳥們因妮莉亞的笑容而歌唱；花朵因為妮莉亞的動作而綻放著；微風因妮莉亞的步伐而吹拂著。這裡雖然有伊露莉在，可是坦然地散著一頭紅髮在輕快走路的妮莉亞，卻比伊露莉還更像個精靈。不對，應該說妮莉亞擁有精靈的優點，我所認為的理想精靈模樣全都齊聚在她的一身了。妮莉亞並沒有那種在精靈身上所顯現出的深刻歲月痕跡。她是永遠活在現在的女子，永遠的小孩，永遠的主人。

萬物因她而存在。我大概會變成妮莉亞的專屬蠟燭匠吧。而杉森可能會變成隨時待命準備她洗腳水的僕役吧。可是我們絕對不會因此而不高興。別說是不高興，我們甚至很願意馬上就這麼做。為了妮莉亞的笑容，為了讓妮莉亞高興，不管做什麼，我想我都會很願意。

妮莉亞高興地笑著看神龍王。在蔓草叢生的廢墟之中，神龍王用仁慈的眼睛看了看她，說道：

「妳要留在這裡嗎？」

當然啦！神龍王怎麼老是問一些這麼笨的問題啊？牠都已經活過這麼長久的歲月了，竟然還問這麼愚蠢的問題，我實在很難去尊敬牠耶！我們當然要讓這現實狀況永遠常在！這世界應該就是要這個樣子才對。應該為了妮莉亞，應該為了她而存在。這可以說就是天國了。除此之外的一切都是謊言，是所謂的幻象啊。我們站在好不容易抵達的天國入口，看著妮莉亞，並且對她笑。對，妮莉亞，妳要的就是這個，趕快回答吧。

可是，妮莉亞突然露出了一副很憂鬱的表情。

我們感覺忽然心都沉到谷底了。世界一下子變得昏暗，我們感到一股可怕的不安感襲來。不行。妮莉亞！不要讓世界變得黑暗，絕對不可以！不要放棄這美麗的世界。笑一個吧！我們不敢對她下命令，所以只能忐忑不安地窺看我們的女神妮莉亞的眼色。不行，不可以。

妮莉亞說道：

「不要。」

「妳不要留在這裡？」

妮莉亞深深地嘆息著。她每嘆一口氣，我們的心就感到一股刀割般的痛苦。不行。拜託！不要嘆氣。妮莉亞！

妮莉亞支支吾吾地說：

「那個，嗯。我並不是精靈。」

「妳說妳不是精靈？」

「是。嗯……所有的事物，所有的事物都順應著我、與我達成協調的這種世界，對我而言……嗯，因為我是一個真正的夜鷹。」

「真正的夜鷹？」

「是的。嗯，那個，所以我必須要能偷偷摸摸地行動。可是如果所有東西都是我的，就不能把它們偷走了。」

神龍王露出微笑，看起來像是不懂她的意思。妮莉亞漲紅著臉，說道：

「那個，我無法說明得很清楚，不過，就是這樣。是的。如果所有東西都是我的，如果所有事物都是為我而存在的，那就不算是生活。對我而言，這並不是真實的世界。」

「妳要的是一個輕視妳的世界嗎？」

妮莉亞又再嘆了一口氣。

「如果硬要這麼說的話，是的，沒錯。我要的是一個有時討厭我，有時甚至會殺了我、讓我墮落的世界。我要的是一個充滿逆境和苦難的世界。」

她要的竟然是這樣的地獄。妮莉亞，妳到底有沒有想錯呀？我們全都大驚失色地用蒼白的臉孔看著妮莉亞。可是妮莉亞現在的表情看起來非常確信，她點頭說道：

「我不要一個附和我的世界，我不要一個打造給我的世界。」

在她說完這句話的下一刻，我們就又再回到原來的空間裡了。

四周只有冷冰冰的水，而且好像比剛才還要昏暗的樣子。現在水的顏色是深紫色的。冰冷的大理石仍舊散發出完美的建築之美，孤高地立在那裡。藤蔓之類的東西則是怎麼看也看不到了。神龍王依然還是站在原來的位置，可是牠剛才那種鄰家老爺爺般的親切感已不再有。牠是龍之帝王，偉大的神龍王。

我看了看妮莉亞。

從妮莉亞的眼睛裡，一滴眼淚正滾落了下來。她表情呆愣地站在那裡。她原本可以活在那種天國的，妮莉亞真是太笨了！我覺得很遺憾，正想對她說些什麼話的時候，她嘻嘻地笑了出來。

她伸出手來擦了擦自己臉頰上的眼淚然後兩手握在腰後，稍微低著頭，微笑著對神龍王說：

「神龍王，您太過分了。」

「會嗎？」

「是的。這比起您對杉森所做的還要來得過分耶！唉。一直到我死，我都會忘不了剛才那場景的。如果您允許，我想對您說：我討厭您。」

妮莉亞的表情雖然像是很遺憾，但她的聲音卻很快樂。我們這時才深深地呼出了一口氣。

是的。那並不是真實的世界。剛才那世界實在是很美，而且很溫暖，簡直快把身體給融化了，不過，那不是可以給人類的禮物。雖然這是我自己的想法，不過我覺得那應該是給精靈的禮物才對。

神龍王回頭看了看我，讓我的心撲通撲通地跳個不停。

「修奇・尼德法。」

「是。」

現在牠會問我什麼問題呢？我對卡爾投以求助的眼神，可是卡爾還是像剛才一樣，只是靜靜地看著我。可惡。我一個人怎麼對付得了神龍王？我一面等神龍王開口，一面感到脈搏怦怦跳動著。喉嚨裡湧上一股熱氣，使我不禁想大咳一聲，但是我沒膽量這麼做。

神龍王說道：

「你說說你所希望達成的心願吧。」

呃！這又是什麼問題呀？我環視周圍的人。卡爾面帶稍微擔憂的表情在看著我。杉森抿著嘴唇，嘟著嘴看我，妮莉亞則似乎對我的答案很好奇。傑倫特嘻嘻笑著，像是很期待聽到我的答案。伊露莉的臉上表情很難形容，但不是那種看起來不高興的表情。

好，這個問題，真是很令人頭疼的問題。

「嗯，我所希望達成的心願嗎？」

「沒錯。你說說看吧。」

我必須照實說嗎？我吞了一口口水。

「是，嗯，我希望能找回蕾妮，然後離開這裡。」

神龍王變得一臉訝異的表情。我有答錯什麼嗎？其他人也大都是表情驚訝地看著我。可是只有卡爾臉上浮現出了微笑。他當然瞭解我嘍。我重新找回了自信。

「只是這樣嗎？」

「您覺得這樣還不夠嗎？我們為了這一件事，從那吳勒臣追到這裡來，穿越永恆森林，甚至還進到這『龍之聖地』。」

「我是想聽你這輩子的願望啊！」

「啊？我還沒有願望。」

「沒有？」

「是的。我這輩子都還沒有過完，還不知道這輩子的願望是什麼。」

神龍王的眼睛好像突然變得很深邃。我的身體開始有點顫抖了起來，感到一陣酥麻。我覺得如果自己不說些什麼，好像會受不了。於是我繼續說道：

「在遇到蕾妮之前，我並沒有這樣的願望。而且如果不是蕾妮被人擄走了，我當然也不會有這樣的願望。可是蕾妮被人挾持走了，而且她對我們而言很重要。所以我們就追到了這裡。不管神龍王您怎麼問我，我也不會否定幾天前的我。因為幾天前的我為了這一件事奔馳而來，而且我現在正站在這裡。」

我的呼吸越來越急促，所以暫時停了一下。我一面調勻呼吸，一面看了一眼神龍王。可惡。這樣子根本和人類談話時的情形差太多了。我現在才知道在談話的時候，表情變化及談話氣氛的變化是如此地重要。我一點也不覺得我們現在是在談話。

此時，神龍王說道：

「對你而言，那個少女蕾妮很重要嗎？」

「是的……很重要。」

神龍王微微笑了一下。如果是在平常的談話裡，如果是和其他人談話，微笑是對談話很有正面幫助的舉動，可是在和神龍王談話的時候，微笑卻好像不具任何意義。他說道：

「那麼你來決定，如果蕾妮和你兩人之中，只能有一個人可以出去，那你會怎麼辦？」

「什麼？」

「我的意思是，如果蕾妮和你兩人之中，有一個人必須在龍之聖地裡結束生命，我要你來選擇啊。」

在這一瞬間，我的心頭突然湧上一股鬱悶之火，而且也已經不再顫抖了。

我冷靜地看著神龍王。神龍王看到我這番變化，露出一副覺得奇怪的眼神。而其他人也全都看著我僵硬的表情，這種感覺還真不錯。很好。我要說了，你們好好聽吧。

「神龍王。從剛才到現在，您好像都在問我們類似的問題哦，我這樣對您說，不知道您會怎麼想，不過我要跟您說：您真的太遲鈍了。」

「遲鈍？」

「您一直問這種問題：『你從什麼什麼之中選擇一個吧。』我說得沒錯吧？傑倫特也回答了，杉森也答過了，妮莉亞也回答您了。可是您怎麼連我也問同樣的問題呢？」

「你說得沒錯。那麼你的答案是什麼啊？」

「我當然會要蕾妮出去嘍。」

「理由呢？」

我真想對牠大吼一聲。好，冷靜一點。我要冷靜一點才對。連我自己也嚇了一大跳，我竟能聲音低沉地冷靜回答：

「如果我出去了，我會死，可是如果蕾妮出去了，我不會死。」

神龍王露出訝異的表情。而其他人也是一樣。只有卡爾他點了點頭，他這樣點頭給了我力量。我說道：

「如果蕾妮不出去，就會有無數許多人喪生。對，沒錯。」

「是嗎？那是無數的人喪生，又不是你死掉，不是嗎？」

我聽了不禁覺得很寒心。

「曾幾何時，我曾聽過一句話。現在我想起那句話了，我想這可以當作是回答您的不錯的答案，請您聽好。」

神龍王會知道這句話嗎？

「我並不是單數。」

神龍王的眉毛動了動，我則是膽顫心驚著。沒錯。牠知道這句話。神龍王冷淡地說：

「這句是那個奸惡傢伙說過的話。」

神龍王的說話聲音陰森森的。我勉強開口說道：

「是的。而且那是人類的情形。您從剛才就一直問我們的問題，可能是因為您還不瞭解我們，才會一直問那樣的問題吧。請容我向您解釋，『我』不是一個個體。所以您剛才的問法是愚昧的，請原諒我不得不如此形容。嗯，所以您問的是愚昧的問題。」

我的心跳聲怦怦響著呢！幸好神龍王的表情看起來不是在想像著蠟燭匠的味道如何。牠冷淡地說：

「我要你解釋我錯在哪裡。」

「您將無法分開的東西分開，然後要我們選擇。」

「無法分開的東西？」

傑倫特滿臉好奇地看著我，妮莉亞緊握著她的雙手在看著我。杉森被嚇得臉色發青，伊露莉則是面無表情。然而卡爾微微地笑著說：

「是的。您問問題的時候，將無法分開來的東西分開了。在您看來，或許是可以分開，可是在我們的立場上並非如此。神龍王您問杉森的也是這種問法。」

杉森在那裡並沒有發出心臟撲通的響聲，除此之外，他讓我們看到心悸症患者的所有症狀。我對他笑了一下之後，繼續說話。我的手心好像都在出汗了！我雖然很想悄悄地把汗擦在褲子上，但還是忍住，並且說道：

「是要殺了杉森的家人呢，還是殺了杉森呢？雖然跟您的問題有點不太一樣，但大致就是那種意思吧。可是那是無法分開來談的東西。」

「怎麼會呢？」

「因為杉森並不是只有他一個人。杉森是賀坦特的守備隊長杉森，我的好夥伴杉森，杉森的父親喬伊斯先生心愛的長男。卡爾所信賴的引路人，而且是某位小姐深愛的情人杉森。而這所有的一切都是杉森。您應該聽過類似這樣的談話吧？不管怎麼樣，雖然您說要饒了杉森一條命，然而取而代之的，是要殺了杉森的家人，可是如果他家人死了，就等於是殺了杉森啊。」

我是握緊拳頭在說話。我覺得一股熱氣衝上額頭，好像快昏倒了，所以才不得不暫停下來。

「是的。這所有的一切都是杉森。您如果破壞了賀坦特領地，賀坦特守備隊長杉森就死了。您如果殺死我，就等於殺了修奇的夥伴杉森。您如果殺死了喬伊斯先生，喬伊斯先生的兒子杉森就死了。您殺死了卡爾，卡爾的引路人杉森就死了，還有，還有要是您殺了那位小姐，那位小姐的情人杉森就死了。」

「杉森不是一個人嗎？」

我無可奈何，大聲喊了出來：

呢？」

「不是一個人！」

接著，我立刻就嚇得閉上了嘴巴。可是，我沒辦法一直閉上嘴巴不說話。

「永恆森林，您知道永恆森林的事吧？在那裡會讓自己殺死自己，那麼會變成什麼樣子呢？」

神龍王沉著地說：

「那個我知道，可是那個和現在談的內容有什麼相關的，你倒說說看吧！」

「進去之後再出來的人會消失不見！像我這個人不管再怎麼存在，其他人還是會忘了我，就跟沒有這個人沒有兩樣。您還是不懂嗎？所謂的我……所謂的我並不是只有這個身體裡的東西。對其他人而言，其他所有的事物都有我。我要說的就是這個意思！我的意思是，這所有的事物都聚集起來的時候，才有我這個人。我們是這樣生存的。這就是人類！」

我一說完這番話，便氣喘吁吁的。我好像太過激動了。我口乾舌燥地擦了擦流下來的汗水。現在要是有人給我一杯冰涼的冷水，我願意為他獻唱一百首歌。我不是開玩笑的。

神龍王陰沉地看著我，說道：

「原來真的是如此……我原本也猜想到是這個樣子。現在我才完全確定。」

神龍王不知在喃喃自語著什麼，可是卻存在著一股無法插嘴說話的威嚴。我們全都安靜地等牠說話。

「原來你們不是獨自一個個體在生活。」

神龍王對自己講的話點了點頭，然後說：

「這就是我和你們不同的地方啊。所以當時路坦尼歐才會那樣地衝向我。因為即使他本身死了，他的其他部分會留給其他的人類。而亨德列克當時才會那麼地愚蠢。因為他的其他部分也是會留給其他的人類，那些認識他的人類。」

神龍王的嘴唇稍微上揚了起來。

「用你們的話來說，就是不死的生命……哈，哈哈哈，哈哈哈哈……」

神龍王像是震撼了天地似的笑了起來。

「哈哈，哈哈哈哈！」

「哈哈哈哈哈哈！」

好宏亮的笑聲啊。這笑聲簡直響徹了雲霄。我突然變得非常幸福。我轉頭看杉森，他滿臉笑容。妮莉亞露出像是身處在夢幻之中的目光，傑倫特則是捧腹大笑著。全世界都在笑。

神龍王就這樣和全世界一起笑了。我們邊流眼淚邊在笑。實在是太愉快了。我可以說是有生以來第一次這樣笑。就連卡爾也笑得臉都亂成一團了，我們看到他那副臉孔，又再笑得更加大聲，簡直快窒息了。伊露莉露出美麗的微笑，咯咯地笑著。她這樣真是美麗極了。

神龍王終於停止大笑，然後面帶微笑地說：

「三百年了，我終於得到答案了！我現在才知道我戰敗的原因。」

卡爾擦了擦眼淚，努力試著調勻呼吸。他過了一會兒，才得以鄭重地說出話來。

「神龍王……您是獨自一體，完整無缺的生命體。」

我們也慢慢地停止大笑，看著神龍王。我捧腹笑完之後，現在連站都站不穩了。神龍王點了點頭，說道：

「是啊。我是以一個個體存在的生命體，所以無法瞭解被投射到其他生命的『我』這種概念。我的死，當然就是我這整個個體的破滅。」

卡爾用鄭重的態度說：

「您……是已經存在非常久遠的生命體。您有無限的時間供您一個個體來使用。其他的人任誰也無法與您共用。可是我們卻不是如此。所以我們互相分享，將自己交給彼此。」

神龍王點了點頭，說道：

「這是上天賜給你們的禮物啊。而上天給我的是另一種禮物。可是現在我們不要互相比較彼此的禮物了。你們早已瞭解到這一點，而我現在也理解領悟了。然而，去評論比較兩者的輕重，是我們之中的任何一方都無法做的事。」

卡爾聽到神龍王的溫和聲音之後，以謙遜的態度點頭說道：

「您說得對。我為稍早前的無禮道歉。」

「不，你們沒有對我做錯什麼。我剛才也說過了，你們是早已經瞭解我，而我卻還不瞭解你們，所以才會說出那種氣氛不是很好的話，做出那種很難令人接受的測試。是啊。那是開玩笑的行為。請原諒我吧。」

神龍王撫摸了一下鬍子。

「我看到你們的反應，給了我非常大的疑惑，我當時自然是無法理解。可是我卻從修奇你的回答裡面找到我的答案了。我以神龍王之名感謝你。」

「啊，是。哈哈。當然，啊，不對，那個，嗯，您這樣說我實在是承當不起。」

知道我平常是怎麼樣的人，一定無法想像這是我講出來的話。呃。我好不容易，不得不這樣回答，不過神龍王只是笑著。

牠看了我們每個人之後，靜靜地說：

「我會送你們出去的。跟你們相處的時間實在是非常快樂啊。我很想表達對你們的謝意，可是正如同我剛才所說的，這不是你們可以待的地方。」

卡爾鄭重地低頭說道：

「我們瞭解這一點。嗯，可是那個少女和其他一行人在哪裡呢？」

「那個少女和其他人全都被送出大迷宮之外了。我問傑倫特時，他說他們不是你們的同伴啊。我不希望這個地方發生打鬥，所以當時就把他們送走，決定只和你們見面。」

卡爾遺憾地咋舌，說道：

「沒辦法了。因為主人在自己的家裡，是可以隨心所欲地做想做的事。可是涅克斯那個人是對此地有很明顯的目的，才進來這裡的。我認為他可能會再進來。」

「你們知道他的目的嗎？」

「不，不知道。」

神龍王冷靜地說：

「我卻知道他的目的啊。他是修利哲家族的人吧？」

「咦？啊，是。沒錯。您怎麼知道呢？」

「我當然認識卡穆・修利哲這個人嘍。我感受得到和他一樣的氣息。」

卡爾睜大眼睛說道：

「您怎麼認識卡穆・修利哲呢？」

「卡穆・修利哲曾經是克拉德美索的龍魂使啊。我是神龍王，不是嗎？」

「啊……是。那麼那個，可否告訴我們他為何要進來此地呢？」

神龍王並沒有回答卡爾的問話，牠只是像在自言自語似的說：

「認為巨大的火焰是起源於巨大火種的人，應該算是很愚蠢的人吧。在叢莽深處隱藏著的微弱火種，光是用嘴巴吹氣就能熄滅的火種，也是有可能燃燒掉全世界的。」

神龍王只是這樣說完之後，就轉頭對我們說：

「我不會讓他再來這裡。你們不用擔心。」

卡爾淡然地笑著說：

「那麼請您讓我們現在出去吧，我們必須趕快追上他才行。在這裡耽誤了您這麼多時間，不過我想您對於這些時間，可能不需要我們道歉。」

神龍王表情有些鬱悶地說：

「時間……我也不瞭解你們對時間的看法。看來我是無法瞭解你們人類的心理啊。」

卡爾微笑著說：

「正如剛才跟您談到的話，這是上天給我們的禮物。」

「是啊。那種看起來簡直很愚蠢的步伐，真是太可怕了！託你們的福，又會讓我再度夢到有亨德列克的惡夢。好了，我現在讓你們出去。對於耽誤時間這一點，以及給了我解答的這件事，我想送你們禮物作為補償。在我的寶庫裡面，你們可以拿走你們喜歡的東西。」

卡爾都還來不及回答，妮莉亞就先跳了起來，說道：

「什麼？」

她像尖叫般地大喊出聲音之後，立刻退縮地說：

「那個，那個，對不起。真是抱歉。嗯，可是，真的嗎？真的可以隨心所欲地拿走嗎？」

「只要你們喜歡的，能帶走多少，就帶走多少。」

「謝謝！真的，真的太謝謝您了！」

妮莉亞看起來像是快手舞足蹈地跳起舞來了。卡爾鄭重地說：

「謝謝您。這所有事情結束之後，我們會再來這裡。」

現在，我的眼裡確實有道光芒消退了。神龍王的白衣現在帶著青灰色，而且周圍的水色也變得暗了一些。神龍王離我們有點距離，很難看得到牠的臉色。

「我好像都不曾拿過人類給我的禮物呢。」

這一刻，卡爾用僵硬的表情看了看神龍王。可是神龍王在微笑。現在牠的表情並不是毫無生氣的石頭。牠在笑，笑得很開朗。

卡爾恭敬地低頭致意，說道：

「請您原諒我們的無禮，神龍王。」

神龍王笑著說：

「算了，算了。你們和我都有不對的地方。」

卡爾隨即露出了尷尬的表情。我不知道這樣說適不適合，可是我總覺得他們看起來像是兩個八十歲的老人在開什麼玩笑似的。他們兩個老人家一副開懷大笑著的模樣，沒有任何貪念與欲望，將所有事物拋諸腦後，開玩笑似的在談話。

卡爾說了一句不知是什麼意思的話：

「希望您今晚過得愉快。」

「謝謝啊。」

這時候，伊露莉向前走近一步。她安靜地看了看神龍王，隨即，神龍王轉頭對伊露莉說：

「森林的女兒，妳有話要說嗎？」

伊露莉恭敬地對牠低頭行了一個注目禮。她冷靜地說：

「對於兩位的談話內容，雖然我有想問的地方，不過我問卡爾先生應該就可以了。但我有一個問題想請求您回答我。」

「什麼問題？」

「請問亨德列克在哪裡？」

神龍王無言地看了看伊露莉，伊露莉的黑色眼睛仍然還是一動也不動地看著神龍王。神龍王很有威嚴地說：

「對於一個失去了所有東西的可憐人，妳對牠還有什麼要求嗎？」

「我希望學習到級數十的魔法。」

神龍王的眼睛動了一下，牠說道：

「你們真是……妳已經下定決心了嗎？」

「是的。」

「我知道了。優比涅的幼小孩子啊，妳猜猜看賀加涅斯把鑰匙藏放在哪裡？」

伊露莉的表情變得很高興。我認識她之後，還不曾看過她露出像現在這樣高興的表情。

「真的是那樣子嗎？」

「是啊。」

「謝謝您，光榮的神龍王啊。」

神龍王微笑了一下。牠舉起手指向對面。

我們全都轉頭去看，那些柱子之間出現了一些光板。它們浮在地板上方，每一個固定距離就有一塊光板，彷彿就像是一道階梯。

神龍王看起來像是不想再說什麼的樣子。我不知道為何會這樣，可能是牠認為不必說什麼道別的話吧。我覺得應該是這樣子。

我們全都只行了一個注目禮之後，便各自拿起背包，慢慢地走向光梯。我又再一次回頭看牠。牠並沒有看我們離開，而是靜靜凝視著其他的地方。我轉頭，踩上了階梯。

接著我就進入水裡面了，可是卻一點也沒有被弄濕。

我們踩著光梯走上去。這條光梯是往上延伸的螺旋梯。雖然可以呼吸，但可能因為是在水裡的關係，大家都靜靜地不說話。就在我們無言地走上去的時候，走在最後面的傑倫特說道：

「消失了耶？」

我回頭一看，我們走過的階梯一個個都變得模糊不清了。我們在黑暗的水裡面，高興地站在發光階梯的尾端。此時我不禁深深地倒吸了一口氣。

在這下面的湖底，正睡著一頭巨大的黃金龍。

黃金龍非常地巨大，簡直可以說是到了不可思議的程度，無法一眼看完牠的身軀，所以一定得轉頭轉了一會兒才能從頭看到尾。那種感覺像是我們變成螞蟻在看人的感覺。在黑暗的水裡，雖然黃金色並不是那麼亮麗，可是卻因此而更能感受到那股巨大。我覺得自己看得都快頭暈目眩了。

黃金龍把巨大身軀蜷曲著擠在湖底。牠看起來像是正在睡覺。牠一定不希望再有人引起騷動，做出無禮之事，妨礙牠的睡眠。所以我們不敢再回頭看牠一次，而是很快速卻安靜地踩著階梯上去了。我們簡直就像是無禮地闖入帝王寢室的小侍從。哇啊，全身都在發抖！

隨著我們走上階梯，周圍就越來越黑暗，簡直快到了伸手不見五指的程度。我想我們已經走很遠了，所以我又再次回頭看了一眼。

神龍王的身影在黑暗中只見得到一個很模糊的輪廓。無限巨大的，但卻是屬於過去的某樣東西就在那裡。不存在於我們的時間裡的巨大生命體正越來越模糊，終至於消失。

我突然變得極度悲傷。

我們一出水面，伊露莉便隨即先召喚出光精。我們站著的地方原來是在中央湖泊旁邊的一條路。最後上來的傑倫特一到達上面之後，光梯就全部消失了。接著，湖水又再變得像是一面黑色的明鏡。然而，我是不會忘記的。我不會忘記在這下面沉睡著的神龍王。

妮莉亞接著就立刻蹦蹦跳跳地跑了起來，而且還高興大叫，聲音大得不禁讓我以為洞穴就要塌了。她以可怕的快速度往另一邊方向奔去。當然是那間復仇的房間，也就是華倫查的房間。卡爾無精打采地看了我們一眼之後，立刻一面乾咳著，一面說：

「咳，咳嗯。欽柏先生，你要不要一起去？」

「好啊，卡爾。」

傑倫特毫不猶豫地鄭重說完之後，兩人便立刻一前一後地走著，匆匆地消失在純潔的房間，也就是卡蘭貝勒的房間裡。我聳了聳肩之後，對杉森說：

「嗯。等一下再去選禮物，我們要不要先去左邊的房間看看啊？」

「啊。好啊。」

然後杉森看了看伊露莉。伊露莉便笑著和我們一起走去。

左邊的房間各寫有破壞、暴風、火。所以，對門分別說出雷提、艾德布洛伊、卡里斯·紐曼的名字，就可以進去了。劍與破壞之神雷提的房間是間武器庫。有著各式各樣的武器、甲衣和盾牌等東西。這是我有生以來第一次看到這麼多奇怪的武器，裡面一定有許多不是人類使用的。我們想碰運氣，看看能不能找得到魔法劍，可是過了一會兒就放棄了。因為不論我們怎麼握、怎麼找，就是找不到一握上去就開始講話的武器。而且不僅如此，武器實在是太多了，光是握劍，大概也得花上幾天的時間。而且又加上伊露莉跟我們說，並非所有的魔法劍都和端雅劍一樣是會講話的劍。所以杉森放棄之後便說：

「唉呀，我是賀坦特的守備隊長，其實有領主大人給我的長劍就夠了。」

杉森如此說完之後，我也沒什麼話好說了。到現在為止，我一直死命地揮劍練劍，才好不容易熟悉了我這把巨劍，所以如果現在想要換別的武器，往後的日子又得辛苦地重新熟悉了。而且我這個人與其說是靠武器的性能，倒不如說是更倚賴OPG，好的武器對我有什麼用處呢？所以在伊露莉拿了一些弓箭之後，我們就離開了那間房間。

我們一進入暴風與大波斯菊之神艾德布洛伊房間的瞬間，我不禁想起在雷諾斯市裡，亞夫奈德的那間地下研究室。伊露莉使我的想法更加地確定。她說道：

「這裡是魔法研究室。」

我和杉森好像來到了完全不適合我們來的房間，所以我們呆站了一會兒之後，便開始玩起那些奇怪的用具。伊露莉翻看了一些看起來像是魔法書的書籍和卷軸，不過，沒過多久她就把那些東西給放了下來。

「這些內容都是屬於三百年前的魔法體系。時代太久遠了，已經不太能派得上用場。」

伊露莉只帶了幾個藥瓶和卷軸就走了出來。我和杉森聳了聳肩，走向最後一個房間。

最後一個房間，矮人與火之神卡里斯・紐曼的房間，怎麼看都像是間工具室。房間裡面放著各式各樣的工具和器具。雖然最多的是挖洞用的工具，可是除此之外還有各種工程用的工具。錘子、十字鎬、鋸子、鑽孔機、鉗子、槓桿、剪刀、虎頭鉗等等工具都有。還有非常多的繩索、鐵絲、釘子、螺絲和滑輪、起重機以及各種不知用途的奇怪器具。在這個壯觀的工具天國裡，我拿了一盞提燈。雖然已經有火把了，但是我挑的提燈看起來比人類做的提燈要好上好幾倍。這應該是矮人做的吧？我在房間的一角找到油桶，把油裝入提燈之後點火一看，果然照耀出燦爛非凡的燈光，將四周圍照得通明。

「伊露莉，現在可以送走光精了。」

我們靠著這燈光，再次回到我們一行人所在的地方。

卡爾和傑倫特看起來一副十分可憐的模樣。

「這事該怎麼說……真的到了非常令人怨恨的地步……」

卡爾嘆息著說道。傑倫特也是一直在長嘆個不停。書本是很佔空間的東西，而且一個人能拿的書本數量並不多。因此，要從這巨大的圖書館挑選出能拿得出去的書，對他們而言宛如是一種非常殘酷的刑罰。

妮莉亞的情況也好不到哪裡去。寶石這種東西和書比起來比較不佔空間，但是卻比較重。妮莉亞一看到我進到那裡，就緊抓著我，命令我把所有箱子都打開來，所以我就當場做起了搬運的苦工。最後是卡爾進來，說我們必須趕緊去追涅克斯，此時妮莉亞才迫不得已，把鑽石放到口袋裡。過沒多久，妮莉亞的口袋破了，因而引發了一陣騷動。

為了搬寶石，我和杉森從卡里斯・紐曼的房間裡找來一些皮袋。卡爾把一個皮袋裝滿之後，說道：

「這樣子應該就有十萬賽爾了。」

接著卡爾又裝滿了一袋，說道：

「這樣子應該就足以用到我死了。」

其他人也各自裝了寶石。伊露莉好像對寶石不太有興趣，她只拿了一些可以當作旅費的金幣。傑倫特歡歡喜喜地裝滿了皮袋，之後說：

「這樣子應該連高階祭司也會昏過去了。哈哈哈！大迷宮的入侵者傑倫特。這可以拿來當作這傳說的證據了吧？」

我和杉森很貪心地裝了很多的寶石，所以我們兩個全都到了腰挺不直的地步。杉森淨都挑一些大的，所以很佔空間，無法帶走很多數量，不過他還是拿走了很多的寶石。而妮莉亞的情況則是剛好相反過來，她一直挑個不停，直到卡爾乾咳了好多聲，她才挑走了那些沒那麼大、但是看起來很昂貴的寶石。話雖如此，她還是裝了滿滿的十五個皮袋，結果現在她提不動背包了，一副哭喪的臉孔。卡爾有些不高興地說：

「妳把一些寶石拿出來吧。」

妮莉亞好像立刻就要哭出來似的。我嘆了一口氣之後，提議把我的背包和她的背包對調。妮莉亞這才開心起來，還在我的臉頰親了一下。

我們，特別是妮莉亞，極盡所能地帶走寶石，可是房間裡留下來的寶石看起來卻一點也沒有被拿走的跡象。寶石多得簡直到了非常可怕的地步。妮莉亞越來越不想離開，直到卡爾開始囉唆個不停之後，她才邁開步伐走出去。

不管怎麼樣，我們吃力地走回到水路了。藉著燈光走出去外面的路，竟是一條走起來讓人累得半死的路。

啊，當然大家也都帶了一輩子也用不完的寶物，而且我、杉森和卡爾三人還完成了我們旅行的最初目的。我們已經裝滿了要給阿姆塔特的寶石。雖然是在從未想到過的地方，用未曾想到過的方法得到的，但不管怎麼樣，現在我爸、領主大人，還有其他士兵們的所有性命，都可以被拯救了。

可是還沒有找回蕾妮，所以我們的旅行還沒有結束。如果從阿姆塔特那裡解救出來之後，又被克拉德美索殺死的話，終究什麼用都沒有。而且……坦白說，我的腰太疼了，好累啊。幾乎沒有帶什麼東西的伊露莉輕快地走著，可是卡爾和傑倫特卻因為書本的重量，其他人則因為寶石的重量，弄得所有人都腰痛得吃力叫苦，特別是背負著妮莉亞的超級重背包的我，即使是戴著OPG，還是累得快撐不下去了。

瀑布的聲音變得越來越近，我們終於好不容易走到水路的入口。我看到前方開始出現一顆火紅的圓球。越是走近就越火紅的那顆圓球，原來是黃昏的太陽。我們出來了。

風強勁地吹著，而且水勢很湍急，我們那時候溜繩子下來的那條繩子，被風吹得在半空中搖晃著。伊露莉召喚出風精，把繩子拉到我們這邊。伊露莉先上去之後，卡爾、傑倫特、妮莉亞也上去了。又是我們兩個留到最後。呃呃……可是我好像比下來的時候還要來得更加不安。

「這個，真是的。背包太重了，說不定繩子會因此斷掉耶。」

我這番自言自語讓杉森嚇得臉色發青。

就算繩子不會斷，上去也一定會比下來時還要辛苦。而且我還踩踏著被陽光照得火紅的峭壁，眼前的感覺好像變得有些奇怪。吹襲到峭壁的大風好像快把我的身體直接吹走似的。因為背包的關係，我的整個肩膀一直往後傾，害得往上抓繩子的手臂越來越沒力，不過，繩子是有盡頭的。我終於要爬上峭壁了。

在峭壁上面，大家已經都聚坐著，對我伸出手臂要拉我上去。我兩手握著卡爾和傑倫特的手，很容易就上去了。我喘息了一下之後，對下面大聲喊道：

「杉森！把繩子綁在身上！」

接著，我放下背包，開始把繩子往上拉起。

「修奇！卡爾！爸呀！媽呀！爺爺！領主大人！我的愛人呀！」

雖然下面開始傳來很淒慘的尖叫聲，但我不管，還是繼續拉著繩子。可是他的尖叫聲非常可笑。為什麼要這樣喊其他人的名字呢？這時我身旁傳來：

「不要忘了我！」

我差點就鬆手讓杉森掉了下去。

不久之後，杉森的身影在峭壁上面出現了。他的臉孔即使是在夕陽的天空底下，還是很容易就看得一清二楚，可見有多蒼白呀！杉森什麼話也沒說，直接就坐在峭壁上了。

我們坐在哈修泰爾宅邸的廢墟裡，看著熊熊燃燒的太陽下山，以及看著相反方向開始有黑暗降臨在永恆森林上方的光景。因為是坐在高處，所以天空遼闊無邊。整個遼闊的天空紅到根本找不到更紅的顏色了，這真是十分壯觀！

最後，夜晚終於降臨在永恆森林了。

「今天是幾月幾日呢？」

卡爾問道。我們雖然仔細想，但是在大迷宮裡睡著過兩次，已經不知道今天到底正確的日期是幾月幾日了。

「我們是昨天早上進去大迷宮的……今天是十一月十九日。」

「是嗎？嗯。我覺得我們好像在那下面過了好幾年的感覺。」

接著，我們又再沉默不語地俯瞰森林。我的腳底下有瀑布的水聲震動著地面，風從四方猛烈吹襲而來。

在那越來越暗的夜空裡出現星星了。

那些星星多得數不清。在這高聳的峭壁上面，我感覺全世界只剩下我們一行人，望著無數的星星。

我開口說道：

「神龍王……雖然我們直接親眼看到了，但我還是理不清對牠的感想。」

卡爾嘻嘻笑著說：

「神龍王當然是太陽嘍。」

我們一面感受涼風吹拂全身，一面仰望天空。卡爾靜靜地接著說：

「太陽是無法正眼直視的，而且它的光芒威嚴地照耀這全世界。它擁有管治萬物的智慧與權能。可是它卻是無法仰望的，而是強逼著所有人感受到它的光芒。它因為自身的光芒，反而無法看得到其他的黑暗。因為它實在太偉大了。」

我不知不覺說道：

「那麼路坦尼歐大王呢？」

卡爾仍然還是仰望著天空，說道：

「他當然是月亮嘍。」

「月亮？」

「我們走在黑暗之中的時候，月亮照耀我們。它的光芒可以直視，不用抬頭仰望也可以感受得到。它或許沒有偉大到能管治萬物，可是對於走在黑暗裡的人而言，它卻給予他們幫助與希望。」

「……那我們呢？」

妮莉亞用稍微細弱的聲音問道。卡爾微笑著說：

「我們嗎？」

「是的。我們，嗯，是啊，我們是什麼呢？」

「我們是星星啊。」

「星星？」

「星星多得數不清，所以渺小微不足道，但還是可以看得到。如果不去仰望，我們就有可能會忘記彼此。就像在永恆森林裡一樣，我們如果不照顧彼此，如果不照顧自己，隨時都可能成為失去光芒而不再存在的星星們。」

森林變成了一片黑暗，在它上方的夜空中，能看到的只有星群而已。卡爾接著說：

「可是我們知道要互相仰望啊。夜空昏暗，周圍雖然只是一片冰冷的漆黑，但是星星一定會給予仰望者光芒。我們也可以說是像那些仰望者眼睛裡存在的星光。可是我們的光芒並不弱啊。互相仰望的時候，我們會散發出我們所有的光芒。」

「像我這種壞小偷呢？」

妮莉亞的聲音並不悲傷。而卡爾的回答也是很平心靜氣：

「現在妳應該知道了吧？妮莉亞小姐。在妳周圍有我們，我們在看著妳。而妳正在對我們散發出妳的光芒。我們是不會忘記彼此的。因為至少我們會互相仰望。」

在黑暗之中，妮莉亞的眼睛像星星般美麗地閃爍著。我甚至還認為閃爍的可能是她的眼淚，不過我姑且不去想了。所以我抬頭仰望夜空。

我一仰望，那些星星便給予我光芒。

第10篇

約定好的休息

……然後他說道：「你的名字可以把你表現出來嗎？你的名字真的就是你的東西嗎？並非如此。你的名字只是在他人裡的你而已。」隨即，那位無比勇猛，同時也擁有無與倫比智慧的戰士—賢者杉森・費西佛，他用嚴肅的表情答道：「可是必須為那名字負責的人是我。而且我要走的這條路，是為了杉森・費西佛的名字而走的路。」

—摘自《在風雅高尚的肯頓市長馬雷斯・朱伯烈的資助下所出版，身為可信賴的拜索斯公民且任職肯頓史官之賢明的阿普西林克・多洛梅涅，告拜索斯國民既神祕又具價值的話語》一書，多洛梅涅著，七七〇年。第十二冊十一頁。

01

「他一定隱隱感到一股冰冷的感覺吧。不過，涅克斯那傢伙，他到底是在想什麼呢？」

「他應該是在想『這岩石可真是冷啊』！」

杉森點了點頭，說道：

「看起來好像是哦。我也這麼想。」

我也點了點頭，結果使得後頸被那些覆蓋在背上的樹枝給扎到了，我嘟囔了一陣子。

我們兩人現在在高地上，正在模仿巴特平格那時候的模樣。杉森和我把一大堆樹枝滿滿地覆蓋在背上，趴在地上，低頭看著在溪谷那邊的涅克斯一行人。杉森所需要用到的樹枝，當然是比我還要來得多很多嘍。

哈斯勒不知是在看什麼文件之類的東西。他低頭看文件，偶爾又會抬頭看一看涅克斯。可是涅克斯現在什麼事也沒做，只是坐在一顆大岩石上沉思著。杉森冷冷地說：

「他的屁股一定會很冰。」

「我真心祝福他：他的食物最終排出口得到凍傷。」

「我也是。」

我們一面這樣罵一些壞話，一面觀察其他兩個人的模樣。

在稍遠的地方，可以看到蕾妮在那裡。不知蕾妮是穿著他們三人之中誰的衣服，不管是誰的，反正，她正穿著一件過大的褲子。她可能是被拖著走的關係，衣服看起來很髒，到處都被鉤破了。她以前從未旅行過，被幾個可怕的男子挾持著翻山越嶺，當然不可能花心思在衣著打扮之類的事情。她併起兩腳的膝蓋，把臉埋放在膝蓋上，很悲傷地坐著。

賈克看起來正在準備早餐。他用眼角瞄了一眼蕾妮，然後觀察一下涅克斯的眼神之後，便拿著毛毯給蕾妮蓋上。我們聽不清楚他對蕾妮說了什麼。不過蕾妮好像抬頭跟他說了感謝的話。

「賈克這傢伙。我喜歡這個傢伙。」

杉森說道。嗯。我也一樣啊。我在想蕾妮現在穿著的那件褲子說不定就是賈克的。賈克聳了聳肩，又再回去做他自己的事。

「看來他們現在是不會馬上離開這裡。」

「好。我們走吧。」

我和杉森簇擁著，用趴著的姿勢往後退。我們一直退到涅克斯一行人看不到的地方，才站起來，拍了拍沾到身上的泥土，杉森說：

「可是他們幾個傢伙哪兒都不去，到底是在幹嘛呢？」

「這個嘛，他們該不會是想再進去大迷宮吧？」

杉森轉頭看了看大迷宮的那個瀑布。

那瀑布已經距離這裡很遠了，所以看起來很小，但是即使是在這個距離，還是看得出那座峭壁和瀑布的壯觀模樣。而且雖然嘩啦啦的水聲已經變得很小，仍然還是可以聽得到聲音。

那時候，我們一走出大迷宮，隨即便追蹤到了涅克斯的腳印。我們專心追蹤之後，沿著瀑布流下來的那條溪谷走去，在稍微下面的地方發現到涅克斯一行人正露宿在那裡。事實上，我們是因為看到他們點起的火光而尋過去的，所以很容易就找到了。我們在峭壁上面稍微看一下就看到火光了。

接著我們也在那附近隱密的地方露宿。我們有考慮過杉森式的魯莽想法，也就是立刻突襲，可是由於卡爾式的警戒心，說他們那邊有三個戴著ＯＰＧ的男人，而且都是在非常警戒的狀態下，人質蕾妮也是很令人擔心的問題。所以考慮過後，大家一致通過先跟隨著對方之後再伺機而動的計畫。

於是過了一個晚上之後，我和杉森來到這裡監看他們的一舉一動。可是現在涅克斯只是呆呆地坐在岩石上面，根本沒有要動身離開的跡象。賈克準備早餐的樣子也看起來不是很急的模樣。

杉森看了看瀑布之後，搖頭說道：

「這是不可能的呀！因為迷宮的入口已經塌陷了，雖然不知道他們會不會想要像我們一樣，從水路那邊進去。」

「他們要是真想到這個方法就太好了。那幾個傢伙在溜繩子的時候，我們就可以輕而易舉地救出蕾妮了。」

杉森聽到我這麼說，點了點頭。可是我又說道：

「可是呢，神龍王不是說過嗎？他說涅克斯不會再回到那裡的。」

「到底牠是根據什麼，才那麼說的呢？」

「這個我怎麼會知道？嗯，牠既然都這麼說了，只好相信嘍。而且是神龍王說的話，不是嗎？」

「唉呀，我也不知道。走吧。」

在稍遠的樹林裡，大夥兒正在等著我們。那裡相當偏僻，所以是個不太容易被發現的地點。我們一回去，妮莉亞便端出燉鍋，並且說道：

「這是從大迷宮裡拿出來的料理材料，雖然可能是放了三百年的材料，可是還沒有變質壞掉哦。」

等等！奇怪了？妮莉亞捲了袖子，而且甚至還綁了頭巾，看來這一餐應該是她煮的。

「咦？這一餐是妳煮的嗎？」

妮莉亞嘻嘻笑著說：

「嘿嘿。事實上，這是傑倫特煮的。我只是在旁邊礙事罷了。」

我一轉頭，發現杉森早已經拿出湯匙在猛吃著那鍋燉肉。我趕緊跑向鍋子。其他人則都已經吃完了，在一旁等著我們。

吃著燉肉吃得嘖嘖作響的杉森對卡爾報告著。我的大好機會來了！

「嘖，所以說呢，涅克斯他們現在根本沒有，嘖嘖，一點動靜。看起來只是在準備早餐，嗝，的模樣。」

卡爾噗哧笑著說：

「啊，是嗎？那麼既然不急，你就先吃完早餐再報告吧，費西佛老弟。」

啊啊！不行！果然不出我所料，卡爾一說完，杉森馬上二話不說地全心全意開始吃了起來。於是乎，我根本沒有吃進嘴裡多少東西啊。

不久之後，杉森刮了鍋子裡最後剩下的殘屑之後，用沉痛的表情把湯匙放到嘴裡咬。然後我一面對他露出討厭的表情，一面收拾碗盤餐具。水壺裡的水已經所剩無幾，而溪谷那邊有涅克斯他們在那裡，所以現在無法洗碗盤了。可惡。我從杉森的手和嘴巴裡，把鍋子和湯匙給搶了下來之後，將所有碗盤餐具都塞到行李裡面。看來得等到以後再洗了！

一直靠坐在巨大的樹幹上的傑倫特，首先問道：

「啊，你是說他們沒有要動身離開嗎？」

「是的，沒錯。雖然他們有可能會在吃完早餐後離開那裡，可是我看他們的一舉一動，並不像是那個樣子。行李都解開著，擺放在地上，嗯，如果他們準備要離開了，那應該要能在短時間內出發才對，可是我們感覺不到有那種氣氛。」

卡爾皺起眉頭說道：

「真奇怪。今天已經是十一月二十日了，我想想看……在大暴風神殿裡，愛因德夫先生曾說過克拉德美索大約再過一個月就會完全甦醒，那時候是十月底吧。」

杉森點頭說道：

「那時候是十月二十七日。」

「是嗎？那麼現在已經過了三個星期了嗎？」

那是只有三個星期以前的事嗎？哇。我怎麼覺得好像已經過了好幾年了。我開始回想起那時候的事。可是卡爾好像沒有花什麼時間去回想，他說道：

「如果克拉德美索真的是一個月後甦醒，那麼牠應該會在十一月二十七日甦醒。當然，可能會有誤差，可是現在剩下的時間已經不多了。頂多還剩下一星期的時間吧。可是涅克斯為什麼不急著趕到褐色山脈呢？費西佛老弟，從這裡到褐色山脈需要花多久的時間？」

杉森仔細地想了之後，搖著頭說：

「這個嘛？雖然不知道這裡的確切位置，可是一星期的時間應該可以勉強趕到吧。穿越東部林地到拜索斯恩佩大約五天時間，然後進到褐色山脈大約需要兩天，所以剛好是一個星期。而且這是在全力奔馳的情況下才抵達得了。」

「呵呵，真是的。那麼你的意思是，現在就應該要立刻出發嗎？」

「是的。不只是涅克斯，我們也應該要現在出發前往褐色山脈才行。我們已經到了應該跑去警告涅克斯時間沒剩幾天的地步了。」

「可是你說涅克斯看起來一點也不急？他到底是在想什麼呢？」

「除此之外，還有一件事很奇怪。」

「嗯？尼德法老弟，有什麼事很奇怪呢？」

「那個吸血鬼到底跑到哪裡去了？」

「你是說希歐娜嗎？」

「是的。在戴哈帕的時候，那個女的明明和涅克斯在一起，可是為什麼在那吳勒臣卻沒有看到她？而且，一直到大迷宮這段期間也是一次也沒有見到她呢？」

卡爾苦惱了一下，隨即簡單地答道：

「因為她是個間諜……嗯，她應該是按照上面的指示在行動的吧。這很難講，說不定她和涅克斯分手之後，還到拜索斯的各個城市去製造神臨地。」

雖然卡爾像是沒什麼大不了地說出這番話，但我們卻聽得都起了雞皮疙瘩。我說道：

「呵，呵，嗯，那我們現在該怎麼辦才好呢？」

「你是說對我們這個假定的情形提出應變方法嗎？我想不到。現在只能期待泰利吉大人能夠充分給予陛下警告，而尼西恩陛下能做出萬全的方策。我們每個人都只有一雙手，要用這雙手把涅克斯綁走的蕾妮救出來，都已經很吃力了。我們現在根本不可能分神去應付希歐娜或者傑彭的間諜活動。現在只能專心處理我們眼前的事情。」

「說得也是。」

卡爾點了點頭，環顧大家說：

「複雜的事情留著慢慢想，我們眼前的當務之急，就是把蕾妮從涅克斯的掌握中救出，然後在一週之內趕到褐色山脈去。如果涅克斯他們是往褐色山脈的方向走，那我們只要跟在他們後面，路上再找機會就行了。但如果他看來根本不想移動，那我們就非得馬上把蕾妮救出來才行。已經沒有時間了。」

卡爾說完突然轉向，看著傑倫特。

「那個……我們是受到大暴風神殿的委託，才來辦這件事情的。欽柏先生並沒有受到這樣的委託。」

傑倫特有些沉鬱地靜靜看著卡爾，然後突然微笑了。

「是的。所以呢？」

卡爾有些歉然地說：

「欽柏先生……已經在大迷宮獲得了鉅額的財寶。你難道不想回神殿去嗎？」

傑倫特繼續微笑著說：

「我不會在艱困的時候拋棄同伴的。如果不是跟各位在一起，我想自己也不可能得到這些寶物吧。啊，其實我也想參與從克拉德美索手中拯救整個大陸的冒險行動。」

呵呵。雖然傑倫特在大迷宮中經歷了千鈞一髮的死亡危機，但有些地方還是一點都沒變。卡爾笑著對他點頭致意。

「那其他各位呢？」

卡爾嘴裡說著其他各位，眼睛卻是看著妮莉亞。妮莉亞當初可是為了神殿給的報償才答應要參加這件任務的。但是她現在已經得到遠遠更多的報償了，其實已經沒必要繼續陷入這件危險的事情當中。話雖如此，我在等待她回答的過程中，卻沒有一絲不安。妮莉亞也是笑著回答：

「哎喲！卡爾叔叔。你為什麼要盯著我看呢？你該不會認為，我會丟下一句：『這段時間，我過得很快樂。大家再會了！』然後就跑了吧？原來卡爾叔叔也有跟神龍王同樣懷疑人的一面啊。」

卡爾聽了似乎有點不好意思。妮莉亞笑著回答說：

「我會繼續跟大家一起走。」

我們都笑著互相對望。伊露莉也面帶微笑地說：

「我也會和各位一起同行。」

卡爾對著伊露莉點了點頭。我對卡爾做出了一個笑臉。

卡爾好像很想聽到這些回答。看他那樣子，似乎心中有十頭亂跑亂跳的浣熊安靜了下來一樣。

他內心大概也不認為我們一行人會在此各自解散吧。我猜他擔心的事情是，嗯，應該是在大迷宮獲得的財寶是否削弱了大家繼續這趟艱辛旅途的意志。所以他才會在此刻拋出這種問題，讓每個人說出堅定自己決心的答案。嘻嘻嘻。

卡爾繼續說道：

「好，我們試著擬一下計畫吧。他們那邊現在有三個男的戴著ＯＰＧ，而且又有人質，如果要正面對決，恐怕很難成功。不過，在這種地形上，其實是適合偷襲的，我們要不要用在大迷宮的那種方法呢？」

伊露莉看了看卡爾，說道：

「你是指狙擊賈克和哈斯勒的那個方法嗎？可是用那種方法，不是會剩下涅克斯嗎？而且那時候因為四周黑暗的關係，才得以接近他們。這一次好像很困難。」

「妳說得沒錯。嗯……」

這時候，傑倫特說道：

「啊，嗯，卡爾。可以用那個方法，啊，請您聽一下，再判斷這個方法，我覺得應該會是一個很不錯的計畫。」

傑倫特繼續說道：

「路坦尼歐大王不是有一個這樣的故事嗎？」

「什麼樣的故事呢？」

「就是路坦尼歐大王向克頓山的巨人挑戰的那個故事。我們將那個故事稍微改編一下拿來用，各位覺得如何？」

卡爾豎起了眉毛，他表情訝異地對傑倫特說：

「呃，那種小說……對祭司或修煉士而言，可以說是禁書，神殿讓你們看這種書嗎？」

那種小說？啊，卡爾指的是那種詳細描寫揮刀弄劍與殺戮情節的書啊。說得也是，路坦尼歐大王和克頓山的巨人打鬥的故事……確實是不怎麼適合祭司或修煉士來讀。可是傑倫特淡淡地說：

「那當然是禁書。所以更有另外一番閱讀的樂趣啊。」

卡爾聽到傑倫特如此坦白的答話，笑了出來。

「哈哈，原來如此。可是……你要怎麼改編那個故事呢？」

傑倫特用認真的態度，開始說明給我們聽。他說道：

「我的意思是，我們像烏塔克和查奈爾欺騙克頓山的巨人那樣，偽裝成投降的樣子。我們之中的一個人跑去欺騙他們，假裝要投靠他們。嗯，可以偽裝成我們發生了內訌。嗯，這樣好了，騙他們說我們在大迷宮拿了寶物出來之後，因寶物而互相打鬥了起來，然後那個人在打鬥途中逃了出來，想要投靠涅克斯。然後那個人再找適當時機救出蕾妮。偽裝投靠的那個人帶著蕾妮逃走的時候，其他人就在外面接應。」

我和杉森兩個人給了傑倫特一個機會，讓他可以比較我們兩個人誰的嘴張得比較大。傑倫特看了，只是從容地說：

「啊，沒必要那麼驚訝。這只不過是簡單的角色分配罷了。」

呃。傑倫特還以為我們是在佩服這個莫名其妙的計畫。杉森用一副快受不了的表情說：

「不是啦，你真認為這個計畫行得通嗎？」

「咦？有什麼不對嗎？」

我也快受不了地說：

「涅克斯雖然已經變得人不像人，鬼不像鬼，但你難道認為他會相信這種連半獸人也不信的瞎編故事嗎？」

傑倫特聽我這麼說，才變得一副尷尬的表情。

「你說連半獸人也不信？」

「沒錯。被他們逼得要死要活的人，到這一刻才跑去投降？而且我們這一邊的人比較多，為什麼會跑去投降人少的一邊呢？如果他們這麼問起，要怎麼回答？」

傑倫特眼睛睜得大大的，一時間無言以對。卡爾微笑著說：

「克頓山的巨人既愚笨又驕傲自大，所以才會被這個計謀騙到。然而涅克斯是人，並不是巨人。就算他喪失了部分記憶，身邊至少還有哈斯勒與賈克在。」

我和杉森讚嘆不已地看著傑倫特。卡爾則是搖著頭對傑倫特說：

「可是我們派誰去，他們才會相信呢？如果是讓謝蕾妮爾小姐去的話，他們可能會爆笑不已吧。身為祭司的欽柏先生更是不用說，也是會行不通。然後費西佛老弟，就如同欽柏先生所說的，是個剛毅的戰士，所以……」

「卡爾！」

杉森抗議著，卡爾隨即露出抱歉的微笑，繼續說道：

「哈哈。是。即使是他們那邊的人，也不會認為費西佛老弟是個會改變態度的人。他是正直的戰士，這是我們一看就知道的事實啊。」

杉森隨即露出一副很自豪的表情。嗯。他好像以為那是在讚美他？不過，要說是讚美，應該也可以說是一種讚美啦。卡爾現在看著我，說道：

「然後是尼德法老弟，他們也可能絕對不會相信你。十七歲的少年怎麼可能會丟下同伴，去投靠曾經和他打鬥過的人呢？」

沒錯沒錯。我是擁有清高品性的人哦。卡爾轉頭看了一眼妮莉亞，隨即搖頭說道：

「妮莉亞小姐當然也不行。因為他們那邊有賈克在。妮莉亞小姐，妳如果跟他們說妳要轉向投靠他們，賈克那個青年會相信妳的話嗎？」

妮莉亞將肩膀縮了起來，說：

「我不清楚。嗯，我不知道賈克怎麼想我。但我是個夜鷹，而且他們都看到我當初對夜晚紳士的死感到很憤怒，所以有些困難。」

她一說完，卡爾就微笑著說：

「那麼就只剩下我了。要我去對他們這麼說嗎？」

我噗哧笑了，說：

「卡爾，你在大迷宮裡頭的一番話，不是把涅克斯心裡搞得七葷八素的嗎？所以應該會很困難。」

傑倫特拉起了嘴唇說：

「哈哈哈。原來還真的沒人可以去。嗯。那麼這項提議就算了。」

「我可是很喜歡這個意見。」

伊露莉說。我們眼睛都睜得大大的，望著伊露莉。

「謝、謝蕾妮爾小姐？」

卡爾連話都說得結結巴巴。妮莉亞用受不了的表情說：

「拜託，伊露莉！妳去了打算講什麼？『可惡，該死的人類居然把我的寶物都搶走了。我開始討厭這些人了，所以我想跟你合作。』難道妳要講出這類的話嗎？」

妮莉亞模仿別人聲音還真有那麼兩下子。伊露莉隨即露出了愉悅的表情說：

「啊……這麼講不就行了？」

聽到伊露莉的回答，我們都無話可說了，只能看著她。伊露莉回頭看我們，做出了奇怪的表情。但是她的聲音還是很沉著。

「這樣不行嗎？」

妮莉亞喘著氣說：

「哈，哈哈。對不起，伊露莉。那樣是行不通的。」

「是嗎？那我就把我的想法告訴你們。首先按照傑倫特的話，派我們當中的一個人過去找他們，然後只要把蕾妮救出來就行了。」

卡爾嚇了一跳，反問道：

「咦？我們當中也有他們會相信的人嗎？」

伊露莉微笑說：

「我們裡頭當然沒有。但是請不要忘掉，有些東西是看不見的。」

「咦？」

「對我們當中的人使用隱形術，然後再過去不就行了？我今天早上就想到了，所以事先已經記憶了幾個隱形術。」

我們都在與之前完全不同的驚訝中，看著伊露莉。

伊露莉所定的計畫大致如下：

首先，我們一行人中選出一個人，用伊露莉的魔法把他變得看不見，然後昂首闊步地走到他們那邊去。因為是透明狀態，要接近蕾妮也是件很簡單的事。

「然後呢？」

聽到卡爾的問題，妮莉亞輕輕舉起了手。

「這還不簡單！跟蕾妮說悄悄話，叫她要求上廁所不就好了？」

「上廁所……啊，對。」

卡爾噗哧笑了出來，點了點頭。那些傢伙再怎麼亂搞，也不可能叫她在空曠的地方上廁所吧。雖然他們也可能派人去監視，但只要叫透明人從後腦杓把他打昏，事情就告一段落了。如果害怕被發現，就叫一些夥伴跟去，從後方攻擊涅克斯一行人，就可以幫忙蕾妮跟潛入者順利脫逃了。然後，不管是蕾妮個人的安全、克拉德美索的精神穩定、大陸的和平，都可以獲得解決。啊，踏出希望的腳步，朝著燦爛的明天前進吧……

卡爾歪著頭說：

「聽來很有道理。那種法術可以很確實地讓人不被看見嗎？」

伊露莉點了點頭。

「是的。當然在移動，或者踢到石頭的時候會發出聲音，但這種事只要小心一點就好了。此外應該不太會被發現。他們全都是人類，而且看來不像有會用特別魔法的人。」

「涅克斯・修利哲不是艾德布洛伊的在家修行祭司嗎？利用祭司的權能也看不見嗎？」

「這個嘛……如果他們處在特殊的警戒狀態，那麼應該可以感受到附近有人的氣息。但是他們既然不會想到有人用隱形術混進去，又怎麼會特別留心警戒呢？」

傑倫特搔了搔頭，說：

「呵。這樣計畫應該可以。這計畫已經很完整了，相當有可行性。」

妮莉亞陷入了沉思，過了一會兒之後才說：

「真的沒問題嗎？但是被發現時很危險這個問題，還是沒有解決啊？」

「到時候只要其他人拚命衝上去，應該就行了。對方會暫時陷入慌亂，所以反應也會比較慢。」

聽到杉森的話，卡爾點了點頭。

「那麼，呃，雖然危險，我們也沒有時間了，只好就這麼辦了。嗯，誰要當那個透明……」

卡爾沒把話說完。看了卡爾的眼神，我感覺自己心跳不斷加速。咦？咦？什麼……這也是沒辦法的事。是的，當然。其他人都沒辦法擔負這項任務。所以這是我該做的事。

但是我也不想做啊！為什麼每次要喬裝打扮，就會選上我？

「為什麼？在伊拉姆斯也是我改裝，去哈修泰爾宅邸的時候也是，嗚，居然叫我扮成個女人！這次為什麼又是我？你們沒想過這次要換個人試試嗎？」

卡爾假裝用誠懇的表情聽我說話，然後開始一面扳著手指頭一面說：

「第一，魔力跟神力是很難和諧的，所以欽柏先生就沒辦法了。我的話對吧，欽柏先生？」

「啊，是的。如果把魔法用在我身上，搞不好會有點危險。哎，雖然我還沒實際試過……要不要試一次看看？」

傑倫特的眼中雖然閃耀著光芒，然而卡爾不為所動，繼續扳著他的手指頭。

「第二，這個人的體格至少要可以背著蕾妮跑，因為逃亡的過程將會非常危險而急迫。所以妮莉亞就失去資格了。第三，能夠在遠處進行狙擊的人必須留下。所以我跟謝蕾妮爾小姐就被排除了。這麼一來，剩下的就只有杉森跟你了。」

「我去好了。」

杉森勒住了我的脖子，然後開始吵著說他對於說謊、欺騙、喬裝等破壞道德的行為都有不同於一般人的造詣，變成透明人之後潛入敵營對他來說，根本是易如反掌之類的話，甚至毫不猶豫地說出些什麼只要他稍微用心一點，扮成女人也不會有任何困難之類的胡說八道。所以除了伊露莉以外，根本沒有人認真在聽這番鬼話。

伊露莉聽完杉森的意見之後說：

「那我對杉森也要使用隱形術嗎？」

卡爾暫時陷入了煩惱。你大概是在煩惱要怎麼阻止杉森吧，卡爾？卡爾點了點頭說：

「那就這麼辦吧。」

啊，這樣不行！

伊露莉首先對著森林說：

「朋友啊，請回到我身邊來！」

一陣子之後，傳來了有東西穿越森林的窸窣聲。接著馬蹄聲開始傳來。第一個撥開草叢跑來的，是黑夜鷹的巨大身軀。跟在牠身後的是流星的身影。曳足仍然稍微拖著腳步出現，理選則是優雅地跟著走來。馬兒們都喜悅地跑向各自的主人身邊。妮莉亞燦爛地笑著，抱住了黑夜鷹的脖子，用臉頰在牠茂密的鬃毛上摩擦。

「好久不見了！這段期間你變漂亮了呢！」

嗯，說這是跟馬見面時的問候語，還真有點怪怪的。杉森摸著流星的鼻梁，笑了出來。

「你這傢伙！想我吧？」

出於少見的偶然，流星好像是在趕蒼蠅，所以搖了搖頭，鬃毛飛揚。其他人看了全都嘻嘻笑了出來，於是杉森做出了凶惡的表情。卡爾靜靜摸著曳足的臉頰，沒有說什麼話。伊露莉則是摸著理選的鬃毛說：「這段期間過得好嗎？」

理選用很有氣質的動作點了點頭。咦？那傑米妮呢？

不久之後，傑米妮嘴裡嚼著不知道什麼東西，慢慢地走了過來。呃！這馬還真可惡。牠好像是在吃什麼東西，所以才晚來。怎麼人跟馬都一樣！

「喂！吃飽了就該快一點跑過來啊！」

傑米妮望著我發愣，露出牙齒噗嚕嚕叫了一下，看起來就像是在嘲笑我。這馬真可惡到了極點！

「今天晚上要不要試試看馬肉料理？」

我的提議由於受到其他人的反對而作罷。

第二階段。我們謹慎地把馬牽到涅克斯一行人所在的溪谷底下，小心地接近他們。人都緊閉著嘴巴，馬兒也保持沉默。除了傑米妮偶爾差點嘶鳴出聲，我嚇得趕忙把牠的嘴堵住之外，要安靜地接近那夥人並不是件難事。

第三階段。我們把最後一些東西留了下來，讓馬停在原地，指示牠們不要動。然後我跟杉森站到伊露莉面前，伊露莉開始對我施法。在伊露莉用很小的聲音唸誦咒語的過程中，我緊張得把眼睛睜得大大的。會不會有什麼麻煩事發生？難道會出現很痛之類的反應嗎？

「Invisibility!」（隱形術！）

果然並沒有覺得痛苦。我低頭看了看我的手。咦？怎麼還是原樣？我歪著頭看了看伊露莉，但我看到的是伊露莉身後的卡爾、傑倫特與妮莉亞，他們驚訝得合不攏嘴的樣子。

妮莉亞壓低了聲音說：

「喂、喂，修奇啊！」

但是妮莉亞說話的方向根本就完全不對。她環顧著四周在尋找我。咦？她真的看不見我嗎？我開始輕輕地移動腳步。

似乎沒有人能看得見我。我悄悄走近妮莉亞身邊，她還是在到處找我，但她看的方向真的差太多了。我將嘴附到她耳邊說：

「哇！」

妮莉亞嚇得跳了起來。結果我開玩笑的代價，就是下巴上挨了一記。妮莉亞用手臂往看不見東西的地方亂揮，結果乾淨俐落地命中我的下巴。妮莉亞抓著自己的手哀哀叫著，我則是抓著自己的下巴哀哀叫。

「好，真是太厲害了。完全看不到你了，尼德法老弟。」

卡爾沉靜地說著，但他說話的方向也是錯的，所以看起來很滑稽。伊露莉微微笑了，然後開始對杉森施法。

啪！

哇！嗚哇！杉森不見了。真是太好了！現在城外水車磨坊的可憐姑娘，終於能夠脫離食人魔的魔掌……不是這樣嗎？

「杉森？你在哪裡？」

「我在這裡。可是你到底又在哪裡？」

呃，這可真是個大問題。我跟杉森彼此看不見。我們一行人聽見空中傳來我跟杉森的對話，都露出驚嚇的表情。

我們跌跌撞撞地走了一陣子之後，我跟杉森的手才好不容易握在一起。這段期間我們一行人不安得不知該怎麼辦。好不容易卡爾第一個打起精神，於是我們進入了計畫的最後一個階段。

看得見的人跟看不見的人都壓低呼吸聲走了過去。撥開了遮住眼前的灌木後，我們就看到了坐在溪谷岩石縫中的涅克斯一行人。

賈克跟哈斯勒手上都拿著碗，似乎在吃東西。但是這看起來並不是和樂融融的用餐景象。

賈克常常用不安的視線從碗上面偷瞄涅克斯，並且用不耐煩的態度粗暴地玩弄他的湯匙。哈斯勒也是吃得無甚滋味的樣子，只顧將食物往嘴裡面塞。他有時嚼了嚼食物，也會朝著涅克斯的方向皺起眉頭。

靜坐在岩石上方的涅克斯身邊也有個碗。大概是有人勸他進食，但他不聽，就這樣擺在一旁。涅克斯對碗裡的食物看也不看，只是凝視著空中。根本看不出來他到底在做什麼。

卡爾歪著頭低聲說：

「難道他在學苦行僧？」

仔細一看，他那樣子真的就像隱居在深山裡修道的祭司。啊，涅克斯本來不就是在家的修行祭司嗎？搞不好這類事情他已經很熟練了。但是傑倫特歪著頭說：

「有點奇怪？」

「什麼有點奇怪？」

「啊，您不是說過他是艾德布洛伊的在家修行祭司嗎？」

「是啊。怎麼了？」

「可是艾德布洛伊祭司的冥想姿勢不是那個樣子。況且其他的教團裡也沒有那樣的姿勢。這種散漫的姿勢只有我們教團的人會用……我們教團裡面，並不會繁瑣地規定要採取怎麼樣的冥想姿勢。」

「他也沒深入到冥想當中，現在他在幹嘛？」

杉森突然說。雖然也不是真的那麼突然，但由於看不到他的樣子，還是會使人嚇一跳。

「難道是像故事中說的一樣，他因為思考自己受到的損失，並且想念自己的仕女，所以陷於苦惱當中，不是嗎？」

卡爾搖了搖頭。「這個嘛……我認為涅克斯沒有時間、沒有餘力，也沒有那種心性去做浪漫騎士才會做的事。」

我轉過頭去。

蕾妮在稍遠的地方用餐。她吃東西的畫面也不是幸福的場景。她舀起食物的手常常停下來，好像喉嚨裡有什麼東西哽到了，沒辦法下嚥。我馬上可以看出她因為感到害怕和悲哀，根本提不起食欲，但也不能一直餓著肚子，所以才吃得那麼難過。

卡爾依舊對著奇怪的方向耳語。

「好。費西佛老弟，尼德法老弟，開始行動吧。」

他一說完，半空中就傳來杉森低沉的聲音。

「修奇，我們不可能牽著手一起行動，所以放下吧。你去蕾妮身邊跟她講話，我來防備其他傢伙。知道了吧？」

我想要點頭，但突然想起對方看不到也是沒用的，所以低聲回答：

「好。現在走吧。」

我小心地起身。

我拔出巨劍之後，盡可能不碰到雜草，小心地移動腳步。但是溪谷裡面只有巨大的岩石，根本沒有灌木或大樹之類的東西。我大大深呼吸之後，開始往前跨出步伐。

我終於毫無掩蔽，完全暴露了出來。

涅克斯還在望著空中。但是賈克跟哈斯勒則是稍微轉過頭，看著我的方向。我壓抑著自己的心跳，繼續往前走去。

哈斯勒突然抬起頭，讓我嚇得半死。但是他雖然望著我這邊，然而表情沒有什麼變化。他只是用覺得奇怪的表情看著我這裡。我一動也不動地跟他對看。這時賈克說：「怎麼了？」

「……沒事。」

哈斯勒低下頭，繼續吃他那毫無滋味的食物。他沒看見我！我真的隱形了。太好了。我幾乎完全恢復了冷靜。

就算他們看不見我，但如果看到溪谷裡的小石頭被我踩到而移動的樣子，一定會吃驚的。所以我只選擇大石頭踩，小心地往哈斯勒跟賈克的方向前進。如果要到蕾妮那裡去，就一定得經過他們兩個旁邊。

直到我走到他們身邊時為止，他們似乎都沒有感覺任何異樣。我心裡突然生起了想要他們玩的念頭。要不要在他們面前搖搖手？不然就拿他們的一個碗砸到石頭上摔破，讓食物濺得他們一臉……這種欲望不斷產生，我好不容易才忍了下來，小心地經過他們身旁。

蕾妮還是像先前一樣，看她的表情，恐怕吞的淚水比食物還多，她就這樣滿面愁容地坐在那裡。

「呼——」

她大概還是沒心情吃東西，突然就把碗放下了。然後她再度把臉埋到雙膝之間。賈克雖然往這邊瞄了一眼，卻也沒說什麼。

好，太好了。我盡可能小心地走到蕾妮身邊。

我無聲地大大吸了一口氣，然後在按住蕾妮頭部的同時，附在她耳邊說：

「請別抬頭，好好聽我說。」

好險我按住了蕾妮的頭，不然她差點就抬起頭來大喊了。我雖然感覺到她很用力地抬頭，但因我早有準備，所以能夠將她的頭固定住。在蕾妮開始有魯莽的行動前，我趕緊跟她說：

「是我修奇。我不能被人發現，所以請妳別動，聽我說話就好。」

蕾妮的身體僵住了。她大概也察覺了怎麼回事。我將按住她頭的手放下，說：

「嗯，我剛剛的無禮舉動請妳原諒。請妳自然地抬起頭來。但是妳看不見我的樣子，請不要太驚訝。」

蕾妮很自然地抬起頭。至少她應該是這麼想的吧。雖然在我看來，就像是穿著甲冑、抬頭挺胸的騎士。即便她已有心理準備，但發現看不到我時，好像還是大大吃了一驚。我看見她努力壓抑，不讓自己尖叫出聲。

「這是魔法、魔法。我們是故意用魔法讓人看不見我的。妳別點頭！不用回答我任何話，只要聽我說就行了。」

蕾妮望著空中一動也不動。但是她的眼珠卻快速地往上下左右移動，稍微張開的嘴唇間吐出了白色的熱氣。看到她的下巴些微地顫抖，我伸出了舌頭。

「等我們等很久了吧？」

蕾妮的眼中開始淚水汪汪。至少她還沒發抖，這真是太好了。我抓住了蕾妮的手，蕾妮做出無法置信的表情，低頭看自己的手。我很快地說：「現在走吧，蕾妮。妳跟那些傢伙待在一起太久了。我是來救妳的。但是妳也要幫忙我。」

蕾妮差點就點了頭，好不容易才忍住。

那時，賈克突然望向這邊，我跟蕾妮都嚇得僵住了。蕾妮的臉變得蒼白，她的視線簡直要穿透賈克似的，我連忙說：

「妳再次低下頭吧。這樣比較好。」

蕾妮無力地低下了頭，將頭埋到膝蓋中。賈克做出了不太高興的表情，放下碗起身。怎麼會呢！可惡！

賈克慢慢地往這邊走來。我慌忙地舉起了巨劍。難道他發現我了嗎？還是他只是單純地擔心蕾妮才跑來？如果是後者的話，就沒有必要引發騷動了。但杉森現在又在哪裡呢？萬一杉森引發騷動，那要怎麼辦？

因為看不到杉森，所以根本無從猜測情況。但是賈克現在走來的樣子很泰然自若。我緊咬住牙根。好，沒有別的辦法了。萬一出了差錯，我就把賈克的腿砍斷，抱起蕾妮就跑。但是先靜觀其變再說。

賈克現在距離我不到三肘。我現在只要揮動手臂，就可以砍到他。只要一揮手臂，抱起蕾妮開始跑就行了。這樣的話，現在這令人發抖的狀況也就可以告一段落了。可惡，我真的感覺到很大的誘惑。應該要忍住。絕對要忍住！沉住氣啊，修奇！

賈克單膝跪下，對蕾妮說：

「喂，蕾妮，沒胃口嗎？根本吃不到一半。」

我感覺心裡鎮定了下來。那沉穩的聲音，就像個哥哥擔心親妹妹時所說的一樣。但是我對蕾妮感到很憂慮。

就跟我所預想的一樣，蕾妮還是把頭埋在膝蓋間，一動也不動。但是我看到她的耳朵整個紅了起來。怎麼這樣，不行！我要拿她的耳朵怎麼辦？呃。人應該不能隨心意改變耳朵顏色吧。蕾妮，蕾妮！拜託妳現在不要這麼激動好不好？

好險賈克好像沒注意到這一點。他只是擔心地看著蕾妮，伸出手想要按住蕾妮的肩膀。啊，千萬不要。現在完蛋了！我舉起了巨劍。我準備當場砍下去。這是沒辦法的事。如果賈克碰了蕾妮的身體，蕾妮一定會尖叫出來的。我用盡力氣將巨劍向後舉。

「蕾妮……」

「你別管我！」

蕾妮突然大喊。她突然抬起頭，惡狠狠地盯著賈克瞧。賈克用糊裡糊塗的表情看著蕾妮，我則是差點一屁股跌坐到地上。

蕾妮的眼中燃燒著紅色的火焰。她整個臉都紅通通的，大叫說：

「就算我餓死了，也不關你的事！我如果沒力氣，不就更逃不走了嗎？」

賈克哭笑不得地看著蕾妮，整個臉皺成了一團。

「呃，這個，蕾妮，我不是這個意思吧？」

「我怎麼知道你是這個意思，還是那個意思？反正你拖著我到處跑也很煩不是嗎？如果你們不需要我了，就算是現在，你們也會當場殺了我，不是嗎？你們當場就可以殺了我，卻還裝出一副關心的樣子，想照顧我的樣子！」

賈克的臉上終於出現了憤怒。

「喂！」

「嗚哇哇哇哇！」

蕾妮開始埋頭大哭。賈克用憤怒的表情低頭看了看蕾妮，然後直接轉身走開。我訝異得張大了嘴。

我將嘴巴移到蕾妮的耳朵邊。

「妳真的在哭嗎？」

「嗚嗚，嗚嗚嗚嗚……沒這回事。」

聽到蕾妮的回答，我心中百感交集。呵呵，這就是讓我覺得女性同胞最恐怖的一刻了。因為她是港口的少女才這樣嗎？嗯，我不知道。唯一可以確定的東西是，就算太陽打西邊出來，傑米妮也做不到這種事……等一下，真的是這樣嗎？搞不好在緊急的時刻，傑米妮也會演戲，假假地大哭一場吧。哇！真是太可怕了！

我對於懷著單純關心而來，卻被罵一頓而回的賈克背影投以憐憫的視線，然後將嘴巴附在繼續假哭的蕾妮耳邊說：

「很好。計畫是這樣的。等一下妳從位子上起來，跟他們說妳尿急，知道了嗎？然後請妳進到那左邊的草叢裡面。」

蕾妮止住了哭聲，甚至還嘻嘻笑了出來。我再一次伸出舌頭，然後說：

「那些人雖然不一定會說要跟去，就算他們真的要跟去，妳也別拒絕，明白嗎？一切行動就像是真的想小便的時候的一樣。跟來的人由我去負責解決就行了。」

蕾妮抬起頭，揉了揉眼睛。她的眼中果然沒有淚水的痕跡。呃呃……我現在真的想為世界上的男性同胞寫一本書，書名是：《要小心女人的眼淚》。我笑了笑，站起身來。

「好。我們開始行動吧。」

02

蕾妮慢慢地起身，開始走向我們一行人等待著的草叢那邊。好了，從現在起的幾分鐘之內，所有事情就會成定局了。我牢牢緊握住巨劍。從這裡到那裡的距離怎麼看起來如此遙遠呢？這時候，賈克放聲大喊了出來。當然，因為我一直死命地盯著他們，所以並沒有因此很驚訝。

「這丫頭！妳想去哪裡？」

「我想去方便一下，不行嗎？」

蕾妮……蕾妮！妳真的演得很像！睜大著眼睛，她那種眼神簡直可以說是凶悍地頂嘴回去，於是乎，剛才大喊出聲音的賈克更是驚訝不已。他張大嘴巴看了看蕾妮之後，說道：

「那、那麼妳不要走太遠，在、在這附近……」

此時，哈斯勒說道：

「賈克，你跟著她。」

「什麼？」

哈斯勒不再說話，賈克便嘟囔著站起身來。蕾妮用冰冷的眼神瞪了賈克一眼之後，猛然轉身過去。賈克繼續嘟囔著跟了過來。

「哼。怎麼都叫我負責一些可笑的工作？」

我看著蕾妮走過去，甚至還看著賈克走過去，然後我慢慢地跟在賈克身後。我看了賈克的後腦杓看了一會兒之後，回頭看了一下涅克斯。涅克斯依然還是像岩石般定坐在那裡，一動也不動。杉森到底在哪裡啊？

他們走進草叢裡，走到適當的地方的時候，賈克就說道：

「妳在這裡方便吧。絕對不可以逃跑！」

接著，賈克轉身背對著她。這一瞬間，就變成是我和他面對面了。我覺得自己的心跳簡直快停住了！但賈克就只是不高興地把雙手交叉放在胸前。而他後面的蕾妮緊抓著皮帶，一副不知所措的樣子。很好，現在開始行動！我悄悄地往旁邊移動之後，用巨劍的劍柄朝賈克的後頸捅了下去。

「呃！」

賈克在完全沒有防備之下被我襲擊，他整個人應聲向前倒下。我趕緊走向蕾妮。這時候，蕾妮把褲子往下拉了之後，正要慌張地再拉起來。我二話不說，直接舉起蕾妮，放在我肩上之後，火速奔跑了起來。

「怎麼回事？」

我回頭看，哈斯勒看到我們這邊的情況，先是嚇得臉都蒼白了。

「這是……！」

在哈斯勒看來，蕾妮現在應該是浮在半空中，頭朝前方地飛著吧。可是，哈斯勒隨即咬牙切齒地喊道：

「是隱形術！」

哈斯勒立刻抽起長劍。而涅克斯聽到他這聲喊叫，則是猛然起身，他看向我這邊，也隨即拔起了他的劍。咻！他什麼話也沒說，可是卻以可怕的速度朝我這邊奔跑過來。哈斯勒也正在跑過來。就在這時候——

「呃呃呃！」

突然間，哈斯勒滾落到了地上。一定是杉森！涅克斯猶豫了一下，用沙啞的聲音說：

「原來不只一個人！受死吧！」

涅克斯在哈斯勒附近的半空中開始揮砍了起來。此時空中傳來笑聲。

「哈哈哈！這傢伙，你在幹什麼呀？」

涅克斯一聽到杉森的笑聲，立刻把劍轉向，不說二話地直接往半空中砍過去。可是杉森又再嘲笑道：

「你的動作還是很糟糕哦！我是很想跟你交手，不過時間不允許。」

好，可以了！我就這樣往前一直跑。雖然蕾妮在我肩上一面顫抖一面尖叫個不停，但我不管，我只顧著一直跑。現在只要再跑過去一點……

呼呼呼！

突然一陣狂風呼嘯而過。什麼，這是什麼呀？不可能啊！我正在跑，風怎麼會從我後面吹往前面呢？此時我的肩膀突然變得空蕩蕩的。咦？蕾妮怎麼會一下子變這麼輕啊？

「啊啊啊啊！」

「蕾妮小姐！」

是卡爾的大叫聲。我驚訝地轉頭一看，蕾妮正浮在半空中。這是怎麼回事？蕾妮就這麼往後越飛越遠了。這副模樣就像是有個看不見的人硬拉著她的樣子。她並沒有掉落到地上，只是就這樣浮著往後移動。蕾妮在半空中掙扎著踢動手腳，並且尖叫著：
「啊啊啊！救命啊！」
卡爾不敢置信地喊道：
「尼德法老弟！你這是在做什麼啊？」
「咦？不是我！杉森？是杉森嗎？」
「嗯，嗯，也不是我呀！」
是杉森的說話聲。這是從我旁邊不遠處傳來的。到底是怎麼一回事？如果說都不是我們兩個人搞的鬼，那蕾妮為什麼會突然讓人覺得她像是和小鳥有某種親戚關係呢？伊露莉很簡短地喃喃唸了幾句，隨即杉森的樣子就突然出現了。他站在我旁邊，正在張大嘴巴看著飛在天上的蕾妮。我和杉森互相呆愣地對看了一眼，杉森卻率先反應過來。說道：
「抓、抓住她！」
我在那個時候才回過神來。蕾妮不知何時已經離我有一段距離了。我想要抓住她，可是我的手伸出去，正要碰觸到蕾妮腳踝的那一瞬間，蕾妮卻剛好避開了我的手，又繼續飛著。在這短暫的瞬間，我看到了她那張失魂喪膽的臉孔。我趕緊拚命奔跑，可是蕾妮卻很快速地遠離我。而且她飛去的方向……
她正飛向涅克斯那邊。涅克斯不知何時已經一邊膝蓋跪地，長劍則是插在地上。他一隻手垂直放在自己的面前，另一隻手則是伸向我們這個方向。從我身後傳來傑倫特緊張的聲音：「是風之僕人！我的天啊，這傢伙只是一個在家修行祭司，不是嗎？」
在卡爾還來不及回答之前，我就已經聽到伊露莉的清脆說話聲。
「在那氣息之下，浮載著生命，望看所有事物，不從屬於任何事物的您啊，請飛向那個期待救援的少女，保護她吧！」

咚！好像有什麼聲音？不對，並沒有什麼聲音，可是蕾妮卻在半空中停住了，而且立刻有強風在她四周吹襲著。大概是涅克斯召喚出來的風之僕人和伊露莉召喚出來的風精，在半空中打了起來。雖然我眼睛看不到，但是風精猛烈的風勢正要把蕾妮拉過來，可是風之僕人用同樣強勁的力量把蕾妮吹捲回去。在這一瞬間，蕾妮就這麼浮在半空中，被拉往兩邊。她的紅髮彷彿火花般散開來。

「抓住她！」

杉森一面高喊著一面跑過去。而我也開始在跑，腳底下的小石子被我踩得胡亂彈跳了起來。我們想要跑去抓住浮在半空中的蕾妮，可是另一邊的哈斯勒也正在跑過來，而賈克不知何時也已起身，正跑向這裡。

「呀啊啊啊啊！」

我們拚命地跑過去。可是溪谷裡都是一些大大小小的石頭和石塊，沒辦法在溪谷的石頭縫裡跑得很快，只能跌跌撞撞地前進。伊露莉和涅克斯在各自的位置上，繼續一動也不動地閉著眼睛施法，隨著他們各自的力量增強，蕾妮四周圍的風就越捲越強勁，捲出了一個可怕的旋風。蕾妮在半空中露出快要窒息的難過表情。她周圍的旋風現在變得很大，溪谷之中持續充滿了風之僕人的咆哮聲和風精的笑聲。

「呼嗚嗚嗚嗚！」

「嘎啦啦啦啦！」

這些聲音簡直令人聽得都快瘋了。風精們彷彿發瘋似的狂笑著，風之僕人則像是在震動溪谷似的高喊著。就在我又再次踉蹌得快跌倒的那一瞬間，哈斯勒已經走到蕾妮的身邊了。

「不要靠近她！」

雖然他不可能會聽我的話，但我還是用力吼了一聲。哈斯勒根本不把我的話當作一回事，伸手要抓蕾妮。而蕾妮則仍然露出一副快窒息的難過臉孔，恐懼地看著他的手。就在此刻——

「接招！」

卡爾一跳上岩石，便立刻跪下射出了一箭。咻！這一刻，哈斯勒緊閉了他的嘴巴。是什麼在移動呢？在哈斯勒附近有一束光芒閃過，接著，哈斯勒就已經結束了動作，手臂收了回去。一個響聲響起的同時，箭變成了兩截，往溪谷上空衝去，輕快地旋轉著。我的天啊，他竟然把箭折斷了！

哈斯勒把箭折斷之後，直接往上一跳。他跳躍的目的地當然就是蕾妮懸浮著的位置。可是在這段時間，我已經跑得很近了。我再次命令他停下動作。

「不要動！」

就在哈斯勒即將抓住蕾妮雙腿的前一刻，我用全身去衝撞他。結果我們兩人一起滾到了岩石堆裡。

「嗚！」

我們在岩石之間糾纏在一起，動彈不得，我感到一股快要窒息的感覺。我的腰好像有點受傷了，好不容易抬起頭來一看，哈斯勒竟被我壓在下面。他被壓在岩石上，表情痛苦地仰望著我。此時，我做了一件之後會後悔的事。我竟然對於壓到哈斯勒感到抱歉，而對他微笑。

哈斯勒的右手拳頭迅速移動，我的下巴則被打得急速往右扭轉過去。這個混蛋！

「呀啊！」

我趁著頭往右邊轉去的機會，利用反轉回來的力道，直接往下一撞。我用兩手牢牢抓住哈斯勒的肩膀，撞上了他的臉。砰！

「呃！」

唉唷，我的額頭啊！不過那傢伙的門牙應該也掉了好幾顆吧！我按著自己的前額站起身。哇，溪谷的顏色變得好奇怪！而哈斯勒他也用手掩著自己的臉站了起來。我們互相無言地同時拔出劍來。哈斯勒的手一放下來，哎呀，真是可惜，他的門牙竟然沒事。我對他嘻嘻微笑了一下。可是他卻面無表情。

「呀啊啊啊啊！」

只有我獨自用力大喊。在喊叫的同時，我使出全力從下往上揮砍出巨劍。腳底下到處都是石頭，所以我的腳步並不是很穩，不過還是盡己所能將這一招使到最好。

「一——字——無——識！」

我往上揮砍了兩次，第三次則是放低身體，往側面旋轉劈去。接著，我立刻讓身體死命往旁邊飛開。我這是不得已才這麼做的，因為哈斯勒避開了前兩次的攻擊，並且跳起來迴避了最後的下盤攻擊之後，便直接從空中刺了過來。我的身體又再次陷在岩石縫裡，不過還好腰沒事。鏘！岩石被哈斯勒的劍刺中，冒出了火花，同時發出很刺耳的聲響。砰！我的身體一碰到岩石，眼睛裡也冒出了火花。呃。倒插在岩石縫裡之後要想再站起來，實在不是一件易事。我勉強抬起頭，看到一陣銀光閃爍，長劍正要朝著我的脖子插下去——我閉上眼睛大喊：「傑米妮！」

「不要叫了！」

是杉森的高喊聲。我一睜開眼睛，就看到哈斯勒猛然往後跳去。在我的頭上，是杉森拿著長劍站著。杉森說：「去把蕾妮抓住！呀啊啊啊！」

杉森立刻踏了一下岩石往上跳。他使出全身的力量，朝哈斯勒揮砍過去。可是哈斯勒戴著

OPG，他揮劍擋開杉森的劍，杉森的腰隨即整個轉了過去。我用盡全力大喊：

「笨蛋，你和他的力量差……」

然後我就沒把話說完了。因為杉森在轉身的時候直接提起腿，踢了哈斯勒的腋下。杉森身體轉了一圈之後回到原來的位置，哈斯勒則是往旁邊跌落出去。

「你說我和他的力量差多少？」

「……差沒多少啦！去你的。因為你不是人嘛。」

杉森嘻嘻笑著衝到哈斯勒身旁。我將身體轉往蕾妮的方向。就在這時候——

「這個混蛋！」

從我的後腦杓方向傳來了賈克的高喊聲，他竟然在這種時候攻擊我！我立刻往前滾了出去。要站起來怎麼會這麼難呢？我滾到岩石上，感覺全身筋骨都要解體了。我勉強再站起來，回頭往後一看，看到刺中岩石的賈克正抬頭看著我。他手中的匕首已經深深插進岩石裡了。可惡！戴著OPG的人，簡直不是人！

我才不管這句話事實上也罵到自己，我緊握住巨劍。接著賈克猛然站起身，匕首也隨著被輕易地拔出了。賈克的右手指巧妙地移動，將匕首反過來握著，然後將右手緊貼在大腿部位；空著的左手則是往前伸，牽制了我的行動。這真是一個很少見的姿勢。不管怎麼樣，既然前方沒有抵擋我的東西，我就直接衝過去了。我把巨劍直接往前方刺擊出去。此時，妮莉亞大聲喊道：

「跪下！」

賈克把往前伸的那隻左手急速往身體方向拉回，並直接往後轉了一圈，將右手的匕首反手射出去。我的巨劍在賈克面前刺了個空，反而遇上右方對準我脖子飛來的匕首。那一刻，本來掩藏在賈克身體後面的匕首突然出現，速度實在快得嚇人。可是我及時聽從妮莉亞的喊聲跪了下來，所以匕首只很驚險地從我頭上飛過去。咻！匕首削掉我好幾根頭髮，從頭上飛過，我趕緊縱身一躍，說道：

「看招吧！下巴！」

我無法提起巨劍，所以直接用右手肘往賈克的下巴撞了一下。因為賈克還在用力轉身，所以他的前面完全都空著，我才得以趁虛而入。

賈克往上彈起一肘高，直接往後飛去。妮莉亞喊道：

「好酷哦，修奇！」

「謝謝妳，妮莉亞！」

我隨即看了一眼妮莉亞。伊露莉和涅克斯直到現在還是一動也不動地互相較量著，但是不知何時，傑倫特和卡爾已經衝向蕾妮。他們緊抓住蕾妮，努力想把她拉下來。可是風之僕人的力量實在是太強勁了。即使卡爾用盡全力拉著蕾妮的腰，不對，是卡爾和傑倫特兩人幾乎被蕾妮吊在半空，而蕾妮卻完全沒有動彈一下。蕾妮大聲尖叫著：

「啊啊啊啊！」

真是的，可惡！能夠解決這種情況，最簡單的方法是……

「涅克斯！」

我跳過賈克，直接跑向涅克斯。賈克想要抓住我，可是妮莉亞很快地伸出三叉戟，使賈克趕緊逃開來，所以我才能毫無耽擱地馬上衝向涅克斯。涅克斯則是臉都漲紅了，氣得從原地起身。隨即，由於召喚者涅克斯的精神不再集中，風之僕人立刻消失不見。蕾妮往卡爾和傑倫特上頭掉落下來。蕾妮的尖叫聲摻雜著卡爾和傑倫特的大喊聲，傳到了我耳中。

「啊啊啊！」

「哎呀！」

「呃啊！」

好，可以了！我把巨劍高高舉起，跳了起來。

「接招吧，涅克斯！」

我立刻朝涅克斯揮砍下去。涅克斯用嚇人的氣勢拔出了長劍。

噹！

我和涅克斯同時被對方的力道往後推。剛才彼此的劍碰觸的那一刻，我感覺一陣痛楚，手腕好像斷掉了，眼前一片金星。我先用一隻手握住巨劍，用另一隻手努力地揉著手腕。

「呃，怎麼感覺痲痲的？」

涅克斯大概也是眼前一片金星。他同樣用一手握劍，另一手揉著手腕。我看到他那副模樣，嘻嘻笑了出來。隨即，涅克斯也看著我笑了。

「去死吧！」

涅克斯的臉上還留有笑容，在笑容還沒消失之前，他就不顧一切地衝過來了。呃呃呃！我很快地舉起巨劍擋住他的劍。涅克斯不停地又刺又劈，我則是拚命格擋住他的攻勢，手臂都快斷了。鏘鏘鏘鏘鏘！呀啊！我竟然全數擋了回去！照理來講我應該是抵擋不住的。

涅克斯勉強地猛烈攻擊，但全都被我擋了下來，結果他就開始毫無章法地亂揮了起來。很好！我慌亂地抵擋住攻擊，但同時也快速地思考著。涅克斯的動作只要一次稍有空隙出現，我就期待靠這一次空隙來決定一切。過了一會兒，我往後猛力扭動身體時，涅克斯的劍大大劈了個空。此時涅克斯露出了很大的空隙，他整個臉都發白了。就是現在！

「再見！」

我立刻往後轉身，開始跑了起來。涅克斯愣住了，他高喊道：

「咦？咦？這傢伙！給我站住！」

要是你，你會站住嗎？卡爾和傑倫特勉強起身，我抱起他們身旁的蕾妮。

「抱歉。我以後再慢慢受罰吧。」

蕾妮連尖叫都還來不及尖叫，就被我夾在腋下了。我就這樣夾著她，一面跑一面大喊：

「快逃！」

傑倫特好像聽不懂我在說什麼，只是一副糊裡糊塗的表情。後來，他似乎才看到涅克斯往我身後逼近。

「德菲力神啊！」

傑倫特也隨即跑了起來，他的袍子不停地飄揚著，簡直就像隨時會破掉一樣。卡爾雖然沒有說什麼話，但同樣用一副很堅決的態度開始逃。我一面跑一面喊道：

「杉森！妮莉亞！我們走吧，派對已經結束了！」

「好！」

杉森可以說是正在和哈斯勒互相較量劍術，他氣勢洶洶地做出一個攻勢，逼得哈斯勒往後退之後，也同樣開始抽身逃跑起來。而一直拿著長長的三叉戟在教訓賈克的妮莉亞，也像隻松鼠般輕快地轉身。接著，哈斯勒和賈克兩人則是一邊破口大罵一邊追著我們。

「Wall of Ice!」（冰牆術！）

在伊露莉發出清脆的施法聲同時，我們身後爆發出一聲巨響。我回頭一看，溪谷不見了，我們正後方已形成一面巨大的冰牆。可是不久之後，那面冰牆後方卻傳出了非常大的喊叫聲。

「呀啊啊啊啊！」

轟轟！這場面好像似曾相識！涅克斯、哈斯勒以及賈克他們ＯＰＧ三人組，在大迷宮裡破壞牆壁的那股氣勢完全發揮了出來，整面冰牆都被毀了。吹拂溪谷的風將這些數不清的碎冰粒給吹散開來。數千個碎冰塊被陽光照耀，在半空中閃爍著異常耀眼的光芒，而在這些冰塊中間，三個追擊者正以嚇人的氣勢衝了過來。傑倫特像是快喊破喉嚨似的喊道：

「德菲力啊！德菲力啊！請救助您的忠誠權杖吧！」

他簡潔的求救聲竟然真的得到某種難得一見的回應！衝到我們後方的那三個人踩到他們自己打碎的冰塊，結果個個都跌倒在地了。

「呃啊！」

「哈哈！所以我真是喜歡您啊，德菲力神！」

傑倫特喊出如此不敬的話之後，笑了出來。不久，我們往前方撥開樹叢跑了進去，伊露莉和馬匹正等在那裡。妮莉亞喊道：

「可以了！修奇，放下來！」

我把蕾妮放了下來。蕾妮還是一副魂飛魄散的蒼白臉孔，不過她隨即眼淚汪汪地跑向妮莉亞。

「妮莉亞姊姊！」

妮莉亞抱住蕾妮，撫摸她的背，安慰地說道：

「妳吃了很多苦吧？對不起，我們沒能早一點救妳。不過，以後再慢慢談吧。」

接著，妮莉亞便立刻帶蕾妮騎上了黑夜鷹。卡爾和伊露莉也各自騎上他們的馬，傑倫特則是跳上了流星。我也騎上了傑米妮，可是傑米妮還一直在吃地上的草，我突然一跳上去，牠便前腳抬了起來，害得我差點就摔落下去。我趕緊拉住馬韁，才倖免落馬。這馬……真的是一匹讓主人倒盡胃口的馬呀！如果是以前的我，一定會當場摔下去！不過現在我騎馬的技術已經不可同日而語，所以沒事。我騎在傑米妮身上，回頭看了看涅克斯那邊。

涅克斯、哈斯勒和賈克三人勉強站起來之後，又不斷地滑倒。他們似乎覺得不知道該如何罵冰塊是千古遺恨似的，一直在高喊著。賈克和哈斯勒好不容易終於站了起來，可是他們發覺我們已經離得很遠後，便只是表情冷漠地瞪著我們，但涅克斯卻開始朝我們跑來。他一面跑來，一面撿起石頭丟擲，並且還不斷高喊著：

「你們這些混蛋，我要把你們碎屍萬段！」

他胡亂喊叫著。反正他們又沒有馬匹，應該是追不上我們吧。哈哈哈。卡爾高興地拿出長弓，說道：「這是臨別贈禮！修利哲！」

卡爾輕快地手拉弓弦。啪！

「呃啊！」

涅克斯慘叫一聲，往前撲倒。然後哈斯勒和賈克也很快地往前趴下。卡爾微笑著轉身，我像要笑破肚皮似的大笑。噗哈哈哈！因為卡爾剛才根本沒有放箭出去啊！我大笑著開始策馬奔馳。太好了！我們不但救出了蕾妮，而且涅克斯他們沒有馬匹，無法追過來。更何況，現在他們以為有箭射過去，個個都不敢抬頭，正趴在地上呢！

我們大約跑了數百肘之遠的時候，傳來像是負傷巨人在高喊的可怕響聲：

「你們這些混蛋……這些混蛋……這些混蛋……！」

「我一定會殺了你們……會殺了你們……會殺了你們！」

涅克斯的激烈詛咒聲在溪谷裡發出了陣陣的回音。可是這聲音卻讓我們更加緊腳步，於是，我們在短時間內便遠離他們數千肘以上了。

「要不要休息一下？」

杉森一面擦拭額頭上的汗水，一面用疲憊的聲音說道。可是其他人幾乎都已經累得連話也講不出來。

我們在中途稍微停下來喘息一下，然後就繼續奔馳到傍晚才走出了永恆森林。馬匹跟人都再也跑不動了，所以我們不得不停下來。此時正是太陽向全世界道晚安的時刻。

一出永恆森林，我們便發現到自己是在紅色山脈的邊緣地帶。杉森從行李裡面拿出地圖，看了看四周環境之後，告訴我們現在是在紅色山脈的分水嶺上，也就是布拉德洪山峰的下方。我對杉森說：「以後再慢慢告訴我們布拉德洪山峰的風景有多美，歷史有多悠久吧。現在我們想知道的是，這裡到東部林地的距離。」

於是，杉森告訴我們過了布拉德洪山峰之後，再稍微沿著山脈走，就會出現一座細菲亞潘嶺，越過那座細菲亞潘嶺，便是東部林地了。

「細菲亞潘嶺距離這裡大約半天的路程，嗯，那麼我們要不要現在就前往細菲亞潘嶺？這麼一來，明天就可以進到東部林地了。」

對於杉森的意見，人類、精靈以及馬都表明不贊同，所以我們就在原地停步，開始準備在這裡宿營。

大夥兒一停下腳步，傑倫特就下馬，也不管身上的神聖袍子了，逕自隨便地躺在地上。他這麼躺下之後，一面笑一面看著泛紅的晚霞。

「到、到底今天一整天，呼，呼，我們跑了多少距離呢？呼呼。」

杉森看著地圖，仔細想了一下之後，說道：

「不多。大概有十七萬肘吧。」

十七萬肘？天啊。我們真的跑了好長的距離耶！妮莉亞聽完也是嚇得臉色發青，一屁股坐在地上。卡爾聽了臉色蒼白，蕾妮的臉孔則變得有些黃。我看著大家的臉孔，光只是欣賞他們臉上的顏色，也是一件滿有趣的事。

因為所有人都已疲憊不堪，所以個個都懶得動，只是賴在地上。於是杉森便開始獨自一個人去勘查附近的地形。我好像聽到良心錘在敲著自己的良心（事實上應該是我的脈搏拚命跳動的聲音），所以我勉強起身幫他準備露營的事情。沒過多久，我和杉森就在山頂下的一片樹林裡找到一處較為隱密的地形，讓我們一行人和馬匹都得以藏在那裡。雖然說真正的優秀名馬一天可以跑三十萬肘，但是我們的馬竟能跑這麼多路程，也實在是辛苦牠們了。所以杉森和我就連馬匹的舒適度也盡量考慮到了。

我們去找柴火，回來的時候大夥兒都已經睡著。不是人類的伊露莉坐在我們一行人旁邊，正在哼著歌。她哼著沒有歌詞的曲子，只是用鼻音哼歌，我想這可能是她隨性哼的歌吧。那些睡著的人聽到伊露莉的歌，甚至還露出了笑容呢！杉森和我放下木柴之後，看到他們的臉孔，看得心裡頭都舒服地笑了。

「大家連晚餐都不管就睡了。我也是騎馬騎得太久了，一點食欲也沒有。」

我一面盯著杉森看，一面如此說道。杉森聽了隨即用不滿的表情翻找馬鞍的袋子。不久之後他拿著一塊麵包，在樹下坐了下來。

蕾妮和妮莉亞互相擁抱著睡覺，她們一模一樣的紅髮讓人看了覺得她們像是一對姊妹。傑倫特則是像平常一樣，把身體盡量蜷縮到最小，像蝦子一樣睡覺。

柴火一面發出燃燒的劈啪響聲，一面熊熊燒了起來。在我們頭上，如屋頂般攤展開來的那些樹木開始變成紅色，樹枝上的樹葉已經凋零了，但是營火光芒照在上頭的樹木，卻好像又再度找回了秋天似的。卡爾一個翻身，然後睜開眼睛。他就和突然睡醒的人一樣，露出迷迷糊糊的表情，揉了揉眼睛，然後起身坐著。

「啊，真是的。我竟然睡著了。」

杉森一面撕開麵包，一面說：

「您繼續睡，由我和修奇來輪流守望吧。」

「你們一定也很累，怎麼行呢？我剛才已經睡了一會兒，所以我先負責看守吧。」

我嘻嘻笑著翻動一下營火，讓火勢變大一點，然後說道：

「事實上，今天騎得太久了，害我現在睡不著。我到現在還感覺身體在搖晃著呢。」

「呵呵，真的是這樣嗎？」

卡爾起身坐到火堆旁邊，攤開雙手來烤火。我看著火光，無言地坐著。

我突然覺得很無聊，看了一眼卡爾，說道：

「那麼，現在只要朝著褐色山脈奔馳就可以了，是嗎？需不需要先到拜索斯恩佩呢？」

「應該是沒有特別的事需要到那裡去。除了補給之外，應該沒有其他要辦的事吧。」

「嗯，那麼要去和艾賽韓德及亞夫奈德會合嗎？」

卡爾安靜地看了看火光，說道：「說得也是，要有愛因德夫先生與我們同行，才能比較容易找到克拉德美索。嗯，光是靠我們，是不太可能找得到克拉德美索的巢穴的。我們確實應該順道去拜索斯恩佩和他們會合。」

我們又再默默無言地看著火堆。過了一會兒，卡爾開口說道：

「謝蕾妮爾小姐。」

「是。」

精靈族真是奇怪的種族。卡爾突然開口對她說話，她依舊完全不慌不忙地，好像早就在等待被問的樣子似的，很是沉著地應話。卡爾對此好像一點也不驚訝，他平靜地說：

「亨德列克確實還活著嗎？」

我一聽到卡爾的這句問話，整個人精神都來了。在大迷宮裡，伊露莉曾向神龍王問過亨德列克在哪裡。而且她並不是問埋在哪裡。幾個星期前，在伊斯公國的時候，伊露莉曾經說過第十級魔法只要向第十級魔法的創始人學習即可。這麼說來，伊露莉的意思是亨德列克還活著，她想要直接向他學習第十級魔法。可是，亨德列克已經是屬於名叫歷史的那個國家的人民，並不是屬於現實這個國家的人民啊！然而，伊露莉冷靜地答道：

「是的。」

「真是令人難以相信啊……三百年前的人物竟然還活著。人類的壽命並沒有那麼長。」

伊露莉冷靜地看了看卡爾。她的黑色瞳孔看起來像是全然不會反射火光似的。那是一雙清澈深邃的眼睛。

「魔力是可以抗拒神力的。」

「雖然我也這麼聽說過。」

「如果接受這句話，那麼意思就是，使用瑪那之人最後甚至可以超越神的律法。或者就像亨德列克一樣，說不定可以欺騙神。不過，總而言之，魔力是可以躲避神的律法的。」

卡爾皺緊了眉頭，說道：

「這真的有可能嗎？」

「無法讓人相信嗎？」

卡爾把一根柴棍丟到火堆裡。火花向上彈濺出來，瞬間像噴泉般飛射而出。他說道：

「人類可以同時依從優比涅和賀加涅斯。如果是優比涅的追從者，說不定可以無視賀加涅斯。而如果是賀加涅斯的追從者，可能又是相反的情形。可是依從兩者的意思是……」

「也可以說，是能夠同時抗拒兩者。」

卡爾抬頭仰望凋零的樹枝。

嗯。人類可以同時無視於優比涅和賀加涅斯兩者。不過，真的有可能嗎？優比涅即是秩序，賀加涅斯則是混亂。要處在兩者都不是的狀態，真有可能嗎？

卡爾看著那些泛著火光、看起來像變成了楓樹的冬季樹木，說道：

「我想起人類之中的某位人士所說的話。」

「什麼樣的話呢？」

卡爾聽到伊露莉的問話，又再將視線落到她身上。

「那一位人士用非常激烈的論調，說秩序是混亂的一種畸形發展。」

嗯？秩序是混亂的一種畸形發展？

「這是什麼意思呢？」

卡爾聽到我突然插入他們的談話，露出有些驚訝的表情。不過，他隨即用仁慈的表情對我說：

「尼德法老弟。你撿四粒小石子，然後丟到地上看看。那些小石子會隨便散落在地上吧？它們會像星座般呈現各種形狀，可是在丟擲之前，是無法預知會變成哪種形狀的，不是嗎？」

「是的。」

「可是在非常偶然的情況下，那些小石子也可能會呈現完全的正方形吧？」

「咦？嗯……偶然的情況下，是，應該是有可能。」

「那些小石子所排列出的形狀，終究還是一種混亂啊，是無法事前預知的。可是那些小石子卻可以排列出完全具有協調與秩序的正方形，不是嗎？這麼說來，這就立證了我們剛才所說的：秩序是混亂的一種特異型態。只是特異而已，但終究和其他的沒有什麼不同。」

等等，等等。這是什麼意思啊？哎呀，好像有道理哦！

「嗯，可是它們會呈現正方形的機率幾乎快要等於零，不是嗎？」

「是的。可是每一次呈現的形狀也很難再次出現啊。如果不去特別在意形狀的話，不管是正方形、不等邊四角形，還是菱形，如果不去考慮其模樣，那些小石子能夠形成某種形狀的機率都是一樣的啊。」

「啊、啊……對耶！」

卡爾點了點頭，說道：

「那麼，我們就可以這麼說了，尼德法老弟——事物原本就是混亂，而秩序就只是這無數的混亂之中的一種型態。這就像是在沙堆裡拿起一粒沙子，把那粒沙子賦予一個名字，是一樣的道理。」

這樣說好像很有說服力哦！我思考卡爾最後說的那句話之後，驚訝地看了他一眼。卡爾笑著說：

「因此，世界上並沒有優比涅。而優比涅的相反概念如果是賀加涅斯，那麼賀加涅斯也是不存在的。」

我表情訝異地了看卡爾之後，又了看伊露莉。被火光照耀著的伊露莉，臉上有陰影隨著火光晃動著，但她依舊面無表情的樣子。

這樣有些怪異哦！她是精靈，所謂的精靈，乃是優比涅的幼小孩子。可是她聽到優比涅是不存在的這種話，卻沒有什麼反應。但是卡爾這樣的說法對嗎？我猛搖頭，結果害得自己頭好痛啊。然而，卡爾先說道：

「很有趣的想法吧？可是話又說回來，這只不過是一種觀念的遊戲啊。我們眼前正有一位優比涅的孩子在這裡，不是嗎？」

啊！對啊！我沒必要這樣苦惱啊！原來如此，所以伊露莉才會一副面無表情的模樣。我點了點頭，看著伊露莉，說道：

「哈哈，對耶。既然已經有精靈，就沒有道理說優比涅是不存在的啊。」

可是伊露莉的表情很奇怪。一直都面無表情的臉上，突然浮現了微笑。她那個微笑真的很怪異。如果稱之為微笑，那應該要帶有快樂的感覺，可是卻一點也沒有那種感覺。

伊露莉一面歪著頭，一面仰望天空。我為什麼突然有股不安的感覺呢？我看了一下卡爾，他也是表情有些訝異地看著伊露莉。

「謝蕾妮爾小姐？」

伊露莉默默無語，仰望著天空。

我突然覺得很可怕。這樣一點現實感也沒有。伊露莉還是坐在那裡，可是我感覺不出她是和我在同一時間、同一空間裡呼吸的生命體。這到底是什麼奇怪的感覺呢？我甚至覺得她所仰望的天空和我看到的天空是不一樣的。她彷彿像在看著盤古開天時的那片天空，仰望創世的第一個夜空和第一道星光。

「是的。我們被稱為優比涅的幼小孩子。」

我和卡爾說不出任何話來，只是看著她。可是伊露莉再也不說話了。

嗯。我現在知道為什麼這座山要叫做「布拉德洪」（Blood）了。巨大的岩石，整個山峰就是一塊岩石。岩石的色澤接近褐色，可是奇怪的是它看起來也像是乾涸的血色。

「這座山峰令人看了不寒而慄。」

妮莉亞在寒冷的早晨空氣裡一面顫抖一面說道。蕾妮則是用讚嘆的表情看著那座紅色山峰。布拉德洪山峰的左右是連綿的紅色山脈，土質都是淡紅色的，而且覆蓋了山脈大半部分的樹林也大多是紅松樹林。這不禁令我想到，這些樹木可能是吸收了土地的顏色才長成這種顏色。

大夥在疲憊的馬匹上疲憊地騎坐著，互相對彼此投以非常為難的目光。傑倫特深深地嘆了一口氣，說道：

「走吧。」

「我覺得我們應該先徵求馬兒的同意。」

伊露莉說道。大家當然也都還是很疲累，但是我們的馬也是持續幾天都在不停奔馳，因此馬兒們也都非常疲憊不堪。傑倫特聽到伊露莉這麼說完之後，歪著頭想了一下，就跳下馬。其他人用訝異的眼神看著他，他站到所有馬匹的前面把手臂舉起來，開始為馬匹祈福。他祈福的內容是這麼說的：

「馬兒們，我只是那終日吹拂海風的伊斯國的一個祭司，所以我並不瞭解你們這種能夠觸摸到大地的靈魂，同時聆聽到風的靈魂的優雅動物。可是在我看來，你們是四腳動物，所以比腳是我們兩倍之多的腳。你們可以在左邊前腳走的時候，左邊後腳休息，也或許可以在右邊前腳走多了時候，右邊前腳休息，反正我想你們一定會有獨特的祕訣。我要你們動腦筋想一想，動動腦筋！啊，當然，我知道我的想法可能有點奇怪。而且我瞭解我們坐在上面應該也是很重。這一點我十分認同。可是我們無法變輕，既然別無他法，只好拜託腳多的你們。啊，真對不起你們，對不起啦。不要這樣噗嚕嚕地一直叫。我這個祭司再怎麼差勁也還是個祭司，所以可以盡我所能地照顧你們，以德菲力的祝福來幫助你們。」

這篇冗長的祝福語一結束，傑倫特的雙手即出現光芒，他用手撫摸了所有的馬。黑夜鷹警戒著，不想讓傑倫特接近，但妮莉亞抓住牠的馬轡讓牠安心下來，才沒有讓牠跑掉。傑米妮也是警戒著，不讓傑倫特靠近，我緊抓住這傢伙的頸子，威脅嚇唬牠，牠才無法跑掉。傑倫特祝福完所有的馬之後，又再莊嚴地說道：

「你們這些馬兒們，好了，你們都無法否定了吧。我已盡全力做了。應該要肯定我的此時就該肯定吧？事實上，人類當中也沒有人能時常接受祭司祝福的哦。所以現在起，你們應該要盡力而為了吧。我們人類和你們是互助的關係啊，不是嗎？而且我們是走在同一條路的夥伴呀。我不管你是吃草的動物還是用四隻腳走路的動物，反正我把你們當作是走在同一條路的夥伴。所以你們也應該不管我是肉食性的人類，或者是騎到你們身上的人類，總之作為夥伴，應該要盡力幫助夥伴，知道了嗎？」

那些馬都呆愣地看著傑倫特，卡爾笑著說出了一句話：

「真是令人感動的一場布教。」

「哈哈！因為我連布教也練習得很多。」

呃。傑倫特好像以為卡爾是在稱讚他。傑倫特對於自己的布教露出一副深受感動的表情，然後騎上馬，杉森和我則在他背後悄悄地笑了出來。杉森笑完之後喊道：

「好！出發！」

不知是不是因為傑倫特的祝福真的有效，馬兒們個個都以非常輕快的速度奔馳了起來。紅色山脈的紅色塵土開始向天飛揚著。可能因為地上的泥土沒有水氣，所以地面非常乾硬，彷彿像骨頭般堅硬。我們甚至還害怕會不會傷到馬蹄。不過我們的馬好像都很會跑堅硬的冬季地面。我們朝著左方奔馳，紅色山脈在我們的腳下飛逝著。

杉森一邊跑一邊說：

「一旦越過了細菲亞潘嶺，就會出現東部林地入口的村落！我們可以在那裡休息！」

卡爾點了點頭，說道：「快跑吧！我們最不能信任的冤家是時間，我們最牢靠的同志也是時間啊。一個星期之內，不論有什麼事，都必須抵達褐色山脈！」

「喝，喝，喝哈！」

「呀啊，呀，呀哈！」

嗒嗒嗒嗒。馬兒們的腳伸出去，拉扯大地之後又再有力地向後推出。我們不斷重複這樣的動作，快速地往南方奔騰而去。最後紅松的紅色越來越深，我們來到了細菲亞潘嶺。

在山嶺前方，我們停了一下，心情沉悶地抬頭仰望細菲亞潘嶺。

我們一整個上午跑下來，一直朝我們左方往下飛逝而過的紅色山脈地勢突然變低，並且形成一座巨大的山嶺。轉進一片狹窄的沖積扇地形，便是曲折的山脊與峭壁綿延不斷之處，事實上，與其說這是山嶺，倒不如稱之為山脈之間的狹路，可能更為正確吧。

「這個地方真是壯觀啊。」

妮莉亞如此說完之後，回頭看了一眼坐在她身後的蕾妮。蕾妮正露出蒼白的臉孔。卡爾看著這山嶺看了一會兒之後，向杉森問道：

「這座山嶺的長度有多少呢？」

「嗯……大約四萬八千肘。」

卡爾隨即點了點頭，指示大家下馬。

「大夥兒先休息一下吧。想要越過這山嶺有兩種方法，我希望用其中的第二種方法。」

「那麼請您先告訴我們第一種方法。」

「一邊慢慢休息，一邊按照我們正常的速度越過山嶺。今天爬到山嶺的最頂端，休息之後，明天早上愉快地下山嶺。」

「那麼第二種方法呢？」

「咬緊牙關一次越過山嶺。今天太陽下山之前越過山嶺，明天愉快地在平地上奔馳。」

「……兩種方法後半部分都很愉快，聽起來都不錯。」

「可是下山對馬而言也不是件容易的事。我們今天就辛苦一點，然後明天一面走平地一面休息吧。」

大家心情都十分焦急，所以都贊同卡爾的意見。於是我們決定先在山嶺下充分休息，以便中途不休息地一口氣越過山嶺。我們讓馬兒們全都盡情地吃草，而我們也都隨意在地上打滾。傑倫特微笑著說道：

「你們故鄉的人們都是這樣的嗎？」

「什麼意思？」

「雖然我們已經訂好一個合理的計畫，下午要一口氣越過那座山嶺，但還是會心裡頭不安，怎麼有辦法這樣休息呢？」

傑倫特會這麼說的理由，可能是因為杉森的關係吧。杉森可以說是在全身關節都攤平的狀態下，躺在草地上，盡情地呼呼大睡。任誰看了，都會覺得他一點都不像是瘋狂趕路的人。說得也是，我也是一副悠哉的樣子。因為我摘了一根乾草，捲起來之後，正在掏耳朵呢。

「反正船到橋頭自然直，不要擔心。」

卡爾如此說完之後，整個人躺到地上。傑倫特聳了聳肩，坐到地上。妮莉亞在稍遠的一顆岩石上和蕾妮並肩坐著。她們互相按摩彼此的肩膀，可是還一邊嘟囔著對方的手勁太強。

「啊、啊啊，稍微輕、輕一點，蕾妮！」

「啊啊啊，啊嗚，妮莉亞姊姊，稍微……！我的肩膀快斷了。」

嗯，就是這類的話。我看根本是裝痛嘛。伊露莉爬上了一棵稍微低矮的樹上，在樹枝之間伸直雙腿，身體靠在樹幹上，正在閉目養神。

風吹過來好幾次，但只吹落了那些乾的葉子。大家還是用完全舒服的姿勢，什麼話也不說。好像有些無聊耶！我吹口哨吹了一會兒之後，但還是覺得無聊，便躺了下來。我一躺到地上，便清楚看到伊露莉的腿。她的腿一動也不動。不過我一看，真是奇怪耶。伊露莉休息的時候也幾乎不移動身體。平常的時候，她也幾乎不會做出什麼沒有用處的動作。可是看看杉森，他一刻也無法靜靜地躺著，把左腳蹺到右邊膝蓋上之後，又把右腳抬到左邊膝蓋上，往旁邊側躺之後又再翻身回來平躺著，反正就是一刻也無法靜止下來。

蕾妮走向卡爾，說道：

「卡爾叔叔，很累了吧？」

「還好，我沒關係。蕾妮小姐可以說因為我們的關係，受了很多苦。跟著我們出來之後，一定不曾覺得有趣吧？」

蕾妮在卡爾背後跪了下來，開始幫卡爾按摩。卡爾露出了一副尷尬的表情。妮莉亞則咯咯笑著坐在卡爾面前。

「卡爾叔叔，請幫我按摩一下肩膀。」

卡爾嘻嘻笑了出來，開始按摩妮莉亞的肩膀。就這樣，妮莉亞、卡爾和蕾妮坐成一列，令人看了會心一笑。蕾妮說道：

「嗯，也不能說到現在為止都不曾覺得有趣。對戴哈帕的酒館裡端酒的蕾妮而言，從來就不曾想過會有這樣旅行的時候。」

「對不起。讓妳辛苦了。」

「不，您千萬別這麼說。」

這時候，從我頭上傳來了伊露莉的聲音：

「有東西在接近我們。」

我們慢慢地起身坐著。伊露莉從樹上看著遠處，我們隨著她目光的方向抬頭看著那條山路。在山路上，有某種數量很多的東西正在移動著，揚起了塵土。接著，漸漸從遠方傳來了喧譁的響聲。

「這是什麼呀？數量滿多的！」

「是不是什麼軍隊啊？」

伊露莉隨即答道：

「這軍隊的指揮官是用一根棍棒在指揮著。而士兵們的頭盔上的角雖然很銳利，但全都用四隻腳走路。」

用棍棒指揮的指揮官，以及用四隻腳走路的士兵……？

卡爾說道：

「原來是牛群啊！」

果然，從遠方傳來了牛的叫聲。這裡怎麼會有牛群要越過山路呢？

03

我們坐在地上望著越過山嶺的牛群。整排整列的牛群一移動，就像整個草原都在晃動的感覺。大約過了三十分鐘後，我們終於看到了牛群中的第一頭牛。

有一名騎著馬趕牛的男子穿梭在牛群中。男子往我們所在的方向奔馳而來，看來肯定是發現我們了。我們和他對望著。不久後，又有追隨他而來的另一名男子出現了。

第一個男子身上穿著不知道是哪種動物，反正就是看起來令人覺得很野蠻的毛皮夾克，年紀約在二十至二十五歲上下。黝黑的臉龐和強壯的肌肉令人印象深刻。佩帶在腰際的大把匕首，像是被賦予了野獸般的力量。背上背著威力強大的複合弓，手上拿著箍了鐵圈的長棍。腳上穿的長靴也不知是哪種皮革，堅韌的程度可能連蛇的利牙也刺不進去。男子所騎的馬和身上的馬具也很稀有，主要由毛皮和木頭製成，用一條大繩子套在眼睛周圍。男子的馬術很高明，向我們這邊奔馳來後，便縱身一躍，輕輕落地。然後在他後面另一個幾乎穿著相同服裝的男子也跟了上來，同樣用帥氣俐落的動作躍下馬來。杉森在不自覺間忍不住讚嘆出聲。

第一位男子面帶善意的笑容說道：

「幸會。請問各位是冒險家嗎？」

哦？他說的不就是方言嗎？

男子說話的腔調比在伊斯公國聽到的方言口音還要重。猛然一聽，會誤以為他在說外國話。我們都訝異地看著這兩名男子。不過重新想了一下，原來他們說的是拜索斯語。此時周邊滿山滿谷連綿不斷的牛群移動時，會看到忽隱忽現的其他男子們。

我們全都站了起來，伊露莉從樹上一躍而下。男子看到伊露莉時，雖有些訝異，不過沒有多說什麼。卡爾看著那名男子說道：

「啊，我們只是旅行者。現在是為了越過細菲亞潘嶺，暫時在此處休息。」

然後男子便微笑回答道：

「我們就是猜到你們的路程，才一路追過來的。在下名叫理丘。我們趕來的原因有兩個，一來是要勸告你們，二來是對你們有一件請求。」

「有智慧的人知道如何讓勸告及請求都讓人接受。我的名字是卡爾・賀坦特。」

理丘在回答卡爾前，轉身看了一下跟在自己身後的同伴。可是那名同伴不知是不是不想加入這場對話，只是杵在原地看著別的地方。然後理丘再回過身來，對著我們說道：

「是的。我們是要勸告你們不要越過那座山。」

「那座山有什麼問題嗎？」

「山裡有怪物出沒。」

「什麼？」

我們全都驚訝地看著那名叫做理丘的男子。理丘用沉鬱的聲音做了說明。他說道：

「先讓我來說明一下吧。就如你們所見的，我們是牧人。我們現在正依照送貨的契約，運送這些牛群到指定的地方。我們是和軍人簽訂契約，要將這些被當作食用牛的牛群，運送到戰場前線去。」

啊，這些人是北部林地的牧人嗎？卡爾曾經假扮過牧人呢。我一想到他那個時候，不禁嗤嗤笑了起來。卡爾看著我，好像不知道我在笑什麼的樣子。

理丘繼續說明：

「我們在幾天前越過那座山時，碰到了商人隊伍。商人隊伍就像我們現在這樣，正在慌張地折回原路下山當中。我們問了原因，他們說山裡有怪物出沒，怪物會把路過的人全都殺掉。牠們把人類擊倒後，會吸取那個人的生命力，直到只剩下骨頭為止。」

吸取生命力？我們一臉驚恐地看著理丘。理丘換了個略帶愉悅的表情接著以下的話。他真是個表情變化多端的人啊。他說道：「嗯，我是不知道你們有沒有聽過我們在外的名聲啦，我們牧人聽到那種怪物故事之類的事，一般是不會害怕的。因為我們帶著牛群過流浪生活的時候，什麼奇奇怪怪的怪物都碰過了。」

「是這樣的嗎？是的。久仰大名了。名將軍烏塔克也是牧人出身的。」

卡爾一提到了烏塔克的名字，理丘的面部表情更加柔和了，而他背後的那名男子也露出了微笑。理丘繼續說道：

「哈哈。是的。所以我們就算聽說會遇到怪物，也還是依照原來的行程，繼續穿越山脈。可是就在昨晚，我們被偷襲了。」

「偷襲？」

「是的。在半夜的時候，突然飛來一個伴著奇怪嘶叫聲而來的火球。」

「火球？」

「是的。我們以為那不過是怪物身上的某個部分罷了，可是並非如此。我和其他的同伴嘗試去攻擊那傢伙，可是對方竟然能在黑暗當中移動自如呢。不幸地，我們的一位同伴被火球擊中而燒傷，而且牛群也死了二十多頭。然後牛群們開始騷動起來，差點就在一瞬間全都跑光了。牛群一旦陷入一陣混亂之中時，要再讓牠們鎮定下來可不是件易事。」

「呵呵。在山裡竟也會發生這樣的事情。各位真是辛苦了。」

「就是說啊。反正我們連夜趕緊將牛群再次集合了起來。可是這次意外中，我們有兩名夥伴遭到攻擊。我們翻遍了草叢才發現的屍體就如同商人們所言，變得非常乾癟，幾乎快看得到骨頭。如果不是確認過了身上的物品，根本就認不出他們是我們的同伴，全身上下如同焦炭般，頭髮也掉成了一團在地上。」

蕾妮好像以為現在的理丘會變身成那個怪物一樣，嚇得趕忙躲到妮莉亞的身後。理丘望著女孩子們那邊，微微笑著說道：

「我們為了要替同伴報仇，已把牛群集合在安全的溪谷中，昨天早上開始出發要去抓那隻怪物。」

「嗯。那後來呢？」

「我們追蹤那傢伙的足跡，最後終於在某座山下圍堵住他。在草原裡追蹤他的行跡真是一件令人毛髮直豎的事情。由於看不到對方的模樣，我們只能根據對方留下的痕跡來猜測判斷。到後來我們封鎖住他的退路，把他圍堵了起來。我們還來不及看清他的模樣，只記得他穿著一身的黑衣和一雙紅眼睛。我雖然傷到了他，可是還是被他快速地逃走了。那傢伙閃過我的刀，迅速地握住了我的手腕。」

「握住了你的手腕？」

這名叫理丘的男子，嘻嘻笑了一下，馬上就爽快地脫下了夾克。站在後面那個彬彬有禮的男子，好像並不同意理丘的行動似的在瞪著他，可是理丘毫不受影響，繼續捲起了袖子，露出手臂給我們看。

「咦？」

妮莉亞尖叫一聲，而剛才躲在妮莉亞背後只露出頭部的蕾妮，則又再度躲了起來。

那隻手臂的確很嚇人。骨瘦如柴的手臂和身體健壯的理丘一點也不相配。手臂已經完全乾硬變黑，跟死人的骨頭沒什麼兩樣。

「這到底是……？」

理丘苦笑了一下，把袖子放了下來。他繼續說道：

「這不是中毒。雖然不知道是什麼原因，不過我就是少掉了一隻手臂了。那傢伙握到手的瞬間，我簡直以為是被狼咬住。讓各位見笑了，當時我竟然像個女孩子一樣，哀哀叫了起來。等回過神後，那傢伙早已不知去向，然後我的手臂就變成了現在這個樣子。後來聽到其他的同伴告訴我，他們在聽到我的哀號聲後，連忙趕來營救，那傢伙才逃走的。所以他應該還活著吧。」

此時牛群已經移動到我們旁邊，在牛群裡的牧人們瞄了我們幾眼後，對著牛群大聲喊叫起來。卡爾一臉無法置信的表情，看了看理丘之後說道：

「那麼，你的請求是什麼呢？」

理丘猶豫了一下子，回答道：

「冒險家們都是多才多藝的吧。那個，不知你們是否願意幫我們治療一位受到燒傷的同伴……」

就在這個時候。站在理丘背後，本來不發一語的男子簡短地喊了一聲：

「理丘！」

但是理丘只是一逕地笑著繼續說道：

「哈哈！你終究還是開口了吧？各位，這位同伴是沉默寡言的哈丘。」我們不知該如何回禮。因為哈丘僅僅只是對我們隨便行了個注目禮，然後便對著理丘繼續說道：

「你在說什麼呀？讓你和這些林馬頭聊了那麼久，是為了要警告他們有危險，所以我才同意你這麼做的。可是你竟然要把我們的同伴交給他，你到底是什麼意思？」

理丘馬上就面帶難色。他仍然維持令人看了就舒服的笑容，對著我們說道：

「這個……哈丘，這樣不行哦。各位失禮了，我們兩人要私下談一會兒。」

然後理丘就搭著哈丘的肩膀，拉著他走開了。他們在離我們的不遠處開始不知在交談些什麼。妮莉亞皺著眉頭問道：

「卡爾叔叔。林馬頭是什麼？您知道是什麼意思嗎？」

「啊，是這樣的。北部的牧人是相當封閉的民族，他們把牧人以外的人通稱為林馬頭。他們是只對自己人講話的，如果不是非常必要的狀況下，絕不會和外人說話。」

傑倫特一臉疑惑地問道：

「啊，難道說連救治他們也會被拒絕嗎？」

「情形就如同你所見到的一樣。除了杉克列，也就是他們的靈魂之父以外，沒有人可以負責牧人的生命。你們沒聽過這類的故事嗎？游牧中的牧人如果進過城不小心得了病的話，他們會拒絕任何治療，而只靜待死亡。」

「嗯，牧人很少進城來，所以我不是很清楚這件事情。真的有寧可死也不願接受治療的事嗎？」

「一般人都說是那樣的。」

怎麼會有這麼奇怪的人呢？我訝異地看還在討論中的那兩位牧人。哈丘表情剛硬地在據理力爭，理丘則是盡量保持微笑，可是偶爾摻雜著生氣的表情和哈丘對話。到最後理丘終於受不了了，用力地搔著後腦杓，大叫道：

「你這個混球！我們還要好幾個月的時間才會回到杉克列那裡。考克丘可以安然度過這段冗長的時間嗎？可惡，別說是幾個月了，就連今天他都很難保住性命的。我們能在這裡遇到這些冒險家已經很幸運了！你快把嘴閉上，別管我怎麼做，難道一定要逼我說出誰是指揮者嗎？」

然後哈丘便苦悶著一張臉，無言以對地看著理丘。理丘憎惡地回瞪他一眼，然後再次向我們這邊走過來。他把頭低下來說道：

「對不起。那小子太固執，不知變通……我要再次拜託你們，你們願意幫忙治療一下我們的同伴嗎？」

卡爾看看傑倫特，傑倫特馬上就點了點頭。所以理丘就帶我們走到牧人群聚的地方。

我們一靠近，站在牛群中的牧人們當場有些人馬上就現出凶惡的表情，有些人則是露出難以置信的表情看著理丘。甚至也有那種一副要撲向理丘、表情猙獰的人。呵呵，真是的。來到這樣一個不歡迎我們的團體裡，確實是頗令人頭痛的事。

理丘沒說什麼話，便走向其中一位牧人。那位牧人很快速地用不悅的眼神瞄了我們一番，然後就目視天空不理人了。在他所騎的馬鞍上，有兩根長木棍接在一起，向後伸出。棍子的後端是一個像擔架的東西。

那個擔架是用繩子、藤蔓、毛皮等做成的，現在那裡面躺了一名男子。男子一看就知道是一名傷患。他的臉頰削瘦，無力地下垂的身體被用毛皮緊緊捆住，所以看不見。傑倫特當場咋舌說：「怎麼會這樣子拖著傷患到處走動？這樣會蒙上多少灰塵哪？」

然後剛才騎在馬上的牧人便乾咳了幾聲。傑倫特根本沒把他放在心上，便逕自掀開了毛皮。躺著的男子呻吟了一下，就張開了眼睛。可是我們沒有時間看他的臉，傑倫特一掀開毛皮，我們就看到了被燒傷的部位。從完全焦黑掉的皮膚裡流出了膿水，血都已經乾涸了，看起來非常骯髒，傷勢又很嚴重。傑倫特又咋舌說道：

「把他放在棺木裡拖著走還好些呢，居然把燒傷患者緊緊裹在毛皮裡？真是令人傷腦筋。」

理丘搔了搔後腦杓，哈丘則很徹底地表露出對我們不滿的表情。傑倫特一邊吐舌頭，一邊祈禱。但是那名躺著的男子突然張大了眼，「呃……呃呃呃！滾到一邊去！」

他發出令人發毛的哀號，傑倫特嚇了一跳，停止祈禱，向後面退去。然後理丘再次轉為慌張的表情，向那名躺著的男子彎下了身軀說道：

「喂，考克丘！閉上嘴別動。拜託你，這是在救你的命啊！」

「啊！不可以……杉克列以外的人……退後！不可以把手、把手放到我的身上！」

理丘氣得七竅生煙，好像還要再回罵些什麼。但是他突然抬起了頭。然後我們也一下子就看到有一堆人影，明白怎麼回事後，也抬起了頭。

不知何時，牧人在四周聚集了起來。牧人們嫌惡地看著我們。他們的劍雖然還在劍鞘裡，手上只拿著長棍子，可是那感覺就好像用武器對準我們一樣。理丘尖叫出來：

「幹嘛？有什麼意見嗎？」

牧人中有一個回答道：

「理丘，你現在要做什麼？你該不是拜託他們來治療考克丘吧？」

理丘退縮了一下子，但馬上又堂堂正正地說道：

「怎麼樣，這樣做不行嗎？」

然後剛才開口說話的那名男子便一臉心寒地看著理丘。他說：

「只有杉克列可以保護我們。不應該是由你來救活考克丘的！真是的，他們或許可以治好考克丘，但是這樣子考克丘就會幸福了嗎？」

理丘將下巴一下子抬了起來，眼睛裡似乎在著火一般。他說：

「人要活下來，才知道他幸不幸福。你這個笨蛋！乳臭未乾的小子別學大人講話！」

於是騎在馬上的牧人臉上也露出了嫌惡的表情。他打算再說些什麼的時候，理丘快速地打斷他，接著說道：

「你是杉克列嗎？哇，好厲害啊。我們的司馬洛丘在什麼時候變成杉克列了？什麼時候開始碰觸頭帶，丟棄木牌了？好啊。那麼就請偉大的杉克列・司馬洛丘下指示吧？」

「我沒說過我是杉克列。」

理丘馬上回說：

「那就聽我的！這裡的指揮者是誰？你們是不是不把持有杉克列信物的指揮者放在眼裡了！牧人脫離杉克列管轄領域時，指揮權是在誰的手上？你們可以抵抗指揮權嗎？」

名叫司馬洛丘的牧人頓時啞口無言。哼！本來就是，都被人這麼說了，還能怎麼回嘴？司馬洛丘恨得牙癢癢地說道：

「你是指揮者，我們不能違抗你。不管是要堅持傳統還是要開放，都由你決定。可是回到杉克列的管轄領域裡的時候……」

「那個時候隨你這傢伙怎麼說！現在給我閉嘴！」

傑倫特最終在充滿著殺戮氣氛之下完成了治療。不只是從四周襲來的氣氛，連在接受治療的當事人都是一副很嫌惡的眼神，真讓人一點救人的心情都沒有。躺在毛皮擔架裡的考克丘，眼神裡射出的是「因為理丘的命令，不得不忍受這種羞辱」的眼光。要是我的話，就會乾脆對他大喊「把你丟到荒野餵野狗算了，隨便你」！

傑倫特用發出藍色光芒的手撫觸考克丘時，考克丘身上的傷口馬上就癒合了。牧人們雖然一副很驚嘆的表情，不過好像還是有點不安的樣子。傑倫特完成治療後，從我們的行李裡拿出繃帶，包好考克丘的傷口後，便退了下去。

「嗯，傷口已無大礙了，再過幾天就會復元。雖然我們想對你們做一場有關衛生觀念的演講，但是你們一定是左耳進右耳出，我看還是算了吧。」

理丘笑著說道：

「真的很感謝你，祭司大人。」

「不用客氣了。」

理丘低下頭，然後嚴厲看著自己的同伴們。他們猶豫了一番，然後做了一個類似注目禮的致意。有幾個人好像是真心地感謝，但是大部分的人只是在形式上點了點頭。理丘看了隨即對他們火冒三丈，向我們介紹了那些人的名字。理丘、瑞丘、哈丘、道丘、司馬洛丘、韓塔爾丘、奇丘、比爾丘、巴比丘、那比丘。還有一位躺著的考克丘。

一鼓作氣介紹那些人的時候，我真擔心他的口水會噴得到處都是。他們被介紹到名字時，只好心不甘情不願地向我們鄭重致意。這場介紹進行的方式是：

「這傢伙是長了一雙笨蛋眼睛的道丘。」

「幸會，幸會。謝謝您為考克丘治療。」

「那是長腿人韓塔爾丘。」

「……謝謝。祭司。」

「這是我分內應做的。哈哈。」

理丘就是用這種方式讓那群牧人開口回禮，傑倫特再一一向那群人回說一些客套話。妮莉亞一邊笑一邊說道：

「哈哈，好奇怪。怎麼每個人的名字都有感冒哈啾的啾字呢？」

聽到妮莉亞說的話，蕾妮也笑了起來。但是理丘卻瞪了過來。他好像要開口說些什麼的時候，卡爾急急忙忙地先搶了他的話，說道：「啊，妮莉亞小姐，這幾位大概是具有相同祖先的子孫吧。所以說彼此也算是兄弟關係，沒錯吧？」

理丘訝異地看著卡爾說：

「什麼？哦，您真是學識淵博啊！」

卡爾再度看了看理丘回答道：「沒那回事，多謝稱讚。我們一行人可以幫得上忙，我也感到很高興呢。」

然後傑倫特接著說道：

「要幫就幫到底吧。把你的袖子再捲起來讓我看看，理丘。」

但是理丘面露難色，周圍的牧人們眼神裡也閃爍著光芒。特別是那位叫做司馬洛丘的傢伙，他用令人畏懼的眼神輪流看著傑倫特和理丘。理丘神情黯淡地說道：

「啊，那不用了。光是您剛才為我們所做的事情，我們就已經感到很滿足了。不好再麻煩你們了。」

傑倫特一臉地困惑，他打算再開口說些什麼的時候，我看到卡爾輕輕地抓住傑倫特的手臂。傑倫特轉過頭來，卡爾用輕輕的、但意思很明顯的動作搖了搖頭。

傑倫特表情轉為訝異，他說：

「反正你也是死不了的。那隻手臂一看就知道，是被出自吸血鬼系統的魔法所害，就算放著不管，過一陣子也就會回復了。但是由於那隻手臂的抵抗力變得很虛弱的關係，所以容易得到其他的併發症。而且在這種天氣裡，那種受到魔法詛咒的手臂，就這麼樣放著不做處理是很危險的。」

那些叫做「丘」的牧人們，聽到傑倫特說的話後面面相覷，我們也是一樣。只有伊露莉笑著說道：

「沒錯，你的眼光很精準呢，傑倫特。」

「我推測的沒錯吧？」

「應該是的。」

理丘慌張地看著傑倫特說道：

「啊，我雖然不懂外人的魔法，但你的意思是，你知道這是什麼魔法造成的嗎？」

「哈哈。那不是什麼特別厲害的魔法。那是一種接近某種生物，就會吸取掉其生命力的魔法，但巫師們都不太喜歡。因為大部分巫師動作都比較慢。像是精靈也可以很輕易地施展這種魔法，可是對優比涅的幼小孩子精靈來說，又怎麼會做出這種醜惡的事呢？」

伊露莉又笑了。理丘已經完全進入驚訝恐懼的狀態，他又說：

「不，什麼，你是說那傢伙是人類嗎？」

「以火球來看也應該沒錯，嗯，大概是名巫師吧。」

然後那些「丘」牧人們全都惶恐地彼此觀望著。不一會兒，他們臉上的表情全都轉為忿忿不平的樣子。韓塔爾丘說：

「我就說過了嘛！如果那傢伙是人類的話，就沒有害怕的必要了。我們一定要替阿拉丘和塔丘報仇！也要替考克丘的傷勢討回公道才行！」

但是巴比丘搖了搖頭說：

「啊，杉克列也常常耳提面命說，惹到外面那些戰士倒沒關係，但是對巫師要小心再小心。我們沒有必要自找危險。現在直接出發前往中部大道好了。」

但是那位不知是不是因為火傷，手臂上纏著繃帶的奇丘，搖了搖頭說道：

「可是我們若要經由中部大道走的話，很難按照在合約上簽訂的日期到達。而且如果下雪的話，就更難帶牛群走了。」

那些「丘」字輩牧人們開始熱烈地討論起來。我們禮貌地不參與他們的討論。杉森看著天空說道：

「太陽已經升得很高了。我們也該出發了吧。」

所以我們大家再一次把馬兒叫過來，戴上馬具，完成出發的準備。此時理丘一臉驚愕地說道：

「哦，你們要去哪兒？」

卡爾低著頭說：

「當然是前往細菲亞潘嶺。」

「什麼？難道你們不怕那名巫師嗎？」

「不怕。聽你說他是在晚上才偷襲的樣子，可是我們並不打算在那裡過夜。」

理丘聽了嚇了一跳，他又說道：

「什麼？你們不打算過夜的話，那是要徹夜趕路的意思嗎？」

「不是。我們打算在下山以前越過那座山脈。」

這麼一說完，所有的牧人全都是一臉的驚訝狀。其中有一、兩個人轉過頭去嘻嘻笑了起來。理丘雖然沒有在笑，不過也是相當惶恐地說道：

「喂，你們腦袋沒燒壞嗎？細菲亞潘嶺半天是走不完的。就算是直線距離，算起來也有五萬肘，而且平地上的五萬肘距離和山裡的五萬肘距離是相差十萬八千里的。」

「所以我們得趕緊出發了。哈哈哈。」

「呵呃，你們真的是……」

理丘的表情仍是非常地訝異。他打算要再開口說服我們的時候，卡爾搶先說道：

「那麼我想再請教一個有關那條山路的問題，可以嗎？」

「什麼？啊，儘管問吧。」

「你們追捕的怪人，是不是有一大群人？」

「沒有。只有一個傢伙而已。至少我們看到的只有一個。」

「嗯。這樣的話，應該就沒有什麼困難了。」

理丘驚慌地看了看卡爾，又看了看我們一行人。實在不知要如何形容他現在的表情，簡直就像是在說「這些乳臭未乾的小孩，不知天高地厚……」。

理丘仔細地瞧了瞧杉森後說道：

「各位對細菲亞潘嶺山路的想法簡直是無知，對自己身處的危險也很無知。你們可以打仗的戰士只有這一位吧。嗯，我不是在懷疑他的強大戰鬥力。可是我們全部加起來十二名，卻還是被那傢伙給偷襲了。」

杉森努力做出自己擁有強大戰鬥力的表情。呃，這裡帶劍的男子又不只一個而已。我看看理丘說道：

「我叫修奇・尼德法，您可能還沒注意到我，我向您報告一下，我是會打仗的。」

理丘一臉嚴肅地看著我說道：

「喂，小伙子，我是不知道你怎麼跟他們混在一起的，但他們可能還沒告訴你以下這件事吧。哈哈哈。在北方牧人面前班門弄斧，可是會大難臨頭的哦。」

這真是越來越……不行了，我忍不住了。我在想要不要告訴他，我還是成功侵入過大迷宮的人呢。可是不知為何，我突然發現傑倫特在暗示我什麼的樣子，便暫時先不回答，只是看著四周。我看到了妮莉亞和蕾妮原來坐的那塊位於稍遠處的石頭。

我對理丘說道：

「那個是什麼東西？」

「什麼？」

「你看那是什麼東西？」

理丘訝異地看著我們，用理所當然的口氣回答：

「那不是石頭嗎？」

「不對。」

我走到石頭旁邊，平順一下呼吸，一口氣用拳頭擊向那顆石頭。砰！

「哞哞哞！」

「哞哞哞！」

牛群害怕地發抖。牛群中靠外邊的，也就是比較靠近我這邊的幾隻牛，開始發狂般狂奔起來。牧人們不管那幾頭嚇跑的牛隻，只是不住地看著我們，全露出害怕得不得了的表情。

砰！砰砰！我又打了幾拳後，那顆石頭馬上就變成碎片，散落一地。妮莉亞和蕾妮一邊歡呼，一邊為我拍手，卡爾則是笑笑地搖頭。我看了看理丘，他將北方牧人被嚇得魂飛魄散時露出的表情表露無遺。我盡量做出看起來不覺得怎麼樣的表情，拍拍兩手。哎喲，我的手呀！痛得想流下眼淚了說。可是我假裝冷冷地說道：

「這個東西，一般來說叫做石礫。」

理丘嚇得下巴在卡嗒卡嗒顫抖著。你們現在認為我怎麼樣啊？北方的牧人朋友。這個時候，我才知道了伊露莉在用奇怪的表情看我。

「伊露莉，妳怎麼了？」

伊露莉靜靜地看著我，像是在勸誡我一般地說道：

「修奇，你提出的問題，在當時的觀點來說是石頭沒有錯。你在別人回答過後才改變原先問題內容物的型態，是不公平的。」

呃啊。我向伊露莉道歉，也向理丘道歉。改變了原先的問題是我的錯。

牧人們驚訝地瞪大了眼看著我們的時候，我們已經完成了出發的準備。理丘直到最後一刻都還想要阻止我們，不過我們是鄭重地向他辭謝了。然後理丘說道：

「看來各位有非常緊急的事吧。」

「是的，沒錯。」

「呵呵。真是的。我為表謝意，還真想送給你們牛隻。除了牛隻，沒有什麼東西值得送給你們的了呢。」

「哈哈，我們也帶不走的。我們可以幫得上忙已經很高興了。希望各位旅途愉快。」

理丘用惋惜的表情看看我們說道：

「好的。我祝福各位能平安通過那座山嶺。」

然後我們就離開了。牧人們沒有移動，只是站在原地看著我們。

離開他們相當一段距離後，傑倫特向卡爾問道：「那個，卡爾，你為什麼要阻止我替理丘治療呢？」

卡爾笑了一下說道：

「那些牧人們是一群非常重視自身的價值觀與倫理的人。不知道是不是因為是少數民族，所以才會更加嚴重。你應該有聽到考克丘說到，他寧死也不願接受治療吧？」

「是啊。沒錯。」

「但是那名指揮者理丘是個懂得理性思考的人。當然，他也不會因為理性就完全無視於自身的倫理與習俗，可是就像剛才一樣，只有很急迫之時，才可以恫嚇其他的牧人，無視他們的習俗的。」

「是的。看起來是那樣。」

「但是因為他是指揮者，才可以做出那麼危險的事來。考克丘不是指揮者，只是一行人的其中一人，接受了欽柏先生的治療，還不至於出什麼大狀況。但是如果換作是指揮者理丘自己的話，就可能會出狀況了。說不定理丘的領導地位會不保。這樣的話，他獨斷獨行的行動，就可能必須付出極大的代價了。」

「嗯……我大概瞭解您的意思了。」

「那個名叫理丘的人，如果換作是在沒有其他同伴在的場所，多多少少會接受你的治療。但是在同伴們面前當然是不可能的。」

什麼跟什麼嘛。這真是一群無可救藥的人，越想越令人生氣。我們全都贊同卡爾的說法，並點點頭同意。我點點頭後，突然想到有一個人一定不認同這個看法。

轉過頭看看伊露莉，果不其然，伊露莉的表情是一臉的茫然，正呆坐在那裡。我嗤嗤地笑了一下，說道：

「好吧！令人頭痛的事就到此為止。因為他們那群人認為本身的習俗是可以繼續維持現狀的，而且也因此感到內心滿足，所以他們會維持下去。如果連他們自己也認為那些習俗是不合乎人性的時候，到時自然就會清醒過來的。這是他們得自己決定的事。」

卡爾一臉地感嘆說道：

「尼德法老弟，說得真好。」

「那麼這件事到此為止，我們現在開始奔馳吧？理丘說我們今天越不過那座山的。」

「你要證明他說的不對，不是嗎。咿呀！在太陽下山前向前衝吧！」

我們開始向山嶺全力奔馳。

我們奔馳的速度很嚇人，根本就分不清身邊的樹林景象，所有的景物只像是一條條綠色帶、灰色帶、褐色帶般飛掠閃過。我躍過坑洞，在極陡的山路上向上奔馳，也在彎曲小徑裡開山闢路。嗒嗒嗒嗒！我們全速奔馳到峭壁頂端，那速度甚至讓呼嘯而過的山風都相形失色。傑倫特放聲祝福馬兒們說：

「馬兒們！以德菲力之名，祝福你們的長腿啊！跑到腿快斷為止，全速向前奔馳吧！」

伊露莉也接連不斷地鼓勵馬匹們。她向馬兒們說道：

「向前奔馳吧！接受主人們的心思吧！用你們飛快的腳步，陶醉於無限的速度快感中吧！擁有熱情靈魂的風之子們啊，向前奔馳吧！」

這不像是騎乘於馬背上，而是像騎乘於山風中一般。我們如疾風般地飛行在極為陡峭的山路，以及彎彎曲曲的道路上。我們跳躍過橫貫山路的小溪水，在彎曲的路上急速地轉彎。馬匹們奔馳的馬蹄聲響遍山野，呼出的鼻息好似升起了一層薄霧般。

「咿嘻嘻嘻！」

黑夜鷹一面咆哮著一面奔馳。妮莉亞是全身貼在馬背上，蕾妮則是貼在妮莉亞背上。流星似乎不能忍受被黑夜鷹所超越，正在全力追趕牠。坐在杉森背後的傑倫特，因為被猛烈揚起的袍子衣角蓋住，所以幾乎看不到他。曳足也變得看不出有拖腳走路的習慣。

「咿嘻嘻嘻！」

哦！傑米妮！我答應你。我保證肚子再餓，也絕對不會幻想吃馬肉的！傑米妮好似是受到了其他馬兒奔馳的鼓舞，興奮地向前跑著。就連經過一邊是危險峭壁的山路之時，傑米妮依舊根本沒受任何影響，繼續向前奔跑著。

在以如此驚人的速度奔馳過後，漸漸地坡度緩了下來。我們越過看不到樹林的高原及丘陵，沿著峭壁邊上的山路在前行。不知不覺走到了雲霧穿梭其間的峭壁山路中，馬兒們像是發狂般地向前疾走。

卡啦卡啦卡啦！

我們沿著狹窄的山路行走時，無意間將小石子踢落至山谷下。在跳越過橫躺於道路中間的樹木殘枝時，身體的重量感完全消失了。當置身於空中時，迎面而來的樹枝看來像是飛射過來的刀鋒一般危險。就在此時——

「停！」

原本一直在鞭策馬匹前行的伊露莉，突然這樣大喊著。然後，旁邊的草叢裡迅速地飛出一道道光箭。啪啪啪！

「呃啊啊！」

那些光箭全都命中了杉森。杉森從流星背上摔了下來，依照慣性向前滾了幾圈。傑倫特很快地接手流星，並大叫了一聲。雖然好不容易才拉住了韁繩，但由於流星突然煞住，傑倫特立刻就滾下馬來。不知所措的我們幾乎是在跑了五、六十肘之後，才好不容易停下。

「是牧人說的那傢伙！」

卡爾高聲喊叫，伊露莉立刻從馬上一躍而下。她跳下去之時，就在空中拔起了穿甲劍，一落地馬上往灌木叢中一插。啪啪啪！有東西在草叢中快速地移動著。我把馬掉頭，往那個移動物體追趕過去，然後在馬上就拔起了巨劍。

啪啪！我雖然向草叢中揮砍過去，卻沒有感覺切到任何其他的東西。我從馬上跳下，又向草叢中揮砍了幾次，最後乾脆跑了進去。

可是什麼也沒有。而且四周一片寂靜。

「可惡，真是的，躲起來了！」

就在這個時候——

「修奇，注意後面！」

聽到妮莉亞大喊的瞬間，我往後一轉，同時也將巨劍揮砍出去。就在我整個人轉了一大圈之時，我看到輕輕往後一跳、巧妙躲過巨劍的那個人的身影。可是我很難看清楚他的輪廓。那傢伙以可怕的速度移動著，連眼睛也跟不上。伊露莉大喊：

「是迅速移動術！」

咻咻咻咻！不知道到底是什麼東西，但那傢伙的手上有刺眼的光芒在閃動著，不是指甲就是刀子。可是什麼樣的刀子能移動得那樣快呢？我死命地一邊向後退，一面揮砍巨劍，但那傢伙卻輕易地就避開了。不知道是不是移動得太快的關係，我只看到黑色的輪廓，連到底是個人還是什麼東西都分不出來了。那傢伙就是從劍身旁邊生出的風一樣，從巨劍旁邊竄出來，馬上就一把抓住了我的手臂。可惡！被他抓到不就完了！

「三叉戟妮莉亞！」

咻咻！妮莉亞用三叉戟戳了過來，那一團黑黑的東西把抓著的手臂一放，向後退了下去。妮莉亞沒有停下來，繼續用三叉戟戳那團影子，可是他實在退得很快。我覺得自己的敵人根本是陣風。此時卡爾大叫：

「這個看你還躲不躲得過！」

咻！卡爾射出了弓箭。他躲過了！那傢伙竟然嘲笑似的躲過了弓箭。可是卡爾並沒有停止發射。

咻咻咻！連續發射的箭驚人地向那個影子集中飛去。但他實在是動得太快，那些箭全都在他身後掠過。我和妮莉亞雖然仍在追趕他，但是急急如風的那傢伙連箭也躲得過，根本很難抓到。妮莉亞發瘋似的拿著三叉戟大力揮舞著。雖然成功地砍掉一些雜草和幾根樹枝，但是連那傢伙的身邊都靠近不得。

「咿呀呀！跑太快了啦！」

妮莉亞心急如焚地追趕他，用三叉戟戳他，但那傢伙卻可以躍至離地二肘的高度，避開妮莉亞的追擊。妮莉亞立刻往他身後的樹木一踏，翻了個身，用三叉戟進行戳擊動作。

「呀啊！」

在空中完全伸展開來的妮莉亞，她的身高加上三叉戟的長度，合起來是一段很長的攻擊範圍，瞬間就縮短了與那傢伙間的距離。

劈啪！

但是妮莉亞這個恐怖的攻擊，僅止於扯破了那傢伙的衣角罷了。然後那傢伙馬上向後一退，把小刀丟了出來。咻！

妮莉亞嚇了一跳，頭偏了過去。然後不知從哪冒出的伊露莉手臂正快速地移動著。噹！伊露莉的穿甲劍把飛向妮莉亞的刀子擋了下來。太好了！那傢伙現在兩手空空，沒有武器了！我一邊擋住那傢伙的去路，一邊用巨劍揮砍。但到底還是抓不到那傢伙動如疾風般的身體。

伊露莉緊閉雙唇，壓低了姿勢，向那傢伙疾如風般的腿砍了過去。然後我對準那傢伙的上半身一陣亂砍，妮莉亞則是在稍遠處揮動三叉戟，不讓他有逃走的機會。在這一來一往的刀光劍影中，凌亂聲響像暴風雨狂亂打來，四周皆是塵土飛揚。我們雖然已從各個方向進行攻擊，但那傢伙還是有辦法全都躲開，而且還是在沒有離開我們攻擊範圍的情況下！好吧。既然如此，那也沒有其他的方法了。杉森，你好好看著吧！

「喂，讓你領受一下！杉森化！」（Sansonalization!）

妮莉亞突然捂住嘴笑了起來，我在她笑的時候，就已在三秒內完成了向杉森學來的所有技術。我一邊向前跳出，從肩膀上方向前方舉起劍來，那傢伙馬上就往旁邊避開。可是左右揮砍攻擊兩次之後，那傢伙就向後退了下去。咦？這點很奇怪。然後我將劍向上一揮，扎實地向後一推，然後再向前一跳，把劍舉到了肩膀上方的位置來抵擋他，哦？白擋了呢？那傢伙根本沒有攻擊我。他茫然地看著我，那表情就好像在看一個傻瓜，想著又沒有人在攻擊，幹嘛做出抵擋的姿勢？但是我向杉森學來、記得滾瓜爛熟的招式就是自然地流露了出來。

「反向轉身，向後劈！」

「呃呃啊！」

唔哇！唔哇！好神奇！我只在反向轉身的時候覺得像個傻瓜。可是那傢伙很快速地進入我揮劍的軌道中。我很明顯地感覺到他通過了劍身！

「砍中他了！現在看我的攪拌蠟油！」

應該用杉森化把他逼到絕境的！那傢伙將手臂縮回，接著就向後躲開，然後跑入草叢裡，消失不見了。

「這混蛋，看你往哪裡逃！」

「別追了，尼德法老弟！」

真是的！我伸了一下舌頭，停了下來。這該死的傢伙，怎麼能跑得那麼快？草叢老早就毫無動靜，四周已是一片靜寂。伊露莉靜靜地看四周，把穿甲劍插了回去。

我們一行人於是先趕去看看掉下馬來、在地上動彈不得又一直發牢騷的杉森。我把在附近的傑倫特扶了起來。傑倫特吃力地擠出一個笑容，一跛一跛地走著。妮莉亞緊緊握住三叉戟，害怕地警戒著四周。

「他連大白天也偷襲呢？」

「杉森大哥，杉森大哥！有沒有受傷，沒關係嗎？」

蕾妮惶恐地想扶起杉森，但是以蕾妮的力氣是扶不起杉森的。傑倫特笑了一下，開始祈禱。

杉森這才稍微回過神來，說道：

「他會魔法飛彈……是巫師。」

「是啊。沒錯，是巫師。可惡。還是個移動速度快得嚇死人的巫師呢。再也不能說巫師的動作慢了。但是那個巫師真是混蛋，怎麼會做出這種山賊的行徑呢？」

在傑倫特治療完杉森，接著開始治療自己的期間，卡爾一面皺著眉頭，一面環顧四周說：

「巫師一個人藏身在山中，偷襲旅行者……他打算搶什麼嗎？錢？巫師如果想要錢，還有更多又安全又好的方法才對。」

伊露莉點點頭，從位子上站了起來，開始施法。

「在那氣息之下，浮載著生命，望看所有事物，不從屬於任何事物的您啊，請將您所聽見的傳達給我吧。」

我們一時都閉上了嘴，看著伊露莉。伊露莉靜靜地站著，閉上眼集中精神。不一會兒，她就張開了眼睛，手指某個方向說道：

「很微弱……他很會隱藏蹤跡呢……總之，現在聽得到離我們最近的聲音，大約是在一千肘遠的地方。」

「什麼？一千肘遠？妳的意思，是他已經跑到那麼遠的地方去了嗎？」

「是的。你們也看到他驚人的速度了吧？」

「呵呵，真是的。那他要回來也是瞬間就能辦得到吧。」

這位巫師真嚇人。呃呃。過了不久，杉森就恢復了元氣，站起身來。除了好像還有點不舒服，偶爾皺皺眉頭外，氣色尚可。他說道：

「我現在已經好了。我當然想追捕他，但是我們還有任務在身，就暫時先放過他，趕快出發吧。」

「但是我們可不能再度在行進中發生意外了。真是令人頭痛的問題啊。而且以他先攻擊你看來，他是個相當有計畫、按照規劃作戰的傢伙。」

「什麼？」

「我們一行人中，一眼就看得出來是戰士的人就是你啊。如果是這樣的話，那傢伙當然是在仔細地觀察過我們後，先攻擊最難對付的你。」

「啊，對呀。」

「如果這個推測沒錯，他一定會再攻擊我們。雖然不知道這傢伙的來歷，不過他不會沒有任何準備就跑掉的。」

「他沒有馬，應該追不到我們吧。」

「怎麼說呢……他可是一個瞬間就可以跑到千肘之外的傢伙呢。實在令人頭痛。」

我們也想不出任何對策，只好排成基本的隊形，一面警戒著四周，一面前進。卡爾雖然在吁著氣，不過好像還是想不出什麼對策來。由於太晚出發了，太陽好像下山得更快。

那天直到了傍晚時分，我們都沒有再受到襲擊。卡爾現在露出讓誰也不想跟他說話的表情。看來今天是沒法子越過山嶺了，我們只好走下離山路有一點距離的溪谷，準備要在那裡紮營。溪谷裡流著潺潺的溪水。還好溪水還沒有結冰，運氣還算好呢，呼。

04

「於是，索羅奇就說話了。」

「他說了什麼呢？」

「小姐，我今天遇到了世界上最危險的東西。妳的愛很危險。因為妳的愛燃燒得太過激烈，在妳周圍的所有事物，甚至連我冰冷的心也被燃燒了起來。」

「哇啊……」

妮莉亞從蕾妮的背後抱住她，她們聽卡爾講這個故事，聽得都出神了。蕾妮甚至還張大嘴巴在聽卡爾說故事。可是這個故事很有趣嗎？我聽得都起雞皮疙瘩了。卡爾笑著繼續說道：

「然後索羅奇去到有一百名死亡騎士等著的寇羅內溪谷。他既不是為了天空三騎士，也不是為了歐雷姆的正義騎士團，他完全只是為了救出一個鄉下姑娘情人。」

妮莉亞和蕾妮甚至看起來一副屏氣凝神的模樣，沉浸在卡爾的故事裡頭。我噗哧笑了出來，繼續磨我的巨劍。

我輕輕地移動磨刀石，想把刀刃磨平。可惡。我和涅克斯那傢伙打鬥的時候，弄出了很多的缺痕，甚至都快分不出這是刀刃還是鋸子。我花了很多工夫，非常努力地試著讓刀刃邊緣呈現完美的一直線。

「除非將這把刀丟進熔爐再度熔化，否則很難再回復成原來的刀刃模樣。因為這把劍太久了，很難處理。」

這是杉森的建議。我嘆了一口氣，把巨劍收回劍鞘。此時，卡爾對我說：「喂，尼德法老弟，那首〈名叫索羅奇的閃電打在寇羅內溪谷的那一天〉的歌是怎麼唱的？」

「……我不想唱那首歌。」

「嗯？為什麼呢？」

「因為那首歌的歌詞太暴力了，我不想唱那首歌。」

隨即，妮莉亞的眉毛倒豎了起來，蕾妮則是完全相反，眉毛都皺在一起了。她們竟然露出如此陰狠的眼神。

「啊，好，好啦！可惡。」

我清了清喉嚨。可是那首歌真的很粗俗暴力。哼！

在南部林地，夕陽落下，
夜之女王攤展出她的衣角的時候。
在寇羅內溪谷美麗的水源裡，
露水的傳遞者們睜開眼皮的時候。
恐怖、絕望、黑暗的死亡騎士，
他們的劍高聲地呼喚鮮血。
「冰凍的心！染血的旗幟！死亡騎士的律法！」

就連小雲雀的細微呼吸也慢慢靜下來了，

就連貓頭鷹的明亮眼睛也漸漸變暗沉了。

「冰凍的心！染血的旗幟！死亡騎士的律法！」

士兵們顫慄著，頭盔繫帶被解開了。

劍鞘裡的劍斷成了碎塊。

恐怖、絕望、黑暗的死亡騎士，

在他們面前，沒有人能夠挺身站直。

然而，

無法遵守的寶貴約定，

以及應該要實現的愛，

在呼喚那位越過地平線盡頭的男子。

灰色荒野上，雨滴垂直劈開地平線，

天空終於劃出一道巨大拱形的時候，

彩虹的索羅奇，他高舉雙手，戰勝死亡騎士。

結果我就在蕾妮和妮莉亞的歡呼聲、傑倫特的讚嘆聲、杉森的嘆息聲、以及伊露莉的神祕笑容之下，唱完了這首長長的歌。呃呃。一百名的死亡騎士以恐怖凍結住整個南部林地之後，結果被索羅奇的魔法打敗，卻變成了只存在於歌曲裡的恐怖事物，因此，我應該為他們默哀一下。蕾妮就連裹到毛毯裡要睡覺了，也還用鼻音哼著〈名叫索羅奇的閃電打在寇羅內溪谷的那一天〉，使我不禁覺得十分恐怖緊張。

我躲在毛毯裡睡了一陣子之後，被杉森揪住鼻子叫醒，我一面打哈欠，一面環顧四周，看到大家都已經睡著了。我揉一揉惺忪的眼睛，坐到火堆旁邊。好累哦！今天白天騎馬騎得太久了。就連我們的那些馬也站著睡著了，周圍寂靜無聲。杉森要睡覺之前還叮嚀著：

「不要忘了，有個可惡的巫師正在對我們虎視眈眈。他可能會再來找我們麻煩，你一定要機警一點。」

「我知道啦。」

「下一個是輪到卡爾守夜。你看星星的位置，時間到了就叫醒他。」

「嗯。好。」

然後杉森就立刻呼呼大睡了。我靠坐在樹下，膝蓋上放著巨劍，凶悍地注視起四周的動靜。他敢來就來啊！我一定會把他一劍擊斃！

可是五分鐘都還沒過，我就已經開始感到無聊。

周圍黑漆漆的，除了茂密森林發出像夢囈般的細微聲響之外，聽不到其他的聲音。在這種寒冷的夜裡坐在森林之中，多多少少會讓人注意力渙散。

點點星光尖銳地刺亮著黑暗的夜空，真是輝煌燦爛極了。夜空看起來低得像是可以用手觸摸得到，星星彷彿像是已經低垂到我頭頂。冷颼颼的空氣使我的皮膚觸感都麻痺了，精神也越來越差。現在我又不是裹在溫暖的毛毯裡，為什麼在寒冷的空氣裡會更想睡覺呢？我無意識地把一根柴棍丟進火堆裡，開始沉浸在遐想之中。

因此當我聽到沙沙的響聲時，不禁感到一陣毛骨悚然。

原來是伊露莉。她突然起身坐著。她一看到我，微微笑了笑。我這才放下緊抓著的巨劍，喘了一小口氣。

「呼。伊露莉，妳怎麼了……？」

「嗯。我睡不著。」

「是嗎？」

「是。」

伊露莉如此說完之後，就從行李裡面拿出書本，並召喚出光精。她坐在地上，開始讀起書來。能夠在這種寒冷的冬夜裡，坐在樹林之中悠然地看書的種族，大概非精靈莫屬了。我又再仰望天空，正要沉浸在遐想裡的時候，腦中想到了一件事。

「伊露莉，不知道我這樣有沒有妨礙到妳看書。」

「你想說什麼呢？」

「啊，那個，亨德列克還活著的這件事，現在我應該要相信才對。因為我已經聽到神龍王所說的話，所以更加確定他還活著。可是，妳想要向他學習的第十級魔法是什麼樣的魔法呢？」

「你是說第十級魔法嗎……」

這時候，卡爾也慢慢地起身坐著。我和伊露莉看了看卡爾，他隨即冷靜地笑著說：

「我也對這個問題很好奇，謝蕾妮爾小姐。」

伊露莉靜靜地闔上書本，送走了光精。我們三個人圍坐到火堆旁邊。伊露莉安靜地凝視著營火一陣子之後，突然說道：

「昨天我也曾和你們談到這件事。」

「是的。」

「我們談到最後，卡爾說了什麼話呢？」

「咦？啊，嗯，他不是說了『精靈是優比涅的幼小孩子』這句話嗎？」

伊露莉笑了笑。但那卻是一點笑意都沒有的笑容。她雙膝併攏，把膝蓋摟抱到胸前。雖然她一副像是怕冷的模樣，但臉頰則因為營火的關係而泛紅著。

她說道：

「我們是……」

就在伊露莉像夢境般的說話聲音響起的那一瞬間。

我們突然與現實世界隔絕開來。

我們好像進入了屬於精靈的時間之流裡。空間像波浪般流動，被胡亂扭轉著。營火、我、卡爾和伊露莉以外的所有空間都消逝不見了。

伊露莉在這樣忘卻一切的潮流之中，繼續說話。不對，她有說話嗎？

「優比涅的幼小孩子……幼小孩子……幼小孩子。」

我感受不到任何感覺。伊露莉說話的時候，我感覺不到任何其他的聲音，也感受不到任何光線。我只聽得到伊露莉的說話聲音。不對，她並沒有說話。可是我在聽。

「我們無法永遠獨自立足於這個世界……無法永遠對自己負責……無法永遠活著……我們是第一個被創造出來的……第一個走過來的……第一個必須消失的……」

我無法做出任何思考。我只能聽。我覺得所有事物都變得雜亂無章。

「必須消失？」

這是卡爾的高喊聲。接著突然間，這個世界又回復到原來的樣子。

我們仍然還是在有些冰冷的十一月夜晚空氣之中，圍坐在營火旁邊烤火。四周還是那片森林，我們也還是一副看起來沒什麼了不起的旅行者模樣，坐在營火的周圍。

咚。我抬頭一看，原來是杉森踢開了毛毯，翻身到另一邊。我噗哧笑了一聲，又再度看著伊露莉。

卡爾的臉孔為什麼變得這麼蒼白呢？

此時，我想起那時候卡爾說的最後一句話了，隨即也記起伊露莉說的那句話。等等，她說會消失？會消失的意思是，精靈種族會消失的意思嗎？

伊露莉還是以那副不慌不亂的姿勢坐著。所以相形之下，卡爾看起來就像遇到一件沒什麼大不了的事，卻驚慌地大叫的老人。

「妳是指誰會消失？妳的意思是，森林的種族會消失？」

伊露莉微笑了一下。我這樣好像是在責罵一個老人活了很多歲月卻還行事輕浮，但卡爾現在確實是扮演著那老人的角色，他的表情看起來像是快發瘋了。伊露莉冷靜地說：

「我們就像是園丁。」

「什麼？」

伊露莉抬起頭來，仰望那些凋零的樹枝。我突然感受到一股奇怪的氣氛，然後也抬頭往上看去。

我的天啊！樹枝上面竟然開著花朵！

「園丁們能夠完全瞭解他們的庭園，而我們，則是被創造成為能夠完全瞭解這個世界的種族。」

太陽升起，然後又開始落下。夜空的星星移動了。接著，月亮升起，又再落下之後，太陽隨即升起。

春天來臨，花朵盛開。夏天到來，到處一片綠油油的。秋天則是因為死去植物的神祕感而美麗，接著又是白雪溫柔地在大地和樹木的眼皮上親吻，等待春天時它們再睜開眼睛，萬物則是在冬眠。

「而且我們被賦予無限協調的能力。人類看天空，會創造星座；人類走在森林裡，會形成一條條的山路。我們精靈卻不會做這種事。我們身體感受到傾瀉而下的星光時，我們會變成星星。我們遇到把森林當作樂器來彈奏歌唱的風時，只會變成飄揚在空中的樹葉。」

大地上面聳立著山。自由自在飄浮的雲朵碰到了山，最後會變成沾濕山嶺額頭的雨水，然後消失不見。溪水乘著溪谷而下，流到大地上，最後會變成江河。隨著溪水流逝，溪谷越來越深，山則是越來越老。

「我們是無法在這世上做任何事的種族，我們無法影響這個世界。園丁們無限瞭解庭園，把庭園弄得很美麗，但是卻從來就沒有想到，庭園可以掘掉而改種穀類農作物，為明日做準備。」

溪水的強烈水勢乘著溪谷流下濕潤大地時，美麗的花朵盛開。風毫無距離地愛撫萬物。可是開過花朵的大地會變成一片荒野，風有時會狂暴吹起，颳起塵土。而且荒野上面最後一朵花朵凋謝時，世界會失去青綠。

接著，人類的犁田工具會落到荒涼的原野上面。原本溫熱在施慕妮安神胸口的溫暖大地變成冷冷的土塊，並且被毀壞破滅。

「優比涅和賀加涅斯兩者為了能夠共存而創造了時間。可是時間是優比涅與賀加涅斯的女兒，同時，它的力量強大到會將所有東西歸於空無。時間可以說是優比涅與賀加涅斯的敗筆。」

「時間是敗筆？」

「這或許就是祂們當時沒能領悟到的道理。在『無』之前，秩序和混亂皆是無法存在的。」在無之前……如果說什麼都沒有，既不會亂七八糟的，也不用去整理。

「祂們認為祂們不是創造出共存，而是創造出共滅的原因。」

「妳說這是共滅？」

「是的。」

隨著太陽起落，伊露莉臉上的陰影快速地移動著。周圍景物似乎已經放任不管我們了，只是瘋狂似的流逝著。此時，卡爾說道：

「第十級魔法是什麼呢？」

伊露莉的臉上露出了仔細思考的表情，說道：

「很難用人類的語言來表現。如果一定要說出來的話……」

伊露莉像是努力在找適當字彙的樣子。過了不久，她說道：

「創造……創造宇宙。」

四周的景象又再回復到冰冷的十一月冬夜。

腳趾的刺痛感也回來了，嗯，因為長時間騎馬才會變成這個樣子。還有我可憐的屁股，也一樣好疼啊。我有多久沒坐過椅子或床了呢？最近總是坐在硬邦邦的馬鞍上，要不然就是坐在冰冷的地上。

創造宇宙？

我不太想說些什麼。

「創造宇宙的話……」

卡爾的聲音很微弱。伊露莉像是在喃喃自語地說：

「在那個地方，銀杏樹會結出青紫色的番石榴；在那裡，大地是在天空之上；在那裡，雖然有七個太陽但是沒有白天；在那裡，河水往上流；在那裡，雨水朝著天空傾瀉而上。在楓葉之間蝴蝶翩翩飛舞；公雞會啄熊；在大地上，一片薔薇花瓣上面有百萬個露珠；在紅色大海之上，飄下藍色的雪花……」

卡爾表情複雜地說：

「妳的意思是，將所有法則都重新制定，全新創造出所有生物嗎？在那裡，可能也沒有時間的概念。如果沒有時間，就可能會沒有因果關係，只有結果而沒有原因，不存在的事物都爭相出現……」

「您總是能正確無誤地形容出一件事物，這次亦不例外。」

伊露莉溫文和氣地笑著說道。嗯。卡爾總是對的。我很多餘地笑了出來。卡爾突然說：

「這不是連神都不可能做到的事嗎？」

我笑到一半，差點就咬到自己的舌頭。我並不是因為卡爾這句話很大聲，而是因為這句話的內容讓我嚇了一大跳。連神都不可能做到？可是伊露莉平心靜氣地說：

「魔力是可以抗拒神力的。」

「可是，那還是，但是……」

卡爾到底是不是對的？我表情疑惑地看了看卡爾。卡爾竟然也會這樣像傻瓜般說話。不過，這也難怪啊。我問伊露莉：

「妳可以用那種魔法來做什麼呢？」

「啊？」

伊露莉看了看我。

我又再說道：

「嗯，學會第十級魔法之後，妳想要做什麼？妳是不是不滿意這個世界，想要創造一個新的世界？」

伊露莉只是靜靜地看著我。雖然她一向都是如此，和她的眼睛相交的時候，總是看不到任何東西，只看得到她那完全吸收光線的漆黑瞳孔。

「與其說我不滿意這個世界，倒不如說是因為我們精靈不適合這個世界。」

我應該要笑嗎？

「妳說不適合，怎麼會不適合呢？這簡直是世界上最大的笑話了！精靈怎麼會不適合生活在這個世界呢？與所有事物都達到協調的精靈，怎麼可能會不適合呢？」

我以啼笑皆非的表情看了看伊露莉。她則是很悲傷地低著頭說：

「為了適合生存，就一定得不同。」

「咦？」

伊露莉低著頭，像是在看自己的腳，她說道：

「優比涅當時並沒有想到這一點。而我們也是現在才知道的。」

「嗯，如果可以的話，能夠讓我再知道得清楚一點嗎？」

伊露莉低著頭，咯咯地笑著說：

「因為你們是不完美的生命體，恐怕很難理解我所說的吧。可是請你們想一想，如果要造出一面牢固的土牆，應該要怎麼做呢？」

「咦？嗯，只要把小石子、沙子和稻草屑均勻混合之後，加水成漿狀……」

「是的。舉這個例子，應該就可以懂了。如果只有用泥土堆成牆，是無法很牢固的。如果只用沙子，就會連堆都堆不起來。用小石子的話，根本就不可能堆出牆。但是如果將這些東西均勻混合，就能做出一面堅固的牆。為了要互相達到協調，必須先彼此不同才可以。」

「為了要達到協調……一定要不同才可以嗎？」

「是的。」

伊露莉突然間站起來。她走向稍遠的一棵樹。她彷彿像把樹木的粗糙樹皮當作是小鳥的羽毛，一邊輕柔撫摸一邊說：

「修奇，你和卡爾不同，而且你也和杉森不同。所以你可以和卡爾及杉森達到協調。可是你應該有看到在永恆森林的情況吧？」

伊露莉抬頭仰望樹木，說道：

「那時候，我一點也感覺不到任何的憎惡感，可是你們卻感受到一股很強烈的憎惡。涅克斯他們一行人就是因為這憎惡感，甚至自相殘殺致死。這是多可悲的事啊，可是同時也顯示出你們的特性。你們無法接受和自己一模一樣的生命體。」

伊露莉突然一個大轉身。

她那頭又黑又長的頭髮瞬間飄揚了起來，然後又再落下。她把手放在身後，靠在樹上，說道：

「優比涅創造我們的時候，祂並不知道這一點。所以優比涅使我們能夠與其他的東西融為一體。讓我們擁有一顆善良的心，企盼一個和諧且和平的世界。不過，即使擁有一顆善良的心，也無法在無知的灶口裡造出好的東西。我們應該可以說是個失敗作品。」

伊露莉像是覺得有趣似的，歪著頭說她自己是失敗作品。她把一隻手伸到面前，摸著自己的臉頰，說道：

「是的……沒錯。所以，優比涅藉由我們的情況而瞭解到：協調需要先有相異作為前提。於是，祂才會想要造出絕對不會完全相同的智性體。那就是你們。」

卡爾驚訝地張嘴看著伊露莉。即使沒有鏡子，我也知道現在自己的表情。因為只要看到卡爾的表情就可以知道我的表情。

「可是那樣會讓優比涅脫離正反對立的明確狀態。」

伊露莉並沒有露出惡意的表情，她還是用一如往常的冷靜聲音說著。可是為何我卻感覺到她在強調神的過失？

「祂是和諧的優比涅。與其他生命都不一樣的智性體，乃是對祂整體的否定。很有趣吧？所以祂只好與賀加涅斯聯手創造了你們。結果，你們就成了不管有什麼事都抗拒與他人相同，可是卻總是希望與他人分享的智性體。你們受到優比涅與賀加涅斯兩者的同時關愛。」

是這樣子嗎？

這樣一來，就很特別地達到協調了。這句話的意思並不是兩者一模一樣，而是互相能夠配合。這當然不是兩者都相同的意思。和諧是以兩者不同為前提。沒有錯。現在我懂了。

「我懂了……我這樣說，雖然變成謊言的機率很高，可是我還是先說我懂了。所以現在你們精靈有何想法呢？」

伊露莉仍然靠在樹木上站著。她那苗條結實的身材現在看起來卻是非常纖弱。

「這個嘛……我們既然已經知道了這個情況，就只剩兩條路可走。」

「兩……條路？」

「是的。我們是精靈，是能夠永遠達到協調的生命體。可是我們現在這種樣子，本身早已是假性的和諧，掩飾性的協調。我們為了持續達到協調，而努力與其他生物不同，要不然就必須自己丟棄和諧精靈的位置。可是，這兩條路都很難做得到。」

卡爾小心翼翼地說：

「所以……妳想拋棄這個世界嗎？」

我愣了一下，看一眼卡爾，又再看一眼伊露莉。伊露莉的髮絲像波浪般蕩漾著。

「我並不是要拋棄，而是要逃離這個世界。」

「妳的意思是，若從亨德列克那裡學習到第十級魔法，也就是創造宇宙，妳就要自己創造一個新世界嗎？而且妳要離開這個世界，到新的世界去嗎？」

伊露莉沒有答話，只是看著卡爾。突然間，她的身體震了一下。

我無視自己開始從眼裡流下的眼淚，說道：

「妳想要離開我們嗎？」

伊露莉的表情有些悲傷。我哽咽地說：

「原來如此。你們想要丟棄我們，離開這個世界。妳想要到你們的新世界去。」

「修奇……這個世界並不想要精靈。我們是和所有事物互相協調的種族，因此，有跟沒有都一樣。」

「那麼就繼續留著吧。你們是如此地美麗。一朵開在田野裡的花朵，並不是為這個世界而綻放的。為什麼你們會想對這個世界負責任呢？你們應該為你們自己而活。」

一陣風吹來。

夜晚的風使烏黑的髮絲灑落下無數的露珠。現在伊露莉的頭髮就是這樣。她的黑髮在隨夜風蕩漾著。

「我們是精靈。優比涅的幼小孩子。」

伊露莉面帶著微弱的笑容，說道：

「這樣稱呼我們確實沒有錯……我們這些小孩子在父母的懷裡，會永遠幸福快樂。父母不會要求任何代價，只希望讓我們這些小孩快樂。但小孩即使知道這是幸福的，還是極想離開父母。這就像是施慕妮安的兒子離開她的懷抱，奔向格林・歐西尼亞。」

伊露莉用像是難以再說出話來的語氣說道：

「我們會離開的。」

伊露莉又再進到毛毯裡去睡覺，卡爾凝視著前方坐在營火邊。我則是心情鬱卒地拔出巨劍，端看著劍刃。冰冷的劍光映照出火光，劍如火焰般燃燒著。

我把巨劍再收回劍鞘，對卡爾說道：

「我不懂，為什麼精靈們要離開呢？」

卡爾聽到我的問題，低下頭來。他悄悄看了一眼伊露莉之後，走到我身旁坐下。

「我也不懂，尼德法老弟。可是啊，我們可以從這個方向來思考。」

「請講給我聽。」

卡爾摸了摸下巴，說道：

「有一種人，我們稱之為『老好人』。他們這種人不會和任何人吵架，在任何情況下都不會臉紅脖子粗地生氣。別人說什麼，他們總是說『對，你說得對』，即使有其他人說了不同的見解，他們也是說『對，沒有錯』，就是有這種人。」

「我認識好幾個這種人。」

「那麼，你看過他們和人爭執或吵架過嗎？」

「沒有。他們絕對不會和人起爭執。」

「沒錯。被稱作老好人的人，事實上是沒有自己色彩的人啊。而且這種人不容易成為英雄，也很難成為一個偉大的人物。說得嚴重一點，就是他們很容易變成是個可有可無的人啊。」

「你的意思是，精靈就像是那種人嗎？」

卡爾露出像是發現到自己的話很可笑的表情，說道：

「雖然我舉的例子是比較負面的比喻，但是這樣思考會比較容易理解。精靈們對於所有事物都能達到協調。然而萬物，不對，是全世界，這整個世界是經由互相衝突而成長的。當然，也有藉著達到協調而發展的情形，但是這種情形很少見。舉一個簡單的例子，終日和平相處的兩個國家之間，會締造出什麼樣的歷史呢？他們全都幸福地生活，幸福地死去，就只是這樣而已。可是如果是兵戎相見的兩個國家，這兩個團體之間就會締造出歷史。」

「你這是在讚揚戰爭嗎？」

卡爾以沉鬱的眼神看著我，說道：

「我看起來像是這種人嗎？」

「當然不是嘍……」

「我們並不一定要舉戰爭這個例子。這種例子有些奇怪。那我們想想下面這種情形吧。某個老師做了一項很偉大的研究，他的學生們全都讚揚這個老師的成就。可是，如果其中一個優異的學生反對老師的研究，提出新的解釋，那麼你會怎麼想呢？」

「那我會看他提出的新解釋是否合理。」

「沒錯。這個挑出異議的學生至少讓我們領悟到，可能有新的研究方式或解釋。這就是發展，不是嗎？要是所有學生都贊同老師，那麼這個研究可能會就此結束，不再有任何進展。」

「現在我知道您的意思了。您的意思是，精靈之中不會出現這種有異議的學生嗎？」

「我不是精靈，所以不太清楚，但我想可能是吧。我們在永恆森林裡的時候，謝蕾妮爾小姐就連看到分裂出來的自己，也全然不驚訝。我想她對統一性與相同性是非常熟稔的。」

「好像很有道理。」

我和卡爾並肩坐了一會兒之後，看著營火，沉浸於各自的思索之中。

細長的樹枝一碰觸到火苗，便劈里啪啦地發出聲音。我彎腰用一根大樹枝翻動火堆，讓火燒得更加旺盛。當我正想回來坐好的時候——

什麼東西？

我明明有看到……

我坐了下來，然後假裝睡眼惺忪地靠在卡爾的肩上。

「你想睡了嗎，尼德法老弟？」

「不是的。有個傢伙在監視我們的時候，我的瞌睡蟲當然全跑光了。」

我感覺卡爾顫抖了一下。我又再坐直身子，伸了個懶腰。

我剛才在翻動火堆時，明明看到了在草叢裡閃爍著火光反射出來的刀影。雖然不知道是哪個傢伙，但他竟然不知道要把刀藏好。會不會就是那個巫師？好了，現在該怎麼辦才好？

「卡爾！可不可以教我如何射箭？」

「嗯？射箭啊？」

「是的。來試試看吧。」

我站起來，從卡爾的行李裡拿出弓箭，然後對卡爾說道：

「嗯，這該怎麼用呢？」

卡爾應該會機靈一點，知道我的用意吧？他沉著地說道：

「那麼你先站好。」

我和卡爾慢慢地站起來。卡爾指示著：

「首先，腳站開，與肩同寬。必須和發射線呈直角方向站好，發射線就是箭射擊出去後所走的路線。對，就是這樣站。」

我盡量表現得很自然，然後朝剛才閃著刀光的方向，以直角站好。這傢伙，嚐點苦頭吧。

「首先，肩膀不要出力，背挺直。對，很好。接著就是扣弦。」

「扣弦？什麼是扣弦？請做一次給我看。」

我把弓箭交給卡爾。好，卡爾。剛才我已經把方向告訴你了！果然卡爾不偏不倚地站在我剛才站的方向。我退到卡爾身旁，悄悄地把腳靠近地上的巨劍。

「扣弦就是搭箭在弓弦上，也就是引弦到箭後面這個可以扣弦的地方。這時候弓或身體不可以移動。然後呢……」

卡爾在瞬間舉弓，喊道：

「然後瞄準目標——你到底是誰！」

隨即草叢之中有東西在動，那東西直接往旁邊移開。卡爾一面把弓箭往旁邊瞄準，一面喊著：

「引滿弓，放箭！」

卡爾把箭射向草叢之中。嗖嗖！箭穿過草叢之後，發出了怪異的嗖嗖響聲，可是好像沒有射中的樣子。而在這同時，我用腳踢起巨劍之後，雙手握劍。

「下次再教我吧！大家起床！」

我抽出劍鞘，把劍鞘扔在地上，往前衝去。噹！偏偏我扔下的劍鞘打到了杉森的頭。

「呃！什麼呀？」

杉森半夢半醒的喊叫聲傳來。妮莉亞則是起身之後二話不說地抓起三叉戟。我揮砍草叢，並且喊著：

「有客人來了！趕快起床歡迎一下！」

矮樹叢被我的劍揮砍之後，樹葉與斷枝飛濺了上來。在這一瞬間，我感覺左邊眼角瞄到有東西在移動。原來是在那裡！此時，卡爾大喊：

「尼德法老弟，不要動！」

咻咻咻！卡爾往我左邊射出了箭。哇，好險！我差點就往左邊衝過去，變成箭靶。

「哎呀！」

「中箭了！」

我往後退。這時候，我聽到像是在呻吟的施法聲。我不禁毛骨悚然。這個混蛋，中了箭之後竟然還想施法！一定要阻擋他才行！我又再往旁邊衝去，可是因為剛才往後退的動作，結果身體一下子轉不過來。此時那個人已施法結束，傳出一聲高喊聲：

「Dragon Scale!」（龍鱗術！）

草叢之中瞬間閃爍出一陣亮光。我遮住眼睛，遲疑地往後退。突然間一陣狂風吹襲，使火堆猛烈揚起了火花，傑倫特隨即掩住臉，退了好幾步。妮莉亞喊道：

「這個傢伙！他用了什麼魔法呀？」

這時候，我看到杉森往前衝了過去。他朝著草叢用力把長劍一刺。

鏘啷！

「呃！」

杉森往後退了幾步。他痛苦地抖動著自己的手腕。這到底怎麼一回事？杉森發出呻吟聲：

「這是什麼東西呀？怎麼好像鐵板？」

「這是龍之鱗片！是刀槍不入的東西！」

「什麼？刀槍不入？」

這時候，從草叢之中跳出了某個東西。

我和杉森猶豫著往後退。從草叢裡跳出來的，是一個穿著黑袍、看起來很瘦的人。此人頭上戴著頭罩，蓋住了臉孔，所以無法看清這個人的臉。可是他的身體四周環繞著一圈金黃色的半透明光暈。他一跑出來，就衝向營火方向。我糊裡糊塗地看了那個傢伙的舉動一陣子之後，才警覺到他是想去踩熄營火。這算什麼啊！

「喝啊啊！」

我用力揮出了巨劍。那傢伙對於我的舉動並不在意，繼續舉起腳來，想要踩營火。他好像對這個叫做龍鱗術的魔法相當有自信的樣子。可是他錯了！

啪！

「哇啊！」

黑衣男子整個人飛落了出去。杉森啊，我這可不是靠刀槍之類的東西砍他，而是用力量將他打擊出去的！杉森讚嘆地叫了一聲。

可是那個黑衣男子滾落出去之後，像是沒有受到什麼撞擊力的樣子，平安無事地坐了起來。妮莉亞大吃一驚，她伸出三叉戟，喊道：

「不要動！」

三叉戟瞄準了男子的胸口。可是黑衣男子根本不管妮莉亞說什麼，正想站起來。妮莉亞咬緊牙關，刺向男子的腹部。鏘啷！

妮莉亞差點就握不住三叉戟。妮莉亞那支三叉戟只能碰撞到那名男子的金黃色光暈，完全攻擊不到那名男子。什麼，竟然連想接近他都不行！妮莉亞嚇得往後退。那麼能夠和那傢伙交手的人就只有我了！可惡！他根本不算是個戰士。他只不過是被魔法保護住的巫師！你給我試試看！

「呀啊啊啊啊！」

我很快速地往前衝，踢了對方。黑衣巫師對於我的攻擊好像嚇了一大跳。砰！那個巫師優雅地往後飛出去，直接就撞到一棵大樹上。

然而，碰撞的那一瞬間，巫師的手往前一伸，喊著：

「Magic Missile!」（魔法飛彈！）

真是的，可惡！浮現在半空中的五枝光箭突然向我飛來。怎麼辦？我把頭埋在胸前，用兩隻手臂包圍住頭部，做好了應對的姿勢。接著，五枝光箭就衝撞過來了。

砰砰砰砰砰！

哇啊，哇啊，耳邊一陣巨響聲。我的手臂和肩膀中了三發，然後腰和腿各中了一發。我覺得像是被一匹五條腿的馬踢中般。我蹣跚地撐了一下子之後，就因為腿上中的魔法飛彈而癱坐在地上了。

黑衣巫師靠在樹下，我則是瞪視著他。目光在瞬間相交。可是巫師戴著頭罩，而且臉上好像有蒙面，所以看不到他的臉孔，只看得到一雙深紅色的眼睛。我無法看出那到底是因為營火的火光，還是因為他的眼睛原本就是紅色的。

「力道很強……」

我從嘴唇之間吐出沒有任何意義的話。因為如果不說話，我可能就會昏過去了。此時，杉森走近我左邊，伊露莉走近我右邊。杉森一面牽制巫師，一面扶起我。我以呻吟聲代替了我的感謝聲。

「你沒事吧？」

「我覺得很痛快！」

這時候黑衣巫師也站了起來。

我們三個人各自伸出武器，瞄準巫師。黑衣巫師則是背靠著樹木，一直盯著我們。從我後方傳來了卡爾的說話聲。

「你為什麼要攻擊我們？請問你是誰？」

黑衣巫師並沒有答話。取而代之地，他舉起手來豎立在胸前，開始施法。杉森一面高喊，一面往前衝。

「他在施法快阻止他！」

杉森這個大笨蛋！那個巫師被龍鱗術給保護著！果然不出我所料，杉森揮舞出去的長劍就連巫師的周圍都無法接近，被金黃色的光暈給擋了下來。杉森露出手腕斷了的表情，退後好幾步。現在應該是我去才對，可是我的腿還在發軟，無法揮劍。可惡。巫師結束施法，喊道：

「Power Word Blind!」（強力失明術！）

閃光乍現！巫師的手裡閃爍著刺眼的光芒。就在這一瞬間——

「Protect from Magic!」（防護魔法效果！）

伊露莉的高喊聲幾乎是在同時間響起。接著，杉森發出一陣慘叫聲。

「呃啊啊啊！眼、眼睛！」

杉森用手掩住眼睛，往後退了幾步之後就跌倒在地了。而我後面也傳來了慘叫聲。我回頭一看，卡爾用雙手用力揉著眼睛。

「我、我看不見了！」

妮莉亞一屁股坐在地上，摸索著四周。

「我看不見了！卡爾叔叔？蕾妮！你們在哪裡？」

不過，傑倫特不知何時已經拿出聖徽，把蕾妮護在胸前。傑倫特沉著地把卡爾和妮莉亞拉到後面。我為什麼會看得到呢？我一看，原來是伊露莉在我不知不覺間按住了我的肩膀。伊露莉保護到她自己還有我。而傑倫特則是用他自己的聖徽阻擋住巫師的魔法。我在瞬間整理這些想法，並且跑向杉森，抓起他的手。情急之下，我差點就把杉森的手臂給拉傷了，不過還是勉強逃離了巫師的攻擊範圍。

「呃啊啊！」

「是我啦！放心！」

我撒了個謊。我叫杉森放心，結果就直接把他丟向後面了。

「這個混蛋小子！哎喲！」

杉森飛落到傑倫特那裡。我把他丟過去之後，又再看了看前方。

巫師現在用一副比較輕鬆的模樣瞪著我們。可惡。可以攻擊他的人只剩下伊露莉了嗎？後面就只剩三個瞎子接受傑倫特和蕾妮的保護。然而傑倫特沒有作戰的能力，蕾妮更是不用說。

伊露莉並沒有拔出劍來，而是雙手往前伸出。因為無法用劍攻擊，所以她好像決心要使用魔法。我擋在她的前方，瞪視著那個巫師。

「你這傢伙！到底想幹嘛？」

巫師不回答我的問話。他好像在考慮如何解決掉剩下的我們幾個人。此時，從我身後傳來了蕾妮的聲音：

「巫、巫師大人，您並沒有想要殺我們，您並沒有這麼想，是吧？」

巫師一動也不動。蕾妮到底想說什麼呢？可是我沒有空閒往後看。此時，傑倫特用有些顫抖的聲音說道：

「蕾妮小姐說得沒錯。這麼厲害的巫師想要殺死我們是易如反掌的事。嗯，他可以在我們睡覺時，從我們上面，嗯，用隕石群落術就可以簡簡單單地解決掉我們。可、可是在今天白天的時候，他竟然只用迅速移動術來接近我們，嗯，現在也只是使用龍鱗術來作為接近我們的戰術，簡直不像個巫師。而且還使用失明術，而不是用強力死亡術之類的魔法。」

在我的身後，妮莉亞和杉森都呻吟了一聲。而卡爾則是用近似無力的聲音，贊同傑倫特所說的話。

「欽柏先生說得沒錯。你的目的到底是什麼呢？你不打算置我們於死地嗎？」

那麼說來，這傢伙並沒有帶著很壞的意圖嗎？可是即使沒有殺人的意圖，但是他讓人眼睛看不見，可見他也沒有什麼友善的打算。

這時候，巫師第一次開口答話了。

「……沒有人會笨到用石頭砸餐桌吧。」

他的聲音非常地沙啞。

餐桌？為什麼會提到餐桌？我聽到這句莫名其妙的話，一下子說不出話來，只是看著巫師。

此時，從我的身後又再度傳來卡爾微弱的聲音。

「那些牧人的生命力都被奪走了。你不想殺我們，難道……」

隨即傑倫特尖聲喊道：

「你、你！想要奪走生、生命力！你不是人？你是吸血鬼？」

「嘎啊啊！」

「蕾妮！快，快放開我的脖子！喀咳！」

最後這句話是妮莉亞尖聲喊出來的。巫師並沒有答話。那麼說來，這傢伙這麼辛苦地想用尖刀刺我們，還有使用失明法術，都是為了讓我們無力，變成未死的狀態？難道這傢伙的目的是……

「原來你是想吸取我們的生命力。」

伊露莉說得如此沉著，營造出一股非常奇怪的氛圍。我吐了一口口水之後，瞪視巫師。我說道：

「你敢你就試試看！」

我牢牢地握著巨劍，繼續說道：

「只不過是龍鱗術而已！剛才嚐過我拳頭的滋味了吧？感覺如何啊？這一次我會用全力打擊你，我倒要看看你這傢伙會不會變成碎塊！」

巫師靜靜地盯著我。這傢伙只要有要施法的跡象，我就會衝過去打擊他。他在施法的時候是不可能逃得掉的！這時候，頭罩下面又再傳來非常沙啞的聲音。

「我想提一個建議。」

建議？提什麼建議啊？伊露莉說道：

「什麼建議呢？」

「你們一行人總共是七個人。只要留下其中兩個人，我就保證讓你們其餘的人安全無事。」

我們一時之間說不出話來，只是看著這個黑衣巫師。這傢伙到底是在說什麼呀？此時，傑倫特說道：

「嗯，萬一要是辦不到的話，你會怎麼樣呢？」

「要是照你說的，那我只好把你們全殺光。可是這樣對我來說也是種損失。因為我需要活著的人。」

「這個混蛋！看來你確實是在覬覦人的生命力！」

「這個你沒必要知道。你們要是不接受建議，就只有死路一條。」

巫師的這句狠話使傑倫特緊閉住他的嘴巴。可是我開口說道：

「你是在說誰死路一條啊？」

我很火大地對巫師大喊了之後，看了看下面。我感覺到腳底下有小石頭。我彎腰去撿小石頭之後，把它丟到半空中，再接起來。

「你敢你就試試看！可是你的魔法和我的小石頭哪一個比較快呢？」

「你想用那種小石頭做什麼？」

我沒有回答他，而是把小石頭丟向巫師背後的那棵樹。

嘎吱吱吱！傳來了樹木被砸碎的聲音。小石頭已深陷在樹幹裡。從我身後傳來蕾妮吃驚的聲音。

「竟然深陷到看不見的地步……」

巫師並沒有回頭看。他還是用沙啞卻有點細微回音的聲音說話。

「……是ＯＰＧ。我已經很久沒遇到有這種珍貴魔法寶物的真正冒險家。」

嘿嘿。真正冒險家？我把剩下的一顆小石頭丟上去，又再接起來，一邊盯著巫師。我實在是很想用巨劍砍他，可是現在無法隨便衝過去。萬一連我也倒了，那麼就只剩下伊露莉、傑倫特和蕾妮了，當然不能貿然行動。我現在就等他施法，那麼就可以丟出小石頭，一口氣衝過去。

他應該也無法輕舉妄動吧。有我這個意想不到的人在，可以無視於龍鱗術地攻擊他，所以他現在不敢隨便施法，而露出一副躊躇的模樣。可惡。竟然處於這種令人頭痛的狀態！這時候，伊露莉說道：

「請你走吧。」

伊露莉好像以為只要自己鄭重地說話，所有人就會敞開胸懷地傾聽她所說的話，其實她只是陷於這種美麗的錯覺。這個巫師會聽從她的話嗎？我這麼想著，差一點就漏接了我丟到半空中的小石頭。伊露莉繼續說道：

「如果你再不走，我是可以把你殺死的。」

伊露莉可以殺死他？怎麼殺呢？她又沒拿刀劍，難道是想用魔法？可是對方也是巫師，而且非等閒之士。那個巫師無言地看著伊露莉，伊露莉則是安靜地說道：

「我不想殺你。如果不是因為你剛才無緣無故的攻擊，我可能可以和你做朋友。不過，現在好像已經不可能了。所以我會攻擊你。」

又傳來了非常沙啞的聲音。

「精靈……緩慢的種族。妳想要用魔法和人類的巫師交手嗎？」

「如你所說，我的動作是比較緩慢，但再怎麼說也已修練了一百二十年以上的魔法。」

「我修練魔法已經比妳多了兩倍以上的時間。」

剎那間，伊露莉的臉色變得很蒼白。什麼？他已經修練了一百二十年的兩倍以上時間？這是怎麼一回事……什麼呀！

我表情呆愣地看著巫師。這傢伙瘋了嗎？不對，等等。他會不會是精靈啊？不對，精靈應該沒有理由發出那種說話聲。不對，而且精靈不可能會攻擊精靈。他們是和諧的孩子，不是嗎？那麼他一定是人類。可是他現在說的是什麼意思？

伊露莉臉色慘白，結結巴巴地說：

「你是……」

巫師無言地看著伊露莉。伊露莉則是吞了一口口水，又再試著說出話來。

「你是……難道……」

難道……難道？我感覺頭上像被人澆了一盆冷水。我一面顫抖著身體，一面看著巫師，可是巫師卻一動也不動。難道？難道？

就在這個時候——

「Fireball!」（火球術！）

從遠處突然傳來一聲高喊聲。接著，一個火球穿越樹林飛了過來。噗嘩嘩嘩！在火球軌道上的樹枝都斷裂了，而且燃燒著飛散了出去。火球穿越過樹木之間，正朝著巫師衝來。

「Blink!」（瞬間移動！）

轟隆隆！巫師剛才背靠著的樹木被火球擊中之後爆炸開來，整棵樹木都著火了。可是巫師在離樹木稍遠的地方又再度出現。會是誰呢？是誰在攻擊巫師呢？施法的聲音一結束，就傳來了奔馳的馬蹄聲。嗒嗒嗒嗒嗒！巫師猶豫了一下。攻擊巫師的人正朝這裡騎馬過來，而且還不只一、兩個人。太好了！

巫師以不高興的語調說道：

「有人來妨礙……現在我該走了。不過我不會對你們就此罷手的。」

接著，巫師就往後退，消失在漆黑的草叢之中，過了不久，就什麼也看不到了。我放下了巨劍。

「他走了。」

伊露莉也無力地放下手臂。嗒嗒嗒嗒嗒。馬蹄聲漸漸變得大聲。等等，是什麼人在接近我們呢？蕾妮說道：

「嗯，要不要先問一下對方是什麼人呢？」

我聳了聳肩，朝著馬蹄聲的方向喊著：

「喂！請問你們是什麼人？」

對方隨即答道：

「你們如果知道我們是誰，會嚇一跳吧？哇哈哈哈！」

這答話的聲音怎麼好像似曾聽過呢？伊露莉和我彼此對看了一下。

「咦，這個人說起話來怎麼好像艾賽韓德？」

「沒錯。」

不久之後，我們眼前出現了奔馳而來的馬，以及，嗯，公牛的模樣。

我們糊裡糊塗地笑著，看到了吉西恩、溫柴、亞夫奈德以及艾賽韓德。艾賽韓德緊緊靠坐在亞夫奈德的背後。亞夫奈德高興地說：

「各位，好久不見了！」

05

從公牛背上跳下來的吉西恩，先是高興地請求卡爾與他握手。但是卡爾眼睛看不見，所以有些慌張。吉西恩皺起了眉頭望著卡爾，傑倫特立刻著手展開治療。一陣子之後，卡爾揉了揉眼睛，開始看見吉西恩的臉。

「吉西恩！」

「見到你真高興，卡爾。」

卡爾緊握著吉西恩的手拚命搖。他露出喜悅表情的同時，卻也驚訝地問：

「到底發生了什麼事？」

吉西恩聳聳肩，說：

「我才應該問這句話吧……聽到各位走向永恆澡堂……你這傢伙！聽到各位走向永恆森林，高興得想敬你們一杯……給我閉嘴！」

卡爾搖了搖頭，然後望向亞夫奈德。亞夫奈德笑著說：

「見到你真高興，卡爾。我們從蘇凱倫・泰利吉隊長那裡得到消息之後，為了要跟你們會合，所以朝永恆森林直奔而去。」

「不，你們怎麼會知道永恆森林的事？」
「是艾賽韓德告訴我們的。」
艾賽韓德點了點頭。在他背後的溫柴帶著冷酷的表情，不怎麼高興地從馬上跳了下來。重見光明的杉森走到他身邊，高興地伸出了手。溫柴低頭看了一下杉森的手，噗哧地笑了出來，握住那隻手，熱情地說：
「原來你還活著啊！」
「你怎麼逃過絞刑臺的？」
杉森跟溫柴馬上互相瞪了起來。妮莉亞喜悅地握住了亞夫奈德的手說：
「你身體現在應該好多了吧？」
「是的。現在好了非常多。」
亞夫奈德微笑著低下了頭。我們都吵嚷著擁抱住他，伊露莉則是笑著對艾賽韓德伸出了手。
「真高興再看到你，艾賽韓德。」
艾賽韓德驚訝地望了伊露莉一下，然後抓住了她的手。高瘦的伊露莉彎下腰跟艾賽韓德握手的樣子可真夠瞧的。艾賽韓德稍微搖了搖伊露莉的手，說：
「妳變了很多。」
「我變了？」
「沒錯。妳現在懂得先伸出手來了。」
咦？真的是這樣嗎？他這樣一說，我才發覺，好像真的是第一次看到伊露莉主動跟人握手呢！伊露莉有些慌張地望了艾賽韓德一下，接著低頭看自己的手。然後她笑了笑，說：
「時間是所有人的導師。」

「嗯，嗯。真是位了不起的導師。」

本來跟卡爾聊得很高興的吉西恩，則開始望著蕾妮與傑倫特。蕾妮與傑倫特也用崇敬的表情回望著吉西恩。卡爾笑著讓他們自我介紹。

「能見到德菲力堅實的權杖，我吉西恩・拜索斯感到萬分榮幸。祝你在必要時能得到小小的幸運。」

吉西恩用這種方式問候初見面的人（而且還是王子的問候。雖然這個王子穿著不怎麼搭調的盔甲，剛從公牛背上下來）似乎讓傑倫特非常高興。傑倫特盡可能鄭重地回答說：

「從心所行之路即是正路。德菲力的權杖傑倫特・欽柏參見拜索斯王家的菁英。」

他這麼一說，吉西恩就搖了搖頭。

「居然說什麼王家的菁英。應該更像是王室的羞恥吧。」

他們就這樣你來我往地又說了好幾句話，然後卡爾才將蕾妮介紹給吉西恩。

「這是蕾妮小姐。她擁有龍魂使的資質。」

吉西恩一聽，臉上頓時煥發出光彩。

「就是克拉德美索的……」

「是的。」

話一說完，吉西恩就鄭重地單膝跪地，對蕾妮行禮。我們看到這一幕大為吃驚，蕾妮的臉也紅了起來，不知所措了好一會兒，最後稍微提起裙角還禮。

「在下吉西恩・拜索斯拜見大陸之希望。」

「啊，呃，是。您過獎了。」

這怎麼回事啊？傑倫特用讚嘆的表情看著這一幕光景。但這真的是爐邊故事中才會出現的場景。這是在細菲亞潘嶺上流浪王子與龍魂使仕女歷史性的相遇嗎？彷彿突然間我們這群人的格調提升了兩、三倍似的。

……說實話，之前的旅行都在無知當中度過。但再怎麼說，那也算是趟護送大陸之希望的旅行。

「有人企圖暗殺？」

卡爾大吃一驚，起身時還差點閃到腰。杉森喝酒喝到一半，突然用力咬了瓶口一下，然後做出牙齒痛得要死的表情。妮莉亞差點把腳伸到營火裡頭去。

吉西恩帶著沉痛的表情說：

「如果事情真如你們所說，那個叫做希歐娜的吸血鬼，大概在戴哈帕完成任務之後，就跟涅克斯分開回到拜索斯恩佩來了，然後還潛入皇宮，試圖暗殺國王陛下。真是卑鄙！」

當然吉西恩是把端雅劍放下之後，又好好地威脅了它幾句，才能夠如此流暢地說話。卡爾用一副複雜的表情望了吉西恩一會兒，說：

「那……那後來怎麼樣了？」

「亞夫奈德阻止了她。」

我們訝異得合不攏嘴，直望著亞夫奈德瞧，亞夫奈德有點不好意思地低下了頭。吉西恩笑著說：

「我們分開的時候，亞夫奈德的精神狀況還很危險。所以為了接受他的師父喬那丹·亞夫奈德的治療，我們一直停留在宮城裡面。那個希歐娜還真是倒楣，哈哈。她根本不知道矮人的敲打者跟頂尖魔法師亞夫奈德正守著皇宮……」

「吉西恩！」

亞夫奈德聽到頂尖魔法師這句話，發出了慘叫。他連忙指著溫柴大喊：

「我只是聽了溫柴的話照做而已。所有功勞應該都屬於溫柴才對。」

卡爾雙手抱胸，笑著說：

「先把整個情況告訴我們，我們就能判斷是誰的功勞了。到底怎麼一回事？」

亞夫奈德於是很急促地說明整件事的原委。

亞夫奈德將視線從書本往上移，望著從窗戶透進來的彩霞金黃色光芒。

他因為巫師隨從之死，精神上受到了很大的打擊，然而因為他師父喬那丹・亞夫奈德的治療，而正在漸漸康復當中。他是為了接受治療而來到皇城宮殿裡面的。

亞夫奈德轉過頭去不再看晚霞，只是盯著桌子直瞧。

桌上的花瓶插著各色各樣的繽紛花朵。在這個季節裡要看到花，除了皇宮以外是不可能的事。這當然是黛美公主送給病人的禮物。亞夫奈德望著從花葉空隙中四散出來的晚霞光芒，微微地笑了。他的心中充滿平靜的感覺。

這時門突然被打開。

「喂，聽說叫蘇凱倫的那個傢伙回來了。」

艾賽韓德打開房門走了進來，一說完這句話，亞夫奈德就放下了書，從位子上起身。他很高興地說：

「那其他人也都回來了嗎？」

「沒有，還真奇怪。我沒看到他們。」

「咦？」

艾賽韓德手抱在胸前，摸了摸下巴的鬍子。

「各種事件老是追著他們屁股後面跑，我想應該又是碰上什麼事了吧。不久之前我見到吉西恩，他說等一下要來跟我們說明原委。」

「是嗎？」

一陣子之後，吉西恩開門走了進來。他看到矮人與巫師焦急地望著自己的表情，先笑了起來。

「兩位久等了。反正所謂人生，就是連續不斷的等待，猶如藍天中的浮雲符……不是啦！」

吉西恩用生氣的動作把端雅劍放下，然後才坐到椅子上。亞夫奈德坐在床沿，艾賽韓德則是兩腳開開地站著，望著吉西恩。吉西恩說：

「他們在伊斯成功找到應該是龍魂使的少女。」

「真有兩把刷子！不愧是這群傢伙。」

艾賽韓德滿意地摸了摸鬍子，然後點了點頭。亞夫奈德著急地問：

「那他們是不是直接趕往褐色山脈去了？」

「沒有。他們出事了。涅克斯・修利哲好像也在伊斯。」

「什麼？」

艾賽韓德吃了一驚，差點把鬍子給拔了下來。

「涅克斯・修利哲把那名少女從他們身邊綁走了。所以，他們才跟泰利吉大人分開，跑去追涅克斯。」

「怎麼會，該死！那個混蛋傢伙不管到了哪裡就只會使壞！」

艾賽韓德說完之後，又用矮人語罵了幾句話。雖然另外兩人都聽不懂矮人語，但還是贊成地稍微點了點頭。亞夫奈德帶著疲倦的氣色說：

「我想瞭解得更仔細一點。要找誰呢……現在泰利吉大人在哪裡？」

「他已經向上面報告過，回到自己宅邸去了。如果你想聽詳細經過的話……讓我想想看。連護衛兵也都回家了，現在也不可能問他們。啊，對了！有溫柴在。」

「溫柴？你是說那個間諜嗎？」

「是的。現在他被關在宮中的監獄裡頭。應該問他就行了。就算你們不找他，我自己也想直接聽一下事情經過。」

「好，這個主意不錯。現在就去嗎？」

「是的。我們吃過晚飯以後去找他好了。」

吃完晚飯後，他們就朝宮中的地下監獄出發了。典獄長雖然說沒有國王陛下的命令無法讓囚犯見客，但吉西恩只用一句話就把他打發了。

「兄弟是一體的。」

典獄長只好帶著他們去找溫柴。

典獄長拿著的火把將監獄牆上陰沉的磚石照得通紅，看起來就像染了血一樣，弄得亞夫奈德毛骨悚然。但是艾賽韓德似乎覺得很可笑地環視了四周，說：

「呵，這石頭房子怎麼蓋的。簡直就像小孩堆的積木房嘛！」

典獄長聞言雖然氣呼呼的，但在吉西恩的面前也不敢說什麼。就像大部分監獄一樣，這裡的通道很窄，而且彎曲之處也很多。無論如何，他們一路下到很底層的地方，路上的獄卒們看來都一副嚴酷可怕的樣子，懷著不信任的心情望著他們。但是因為他們跟典獄長在一起，所以也沒人阻止他們。

「那個間諜算是政治犯，所以被關在最底層，而且警備森嚴。既然他不是個知道如何在石牆上挖出地洞的矮人，也就不可能會逃走。」

典獄長用這種方式報復艾賽韓德，但艾賽韓德只是哼了一聲，並沒有回答他。進入監獄深處之後，典獄長就指著看來很堅固的鐵窗說：

「就是這裡。」

他對鐵窗大叫：

「喂！會客啦！」

接著，陰暗的牢中似乎有什麼東西在動。一陣子之後，裹著毛毯的溫柴將臉伸了出來。他只有露出半張臉，身體還是躺著。這時獄卒馬上大喊：

「你這傢伙！起不來嗎？」

溫柴沒聽見似的又鑽回毯子裡去了。典獄長氣得七竅生煙，想要拔出劍來，但吉西恩制止了他。

「我來跟他說。」

本來站在典獄長身後的吉西恩走到前頭，向著鐵窗裡頭說：

「喂，我是吉西恩。」

「……原來是那個蠢蛋王子。」

艾賽韓德雖然開始嗤嗤地笑，但典獄長一聽差點口吐白沫，做勢要往鐵窗殺過去。

吉西恩又攔了他一次，說：

「沒錯。我們一起盡情地說卡爾一行人的壞話吧……閉嘴！我想問關於他們一行人的事，你可不可以起來一下呢？」

傳來一陣嗤笑聲之後，溫柴坐了起來，把手貼到額頭上，說：

「好刺眼啊。」

溫柴用手遮住典獄長手拿的火把光線，說：

「你來這裡幹嘛？」

「我不是說過了？我想聽卡爾一行人的事。」

「那個叫做泰利吉的水母不是應該講過了？」

「水母？是海裡的生物嗎？我們對那種生物不太熟悉，這個部分就跳過。我想聽的是正確的實情。」

溫柴坐在地板上，膝蓋還是併攏在一起，用陰沉的眼神望著鐵窗外面。他緊閉著嘴好一陣子，只是看著外面，結果亞夫奈德忍不住了。然而就在他想說些什麼的瞬間，溫柴開口了。

「你是國王的哥哥吧？」

吉西恩帶著不解的神情點了點頭。溫柴馬上說：

「能不能叫旁邊那個神經病滾開？」

旁邊那個神經病馬上開始翻他那包鑰匙，一副當場就要打開鐵窗，用劍把溫柴劈成兩半的態勢。吉西恩對典獄長說了一些好話阻止他，並命令他到遠處去。

「這很危險。沒有我在場的情況下，我無法答應讓你們跟犯人單獨會談。」

「如果他的水準可以威脅到我的話，就算你在也是沒用的。我想你還沒忘記我在劍法上的名聲吧。」
典獄長雖然堅持了一陣子，但最後還是將火把交給吉西恩，自己退下了。典獄長一離開，吉西恩就說：
「嗯，他已經走了。你到底想說些什麼？」
溫柴馬上走到鐵窗邊，然後低聲說：
「喂，就算我跟你們說了那些事，對我也沒有任何好處。你是不是打算弄些食物進來給我？我雖然感激，但我現在並不餓。我現在渴求的不是食物，是別的東西。」
「是自由嗎？」
「他媽的！我大老遠跑到伊斯去，就是想要獲得自由。結果算是白忙了一場。」
「這也是沒辦法的事情。」
「那麼我提供你們情報，代價是你們要放我出去，行嗎？」
他一說完，亞夫奈德就一直搖搖頭。
「你認為你要說的情報，價值高到可以讓你獲得自由嗎？」
「沒錯。我不是個白癡，我很瞭解情報的價值，所以我才打算說。如果我說出來，你們會放我出去嗎？」
吉西恩搖了搖頭。
「就像我說過的，這是不可能的。我只不過是區區一介冒險家而已。」
他一說完，溫柴就用冷酷的表情望著他說：
「那我們就沒什麼好談的了。請回吧。」
吉西恩用沉鬱的表情望著溫柴。亞夫奈德立刻說：

「喂，我們現在都還沒聽到情報，怎麼可以隨便答應放你？所以你先說。若如你所說，這件情報真的重要到足以保障你的自由，就算我們不為你操心，你也還是有機會獲得自由吧？」

溫柴用陰沉的臉望著亞夫奈德。過了好一會兒，他用渙散的聲音說：

「反正我已經慘到不能再慘了，那就隨便吧。」

吉西恩靜靜地看著溫柴。溫柴講話的樣子雖然似乎很疲憊，但眼睛還是炯炯有神。

「已經沒什麼時間了，看來我堅持不說也是沒用的。」

「已經沒什麼時間了？」

「今天晚上有人要來暗殺尼西恩國王。」

吉西恩忽然緊緊握住了鐵欄杆。亞夫奈德驚訝地望了望溫柴，然後開始察看四周。唯一還保持鎮定的艾賽韓德說：

「你有什麼根據？」

吉西恩想說的話已經被艾賽韓德先說掉了，所以只是靜靜地瞪著溫柴。溫柴把聲音壓得更低說：

「我感受到逼人的殺氣。因為拜索斯沒有人可以感覺到殺氣，所以刺客也不會故意將殺氣消除掉。吉西恩，你對殺氣也略有所知吧？」

吉西恩無言地點了點頭。溫柴點點頭說：

「所有殺氣的方向都往尼西恩的寢室集中。」

「你怎麼會知道國王的寢室……啊，我懂了！」

溫柴冷笑著說：

「沒錯。因為我是間諜，對於宮殿內部，我至少跟你們一樣清楚，所以大致能推估出你們國王的寢室在哪裡。而且殺氣當中有一部分我很熟悉。希歐娜已經到這裡來了。」

「那個吸血鬼！」

亞夫奈德用吃驚的聲音說，接著趕忙捂住了嘴。

「原來希歐娜跑到那裡去了！所以在永恆森林跟大迷宮都沒看到她。」

卡爾點點頭說。杉森簡直一不小心就要把指甲咬下來似的，突然緊張起來望著亞夫奈德。我則是看著溫柴。溫柴只是用一副悠然的表情望著天空。溫柴現在的心情到底怎麼樣呢？至少有一點我可以確定，就是他現在的心情並不是自滿。妮莉亞無意間對他說了一句：

「你怎麼會想出這種方法？」

這句話聽起來很像是在責怪他，但是妮莉亞其實沒什麼別的意思，只是很單純地詢問。溫柴瞄了妮莉亞一眼，然後支支吾吾地說：

「修奇，請你幫我跟她說，因為伊斯的事情搞砸了，所以一定要想個辦法才能活下去的，難道有錯嗎？」

杉森驚訝地張大了嘴，對溫柴說：

「喂，你還真厲害，連那個也感覺得到？」

溫柴立刻恢復平靜，噗哧笑了出來。

「我又不像某個傢伙。」

杉森大吼一聲，亞夫奈德才繼續講他的故事。

溫柴聽到亞夫奈德的話點了點頭。

「他們才不是因為無聊而潛入宮中。那麼目標會是文件之類的東西嗎？我不這麼想。因為只是要拿東西的話，沒必要發出殺氣。所以他們一定是打算暗殺。我能說的只有這些了。」

吉西恩用銳利的視線看了溫柴一陣子，說：

「那你為什麼不跟典獄長或其他人說？」

溫柴冷冷地笑了。

「我不相信典獄長。老實說，到不久之前，我還希望你們的國王死掉。如此你們國家將會被傑彭占領，我也就會被釋放了。」

「那你為什麼還是說了？」

「因為你們應該會報復我。如果國王被暗殺，關在監獄裡的傑彭間諜還有可能安全嗎？」

「我懂你的意思了。」

「而且我覺得如果是你，那應該講得通。你對殺氣有所瞭解，而且也跟我一起旅行過，雖然時間不到一天。然而最重要的是……」

「最重要的是？」

溫柴的眼中閃過一絲神祕的微笑，但他還是一樣冷冷地說：

「我們把同一群人視作朋友。」

吉西恩微微笑了。溫柴乾咳了幾下，然後說：

「如果是他們，絕對會相信我的話。」

吉西恩此時下定了決心。

「好。我懂了。典獄長！」

在遠處的典獄長聽到吉西恩的呼喚，連忙跑來。吉西恩立刻說：

「請你把這個犯人放出來一個晚上。」

突然吉西恩兩腿張開，用威壓的姿勢低頭望著典獄長。他用低沉卻響亮的聲音說：

「我話不說第二遍。我現在跟你解釋，但等我說完，請你立刻打開鐵門。第一，你身處的職位不容許你違背王族的命令。我不是要你放走他，只是要你暫時假釋他，這種權限我還有吧！所以萬一你拒絕，就算是對王族做出叛逆的行為。第二，與這個犯人相關的所有責任，都由我吉西恩・拜索斯來扛。這是我以王子之名對你發下的誓，不管是對誰，你只要提到這個誓言，就可以證明你的無罪。第三，如果你拒絕，我就會把你打得不能動彈，將鑰匙收回，把犯人放出來。你應該懂得我這些話的意思，而且在這裡有頂尖魔法師跟頂尖的用斧戰士幫我。」

溫柴跟艾賽韓德用驚訝的眼神望著尼西恩。他怎麼可能正確地講出這麼長篇大論的東西？典獄長好像忍著什麼不講，但是也很害怕。結果他大部分屈服在吉西恩的威嚴之下，小部分則屈服於吉西恩的脅迫。但是他還是個懂得要維持面子的人。

「就像國王是皇城的主人一樣，這裡的主人是我。」

吉西恩的臉瞬間猙獰了起來。但是典獄長說：

「所以這裡的犯人都是在我的管轄之下。我現在把這權利移交給吉西恩王子。我不要求你發誓，只希望尊重名譽的騎士，能夠在明天太陽升起之前把這個犯人送回來。」

吉西恩微微笑了，拔出了端雅劍豎立在胸前說：

「雖然你因著對王子的禮貌不要求我發誓，但我願對這個地方的主人你表達敬意，所以我現在起誓。這個犯人明天早上一定會回到這裡。」

接著典獄長就沒說什麼，便打開了門。溫柴用沉鬱的表情望著吉西恩。

「你打算怎麼樣？」

吉西恩簡單地說：

「如果要幫忙就幫到底。用你的感覺找出刺客吧。」

聽到刺客這句話，典獄長臉色大變。溫柴咬牙切齒地說：

「媽的。好吧。」

「等、等一下！您剛剛說什麼刺客……」

吉西恩慌忙地捂住了典獄長的嘴，說：

「給我安靜！現在宮中有人打算謀殺國王。我們打算利用這個傑彭人的感覺去抓他們。你應該知道這種事不能大聲嚷嚷的吧？」

典獄長點了點頭。

「請問您對我有什麼特別指示？」

「像平常一樣行動就好。」

「知道了。」

然後一行五個人就趕緊往監獄外走。他們爬上了陡峭的地下監獄階梯，亞夫奈德氣喘吁吁，艾賽韓德嘀嘀咕咕，吉西恩與典獄長、溫柴則是像陣風一樣快速地往上爬。過程中偶爾會有宮殿守備隊員或監獄的衛兵用訝異的眼神望著他們，但是典獄長卻站出來，命令他們不可以對別人聲張。走到階梯盡頭，出了地下監獄，亞夫奈德好不容易喘過氣來，終於還是無法忍住好奇心，開口問道：

「我知道現在不太適合問這些東西，但我還是很想知道，你剛才跟典獄長講話的時候，怎麼能夠正確地講完那一段話呢？」

吉西恩的態度看起來好像不覺得有什麼特別的，他說：

「我只是讓端雅劍講它想講的話罷了。如果是我，才沒有自信能講出這麼驕傲、這麼壓迫人的話。」

「……原來如此啊。」

四個人慌忙地進入宮殿的主要建築物裡。大概因為夜已深了，所以也很少看到內部的侍者在走動。進入一樓的大廳之後，吉西恩就直盯著溫柴瞧。溫柴閉上眼睛，集中心神。

「外面的幾個傢伙都不算什麼。沒必要理他們。問題是寢室旁邊的那三個。」

吉西恩慌忙地說：

「要不要聯絡宮殿的守備隊……」

「不，那樣不好。我不是說過了，問題是寢室旁邊的傢伙。如果事情鬧大，他們會直接把尼西恩的頭給砍下來。他是你弟弟，你應該最清楚他能不能保護自己。而且還是半夜偷襲。」

「……他不太可能。那怎麼辦？」

「我們悄悄地上去吧。」

吉西恩點了點頭，然後把掛在牆上裝飾用的劍拔了下來。他把劍跟盾牌交給溫柴說：

「你沒辦法空手跟刺客戰鬥吧。」

溫柴用半驚訝、半感嘆的表情看著吉西恩。

「你不怕我砍了你然後逃走嗎？」

「你要試試看嗎？」

「當然不。」

四個人就安靜又迅速地朝國王的寢室前進。這是吉西恩自己的家，溫柴似乎也對內部構造一清二楚。亞夫奈德跟艾賽韓德則是跟在他們兩人的後面。

在他們進入一樓中央走道之前，溫柴在階梯上停下了腳步，對吉西恩說：

「我先說清楚，上了樓梯後不管遇到誰，無條件砍下去就對了。知道嗎？」

「知道了。現在上嗎？」

吉西恩跟溫柴從一數到三之後，瘋狂地衝進中央走道。

「呀——！⋯⋯王子大人？」

「可惡，該死！」

吉西恩覺得大事不妙，不知不覺間伸出了舌頭。他面前有一個女侍跌坐在地。她嚇得面無血色，用真的非常害怕的表情抬頭看著兩個拿著武器的戰士、長得很凶惡的矮人，以及隱藏了可怕魔力的頂尖魔法師。她好像要再度尖叫出聲，吉西恩為了蒙住她的嘴而立刻慌忙放下劍來，準備要伸出手，就在這時——

「蠢貨王子！」

溫柴低聲叫喊，越過了吉西恩的身邊。吉西恩根本來不及攔他，他就拿劍向女侍刺去。女侍還是維持坐在地上的姿勢，卻瞬間向上飛了起來。亞夫奈德發出了驚嘆聲。

女侍向後一個空翻，然後用手抓住了裙角。再次跳過來的她，手中已經多了把長劍。溫柴二話不說直接砍向女侍。

噹噹噹噹噹！

瞬間傾瀉而下的火花，將整條走道照得通明。溫柴跟假女侍在極短的時間內交手了無數次。每當兩人的劍相碰，走道就會亮起來。啪啪啪啪！這是只有在傑彭的軍營跟戰場上才能看到的傑彭式劍法，動作既輕盈又快到令人害怕。但就算在這段期間，兩人也都不吭一聲。吉西恩雖然想讚嘆，但在讚嘆之前，他已經更快地向前衝了過去大叫。

「刺客！」

本來被溫柴的快劍緊逼的假女侍突然碰到吉西恩沉穩的攻擊，一時之間反應不過來，咬牙切齒地向後退走。這時亞夫奈德喊了一聲：

「Grease!」（油膩術！）

女侍繼續後退，摔了個四腳朝天。吉西恩跟溫柴用可怕的速度殺了過去，但女侍的後腦杓已經撞到地板，大概腦震盪昏了過去。吉西恩擦去額頭的汗水，才發現溫柴正在瞪著他。溫柴氣得大聲說：「喂，我的生命跟自由都操在你手上！如果你死了，我的一切提議也就都沒用了。所以不要像個連劍柄跟劍身都分不清的見習騎士一樣，每件事都要別人幫忙照顧，好嗎？」

吉西恩的臉紅了起來。溫柴剛才就警告過，上了樓梯之後不管碰到誰，先砍了再說。吉西恩誠懇地點了點頭，說：

「對不起，我會小心的。」

瞬間溫柴的眼中泛著異樣的光彩。溫柴看了吉西恩一下，立刻開始往前跑。

「他們一定已經聽到尖叫聲了。強行突擊吧！」

「媽的！你居然要求短腿的人強行突擊？」

艾賽韓德雖然口裡嘀嘀咕咕，但也一個勁地往前跑。雖然情況很緊急，吉西恩的臉上依然忍不住露出微笑。就在這時——

喀啦！走道邊上他們剛經過的門開了，一個內侍人員拿著劍跑了出來，一言不發地跑向艾賽韓德。亞夫奈德大叫：

「艾賽韓德！」

艾賽韓德向旁邊一瞄，順勢將斧頭砍了過去。

「卡里斯・紐曼！」

鏘！劃了一個大圓弧的斧頭跟用力揮來的長劍撞在一起。咚！吉西恩的動作非常快。那個內侍人員的劍一落到地上，吉西恩就趕緊舉起了那人的手臂，將對方壓制在牆上。砰！他用端雅劍的劍柄打在男子的肚子上，馬上將劍尖對準男子的脖子。

「另外一個傢伙在哪？」

那男的雖然看來很痛苦，但仍帶著輕蔑的表情看著吉西恩。吉西恩發現這樣沒用，就將劍順勢向下一揮，砍在那男子的腿上。男子發出了呻吟倒下。吉西恩把他丟在一旁，向國王寢室跑去。

這時溫柴已經站在寢室前面了，但卻一動也不動，只是注視著房門。吉西恩覺得奇怪，想要講些什麼的瞬間，門裡頭傳來了說話聲。

「我再說一遍。只要任何一個人進來，國王立刻就沒命！」

那是尖細的女人聲音。溫柴發出了呻吟聲：

「希歐娜……」

「溫柴！是你這傢伙嗎？」

溫柴用痛苦的表情望了望吉西恩，然後說：「你幫我跟她說沒錯。不，還是算了。」

吉西恩無言地看了溫柴一下，然後又望向房門。從外面完全無法得知裡面的狀況。但是既然希歐娜這麼說，那國王大概已經被她抓在手裡當人質了。吉西恩急得像熱鍋上的螞蟻。在一陣寂靜之後，房裡又傳出了說話聲：

「全部給我退到門邊去！」

吉西恩跟溫柴都退下了。但是吉西恩在退後的同時，看到了一件奇怪的事，就是艾賽韓德突然跑到走道旁放著的小桌子底下去。如果是成年人類，絕對無法躲到那麼小的桌子底下，但是艾賽韓德躲進去之後，卻讓人完全看不出來。吉西恩再次舔了舔嘴唇。

喀啦。

門打開了，兩個人走了出來。在前面的是穿著睡衣的尼西恩國王，希歐娜則緊跟在後面，拿了把匕首架在國王的脖子上。尼西恩的臉雖有些蒼白，但卻不失威嚴。

「皇兄，讓你看到愚弟無能的窘狀了。」

吉西恩咬牙切齒地低下了頭。

「陛下請恕罪。由於在下來遲，使得您龍體……」

希歐娜嗤嗤笑了起來。

「妨礙了你們兩個友愛的兄弟敘舊，可真是對不起啊。快給我讓路！」

吉西恩瞪了希歐娜一下，然後向後退開。希歐娜先讓自己平靜下來，然後環視了周圍一下。她的眼睛一看到亞夫奈德，亞夫奈德雖然嚇了一跳，但是片刻之後卻用充滿敵意的眼睛朝希歐娜瞪回去。希歐娜冷冷地笑了，接著瞪著溫柴。

溫柴用一副委屈的表情看著希歐娜。希歐娜惡狠狠地望著溫柴，說：

「在伊斯的時候，你幹得可真好啊……」

溫柴的臉一下子紅了起來。希歐娜現在說的，應該是溫柴在伊斯時舉發傑彭神臨地的事。雖然希歐娜看起來像是有很多話要說，但她不是會浪費時間的那種人，所以她直接說：

「全部退後，把背靠到走道牆上。」

三個人都退後了。吉西恩雖然努力逼自己不要往下看，但是視線還是會偶爾瞄到桌子的那個方向。他好不容易才壓抑住自己，退了下去。

希歐娜很小心地對這三個人保持警戒，慢慢地往前走。她瞄了走道底的窗戶一眼。亞夫奈德內心想：糟了！只要讓希歐娜走到窗邊，她就會殺了國王然後變成蝙蝠逃走。亞夫奈德感覺心跳得很快。

一步，又一步。只要再一下子，希歐娜就會完全經過他們面前了。吉西恩的手臂雖然在抖動，但是希歐娜的匕首稍微有一點動作，吉西恩就不敢輕舉妄動了。就在這時——

亞夫奈德清楚地看見，艾賽韓德在桌子底下慢慢地爬了過來。亞夫奈德吃了一驚，連忙將眼神回到希歐娜身上。如果現在被發現，那一切都完了。希歐娜用異樣的眼神看了看亞夫奈德，亞夫奈德的心都嚇得快跳出來了。希歐娜慢慢地開始將頭轉了回去。

這一瞬間發生了很多事。

「呀——！」

艾賽韓德一聲大喊，將戰斧揮了過來。希歐娜這時已經看到他了。這時尼西恩國王讓人不敢置信地將身子猛力一搖，用手肘撞了希歐娜腹部一下。

「嗚！」

希歐娜發出了呻吟，向後退開。她好不容易才躲過了艾賽韓德的斧頭，尼西恩國王奮力向前撲倒。吉西恩的端雅劍以驚人的速度劃過空中。

咻！希歐娜突然不見了。亞夫奈德慘叫道：

「是瞬間移動！」

希歐娜好不容易移動到離端雅劍兩肘的地方。真應該為她好好鼓掌一番。同時受到多方的攻擊，居然還能夠瞬間移動。但是在下一瞬間，溫柴卻用令人害怕的速度跑了過去。

「Colkodachi, K,nmaii!」

鏘！希歐娜的銳劍跟溫柴的長劍撞在一起。但是溫柴直接把希歐娜逼到了牆邊。

「呀啊啊啊！」

在希歐娜碰到牆之前，她的口裡在唸唸有詞。突然溫柴往前猛跌，啪啪！希歐娜變成了一陣稀薄的煙霧。吉西恩咬牙切齒說：

「這個吸血鬼！」

端雅劍快速地朝煙霧劈了過去。端雅劍可是把魔法劍，萬一能砍中希歐娜，那她在這世上的旅程也就告一段落了。但是煙霧驚險地避開了端雅劍，直接往窗戶的方向流竄。吉西恩追在後面跑了一陣，突然停下來走到尼西恩身邊。他抓住尼西恩的手臂，將對方扶了起來。煙霧已經全部飄到窗外，跑到窗邊的艾賽韓德只好對著空中拚命用矮人語破口大罵。

「您沒事吧，陛下？」

尼西恩國王一面喘著氣，一面望著吉西恩。他突然抓住了吉西恩的雙手，說：「我老是給皇兄添麻煩。」

「哪裡的話，陛下。為臣不才，讓陛下陷入困境之罪萬死莫贖。」

希歐娜消失了，走道上剩下昏倒的假女侍，以及腿被砍之後仍在呻吟的假內侍。吉西恩先將尼西恩國王送回寢室，然後急忙讓宮殿守備隊出動。

他那一晚指揮守備隊，向隊員下達了封鎖消息的命令，並且搜查出宮中的刺客，以及強化戒備。在戰時的國家，如果傳出有人暗殺國王的消息，不知道會造成什麼影響。但是吉西恩對他們下達嚴格的命令。看到他卓越的指揮才能，亞夫奈德驚訝地伸出了舌頭。宮中守備隊應該是直屬於國王，但是沒有人對吉西恩指揮的正當性表現疑心或反對的意見。在吉西恩指揮調度的過程中，雖然因為端雅劍的妨害說了好幾次廢話，但他的態度上還是保有一定的威嚴。

真是漫長的一夜。

好幾群潛伏在宮內的刺客中，大部分都被守備隊逮捕了，但過程中由於遭遇到激烈的抵抗，守備隊跟刺客雙方都死傷慘重。那天晚上宮中不斷傳出慘叫跟刀劍相碰撞的喧鬧聲，對拜索斯恩佩的民眾而言，也是非常令人不安的一晚。吉西恩幾乎以強制的方式召開貴族院會議，成功地掌握了那些貴族。

「為什麼要掌握貴族呢？」

故事聽到一半，我趁空檔問道。卡爾代替講故事的人回答：

「這是為了防備有人刺殺國王的消息傳出去之後，貴族會不守忠誠的誓言。大概是吉西恩會先讓貴族確認尼西恩陛下的安全，然後強迫他們發誓對王家的忠誠不會改變。當然表面上是要他們對邪惡勢力入侵宮中表示遺憾。總之如果不這麼做，部分有野心的貴族就會懷有不軌的想法也說不定。」

「啊，是這樣嗎？這麼麻煩啊。」

吉西恩微微笑了笑，亞夫奈德又繼續往下說。

結果因為吉西恩英雄式的奮鬥跟努力，拜索斯恩佩的市民跟貴族都平靜下來了。吉西恩幾乎完全掌握貴族院之後，連忙跟大暴風神殿取得了聯絡。許多人在漫漫長夜中焦慮不安的隔天，就能夠在大暴風神殿舉行大規模的勝利禱告會。聽到這一段，傑倫特大大地佩服說：

「一天之內就辦成這些事嗎？」

「正確說來，應該是一個晚上之內就辦成了。」

禱告會中，尼西恩陛下跟貴族都出現在市民面前，讓市民平靜下來。在大暴風神殿進行豪華盛大的禱告會同時，吉西恩完成了一般人看不見的麻煩事。他毫不吝惜地將王室的錢大筆拿出來，撫卹陣亡的守備隊員的家人，弄得皇宮內侍部長里菲‧特瓦里森滿面愁容。他甚至試圖反抗道：

「用這種方式，將維持王室日常運作的費用浪費殆盡的話，搞不好最後每餐只能喝一碟湯，吃一塊麵包了！」

但是吉西恩厚著臉皮說：

「我三餐都能吃到這種東西的話，就很滿足了。」

「我、我說的不是您，是國王陛下！」

「兄弟是一體的。」

里菲‧特瓦里森最後還是把王室日常經費中可用的部分全部給了吉西恩。後來有傳聞說，之後的幾天，里菲‧特瓦里森都在宮內庭院深處仰天詛咒刺客跟吉西恩。說起來，把王室日常經費都交了出去的里菲・特瓦里森，到底要怎麼讓宮中運作維持下去，還真是個疑問。

接著吉西恩開始審訊抓到的俘虜。

吉西恩雖不是個冷酷的人，但是對他而言，要決定在此刻的狀況下寬待俘虜到什麼程度，卻不是很困難的。聽到亞夫奈德描述加諸在那些俘虜身上的殘酷拷問時，妮莉亞皺起了眉頭，蕾妮則是臉色蒼白。亞夫奈德還說：

「這些東西不該跟你們多講，所以我只是簡略地說過去。」

伊露莉聽到這句話，眼睛瞪得大大的。

但是從俘虜那裡並沒有得到什麼有用的情報。因為他們都是小嘍囉，甚至懷疑自己沒資格被當成俘虜抓起來。最後能拼湊出的事實，就只是希歐娜單獨進行整個計畫，只在必要的時候叫部下來用。關於這一點，溫柴也證實了。

「我那時只聽到在卡拉爾領地準備好據點等希歐娜的指示，沒再給我任何說明。可以說希歐娜行動時都是獨來獨往的。我們只是她的工具。那些被抓的人，大概在進宮前也是什麼都沒聽說過。」

「她還真是厲害。」

「沒錯。」

溫柴證實完這件事，吉西恩也就不再進行毫無意義的拷問，將俘虜都關了起來。在希歐娜試圖暗殺國王起的一天之內，吉西恩處理了這一切的事情，幾乎快要累倒後，才參加了那場會議。

06

那是一場非正式的會議，主要是應吉西恩的要求，因應實際的需要而召開的。也就是說，會議是在皇宮裡一處非常隱密的地方，由尼西恩陛下、吉西恩、艾賽韓德、亞夫奈德，以及幾位戰時內閣閣員共同參與這場會議。

尼西恩國王的眼睛都充血了，他將身體靠坐在椅子上，對他的皇兄吉西恩真誠地表達他的謝意。

「您辛苦了。謝謝皇兄。」

吉西恩雖然一副疲憊的表情，但還是笑著說道：

「您千萬別這麼說。即使是平民百姓們，兄弟也會互相幫忙，更何況是王室的近親之間，此乃當然之事啊。雖然我是流浪在外的野人，但還是隨時隨地都心中謹記要輔弼陛下。」

亞夫奈德差點就露出驚愕的表情，不過他仔細一想，這麼圓滑的話一定是端雅劍的傑作。尼西恩國王則根本想不到是這麼一回事，只是對吉西恩投以感動的目光。

情報部的部長簡略地說明了目前的事態。

「首都的輿論現在非常安定，幾乎沒有散布出任何的不實傳聞，貴族們的舉動也沒有特殊異常之處，國家情勢處於穩定的局面。不過，正如我向您報告的，從俘虜那裡接收到的情報實在是非常地少。」

「應該要逮捕到希歐娜那名女子才對……真是令人焦急。」

說這句話的是內政部長。可是他立刻向吉西恩點頭說道：

「啊，我並不是在責怪殿下。」

「是。我也深感焦急。那個女的身材一直在我腦海中……該死！」

亞夫奈德噗哧笑了出來。端雅劍又開始在亂講話了。會議桌前的閣員之間傳出了輕輕的笑聲之後，吉西恩說道：

「對於這次暗殺事件，雖然可以向傑彭國提出抗議，但並不會有什麼用處。而且向伊斯公國舉發的方法也是沒有用的。因為根據蘇凱倫・泰利吉的報告，使節的任務已經失敗了。」

外交部長不高興地撫摸著下巴。

「那個伊斯君主倒是很機靈，他只有在不太需要正義的時候才高喊正義。可是真正需要正義的時候，他卻置身事外。」

「枉費他以歐雷姆之名自居為正義之士。」

「可是如果換作是我們，受到神臨地的威脅，可能也無法幫助其他國家吧。我們應該考慮到他的立場。」

「您真不愧是一國之君啊。」

「這與平常的作為有很大的關聯。因為我平常並不會喊著自己是正義的化身。」

與會的人員就這麼你來我往地說了幾句話，然後情報部的部長又再發言：

「那個名叫希歐娜的吸血鬼女子是相當危險的人物。她不僅是名吸血鬼，而且熟稔高級魔法。雖然她足跡遍及大陸各地，但擅長隱藏自己的蹤跡。根據推測，上次的131戰線的吉達林將軍暗殺事件可能也是這名女子所為。這是因為暗殺的凶手真面目完全不得而知，所以做出這種推測。」

其他閣員的其中一位以責怪的表情說道：

「我們還是無法掌握她的行跡。」

隨即，情報部的部長皺起眉頭說道：

「如果我們掌握了她的行蹤，一定會當場逮捕她。這名女子是個惡魔。我們情報部也因為她而失去了很多戰士。」

吉西恩摸了摸下巴。

「看來她是個很出名的人物嘍？說得也是，就連溫柴也這麼說過。」

「是的。她非常出名。」

「好……嗯，既然抓不到她，現在也只能請情報部繼續追查了。」

「遵命。」

然後，吉西恩對尼西恩說：

「您覺得如何呢？陛下。就如同昨晚所揭露出來的，這裡的皇宮內侍很淫蕩……唉，真是的！我是說，很危險。對於皇宮內侍的一些傳統方式審查，我很懷疑是不是夠嚴格。」

皇宮內侍部長里菲・特瓦里森臉紅了起來，但吉西恩冷靜地說：

「因此，陛下您覺得移到離宮去住，如何呢？」

尼西恩國王笑了出來。

「騎士豈可不在宮城裡。皇兄請不要這樣考驗愚弟。」

吉西恩也隨即笑了出來。國王乃是騎士中的騎士，如果在戰時離開主城，不知會給身在前線的戰士們多大的影響！他乃是戰士們心中的故鄉，也就是說，身為莊嚴大廳的主人，一定要固守在這個地方。這座城是路坦尼歐大王的兒子——謝魯德亨王子的作品，是一處路坦尼歐大王靈魂縈繞著的聖地。

「是，我知道了。那麼您可以答應我其他的事嗎？」

「您希望我做什麼呢？」

「我想去找之前出使到伊斯的使節——卡爾和他們一行人。刻骨銘心的戀情……可惡！是，總而言之，我想要與他們會面。請允許我可以有選拔同行夥伴的權力。」

隨即，另一個閣員便說道：

「那個使節任務一失敗，就忘記讓他坐上這光榮之位的國王陛下之隆恩逃走了，不是嗎？您為何想去和這個人會面呢？」

吉西恩冷冰冰地看了一下說這番話的人，然後說道：

「使節一行人現在為了一件比傑彭與拜索斯戰爭還來得更重要的事，正流浪在荒野之中。他們在沒有拜索斯的協助，不，應該說是沒有在這世界上任何人、任何種族的協助之下，正以他們自己的力量在努力挽救大陸的危機。」

閣員們用驚訝的眼神看了吉西恩，但是吉西恩雙手交叉放在胸前，對著這些目光全部都迎視回去。此時，尼西恩國王說道：

「皇兄，我也從泰利吉大人那邊聽到了卡爾一行人的行程和目的。而且今天早上我到大暴風神殿的時候，高階祭司也談到了這件事。」

「那麼您應該很瞭解這件事。」

「是的。皇兄您是個冒險家，冒險家來來去去全都是看他自己的意志。請按照您的意思去做吧。我非常希望您能繼續留在愚弟的身旁，給予指教，但是……我已經受到您莫大的恩惠了，不敢再說出如此令自己歉疚的話。」

吉西恩無言地點了點頭，以此回應尼西恩國王的這番話。尼西恩國王接著說道：

「但是，冒險家挑選同伴是可以不必經過國王許可的。您剛才為什麼會這麼說呢？」

「那是因為我要的其中一個同伴，現在正待在王家旅館零樓。」

閣員們一聽到王家旅館零樓，都不禁笑了出來。他們當然很清楚這句話的意思。那就是拜索斯恩佩的地下，也就是地下監獄的意思。尼西恩國王也噙著笑，說道：

「皇兄想要帶個犯人走？」

「是的，沒錯。」

「犯人……可是我認為法律嚴謹，就算是身為國王，也不能隨便赦免犯人。然而，愚弟可以大略猜出皇兄您說的是哪一個人。您是不是指那個名叫溫柴的傑彭間諜？」

「我已經跟您說過他的功勞了。」

「是。要不是有他的告發，那些刺客恐怕已經完成他們醜陋的陰謀。而且昨晚我也親眼目睹到他的厲害之處。」

「有罪之人既然已經立功了，可否能夠將功贖罪呢？」

「我知道了。不過，皇兄您為什麼要這個人呢？」

「我曾與他約定好，以自由作為他提供情報的代價。他是個政治犯吧，所以這並不為過。」

吉西恩如此說道。他的意思是，王子吉西恩要對他的話負責任，所以請求放了間諜溫柴。法務部長和國防部長都抗議著，他們說不管是否有功勞，都不應該放了間諜，可是王子吉西恩對於他們的抗議，表示願以名譽作為代價。尼西恩國王則是點頭說道：

「反正我們已經無法從他那裡再獲得什麼，而且也不會對他做出什麼處置。他早已在幫我們的忙，雖然在伊斯國的成果不太令人滿意，但我正好苦於不知該如何處理。他既然可以幫得上皇兄，我會很樂意把他交給您。」

「謝謝您。」

於是，一行人在隔天就到光之塔去，拜託那裡的巫師們透視出我們的位置，然後查出我們是在永恆森林的方向。接著他們就朝著永恆森林，往細菲亞潘嶺奔馳而來。亞夫奈德從拜索斯恩佩横越東部林地，越過細菲亞潘嶺，他對於這段奔馳的情節，簡單地歸結為：

「我以為我就快死了。」

亞夫奈德這番簡潔且正確的說明一結束，我們便沉默了一會兒。卡爾用力揉著太陽穴之後，說道：「希歐娜，那個女子真的這麼出名嗎？」

「我看到有關那個女子的報告書，真的嚇了一大跳。她過去的紀錄實在是很輝煌。雖然這是機密不可奉告，但是她比卡爾先生所想的還要來得厲害許多。」

「真是令人驚訝。」

不過，吉西恩柔和地笑著說：

「可是現在沒事了。我們原本以為各位陷於蕾妮小姐被擄的困境之中，為了幫助各位而急奔過來，不過，各位已經救出蕾妮小姐了。真不愧是各位。現在只要奔馳到褐色山脈就行了。」

直到這個時候，艾賽韓德為了發揮真正厲害的耐心，一直拉扯著自己的下巴鬍鬚，最後終於忍不住了。他說道：

「等一下！」

我們以驚訝的眼神看著艾賽韓德，他隨即也被自己的聲音給嚇了一大跳。

「咳嗯，呵嗯。哼嗯。那麼，嗯，你們真的進了大迷宮？」

「咦？」

「不要裝蒜！我在那個叫做光之塔的地方，那些愛開玩笑者的老巢裡面，聽到你們在永恆森林裡，我是多麼驚訝啊！我激動得心臟都快跳出來了。永恆森林，哦！大迷宮藏匿之處！你們該不會連進去都沒進去就出了永恆森林吧？」

「啊……不是。哈哈。我們進了大迷宮。」

艾賽韓德的臉一下子變得明亮了起來，而亞夫奈德和吉西恩更是一副大大吃驚的臉孔。亞夫奈德用慌亂的聲音說道：

「啊，那個，所以您說的是神龍王沉睡的那座大迷宮嗎？您的意思是它真的存在嗎？」

「是的，沒錯。」

「真是令人不敢置信！」

妮莉亞隨即跳出來一面說：

「要不要我給你看證據？」

就在我們看著她的時候，她已經從馬鞍裡拿出了一個沉甸甸的袋子。我們一看到那個袋子，就苦笑了出來，不過吉西恩、艾賽韓德、亞夫奈德和溫柴則是歪著頭在疑惑著。過了不久，他們都被猛烈攻向臉孔的金黃色光芒給嚇得露出了昏厥的表情。

「我們人數不多，只能帶出一點點。」

「金、金、金幣！這麼多金幣！拜託，妮莉亞！可不可以拿一個借我看看？」

妮莉亞聽到艾賽韓德的誠懇要求，嘻嘻笑著拿出了一枚金幣。艾賽韓德像是要用目光熔了金幣似的，一直看個不停。

「這是伊斯諾亞·克拉賓時代的金幣啊！我最後一次看到這種金幣，是在一百多年前呢！」

艾賽韓德當場喚回了他三百年前的熱情，大喊著要我們帶領他去大迷宮。我不得不把他拉回到現實中。

「敲打者！那克拉德美索怎麼辦？」

「……Aaaak! Kzaht! Choracairam hened ailsh!」

「對，您說得對。您說得真好。」

「我是在罵你啦！」

「您罵得真不錯。」

因為我們兩個都是坐著，艾賽韓德可以很輕鬆容易就欺負到我的後腦杓。然後呢，矮人的偉大敲打者艾賽韓德可以說是看起來像眼淚快要潸潸落下，凝視著東北方的夜空。我們要是再置之不理，他恐怕就會看著東北方的天空唱起一段歌曲了。他勉強壓抑住自己，說道：

「那是我們丟棄了的家……沒辦法了。可是這些事情全部結束之後！你們一定要幫我帶路去那裡。」

「那有什麼問題，可是您為什麼不直接去，而要我們幫忙呢？」

艾賽韓德帶著一副淒然的表情，說道：

「我們種族對那裡的所有記憶、所有暗號都已失傳了。我們並不像你們人類那樣會記錄。大迷宮的矮人們幾乎沒有什麼生還者，所以也沒有留下什麼記憶。而且我們也沒有能力一邊亂闖永恆森林一邊找尋大迷宮。」

「啊，是嗎？」

艾賽韓德像是在感嘆自己的身世似的，繼續喃喃自語著：「我那個時候並沒有參與大迷宮的工程，所以得以躲避過動盪的時代。當時我只是一個年輕矮人，不對，是幼小矮人，而大迷宮的工程是只有擁有最高技術的矮人才能參與的。而且我是屬於礦工部族，根本沒有機會參與那個工程。」

「等、等等。您說當時？那麼那個時候您就已經在這個世上了嗎？」

「你這傢伙！所以現在我才有資格當敲打者啊！你以為我是幾歲當上敲打者的呀？」

「啊？哦，原來如此。嗯。」

呃呃……我仔細一想，那艾賽韓德不就算是和路坦尼歐大王同一時代的人物了？歷史在霎時之間插進了現實裡的我的人生。

亞夫奈德說道：

「可是，我有一個問題。剛才那個人是誰呢？我看到他與各位對峙，所以就先攻擊了。」

接著，吉西恩和艾賽韓德也露出了好奇的表情。溫柴只是在稍遠的地方沉鬱地盯著我們看。

卡爾對吉西恩說明有關攻擊我們的那個巫師的事。在一旁靜靜聽著的亞夫奈德隨即歪著頭疑惑地說道：

「真是奇怪。」

「咦？」

「我這樣說雖然很可笑，但是真的有偷襲的意圖時，要是我，我會用幾顆火球簡簡單單地了結。那麼各位就會陷於將死的狀態，而我就可以輕鬆地做後續的處理。」

傑倫特聽了亞夫奈德的這番話，點頭說道：

「是。對於這件事，我也問過了。原來他的目的是要我們的生命力。」

「他要你們的生命力？」

「是的。在我們之前，就有許多牧人遭到他的毒手，結果那些牧人的生命力全都枯竭了。而且名叫理丘的那個牧人指揮者確實是被施以吸血鬼式接觸系統的魔法。所以，那個巫師努力不讓我們受到直接的傷害，理由就是：如果殺死我們，就無法吸取我們的生命力。」

亞夫奈德驚訝地張大嘴巴，說道：

「生命？那麼也就是說，他不是人類？」

「不，他看起來像人。但可以確信的是，他的目的是吸取生命力。」

「是真的嗎？」

我們一行人當場就開始熱烈地討論了起來。啊，事實上，陷於熱烈討論的不是我們一行人，而是卡爾、亞夫奈德和傑倫特三個人，杉森、妮莉亞和吉西恩主要是在旁邊專心地一面聽一面點頭。而艾賽韓德和溫柴則是不怎麼感興趣，屬於戒備著四周的那一夥人。至於剩下的就是蕾妮、我和伊露莉了。我們三個在做什麼呢？蕾妮她又再回去睡覺了，我則是在觀察伊露莉。

伊露莉在距離我們一行人稍遠的地方，臉孔一副沉浸於苦悶之中。我走到她旁邊，她還是一動也不動。我靜靜地開口說話：

「剛才那個巫師……他說他修練魔法的時間已經超過一百二十年的兩倍以上。」

伊露莉頭也不回地看著前方，說道：

「是啊。」

表情。

「他……妳認為是他嗎？」

伊露莉的臉上並沒有任何表情變化，不過我很懷疑她的臉刮掉一層皮之後，是不是還是那副表情。

「你想要說什麼呢，修奇？」

「啊，那個。嗯。那個巫師……那個……」

「我不知道。」

伊露莉這句話蘊藏著許多含義。她把「我也很懷疑，但我不希望隨著你所講出來的話而左右了我思考的方向，所以請不要說出任何你不確定的話」這樣複雜的含義，用一句「我不知道」來帶過。我隨即無話可說了。

我看她是想要自己一個人思索，所以就靜靜地走了。

唉，真是傷腦筋。那個巫師真的是他嗎？

我搖了搖頭，走向溫柴。溫柴雖然是蜷縮著身體坐在樹下，但我確定他正靜靜地戒備著四周。而艾賽韓德則仍然還是望著東北方的天空。我走到溫柴旁邊坐下。

「那麼，吉西恩已經替你作保了嘍？」

嗯。這句話好像有些唐突。溫柴稍微抬頭看了我一眼，就又再低下頭，說道：

「是啊。」

「是到什麼時候為止？你們有什麼約定嗎？」

「吉西恩要我幫他到這件事情結束為止。然後他已經說好要讓我自由。」

「啊，真的嗎？那麼，是一直到蕾妮抵達克拉德美索那裡嘍？」

「應該是吧。」

「你一定很高興吧？」

他並沒有答話，只是望著遠方。所以我沒辦法再說什麼，只好看著那幾個熱烈討論的人。哼嗯。滿吵雜的！不管怎麼樣，我們現在有十一個人之多，應該是可以確保安全了。不管是什麼樣的怪獸，如果敢接近我們，一定會大事不妙。看來，蕾妮可能也是因為這個緣故，才會一副安心的臉孔在沉睡著。我看了一眼整個大陸的希望的那張沉睡臉孔，不禁微笑起來。

那三個人各自以其魔力、神力和「學力」（？）討論完後，下了結論。

「幾乎可以確定了，那個人應該是巫妖。」

「我們有些訝異，巫妖竟然會特別吸取他人的生命力。」

「不。雖然在古書裡面很少見，但確實是有幾個例子。巫妖有一個很大的副作用，就是巫妖把自己的生命力凍結在ＬＦＶ裡，但有時會不夠完整。」

「ＬＦＶ？這是什麼東西呢？」

「啊，這是我們巫師們所用的縮寫語，也就是Lifeforce Vessel（生命力容器）。這ＬＦＶ在不完整的情況下，被保存著的生命力會發生慢慢枯竭掉的情形。」

「呵。你的意思是像酒瓶漏出來的情形嗎？哼嗯。用酒瓶來解釋瑪那好像有點不妥。」

「真的有這種例子嗎？」

「是的，沒錯。在那種情況下，為了阻止生命力枯竭，可以適當應用生命力轉換術的魔法，以他人的生命力再裝滿容器。」

「什麼！那種行為真是怪異凶惡啊！」

「成為巫妖其實就已算是一種極端邪惡的行為。」

「說得對。當然。」

在旁邊聽著三人的對話聽得出神的吉西恩、杉森和妮莉亞也點了點頭。巫妖。如果是巫妖，就會長生不死。剛才那個巫師有說到，他研究了一百二十年的兩倍時間以上的魔力。這麼說來，會不會是他呢？

難道真的是他？我又再看了看伊露莉。她仍然還是一副好像與周圍所有事物隔絕開來的模樣，仰望著夜空。

我們如果繼續在曾被偷襲的地方宿營，會是件非常不智的事。所以雖然現在是半夜，我們還是傾向動身去找比較隱密的地方。如果找不到的話，我們決定就在夜裡越過山嶺。

伊露莉召喚了光精，照亮眼前的路之後，走在最前面做前導的，是杉森和傑倫特一起騎著的流星，還有吉西恩騎著的御雷者。在他們後面跟著的是妮莉亞和蕾妮、艾賽韓德和亞夫奈德，溫柴和伊露莉則是在他們的兩旁。在最後面的則是卡爾和我。

趁著和卡爾在後面並排騎馬的機會，我向卡爾問道：

「你覺得怎麼樣？」

卡爾看了我一眼，說道：

「什麼怎麼樣？」

「巫妖，我是指那個巫妖。」

「那個巫妖怎麼了？」

「所謂的巫妖，不就是長生不死的巫師嗎？」

「是啊。」

「那麼，說不定他已經活三百歲了？」

卡爾停了一下腳步，看著我。然後他望著走在前面的伊露莉背影。他輕聲地說：

「你……」

「我只是認為有可能。這是有可能的，不是嗎？」

卡爾摸著下巴，說道：

「巫妖確實是很少見……所以不該排除這種可能性。可是他會選擇這種方式嗎？這並不是他生活的方式。哼嗯。不對，不對。其實人類是難以預知的動物。」

卡爾和我同時心情沉重了下來。真的是他嗎？那個巫妖真的是他嗎？

此時，妮莉亞稍微騎慢下來，和我們並肩騎著。在她背後的蕾妮忍不住睡意，在馬匹上面睡著了，看起來頗危險。妮莉亞向卡爾問道：

「嗯，剛才您和他們談的內容太難懂了，我一時之間無法問問題。到底什麼是巫妖呢？我只知道那是非常可怕的東西，其餘的一概不知。」

卡爾微笑著，開始解釋給她聽。

「啊，所謂的巫妖，是指級數非常高的巫師之中，有人選擇了長生不死之路。」

「長生不死？永遠都不會死嗎？」

「可以這麼說吧。能力堪稱為大法師的巫師，把自己的所有魔力集中，將自己的生命力全部注入到特製的容器裡，就會成為巫妖。巫師成為不死生物之後，也有人稱之為巫妖，但是現在我們所說的巫妖，是我說的第一種。」

「嗯，嗯，這樣就像是把財產放在銀行嘍？」

「是的。而且就和放在銀行的情況一樣，生命力可以被安全地保管著。因此，在他身體裡沒有剩下任何生命力，無論怎麼攻擊身體，都會再復活。只要不破壞那個容器，就絕對不會死。」

「哇啊啊啊！當個巫妖真好耶！」

我和卡爾聽了，同時露出了苦笑。妮莉亞皺起眉頭，說道：

「兩位的表情都很奇怪。嗯。當巫妖不好嗎？」

「妮莉亞小姐，妳希望長生不死嗎？」

「嗯，沒有人喜歡死，不是嗎？」

「話是這麼說沒錯。沒錯，他們也是因為恐懼死亡，才選擇那樣的路吧。可是，我不懂那種日子到底有什麼樂趣。」

「咦？沒有樂趣嗎？」

「路坦尼歐大王曾說過一句話。」

「他說過什麼呢？」

「他說……」

卡爾並沒有把話說完。因為伊露莉突然低聲喊道：

「大家請小心注意！」

在此同時，在稍微前面的傑倫特也很慌張地說道：

「呃，實在是非常不妙。這個，這股氣氛……」

所有人都緊張萬分，停下了腳步。為什麼會這樣呢？因為傑倫特和伊露莉突然戒備了起來，我才得以感受到某種非比尋常的氣氛。到底我感受到的是什麼呢？

溫柴趕緊環顧四周，接著便煩惱地咋舌說道：

「這地形真是糟透了！」

我慌慌張張地看了周圍。仔細一看，我們所站著的地方是在兩面峭壁之間的一條小路上。真糟糕！這樣豈不是左右都被擋住了？我們就只能往前或往後移動。在最前面的杉森很快地說：

「修奇，注意後方！我們先趕緊離開這裡再說。」

「離開這裡？」

這句話不是我說的。那是從半空中突然傳出的一個沙啞聲音。

「咿嘻嘻嘻！」

我們的馬都被嚇得想往後退而亂蹬腳。我往上抬頭一看，漆黑的夜空上面飄浮著某種東西。那東西浮在兩邊峭壁之間看得到的天空，我是看到星星被遮掩住了，才知道那東西是在哪個地方。妮莉亞尖叫著喊道：

「是那個巫妖！」

所有人都驚慌地往後退。可是對方飄浮在空中，我們所在的地方則是毫無屏障的地形，根本無處可躲。

那個人一聽到巫妖兩字，就用他完全沙啞的聲音說道：

「我才走沒多久時間，你們好像就已經猜測出我的一些事了。」

「呃，你到底想怎麼樣？」

卡爾說道。可是在對方還沒回答之前，另一個聲音說道：「我認得出這個說話聲。可是我實在難以相信我竟還能聽到這聲音。」

是吉西恩的說話聲。隨即，在天上的黑衣巫師也是一副吃驚的臉色。

巫師開始慢慢地下降到地上，我們則是更往後退。然而吉西恩和御雷者卻完全沒有往後退。這個人下降到我們前方三十肘的高度，看著吉西恩。他一降到下面，因為接觸到光精的光芒，所以我們得以確實地看到他的模樣。他就是剛才攻擊我們的那個黑衣巫師，現在他在肩上扛著一個大袋子。這個巫師面向吉西恩，用粗啞的聲音喊著：

「你、你……吉西恩！」

咦？他認識吉西恩？吉西恩則是高高舉起了端雅劍，隨即，端雅劍就開始亂鳴了起來。嗡嗡嗡嗡！

「難怪御雷者的詛咒沒有被解除！他媽的。原來是因為你這傢伙還活著！里奇蒙！」

他是里奇蒙？

吉西恩用端雅劍直指里奇蒙，並且喊道：

「可是你明明已經死了啊！我已經把你從塔頂丟了下去。那時候，我親眼目睹你往峭壁一直落下去，身體散成了碎塊之後滾落下去。那並不是我的錯覺。這到底是怎麼回事？」

那個名叫里奇蒙的巫師身體抖動著。他勉強開口說道：

「當時我真的是痛苦極了。我雖然克服了死亡，卻存在著一項缺點，我死不了。我活著忍受了那種可怕的痛苦，身體散成碎塊而痛苦呻吟不已。都是你造成的！」

「你連死……都死不了？……你！」

在一旁的傑倫特咬著嘴唇，說道：

「你，真的是巫妖！」

里奇蒙不做回答，靜靜地飄浮在空中。吉西恩咬牙切齒地說：

「他媽的！原來你這傢伙是巫妖！當時我以為你已經死了，所以就離開了。該死！難怪御雷者的詛咒沒有被解除。因為下詛咒的人——詛咒的主體，也就是你這傢伙還沒有死！」

里奇蒙突然笑了起來。

「呵呵呵呵……呵哈哈哈哈！」

「有什麼好笑的？」

里奇蒙痛快地笑了之後，又再用沉鬱的聲音，不過卻是咬牙切齒地說：

「沒想到你在我沒有準備要報仇的時候出現了。難道是華倫查在庇佑我嗎？到底你這傢伙為什麼會來這裡呢？真是不敢相信啊，吉西恩！不過太好了。都是因為你，害我必須去吸取別人的生命力！」

「什麼話！」

「這把該死的魔法劍！」

里奇蒙尖銳地喊著，伸手指向端雅劍。而端雅劍則是激烈地鳴叫了起來。嗡嗡嗡嗡嗡！

「都是因為這把該死的魔法劍！它到底是用什麼做的？因為這把魔法劍嚴重打擊到我的ＬＦＶ，裡面的生命力正不斷漏出來！所以每天日復一日都必須做殺人這種麻煩事。」

「真的是……原來如此。不是因為副作用，而是因為端雅劍的關係……」

亞夫奈德一面顫抖著，一面像是自言自語地說道。可是里奇蒙好像沒有聽到這句話，他繼續說道：

「你們真的完蛋了。我原本為了利用你們骯髒的生命，努力想要在抓你們的時候不讓你們受傷。可是因為有這個吉西恩在，現在我要修改計畫了。我要讓你們所有人——所有人都嚐到可怕的死亡滋味！」

吉西恩帶著可怕的眼神說道：

「我曾經殺死過你一次，而且那時候我是一個人！這一次有這麼多比我優秀的同伴在此，我要引導你走向無法復活的死亡之路！你說有華倫查庇佑？沒的事！我有的是亞色斯的庇佑！這一次，我要確確實實地殺死你，以解除御雷者的詛咒！」

「呵呵呵呵。你還是那副自信滿滿的模樣啊，王子！」

此時伊露莉走向前去。

伊露莉看著飄浮在半空中的里奇蒙。她把雙手往兩旁張開，很費力地說出話來。

「里奇蒙先生。請問你的名字只有這樣嗎？」

我像被一桶冷水潑了下來。我顫抖著。一行人之中有幾個人聽到伊露莉的問題，露出了驚訝的臉孔。可是我則是費力地吞了一口口水，看著里奇蒙。他用頭罩遮住了臉孔，根本看不清他的臉，可是卻聽得到他的聲音。

「名字？」

「是的。請問你一開始就是里奇蒙嗎？」

里奇蒙靜靜地站了一陣子，然後說道：

「我活了這麼多的歲月，當然有許多名字。」

伊露莉一副心驚肉跳的緊張表情，說道：

「難道……」

難道、難道他許多名字的其中之一，就是非常有名的那個名字嗎？

「難道，你……」

一行人全都驚慌地看著伊露莉。可是伊露莉無法把話說完。她突然轉頭仰望天空的一個方向。隨即，里奇蒙說道：「精靈，妳的耳力確實很好。妳好像知道了呢。」

「妳怎麼了，謝蕾妮爾小姐？」

卡爾問話的時候，伊露莉整個臉色變得蒼白。她突然看著里奇蒙。

「這聲音是……難道？」

里奇蒙不做回答。可是他突然舉起扛在肩上的大袋子，想要扔下來。

所有人都驚嚇著往後退的時候，里奇蒙就已經把那個東西往下丟了。呃啊！會不會爆炸啊？要不然會不會出現火球，或者地震、火山、颱風……

但沒有發生那類的事。里奇蒙丟下來的東西，就只是咚一聲滾落到地上而已。我們表情訝異地看了一下掉落在地上的那樣東西之後，又再抬頭看里奇蒙。他說道：

「噗哈哈哈哈！你們等著體驗一次死亡的滋味吧！」

接著，他就往上飛衝，消失在天際了。這是怎麼一回事？我們彼此用訝異的眼神對看了一下，然後小心地接近里奇蒙丟下來的那樣東西。

杉森和吉西恩首先下馬，抽出劍來，走近那個東西。我們這樣大膽走近巫師留給我們的東西，好像有點愚蠢。我們小心謹慎地接近，可是隨著我們的接近，一股奇怪的味道卻傳出來。這是什麼……血的味道？

我們圍站在那樣東西的四周。伊露莉讓光精靠近，在光精的蒼白光芒之下，我們看到一具像是巨大蜥蜴的屍體，原本好像是藍色的身體，現在卻變成滿身的血色。有一個特別的地方，就是牠長著一雙翅膀，甚至頭上還長有角。我們糊裡糊塗地看著那個東西。

卡爾吐出了呻吟聲。

「我的天啊……！是一頭幼龍！」

隨即，傑倫特就伸手掩住了嘴巴，像是咬到舌頭的樣子。他一面掩住嘴巴，一面用呼吸急促的聲音說：

「這個，呃，如果說是幼龍，那麼？」

我們立刻神情緊張地看著伊露莉。艾賽韓德一邊顫抖著，一邊問她：

「這……妳、妳是聽到、聽到什麼聲音了？」

伊露莉不需要回答了。因為連我們的耳朵也開始聽到那股巨大的響聲。那是巨大翅膀拍動的聲音。

幼龍是龍的孩子。龍對於偷竊牠的寶物，以及攻擊牠小孩的人，是絕對不會手下留情的，一定會取其性命。聽說有些性善的龍會把自己的寶物送給英雄或賢者們。我們雖然不是英雄或賢者，但是不管怎樣，我們是拿到了神龍王所送的禮物。可是，再怎麼善良的龍，也不可能饒恕攻擊牠孩子的人。最可靠的自殺方式，大概就是去招惹龍的小孩吧。

可是，我們眼前的這頭幼龍渾身是血地掉落了下來，而且在天空的那頭又傳來翅膀拍打的聲音。今晚真是糟糕透頂的一夜。簡直糟透了！

從所有人的嘴裡，同時開始各自高喊著：

「他、他媽的，把這東西吃掉！不、不對，是清掉！」

「你要我把這東西吃掉？」

「呃啊啊啊！是讓這東西不見才可以！不、不對，快逃！」

「我們不可能逃得過會飛的東西！趕、趕快把這幼龍的屍體弄不見！」

「要、要怎麼弄不見？挖個洞？還是燒了它？」

我們一行人陷入混亂，開始不知所措了起來。大家胡亂大喊著，尖叫了起來，我們的馬也胡亂鳴叫了起來。龍！龍正要飛過來！而且因為自己小孩的死，那鐵定是一頭紅著眼睛、不分青紅皀白又瘋狂的龍！哇啊，這真是傷腦筋！就在此時——

「嘎啊啊啊啊啊！」

可怕的咆哮聲傳來。這聲音聽得我耳朵都快被撕裂了。蕾妮跪了下來，雙手遮掩住耳朵。其餘站著的人也全都掩住耳朵。可惡！我的腳一直抖個不停！我們應該要趕快逃，應該要趕快逃啊！逃到哪裡好呢？天上開始吹起狂暴的風。馬兒們嘶鳴著，開始不安地亂動著。咿嘻嘻嘻！因為龍正從天上下來，如果不是像半身人那樣挖個洞藏身，是不可能躲藏得了的！

「嘎啊啊啊啊啊！」

如果我們現在不是當事者，或許可以感受得到那聲音裡撼人肺腑的悲傷。龍在放聲咆哮著，只是，我們自己就是牠憤怒與鬱憤的對象，所以無法心生同情。

接著，天上的星星都不見了。

龍的巨大身軀把峭壁之間的天空全都遮住了，因此星星全都看不見了。到底哪裡是頭，哪裡是尾巴？在這種慌亂的情況下，我實在是分不清楚了。

「嘎啊啊啊啊！」

這一次我真的差點就被咆哮聲給嚇得彈飛出去。就在這時候，我可以看得出來龍的頭是在哪一邊了。

牠的眼睛是深紅色的，而且因為牠從嘴裡吐出了亮光，所以可以從陰影之中看到牠黑色的牙齒。這樣彷彿像是漆黑的夜空張開了嘴巴的樣子。可是牠的嘴裡為什麼有亮光呢？是不是嘴裡準備要噴火？不久之後，我才發覺到，事實上那是一堆發光的閃電。

「閃、閃電的噴吐攻擊！牠是藍龍！」

此時，卡爾開始往旁邊跑去。而從藍龍嘴裡冒出來的閃電，則是漸漸變得更加猛烈。接著，藍龍準備好要向我們傾瀉出閃電的瀑布了。就在這時候——

「你如果攻擊我們，我就當場把牠殺死！」

卡爾？哦，我的天啊！

卡爾抱著幼龍的屍體，拿了一把尖刀抵著牠的脖子。不管尖刀會不會刺進去，幼龍都已經死了，有可能再死一次嗎？

可是藍龍並不知道幼龍已死的事實。

「嘎啊啊啊啊！」

藍龍在噴吐攻擊的前一刻，急速扭轉了牠的脖子。轟隆隆！我感覺眼珠子都快燒了起來。藍龍所吐出的閃電之河劃破漆黑的夜空，從我們頭上經過。所有人都喊叫出不成聲的尖叫聲，往地上趴過去，被大地狠狠地撞擊了身體。然而我們一行人各自竭力喊出的尖叫聲，卻因為閃電的轟隆聲而完全聽不到。閃電之瀑布驚險地從我們上方經過之後，命中了旁邊的峭壁。

「呃啊啊啊！打雷了！」

妮莉亞尖叫著滾到地上。接著，峭壁就開始倒塌了。

唰啊啊啊！響起了石頭不斷滾落的巨響。然後砰！砰！的岩石撞擊碎裂聲也隨之響起。一片塵土瀰漫了起來。我還是趴在地上，緊閉著眼睛，等待所有聲音停止。

不久之後，塵土好像都落定到地上了。我慢慢地抬起頭。

我的天啊！

懸崖峭壁的模樣都變了。剛才不久前還呈垂直立勢的峭壁已經坍塌了很多，變成傾斜的形狀。從峭壁坍塌下來的岩石堆和土堆則是完全擋住了我們後方的路。

我再回頭去看前方的那一瞬間，又不得不閉上了眼睛。

我就知道，我早就料到了！我早就料到我會看到什麼了，可是沒想到真的會是這副模樣！我在心裡唸了五遍傑米妮的名字之後，又再睜開眼睛。

在我眼前所看到的，是卡爾挺直站立著的背影。然後在他前方則是一雙巨大的藍腳。順著藍腳抬高視線，便可以看到結實的腿及胸部，我再把頭抬得更高一些，可是只能勉強看到脖子的下半部分。我確信更上面一定有一顆巨大的頭。可是我的頭再怎麼往後傾，還是無法看到上面的模樣。如果不是從距離這裡一千肘的地方，是不可能看得到這巨大身軀的全部部位。

但我還是看到了牠那雙以黑暗為背景閃爍著的紅眼睛。雖然我已經不敢抬頭再看一次。

卡爾站在那裡也只不過是藍龍的腳一般大小，他正在使盡力氣，不讓自己昏倒。在如此近的距離，龍只要稍微低頭就會發現幼龍已經是屍體了。要是被發現了……我實在不敢想像。雖然卡爾會連骨頭碎片也不剩，可是我也一定是同樣的下場。

卡爾說道：

「……！」

我什麼也聽不到。卡爾深呼吸了幾口氣，好不容易用聽得到的聲音，再說一次。

「請、請往後退幾步。」

「嘎嚕嚕嚕嚕……」

哦，天啊！我簡直快昏過去了。這和那時候我們見到神龍王的情況完全不同。神龍王的威嚴感太過強烈，反而沒有現實感。而且當時我已經完全放棄掙扎，所以反而可以說是感受到一股可以安心的威嚴感吧？然而，眼前的藍龍可以說是壓迫感勝過威嚴感，所以讓我整個人感到非常不安。可惡。

藍龍慢慢地抬起腳來。呃啊！卡爾，現在只要牠一拳過來，你就會成為名叫卡爾的屍體了。

不對，我也是，只要一拳，我就會變成叫做修奇的骨頭碎片和肉團……

藍龍往後退了幾步。

我好不容易站了起來。這才勉強挽回一點點自尊心。我看大家都是一副從死裡逃生的臉孔。妮莉亞被閃電嚇得哭了出來，蕾妮則是趴在妮莉亞的背上，倚靠著妮莉亞。妮莉亞很怕閃電。

「妮莉亞姊姊，沒事了。結束了。現在沒事了。」

這個嘛。現在真的沒事了嗎？

我一面用發軟的手臂努力不讓巨劍掉落下來，一面走向卡爾。才不過五、六步的距離，我卻覺得比從賀坦特到戴哈帕的距離還要來得更長，不過我還是勉強站到了卡爾的旁邊。

卡爾的身體不停地抖動著。不過我當然也是一樣。我對卡爾說：

「我、我們要不要稍微退後一點？」

「不、不行，尼德法老弟。這、這樣，嗯，我們會看起來沒，沒有自信……」

「啊，我知道了。可、可是現在該怎麼辦？」

藍龍大約向後退了五步。龍走五步的距離，就讓牠霎時之間遠離我們一百肘左右。可是牠還是大得可怕。不久，吉西恩和杉森也走近我們旁邊。我們四個人一起顫抖一起看著藍龍。杉森靠近卡爾的耳朵，耳語著：

「卡、卡、卡爾。怎、怎、怎麼辦才好？」

「可、可惡！為什麼每個人都、都要問我呢？我也不、不、不知道！」

此時，伊露莉張開了嘴巴。

呼，呼。好了，我們要拿她這個習慣怎麼辦？我們現在用已經死了的幼龍演這齣人質劇，終究是很有限的。後面因為峭壁坍塌下來而被擋住去路，前方則是被藍龍完全擋著。雖然不曉得我們是否能夠有幸離開這裡，但是就算逃得了，以後我們的餘生大概都會被藍龍追著跑吧（而且無疑的是，我們無法這樣子活很久）。所以說，現在剩下的方法就是去向龍解釋事實。可是，牠會相信嗎？我們都已經演出這齣人質劇了，如果跟牠說「我們照實跟您說，這個小孩早就死了，不是我們殺死的」……這樣說得過去嗎？就算牠相信了，但是藍龍知道孩子死了的事實，說不定會火冒三丈，一腳踩死我們這種微不足道的生物。

我不知道自己怎麼會這麼快就想得這麼多。只不過是伊露莉開始說話，同時卡爾不再說話，這麼短的時間內，我卻已經有了這麼一大堆的想法。

「偉大的龍啊！」

伊露莉很平靜地說道。庇佑精靈與純潔少女的卡蘭貝勒啊！這也未免讓人覺得太誇張了吧，為什麼精靈就連在龍的面前也會這麼慢條斯理地說話呢？

藍龍低下頭來。雖然我很想抬頭看，但牠的眼睛是那麼熾熱地燃燒著，我不敢抬頭看牠。於是，我轉頭看著伊露莉。

伊露莉慢慢地走向前去。她經過我旁邊的時候，我可以清楚看到她頭髮蕩漾的模樣。她看起來很像是夜之女王。我真的很糟糕耶！竟然在這種情況下還想這些事！

伊露莉站立在藍龍的前面。

她那頭像是黑色瀑布的髮絲滑潤地傾瀉而下之後，美麗地散開，讓人感覺到一股平靜感。我們抱著一線希望看著她。她堅定不搖的態度使我們從不安之中跳脫出來。她的手臂稍微往旁邊張開，用溫柔的聲音說道：

「幼龍早已經死了。」

……真不愧是精靈。

07

「快跑！尼德法老弟！抓住謝蕾妮爾小姐！」

卡爾鬆手讓幼龍掉到地下，然後迅速轉身，從我的前方跑開。

「咦呀咦呀咦呀啊！」

我跑到了伊露莉的左邊，在她的面前轉身，再從右邊鑽出來！我用右手一把抱起伊露莉的腰。伊露莉輕盈的身體毫無抵抗力地猶如向空中浮起，我就這樣右臂抱著她的腰，拚了命地跑開。不是，是真的差點沒命了。

「Fireball!」（火球術！）

亞夫奈德高聲大喊，施展了法術。他施展的火球把擋在路中央的石塊都給灼燒了起來。可是只有一些塵土和小石塊向外飛散開來，石頭卻還是動也不動地杵在那裡。真是沒面子！杉森雖然看來似乎是想要跳過那顆石頭，但是那並不是馬匹們可以一躍而過的障礙物。此時我的眼前漸漸黑了起來。

蕾妮在距離我們稍遠的地方，正緩緩地向我們這裡走來。真是的！我還剩另一隻手吧！要用左手去抱起蕾妮了！我一邊用右手抱著伊露莉，一邊向著蕾妮的方向跑過去。

此時，蕾妮把手舉了起來。

「修奇，沒關係的，不用過來了。」

嗯？什麼跟什麼啊？我在半路上停了下來。然後伊露莉也輕輕地用兩手撐了一下我的手臂，輕輕地彈回空中，再緩緩地落下地來，站在原地。伊露莉和蕾妮一樣，都靜靜地站在那裡。

我往四周一看，其他人竟也是站在原地，嘴巴張得開開地看著我的背後。我背後有什麼東西嗎？我慢慢地轉過頭去。

「唔……唔唔……唔……」

藍龍正站在被丟在地上的幼龍前面。牠（或是她？在龍的世界裡，對所有的幼龍來說，牠們的父母都是很獨特的。雖然無法得知是龍媽媽還是龍爸爸，嗯。反正我不會有用女性第三人稱來稱呼牠的念頭）伸長了脖子，正望著天空流下了哀痛的眼淚。

叫聲聽起來雖刺耳卻又很優美。和狼等等其他的猛獸的嚎叫是不一樣的，那叫聲又清朗又響亮。

「唔嚕嚕嚕嚕……」

「唔嚕嚕嚕嚕……」

杉森，吉西恩都杵著不動了。亞夫奈德剛才為了施展法術而合十的雙手也慢慢地放了下來。為了要給對方帶來擦傷水準傷害而拉緊弓弦的卡爾，也把弓給放了下來。不知道在什麼時候，妮莉亞用兩手捂住了嘴，傑倫特低下了頭在祈禱。溫柴半睜著他那冷峻的雙眼，朝其他的方向望去。艾賽韓德則是用誇張的動作把他的斧頭插回到腰際上。我好像是為了不去正視面前的這頭藍龍，才去注意這些細節的吧。而伊露莉是心平氣和地抬頭望著那頭龍。

我看著蕾妮。

抬頭仰望的蕾妮眼睛正在不停地閃爍。看到她充滿眼眶的淚水，甚至讓人感到一陣暈眩。淚水滑落。她終於掉下了一滴眼淚。接著淚水不斷落下。然而那頭龍優美的哭泣聲卻沒有斷過。

「唔嚕嚕嚕……」

「唔嚕嚕嚕……」

蕾妮嘴巴微張。很難聽到她說了什麼，所以我把耳朵湊了過去。蕾妮是在說：「……好痛苦。」

「嗯？妳說什麼，蕾妮？」

「心好痛。」

「妳的心好痛？」

「那頭龍……那頭龍好痛苦啊。看到牠痛苦的模樣，我也很痛苦……」

我一時之間害怕地看著蕾妮。蕾妮的眼裡雖然不斷地流出淚水，但我卻可以保證她的臉上是沒有任何表情的。蕾妮竟然可以如此不帶任何表情地哭泣著。我突然在這瞬間體會到一件被我遺忘的事實，不，是一個雖然知道卻沒感覺到的事實。

就是蕾妮是個龍魂使。

嗯？悲鳴聲停止了。我轉過頭看著那頭藍龍。

藍龍正低下頭看著幼龍的屍體。牠用嘴碰觸幼龍的屍體，然後又用舌頭去舔舐牠。可是屍體就只是屍體。藍龍突然張嘴大叫：

「嘎啊啊啊！嘎啊啊啊！嘎啊啊啊！」

藍龍使盡全力，扯開喉嚨在咆哮著。我趕忙捂住耳朵，一屁股跌坐在地上。砰，砰。其他人也和我一樣，砰地倒地而坐，伊露莉也捂住了耳朵，雙腿跪到了地上。但蕾妮卻是一動也不動，還是站在原地。

「嘎啊啊啊啊！」

整座山好似都撼動了起來。我全身都在顫動。耳朵痛得無法形容，我雖然在咬牙忍耐著，但是腦袋瓜裡還是不斷冒出金星。眼前的景象是出現突然一片白暈，又突然恢復原狀，反覆交替著。每當恢復原狀時，就會看到蕾妮原來的樣子，不過一下子她就又變成了一個影子，就像這樣反覆交替著。而蕾妮還是像剛才一樣，動也不動地站在原地流淚。

「嘎啊啊啊啊！」

那頭龍做了最後一聲咆哮，如同山林間的迴響般地漸漸消失之時，牠便無力地將頭低垂了下來。在迴響的聲音完全消失後，我們便聽到了呻吟。我重重地甩了甩沉甸甸的腦袋，努力想要再站起來，可是雙腳卻一點也不聽使喚。

那頭龍在瞪視著我們一行人。

唧咽咽咽。這是什麼聲音？藍龍緊閉著牠的嘴在瞪視著我們，可是不知從哪裡傳來了刺耳的震動聲。然後過了一會兒，那聲音變成了我們聽得懂的說話聲。

「你是祭司嗎？」

是那頭龍……在講話嗎？

我們抬頭看著牠。藍龍文風不動地直視著我們。我轉過頭去看傑倫特。

傑倫特舉起了手，指著自己說道：

「您是在說我嗎？偉大的龍？」

「很好。你是祭司嗎？」

「是的。我是德菲力的祭、祭司，我、我叫欽柏。偉大的龍。」

「你會用復活術嗎？」

復活？什麼復活？傑倫特慌張地回答道：

「那個，偉、偉大的龍。我看起來那麼、那麼老嗎？不、不是。我的意思是說那種、那種強大的權能，是要年紀很大的祭司才可以使用的。」

藍龍鬱悶地俯視著我們。牠突然露出牙齒，大聲吼叫道：

「那你們不就是一群沒用處的傢伙了嗎！」

咦！大事不妙了！那頭龍生氣了。藍龍輕易地用牠說話的聲音就讓整座山谷動搖，所以我們也沒辦法靜坐在原處，身體跟著晃動了起來。

就在此時，之前一直跪著的伊露莉站起身來，向前走去。

伊露莉站到蕾妮的背後。她搭著蕾妮的肩膀，小心翼翼地把蕾妮拉到胸前抱住。蕾妮不斷地在掉淚。伊露莉不忍心看到蕾妮一直掉淚，於是把她抱在懷裡。

伊露莉抬起頭，看著藍龍說話。伊露莉的聲音和藍龍完全不一樣，她的聲音像和絢的山風般微弱，可是聽起來卻和藍龍的聲音一樣，清脆有力非常清楚。

「偉大的龍啊。對於您的悲傷我們不知該如何安慰才好。」

「給我閉嘴。」

「偉大的龍……」

「是誰下的毒手！」

「什麼？」

「是誰下的毒手！是誰有那麼大的膽子，竟敢殺害幼龍！絕不是妳吧！精靈沒有理由殺害龍的孩子。但是現在這個屍體就躺在這裡，你們一定有看到那個凶手的模樣吧。感謝你們的眼睛和嘴巴吧！你們現在還能活著的原因，就是因為你們還有一雙可以確認凶手的眼睛，和可以說出凶手是誰的嘴！快說，到底是誰下的毒手！」

即便是因為憤怒而幾乎到了發狂的地步，這個偉大的種族卻仍能洞察事理。龍畢竟是龍。藍龍繼續發瘋似的大叫：

「又不能使用復活，又不會回答我的問題，那麼你們已經沒有存在的價值了。現在就殺了也沒關係的一堆垃圾！但是你們還是快用你們的嘴來救自己活命吧！快說！」

卡爾深吁了一口氣，小心翼翼地說道：

「那、那麼如果照您的指示稟報的話，那我們……」

「給我閉嘴，你這個人類！」

我實際感受到所謂震耳欲聾的感覺。藍龍高聲吼叫的聲音真的快讓全身都痛了起來。藍龍大叫的聲音，好像要把山谷都震碎了。牠大叫說道：「我早知道你們這種傢伙奸詐無比，但是你竟然膽敢威脅我！」

卡爾二話不說閉上了嘴。

「你們這種傢伙居然敢向龍要求些什麼！我問什麼，儘管回答就是了。快說！你們全都會說話吧！難不成要在你們說出來之前，我一個一個殺雞儆猴給你們看嗎？」

然後藍龍便馬上開始掃視我們。咦？難道牠是在挑要先從誰開始下手嗎？

此時蕾妮推開了伊露莉的手臂，緩緩地向前站了出去。蕾妮，我的天呀。蕾妮？蕾妮想幹嘛呀！站出去就死路一條了呀！

我們全都僵在那裡。藍龍並沒有做出其他的動作。蕾妮像是用了一輩子的時間，走在我們和藍龍之間那段距離不算太遠的路上。她走到我們和藍龍的中間之前，我到底呼吸了多少次呢？

蕾妮像是快要哭出來地說道：

「我希望您不要再傷心了。」

藍龍俯視著蕾妮。兩邊聳立著直挺挺的峭壁，而在以峭壁與峭壁之中所見到的天空作為背景，一名不知道藍龍稍微用點力便可以把自己給吹跑的瘦弱少女，正站在一頭默默注視著她的巨型藍龍面前，整個景象如同一幅畫般。

藍龍說道：

「妳是龍魂使嗎……」

藍龍抬頭看了一下天空，喃喃自語地說著：

「怎麼會在這裡，怎麼會在這裡出現龍魂使……到底是怎麼回事？難道已經過了三百年約定的期限不是真的嗎……」

蕾妮好像無法完全聽懂藍龍所說的話，她只是一逕地邊啜泣邊說道：

「不要難過了。拜託，拜託您不要哭，不要再傷心難過了。不要讓天空流淚了……」

藍龍靜靜地彎著身子看著蕾妮。

「妳不要想去支配我的情感，擁有龍魂使命運的少女啊。」

蕾妮合上了嘴，仰望著藍龍。從天空的遠方，還不斷地傳來藍龍的話語。

「我……我是基果雷德。」

基果雷德？奇怪了。好像在哪裡聽過的名字呢？我看到吉西恩抽動了一下。但是我的腦袋裡卻沒有時間去想這個問題。藍龍站在原地，無言地傾瀉出一股忍耐許久的哀痛，在這短短的時間裡，我卻強烈地感受到生命被縮短了一般。

不久後，基果雷德開口說話了！

「擁有龍魂使命運的少女啊，妳說說看吧。這件事對龍來說是宿命的誓約，我是不會拒絕的。妳願意接受嗎？」

由於腦袋處於極度混沌的狀態，我一時之間聽不懂基果雷德所說的話。接受？牠說接受？這是什麼意思？這時亞夫奈德用沙啞的聲音低聲喊叫道：

「是龍魂使的誓約！」

一聽亞夫奈德這樣說，我也就瞭解基果雷德的話中之意了。基果雷德現在是在詢問蕾妮願不願意成為牠的龍魂使。這頭即使內心痛如刀割，也不會忽視宿命的呼喚的藍龍基果雷德，現在正在詢問蕾妮是否願意成為自己的龍魂使。

蕾妮雖是一面不斷地流淚，但仍是訝異地抬頭望著藍龍說道：

「我、我是蕾妮。您是要我接受什麼呢？」

基果雷德慢慢地低下頭來，看著蕾妮。雖然牠好像是低下頭在觀察蕾妮的模樣，但是我一時間腦袋裡閃過一個想法，覺得牠是不是打算吃掉蕾妮當作宵夜，所以就發出了一聲慘叫。

基果雷德觀看了蕾妮一會兒，然後又凝視著已死去的幼龍。牠看著幼龍的屍體，有好一段時間不發一語。牠看起來像是在壓抑著悲傷。

過了一會兒，基果雷德便又回復了牠原本沉著的聲音，對我們說道：

「擁有龍魂使命運的少女蕾妮啊。妳可以將我和人類連結起來。在正常的死亡將妳我分離之前，或是妳和我兩者的需求不同，必須分道揚鑣之前，如果妳可以執行這項任務的話，我會是妳忠實的夥伴，也會把妳為我連結的人類當作忠實的朋友。妳願意接受這項任務嗎？」

「不！不可以！」

卡爾突然一個箭步向前衝，大叫出這句話來。原本在看著蕾妮的基果雷德，溫柔的眼神瞬間噴出火花來，像是好不容易才壓制下來的憤怒又再度爆發。

「你竟敢在太歲頭上動土，大吵大鬧！」

噗嗡嗡！呃啊！真是的！基果雷德那隻巨大的藍腳就從我們的上方一踩而下。卡爾被那股嚇人的氣勢給震懾住，連躲都沒躲，竟然呆呆地站在原地。怎麼可以這樣，不行！

匡匡匡匡！

我本來不是這塊料的。嗯。我曾想過我不是。可是，我還是做出了我認為自己不會做出的行動——

我向前跑，用力踢開了卡爾，將雙臂舉到頭上。

我用雙臂擋住了從天而降的基果雷德的前腳。一瞬間頭冒金星，眼前一片白光。隱隱約約從遠處傳來膝關節散成碎片般的痛楚，甚至令我懷疑那是不是我身上的一部分。我大概有一邊的腳已經跪著了。嘴裡好像含著什麼東西。可惡，我嘴角在流血嗎？

我這時候的感覺是太陽穴像快要爆裂開來，眼中燃起了熊熊怒火。我費力地抬起了頭，果真是什麼都看不到。我現在用兩手撐住了藍龍的前腳。我向下一看，跪在地上的膝蓋埋進泥土裡大約有一根手指頭的深度。難怪我的膝蓋痛到好像要裂開來一樣。

在遠方，重心不穩的卡爾也費力地轉過了身來大叫道：

「尼德法——老弟！」

我的名字的第二個音節沒有那麼長哦，卡爾。應該把重音擺在第一個音節。

「混蛋，修奇，你這個瘋子！」

是杉森在大叫。哼嗯。不會給我一個稱號就好了啊。我現在動彈不得。上面壓著基果雷德前腳的重量，所以我的身體上可以做動作的部分，只有幾個跟頭部相連的器官，也就是眼睛啊，嘴巴啊，脖子啊等等。

基果雷德突然把腳抬了起來。我到目前為止還沒倒下去，是因為基果雷德壓住我的關係，那牠把腳抬起來的話會怎麼樣呢？全世界開始向旁邊傾斜了起來。哦？怎麼會這樣？這個世界怎麼會向旁邊倒下去呢？

「修奇啊！啊啊啊！修奇！」

是誰一直這樣奇怪地叫著我的名字？我向旁邊倒下的同時，雙臂在胸前合起，不斷顫抖。這個感覺真的太強烈了。手其實是沒感覺的，大部分的痛楚是從肩膀傳來。我無力地倒下之後，在地上掙扎抽動著。

我聽見有人向我跑來的腳步聲，還有一些發瘋似的、吵成一團哭叫的吶喊聲。有人把我拖拉了起來。嗯，照這個粗魯的手法來推測，一定是杉森沒錯。我被杉森抱著，身體在顫抖。眼前一直不斷出現傑倫特旋轉著的臉龐。傑倫特，你不會頭暈嗎？嘻，嘻嘻。

「哦？這傢伙在笑呢？他八成瘋掉了。」

是艾賽韓德的聲音。然後我看到了站在艾賽韓德後面，一臉憂心地看著我的亞夫奈德的臉。

「喂，修奇！還好嗎？看得到我嗎？知道我是誰嗎？」

「啊、啊、啊、你是……好久不見了，爺爺！您過世後第一次見到您呢。」

亞夫奈德一臉困惑地看著我。杉森嗤嗤笑著說：

「看來沒啥大礙了。」

我脖子痛得好像斷掉了一般，但我還是稍微費力地轉了一下頭，看到了穿插在人群中，扶著卡爾行走的吉西恩和妮莉亞。但是基果雷德呢？蕾妮呢？是基果雷德的說話聲。

「真是個勇敢的少年啊。我向你致上敬意。」

唔哇，好爽！向我致敬？太爽了。可是如果你是向我剛剛差點散成碎片的手和腰致上敬意的話會更好呢。結果反而是杉森在替基果雷德對我的手表示敬意。

「讓我看看，手沒事吧。」

「嘎啊啊啊……啊！」

呃啊，呃啊！這個瘋子食人魔！痛到我連叫都叫不出來了。傑倫特祈禱的模樣漸漸模糊不清了。我快要昏厥過去。各位，我要暫時昏倒一下再醒過來，等我醒來的時候，請告訴我這一切都是在做夢。不，全都忘掉算了。我現在要小睡一下，等我醒來時，我要父親在旁邊看著我，而且要聽到在早晨鳥鳴中大喊大叫的傑米妮的聲音。

「修奇呀，我們去摘蜂窩！」

「去摘蜂窩？妳腦袋清醒一點好嗎。」

「嗯嗯。你去摘蜂窩，我來吃蜂蜜。咿嘻嘻嘻！」

那是當然啊。這樣才正常嘛。那才是賀坦特領地蠟燭匠候補者尼德法，早晨一睜開眼所應該聽到的話嘛。那麼！那麼現在就先昏睡一下吧……

真是可惜，連昏睡都沒辦法。傑倫特一結束祈禱，我身上的痛楚就開始慢慢消失了。全身有一股舒暢的感覺。

「還好嗎？」

「怎麼一切都還是和以前一樣？」

我在周圍的歡呼聲中起了身。艾賽韓德拍了拍我的背，妮莉亞則抱住了我。可是因為基果雷德站在我們面前，大家的歡呼不敢太過囂張。我們再一次畏懼地看著基果雷德。

藍龍基果雷德怒視著卡爾，嚴峻地說道：

「那名少女還沒有回答我的問題，所以她還不是我的龍魂使。而你竟敢在龍的對話中插嘴，真是個該碎屍萬段的傢伙！你去謝謝那個少年的勇敢吧。我基於對那少年的敬意，就暫且放過你！」

卡爾在吉西恩的扶助下，靜靜地向後退，然後吃力地說道：

「對不起，偉大的龍。可是你可以讓我給那名少女一些意見嗎？」

「你這個混蛋！」

卡爾一副跌跌撞撞的模樣，好不容易才穩住了腳步，沒有跌坐到地上。

「你這傲慢自大的傢伙！意見？這是龍和龍魂使之間的對話，不可能接受第三者的意見！你一點都不珍惜你那條卑賤的性命嗎？非得殺了你，你才會閉上嘴嗎？」

卡爾嚇得臉色發白。但是此時蕾妮說話了：

「偉大的基果雷德，請您讓卡爾叔叔說完好嗎。拜託您。」

基果雷德便默默地看著蕾妮。卡爾再度打起精神，小心翼翼地說：

「偉大的龍，拜託您。請不要以您的賢能來對我們這些愚民做判斷。我們是愚蠢又可憐的生物。所以請您體諒我們為了要彌補彼此的先天不足，必須要互相溝通建議。您、您的大恩大德我們不會忘記的，請您高抬貴手吧！」

基果雷德沒有回答。可是牠突然抬起頭來，眼光故意避開了我們。卡爾當作是牠默認了，於是就小心地走向蕾妮。這中間他也有幾次在偷瞄基果雷德的動向，不過基果雷德仍是避開我們不往這裡看。卡爾低聲地說道：

「蕾妮小姐。」

「是的，卡爾叔叔。」

「不要答應牠。」

「什麼？可是……」

「妳必須要成為克拉德美索的龍魂使才行。我們是為了這個原因才一路把妳帶到這裡來，也打算帶妳繼續走下去。」

「啊？啊，是、是這樣子的啊。」

此時亞夫奈德很快速地插嘴說道：

「等一下，卡爾，萬一蕾妮拒絕的話，那麼那頭龍就和我們一點關係也沒有了。那樣的話，說不定牠會因為憤怒而一次把我們全給宰了。對那頭龍來說，我們是死在何時都無關緊要的微小生物。再加上藍龍很殘暴，而且一頭幼龍的屍體就擺在牠面前。」

「可惡……！」

卡爾一臉地無奈。其他人也是相同的表情。怎麼到處都是這種令人頭痛的事呢？杉森眼裡冒出火花般地說道：

「我們不是全活就是全死。蕾妮小姐，別擔心，就拒絕牠吧。我會拚了這條命保護妳的。」

但是卡爾咋舌說道：

「這可不是屠龍者會出現的那種古老傳說，費西佛老弟！」

卡爾的表情轉為沉痛的模樣。蕾妮一副不知所措的樣子，環視著四周，不一會兒，她的臉上出現了下定決心的表情。蕾妮咻地回過頭來看著基果雷德說：

「那個，偉大的基果雷德。」

正看著幼龍屍體的基果雷德，嘆氣似的回答道：

「說吧。」

「如果我拒絕的話，你會把我們都殺了嗎？」

我們一下子繃緊了神經，等著基果雷德的回答。基果雷德冷淡地說道：

「妳拒絕的話，我就和以前一樣，是頭自由的龍，和你們之間沒有友誼的義務存在。」

我懂牠的意思了！那傢伙打算要殺了我們啊！

此時，不知從哪裡傳來了說話的聲音。我一轉過頭，才知道是吉西恩。吉西恩一定會講些稀奇古怪的話吧？吉西恩大聲喊叫道：

「你怎麼會是一頭自由的龍！」

哦？吉西恩，你到底在說什麼呢？基果雷德用牠巨大的脖子向吉西恩的方向揮了過去。看到那種巨型的脖子在快速地揮動的模樣，簡直會讓人嚇破膽。

「如果基果雷德就是你的名字，那你就是拜索斯王國的龍！就像卡賽普萊一樣，你是屬於國王的龍！」

吉西恩到底在說些什麼？他舉起端雅劍指向基果雷德說道：

「你！你明明就有托爾曼・哈修泰爾當你的龍魂使，所以你怎麼會是一頭自由的龍！而且我要問你，你怎麼會出現在傑彭戰場以外的地方呢？」

托爾曼・哈修泰爾？哈修泰爾……基果雷德？

等一下，等一下。讓我想清楚。在大暴風神殿裡，沒錯。就是這樣。哈修泰爾家的托爾曼，我明明聽過這名字。他不是正在與傑彭之戰的前線上嗎？是史上以來最弱的龍魂使？難、難怪，這樣說來，那基果雷德就是有龍魂使的龍啊。

可是那頭龍現在在這裡做什麼呢？

基果雷德看著吉西恩。牠突然歪著頭說道：

「你……好像在哪兒見過。你是誰？」

「你見到我的時候，我還很小呢，和現在的樣子不一樣了。但應該還有一點小時候的模樣在吧。」

基果雷德再度低下了牠那巨大的脖子，往吉西恩的方向伸過去。吉西恩嚇得奮力舉起了端雅劍，但是基果雷德並沒有什麼不好的意圖。

只是默默地看著吉西恩的基果雷德說道：

「原來是這樣啊。我大概猜出你是誰了。你是那個蠢蛋王子吧？你們人類真是長得好快啊。」

現在如果爆笑開來的話可不行，可是我真的好想笑耶。吉西恩一臉不悅地說道：

「你記得我的話，那就回答我們，來說服我這個拜索斯王家的子孫吧！國王的龍！」

基果雷德露出了牙齒咆哮出來。可是那個模樣就像是在笑的樣子。

「你在對誰下命令！」

咦啊！突然從右手邊有個什麼東西開始動了起來。那個東西一下子就從我們頭頂上閃過去，掃過去的風差點要把我的頭髮給拔光了。嗡嗡嗡！基果雷德的尾巴掃過我們頭部上方，打到了峭壁上，整座山都晃動了起來，轟隆！

今天真是個連做個最簡單動作，比如說像是好好地站著，都沒法做的日子。我整個人趴在地上，一邊摸摸鼻子，一邊抬起頭向旁邊看過去。旁邊的妮莉亞和我差不多，也是趴在地上。嗡嗡嗡。被基果雷德尾巴打到的峭壁，紛紛嘩啦啦地落下了石子。

在我稍前方的吉西恩正盡力使自己不跪下來。可是他連下巴都在不斷地顫動了，看來似乎快不行的樣子。吉西恩把因為流汗而黏到臉上的髮絲粗魯地撥開來。
基果雷德講話的聲音如雷貫耳，牠只要一講話就跟打雷一樣。
「你竟敢對我下命令！你說我是國王的龍？這是什麼鬼話！我不是任何人的附屬品！」
「你、你說什麼？你解……解釋看看。」
基果雷德提高音調說道：
「龍和龍魂使可以在雙方都同意的情況下分道揚鑣。我想離開那個現在已遠離我的小子，這是在和那小子訂下契約時就決定的事！宿命的殘酷，就是從全身皆被拘束的時候開始的！一直到我有了孩子之後，我就每天都要求他離開我……」
基果雷德突然停了下來，憂傷地看著幼龍。我們一時之間以肅然起敬的表情看著眼前的這幅景象。基果雷德又再度開口了。
「可是那傢伙都沒同意，所以那時候我也一直無法離開。」
卡爾訝異地開口說道：
「既然托爾曼・哈修泰爾沒有答應的話，是無法離開的呀。可是你說的是那個時候吧。那麼現在呢……？」
基果雷德沉鬱地說道：
「當然那傢伙最後同意了。所以我才可以帶著我的孩子，遠離那場舉世無雙的愚蠢行動——人類之間的戰爭。我雖然仍是有些反感……可是比起任何事情，沒有一件事能像讓我那珍貴的孩子……不要目睹人類之間無意義的自相殘殺，更令我高興的了。」
基果雷德仰望天空，咆哮說道：
「寶貴的時間，會讓這一切很快地過去！優比涅與賀加涅斯的女兒——時間！這不是太殘酷了嗎？」

我的耳朵快要受不了了。一個用說話聲音就可以讓大地鬼哭神號的生物，竟然講了這麼長的長篇大論。真是的。基果雷德眼神裡燃燒著火焰，俯視我們說道：

「殺害我的孩子的凶手一定是人類。錯不了！」

哦？哦？有股毛骨悚然的氣氛。

「我到底該怎麼處置你們！如果那名少女拒絕我的話！我到底該怎麼處置你們這種驕傲自大、用雙足站立，膽大妄為地仰望天空的這些奸詐傢伙！」

基果雷德用可怕的眼神怒視著我們，又再次大叫道：

「如果她拒絕的話！」

可惡！人受到壓迫的時候，怒氣是會爆發的！我拔出了巨劍，嘴裡忍不住冒出了咒罵牠的話來：

「如果蕾妮拒絕的話！我也沒有義務與你保持友誼了！我這自由的人類，就可以殺了你這隻超級肥大的蜥蜴了！」

基果雷德俯看著我。那大概是龍啼笑皆非時做出的表情吧。其他人看來也都似乎下了決心。妮莉亞一邊顫抖，一邊舉起了三叉戟。

「我不是一個人孤單地死去，就很幸運了。」

艾賽韓德果然也拿起戰斧揮砍說道：

「祖先們在地底下，一邊和龍對峙，一邊造出了美麗的洞窟。而現在我這不甚聰敏的後代子孫身上，正流著祖先的血液啊。」

「我這短暫的一生如果能夠華麗地結束，也是不錯的。」

亞夫奈德像是萬念俱灰似的講出了這句話。而傑倫特卻完全相反，他一副興奮異常的模樣，簡直高興得不得了。哦，我的天啊，他怎麼會那麼高興。雖然他是何時結束生命都無妨的德菲力祭司，但是這也太……反正他就是興奮地說道：

「在細菲亞潘嶺，傑倫特之毀滅。這會成為一首歌曲流傳下去的。真是的，可惡！太可惜了，沒有目擊證人啊！」

溫柴瞪著我們，露出牙齒大叫道：

「你們這些北方的瘋子！」

但他仍是用力地握緊了長劍。

卡爾一臉慌張。他看了看我們，非常驚訝的樣子。但是在他向到現在還在煩惱要說什麼才好的杉森說話時，我便笑了出來。

「費西佛老弟，蕾妮小姐拜託你了。我們可能會走向不歸路，請你盡全力安全護送蕾妮到褐色山脈。」

「卡、卡爾！」

「我不接受反對意見。費西佛守備隊長！我是賀坦特領地的全權代理人。蕾妮小姐如果到達不了褐色山脈的話，全大陸都會毀了。你是我們之中動作最迅速的，我才對你下達命令。」

然後卡爾舉起了弓。杉森開始霍霍地磨著牙。蕾妮雙手捂著嘴，不知所措地環顧著四周。而基果雷德竟是一副無言以對，俯視著我們說道：

「你們這些卑賤的腦袋居然都瘋狂了，還真是可憐。」

呃。那傢伙難道不對我們這種具有捨命戰鬥精神的人表示一下敬意嗎？蕾妮不知道該怎麼辦才好，她看了看四周，搖了搖頭，然後突然大叫道：

「不、不可以！」

我們已拿武器瞄準了基果雷德，此刻卻訝異地望向蕾妮。在驚嚇之餘，誰也沒想到要攔她。蕾妮開始滔滔不絕地大聲喊叫道：「那個，我接……」

「蕾妮小姐。」

阻止蕾妮的，是直到現在為止都默默無言的伊露莉。

她將手慢慢地搭上蕾妮的肩膀。蕾妮停止說話，抬起因淚水而糊成一團的臉看著伊露莉。伊露莉對她說道：

「那些人為了護送妳到褐色山脈，賭上自己獨一無二的性命。妳拒絕的話，他們就只是遇上了沒有主人之龍的生命體，所以他們都會死。但是妳不用擔心這件事。」

「什麼……什麼？」

「妳答應的話，也是害了妳所愛護的他們。我在大迷宮學到了這件事。不，事實上是之前和他們一起相處學習到的。」

「伊露莉姊姊……」

「妳想想看，那些人是為了某種因素才到伊斯去找妳，然後再從永恆森林、大迷宮一路跟著妳。他們並不是想要一邊保住性命一邊在追蹤妳。雖然妳很難下決心，但現在這種狀況下，最好的回答不是早在很久之前，就已經在那裡的嗎？」

蕾妮茫然地仰望著伊露莉，伊露莉給了她一個微笑。

蕾妮再度轉過去。她抬頭看了一下基果雷德，基果雷德也在俯看著她。蕾妮順了好幾次呼吸，才好不容易開口說道：

「那個……那個，我現在正在尋找另一隻龍。」

「我也聽說了。所以呢？」

「所以，呃，所以……」

蕾妮又再次斷了話語，看著我們大家。我要是臉上擠得出一個笑容的話就好了。

「我，那個，對不起。雖然我要說的，您聽了也許會火冒三丈……」

「妳說吧。」

「也就是說，呃，我已經想過一段時間了。我晚上睡在毛毯裡的時候，早上睜開眼睛的時候，坐在妮莉亞姊姊背後騎馬的時候，我已經想過成為一名龍魂使是怎麼一回事了。」

我靜靜地看著蕾妮，緊張的心情現在平緩下來。沒錯。蕾妮才是當事者。我當然是把她當作龍魂使，也從未對這件事有任何懷疑。我關心的只是要如何將她送達褐色山脈罷了。但是蕾妮畢竟和我不同啊。她繼續說道：

「這些人帶著我走的時候，也從來沒有跟我說這些事情：如果控制了龍，就可以得到一大筆錢，就可以建立一個國家等等，他們從未告訴我。就好像並沒有任何期待的樣子。所以當時我也一直不知道，身為一名龍魂使到底有什麼意義。」

蕾妮稍微調整了一下喘息的呼吸，繼續說道：

「他們就只是要將我帶去和一頭名叫克拉德美索的龍會面後，便完成了他們任務似的。所以我當然也就這樣想嘍：『原來什麼事都不用做啊，我一點也不重要嘛。』」

基果雷德默默地低頭看著蕾妮。蕾妮好似呼吸困難，心跳加速地說道：「可是我現在知道了。不，我瞭解了一件事。他們是要捨命來完成這件事的。所以……所以這件事一定非常重要。是我這小丫頭想都想不到、那麼重要的事吧。」

蕾妮最後像是振臂一呼，急切地喊叫道：

「所以，我沒辦法、沒辦法成為您的龍魂使。但是也請您不要殺了他們。」

太棒了！蕾妮，如果妳答應我的話，我真想親妳一下呢？戰鬥預備！現在只要隨便誰說出一個攻擊信號，我就會拚了命向前衝去。現在肌肉的緊張感都已經消失了，只有心臟在撲通撲通地跳著。嘴裡好像有什麼東西燒到咽喉，在腦袋裡頭飄來飄去。要好好呼吸，好好呼吸。我盡量輕輕地撿起了巨劍。要瞄準哪個部位刺呢？嗯。牠那麼大隻，多的是地方可以攻擊呢，好吧。其實怎麼攻擊，牠都不會擔心流血吧。

基果雷德說話了：

「妳說完了的話，那換我來說吧。」

好啊。要開始了嗎？修奇在細菲亞潘嶺之毀滅，有了一個好帥的開頭啊。

「到底是誰殺了我的孩子。你們只要說出口，我就會好好地送你們走。」

就是現在，突擊！不不，停！停！等一下，牠剛剛說什麼？要好好地送我們？我們慌了一下，看著基果雷德。現在基果雷德是在對我們提出建議嗎？牠不是要把我們碎屍萬段後，找出事實的真相，而是鄭重地開始和我們進行交易嗎？牠在和我們這種微不足道的生物打交道嗎？卡爾放下了弓，說道：

「您、您這樣說的意思是蕾妮——」

卡爾沒法把話說完，因為妮莉亞像個裝滿水的水袋在瞬間膨脹爆開似的脫口說道：

「是里奇蒙！那個巫師！是黑衣巫師！也就是叫做巫妖的里奇蒙！不不，是叫做里奇蒙的巫妖！哎！反正他叫里奇蒙，大概綽號就是巫妖吧！就是巫妖！巫妖！巫妖！」

所有人（精靈、矮人，也包括龍）的視線都集中在妮莉亞身上。基果雷德發出了轟轟雷聲說道：

「到底是幾個人？」

妮莉亞害怕地小小聲說道：

「是巫妖……」

「他是誰？」

「他是巫師。那傢伙突然把那隻幼龍丟在我們面前，就飛走了。他想嫁禍給我們……」

「往哪個方向飛的？」

「那邊，那……一邊。」

「我知道了。現在你們沒事了。」

基果雷德的頭咻地移動了一下。牠看著掉在地上的幼龍屍體。

掉在地上的幼龍屍體，突然慢慢地開始向天空升起。

就好像和煦的山風吹過，將地上的落葉吹起飄浮在空中翻轉一般，幼龍的屍體緩緩升起，一直升高到基果雷德頭部的高度才停了下來。幼龍向空中升起的同時，由空中落下的淚珠也一滴滴……有一件事我非常肯定。龍是一種知道淚水為何物的生命體。我現在好像可以相信克拉德美索使中部林地成為一片荒野後，飛向紅色山脈時，一邊飛一邊流淚的故事了。

然後基果雷德的翅膀開始慢慢地移動了。

慢慢移動、緩緩地蓋住了夜半天空的翅膀，好像永遠也伸展不完的翅膀，在完全張開來之前，我連吸一口氣都沒辦法。最後，基果雷德的翅膀終於蓋滿了峭壁上方的整片天空。

狂風強襲。然後基果雷德開始向空中升起。偉大的龍啊！你們到底！到底是如何將施慕妮安都搞得神經兮兮的呢？那樣的龐然大物竟然可以按自己的意思從地面升起。無論如何，基果雷德簡直違背常理地向空中升起。牠升起的時候，幼龍的屍體果然也一起升了上去，我們也被捲起來的風勢吹得搖搖晃晃地站不住腳步。馬匹們也開始嘶鳴了起來。

過了一會兒，基果雷德升到了山谷的上方。在空中暫時停住的基果雷德向下俯視了我們一下，然後突然傳來牠的說話聲音：

「少年，你給我的封號，很有趣呢。」

我一邊起了雞皮疙瘩，一邊臉紅了起來，這感覺真是奇怪。基果雷德輕輕地笑著：

「哈哈哈哈……」

基果雷德一笑完，便開始往里奇蒙消失的方向飛去。在那一瞬間，牠的眼中充滿了可以把夜半天空給染紅般的火焰，然後牠的咆哮聲響徹了雲霄。

「我敢保證！黑衣巫師一定會被我基果雷德給宰了！連優比涅和賀加涅斯也救不了他！」

不久後，那龐大的身軀已經越過峭壁，消失不見了。但是牠震天價響的翅膀拍動聲音，持續震動著山谷好一段時間。可是那聲音越來越小，最後只剩下了穿梭在山谷間的風聲了。寂靜無息的夜半。

「牠走了呢？」

傑倫特說道。不曉得為什麼，他好像有點惋惜的感覺。

「走掉了。」

艾賽韓德如是說。有一種解脫了的味道。

「走了！」

這是妮莉亞。妮莉亞馬上快速地抓住杉森的手，開始轉圈圈，跳起舞來了。

「走了！走了！得救了，我們得救了！呃哈哈，哈，呃哈哈哈！」

這是其他人興奮地大喊大叫的聲音。全部的人像發了瘋似的開始開懷大笑。伊露莉摟著蕾妮的肩膀，蕾妮投進伊露莉的懷裡，咽咽地哭泣著。

「我以為、我以為我們死定了！嗚哇哇哇！」

卡爾低著頭在深呼吸。吉西恩擦拭著前額，把劍插了回去。亞夫奈德用兩手撐坐在地上，臉色蒼白地吁了一口氣說道：「呼。得救了。呼唔唔。」

走了！藍龍就這樣走掉了！呀呼！我抓著艾賽韓德的手，唱著不成調的歌曲，跳起舞來。

「城外水車磨坊，嘿咻嘿咻，推磨聲真大，哼嗨……」

我雖然亂唱，不過沒啥關係的。因為艾賽韓德紅著一張臉，竭力嘶喊著完全都聽不懂的矮人歌曲，所以我唱的歌別人根本聽不到。得救了！

再次讓艾賽韓德騎上馬準備出發，真不是件普通麻煩的事情。

因為他興奮的程度讓我們懷疑，逃過龍的威脅生存下來的矮人一唱起歌來，是不是一定要唱一百首才肯罷休。反正我們好不容易才讓他安靜下來，再次準備橫越細菲亞潘嶺。雖然出發前發生了一場小事故，也就是一直到騎上馬都還在唱歌的艾賽韓德，在馬兒一出發時就不小心跌下馬，不過總還算是個順利的出發。

雖然大家因為笑得太厲害有些筋疲力盡，不過就單只是我們活了下來這件事，就足以讓大家振奮起精神、策馬加鞭出發了。杉森一副壞心眼的模樣說道：

「里奇蒙那傢伙，自食惡果了吧！他會被藍龍不斷追捕，也就沒空來煩人了吧！」

大家全都愉快地笑了出來。馬兒緩緩地行進，卡爾對吉西恩說道：

「真是太幸運了。」

「是啊，沒錯。因為牠竟會替我們這種微不足道的生物著想，以理性來對待我們這件事也太令人驚訝了。」

「是的。可是有一件事情說不通。基果雷德居然成為一頭自由的龍，真是有些奇怪呢。」

「是啊。我完全無法理解。托爾曼為何要放棄那個契約呢？」

「如果不是雙方都同意的話，那契約是不可能更改的，不是嗎？以基果雷德的情況來說，若按照牠剛才所告訴我們的，牠不僅只是討厭自己被一名資質弱小的龍魂使束縛住，好像也是為了那名弱小的龍魂使，寧可讓自己成為一頭自由的龍。但是托爾曼為什麼會答應呢？在與傑彭之戰的最前線，是不能以自己的意志來決定放走那頭龍的啊。」

「是的。就算他內心也許接受了基果雷德的請求，但在戰場的指揮官是沒有理由答應的。真的很奇怪。」

哼嗯。真是件奇怪的事情。基果雷德應該是頭在戰爭最前線的龍，怎麼會變成了一條自由的龍，又莫名其妙跑到這裡來呢？為什麼托爾曼會放牠自由呢？吉西恩突然看著從後方騎來的溫柴，說道：

「喂，溫柴。傑彭那裡對基果雷德的評價如何？」

溫柴沉鬱地看了一下吉西恩，一口氣說完：

「只要聽到基果雷德要來突擊的情報，就會進入第一級的緊急狀態。但是牠並不常出現。」

「牠不常出現？」

「我主要在拜索斯內部活動，無法得知詳細的情形。但是我聽說，基果雷德並不是那麼盡力地打這場仗。龍可以飛在空中，也能噴出閃電來。要跟上牠的移動速度來準備反擊，根本是不可能的事情。可是到目前為止，傑彭和拜索斯的戰力都還是不相上下，光是從這件事也應該看得出大致情形吧？」

「哼嗯，那也沒錯。基果雷德確實是沒有盡力在打這場仗。」

吉西恩點點頭。但是他訝異地說道：

「可是如果只是因為這樣，托爾曼就放牠自由？那也說不過去。」

「那個……會不會是偷偷放牠走的？」

我一問，卡爾和吉西恩都轉過來看我。

「那個，想想迪特律希・哈修泰爾，那個曾是卡賽普萊龍魂使的少年。那名少年曾因卡賽普萊肚子餓，而在半夜跑到山裡去找食物，跟這種情況不也是很類似嗎？龍魂使是非常愛護龍的，不是嗎？所以說托爾曼・哈修泰爾搞不好也是對基果雷德於心不忍，所以……」

卡爾笑了出來。

「是嗎？原來你是那樣推理的啊，尼德法老弟。但是半夜到山裡找食物，和故意讓基果雷德退出戰爭前線，兩者是有著天壤之別的。」

「這話也沒錯啦。」

「從戰爭前線退出？不可能的，尼德法老弟。那實在太奇怪了。雖然旁邊死了那麼多士兵，但龍在那種狀況下也不用擔心會死亡，怎麼會有人只因為牠討厭打仗，就讓牠退出呢？實在太不合理了。」

我搔了搔頭皮，轉過去看了一下騎著理選的伊露莉。

伊露莉似乎陷入了煩惱。難道她沒有因為活下來而有一絲絲的喜悅嗎？

「伊露莉，妳的表情好怪，怎麼了？」

「什麼？啊，我只是沒聽到他的其他名字，感到有些可惜。」

其他的名字？呃，原來如此。沒錯，這個部分的確沒確認到。里奇蒙過去是用什麼名字呢？

呃啊。令人煩惱的事還不只一、兩件呢。

「以後再煩惱吧。嗯。我們活了下來，應該要很高興的，不是嗎？」

伊露莉笑了一下。但是過了一會兒，她又露出陷入沉思的表情。

從山谷出來，經過兩旁都是森林的道路時，伊露莉突然提高了聲調說道：

「那個，各位。」

我們的視線全投向了伊露莉。伊露莉冷靜地說道：

「那個，我必須向各位道別。」

「什麼？」

杉森大叫了出來。呃，哦？她在說什麼？傑倫特瞪著圓圓的眼睛，妮莉亞則是張開了嘴巴。

「伊露莉姊姊？」

「呃，謝蕾妮爾小姐？妳突然這麼說是什麼意思呢？」

伊露莉看著我們大家說道：

「我想去追里奇蒙。我必須去確認他到底是誰。」

卡爾當場皺起眉頭，說道：

「妳認為里奇蒙會是亨德列克嗎？」

亞夫奈德張大了眼睛。吉西恩和艾賽韓德也露出驚訝得不得了的表情。

「呃，什麼？他是亨德列克？你到底在說什麼？」

亞夫奈德這麼一問讓卡爾有些難堪。這可不是簡單兩、三句話就說明得完的。

「我會再慢慢告訴你。可是謝蕾妮爾小姐，妳並不能單單因為他是巫妖這個理由，就認為他是亨德列克。」

伊露莉繼續說道：

「但也不能斷定他不是。所以我要去做確認。萬一遲了，里奇蒙被基果雷德殺害的話，那就永遠都無法確認了。」

「呃，真是的……」

「萬一他不是亨德列克的話，我會馬上回來和各位會合的。」

「我並沒有權利干涉謝蕾妮爾小姐的自由，反而應該要謝謝妳一路陪伴我們，協助我們才對。我知道妳的意思了。」

妮莉亞用一副快要哭出來的樣子看著伊露莉。

「真的，真的要走了嗎？」

「是的，妮莉亞。因為這正是我開始旅行的目的。」

「我懂了。哇……可是我不認為那個壞巫師會是亨德列克。」

「在未確認前，我無法跟各位說什麼。但是賀加涅斯總是將鑰匙放在問題的旁邊的。」

「是神龍王說的嗎？」

「是的。」

伊露莉一一向每個人道別。杉森連話都說不出來，只簡單地祝她旅途愉快。艾賽韓德要她慢走，亞夫奈德則對她說，才剛見面就要道別有些難過，傑倫特則是說下次再見。

我該說什麼好呢？

「祝妳旅途愉快，耳畔常有陽光，直至夕陽西下。」

然後伊露莉馬上就笑著說道：

「祝你一路平安，歸來時猶如出發，笑顏常在。」

然後伊露莉讓理選轉了身，說道：

「要走了嗎？理選。」

噗嚕嚕嚕。咿嘻嘻！理選一點也不像是趕了一夜路的馬兒，牠高高抬起前腳，馬上就奮力向前奔去。伊露莉頭也不回地往沿著峭壁邊的道路走進森林裡。過了一會兒，只聽到馬蹄啪嗒啪嗒的聲響傳來，到最後連那聲響也無影無蹤了。

在漆黑的暗夜裡，伊露莉的身影瞬間就消失不見，艾賽韓德有點在抱怨地說道：

「連頭也不回一次。」

「還會再見面的，所以離開的時候沒必要拖時間。」

吉西恩回答艾賽韓德。艾賽韓德摸著鬍子點點頭。我拿出了油燈，往伊露莉消失的方向看去。雖然和四周一樣都是黑漆漆的森林，但不知怎地，看起來就是有點不一樣。

我咂了咂嘴巴，點上油燈。

「這不是矮人製品嗎？是三百年前的設計啊！」

艾賽韓德大聲地叫出來。啊，這個油燈是從大迷宮帶出來的吧！

就在我們身後的東方天空染上一片薔薇色光芒時，也是我們連夜趕路，終於越過了細菲亞潘嶺之時。

四周泛著一些藍光的早晨，霧氣像在夢境中流動著。而在霧氣間偶爾會出現高大的赤松，一下出現一下消失，如此反覆著。接觸肌膚的早晨空氣令人覺得濕潤。

在霧氣中騎行的我們一行人，模樣就像是幽靈般。啪嗒啪嗒的馬蹄聲消失在霧氣中，漸漸越來越微弱。大家因連夜趕路的關係，看起來都很疲憊。蕾妮在妮莉亞的背後打盹，妮莉亞坐在蕾妮的前面打瞌睡，連載著這兩個女生的黑夜鷹也是昏昏欲睡地在行走著。

過了一會兒，背後傳來了一股熱氣。一轉頭，原來是在我們經過的細菲亞潘嶺上方升起了太陽，太陽光正照在我的臉上。

我獅子大開口地打了一個大哈欠，向卡爾問道：

「哈～～啊。可是那個人怎麼會成為巫妖呢？」

卡爾好像暫時不想回答似的看著遠方。然後他慢慢地、小心說道：

「這個嘛……不就是因為害怕死亡嗎？」

「嗯。若依照路坦尼歐大王的話來說，也不盡然是如此吧。」

此時一直在打瞌睡的妮莉亞突然抬起頭來，揉了揉腫脹的眼睛說道：

「啊，那個，我昨晚要問你們沒問成。哈～欠。嗯嗯，路坦尼歐大王說了什麼？」

卡爾微笑著說道：

「啊，是的。妮莉亞小姐。路坦尼歐大王是這麼說的。」

卡爾一邊笑，一邊說了路坦尼歐大王的故事，但卻是那位犯了美麗這種錯誤的夜鷹不知道的故事。

「節慶前的農夫可以加倍地努力工作，是因為有約定好的休息。對我們來說，因為死亡這約定好的休息，所以可以加倍地好好過日子。」

「約定好的休息……死亡嗎？」

「沒錯。那是給我們人類的禮物。」

妮莉亞的頭往兩旁搖了搖，突然問道：

「那麼你是說，死亡是一種節慶嘍？」

妮莉亞突然發出這種怪疑問，讓卡爾笑了出來，他回答道：

「如果說節慶是指讓我們脫離日常生活，而且忘掉這一輩子的煩惱，連自己的存在也忘得掉的話，那麼死亡也可以說是一種節慶了。」

「……太難懂了。」

我一看到艾賽韓德難得地動了動他那雙粗粗的眉毛，便笑了出來。然後我再一次轉頭，仰望著太陽升起的細菲亞潘嶺。

妮莉亞喃喃自語地說道：

「約定好的休息是什麼呢……」

（下集待續）

龍族名詞解說

◆一般武器

匕首（Dagger）：此武器由來已久，甚至捧破石頭就可以製作，由於製作極度簡單，可以說只要有人類的地方就一定有這種東西。匕首攜帶方便，容易隱藏，所以即使在火炮發達之後，仍然還是軍人無法離手的原始武器，因而型態也是千差萬別。一般說來它的長度是介於小刀（knife）與短劍（short sword）之間，但其實很難明確地區分。由於長度短，幾乎只能對近身的敵人使用，但危急時可以作投擲攻擊也是很具有魅力的特點。

銳劍（Rapier）：隨著槍炮的發達，在堡壘和甲冑已不再具有其保留價值的時代，西洋的劍已從古代又鈍又可怕的外型，搖身一變成為更加輕量化型的劍，而且可以致命性地加快劍速。銳劍為薄長且細直的劍，雖然無法直接破壞甲冑的硬殼，但在決鬥時，卻足以取下對方的性命。《三劍客》書中劍客們所使用的劍即是銳劍，使用銳劍的紳士決鬥技術是現代劍術的起源。

長劍（Long sword）：與斧頭同為使用於肉搏戰中流傳最久的武器之一。在人類學習運用金屬的過程中，劍也漸漸顯露出大型化的趨勢，依據戰鬥時有利型態的要求，有人在匕首上加上了長柄，走上了轉變為槍的另一條道路，而在度過漫長歷史之後，長劍終於在十世紀左右真正登上了歷史的舞臺。長劍可以說是站在劍類武器的歷史巔峰，劍身長約三～四呎，寬度約一吋，直而具有兩刃，但不像東方的劍上有血槽的設計。從劍的型態上就可以知道，它的機動性高，適合施展各種劍術。所以它是在金屬的冶煉技術進步到能製造出輕而強韌的金屬之後才出現的。

巨劍（Bastard sword）：劍的大型化↓甲冑大型化↓劍的大型化形成了惡性循環，最後出現的就是這種巨劍。這種劍的特徵是，可以像長劍一樣用單手握，也可以像雙手劍一樣用兩手握，所以它在四呎長的劍身上加上了一呎左右的劍柄。馬上的騎士可以一手握住韁繩，另一手揮動此劍；如果下了馬，則可以兩手握劍，對敵人施以強力的攻擊。同樣地，使用此武器時，可以一手拿盾牌戰鬥，或是丟下盾牌，用雙手給予對手一擊必殺的猛攻招式。

戰斧（Battle axe）：戰斧和劍是戰鬥中使用最久的兩種武器。所以在全世界各處都有發現帶有咒術型態的戰斧。因為歷史久遠，所以有各種不同的型態。攻擊方式大都是以砍劈攻擊，但偶爾也可以投擲攻擊（在西部電影中常可看見印第安人投擲戰斧）。

穿甲劍（Estoc）：別名Toc。由於是刺穿甲冑用的劍，所以想像成超級大的錐子就比較容易理解了。為了容易刺擊，所以劍身的截面是圓形、三角形或方形，並沒有劍刃。因此攻擊的方式也只有刺擊這一種，甚至連全身鎧甲（Full Plate Mail）都能刺穿，對於穿著甲冑的戰士就如同惡夢一般的劍。

三叉戟（Trident）：本來是抓魚的工具。魚叉可以說是它的祖先，為了能夠在水中使用，所以特意做成阻力很低、頭部有三叉，一旦插中物體就不會掉落的型態。人魚跟其他的水中怪物都很喜歡用這種武器，就像閃電是宙斯的象徵一樣，三叉戟則是海神波賽頓的象徵。波賽頓想要折磨奧德賽的時候，就是揮動著三叉戟來引起暴風。

◆長距離武器

長弓（Long bow）：因為羅賓漢使用而知名的此種武器，特別為英國人所愛用。海斯汀戰役之時，征服者威廉用如雨般的大量箭枝擊退對手之後，英國人甚至造出名稱為English long bow的獨特長弓，由此可知其酷愛的程度。在近代的越戰中，美軍也曾在執行特殊任務，需要在安靜無聲的情況下使用此種長弓。

複合弓（Composite bow）：用角骨、木材、鐵、皮等各種材料製成，雖然不大，但射程很長，破壞力也強。韓國傳統的弓以及一般所稱的現代洋弓都屬於這一類，是最發達的弓。

◆衣物／防具

鐵手套（Gauntlet）：指整套甲冑中保護手的手套部分。如果是連身鎧甲的鐵手套，甚至會用鐵皮一直包到手指的關節部分為止。最誇張的情況則是將拇指以及其外的四隻手指分別包住，幾乎不太能動。

袍子（Robe）：寬鬆的連身長衣。中世紀的修道士常作此打扮。

食人魔力量手套（Ogre power gauntlet）：簡稱ＯＰＧ。戴上此手套，就會有食人魔般的力量。

◆怪物／種族

石像怪（Gargoyle）：是飛行怪物之中非常具有代表性的怪物。中世紀教會牆上裝飾有翅膀的惡魔就是這種石像怪，一般眾所周知，牠們會在洞窟等地一動不動地坐著，等到冒險家靠近，才突然飛起來攻擊。牠們不只敏捷頑強，而且不分對象的善惡一律加以攻擊。從教會為了防止惡靈接近而設置這些石像，就可以知道牠們有多恐怖了。

豺狼人（Gnoll）：有土狼頭的人形怪物。

複製怪（Doppelganger）：Doppelganger是德語，如果用英語來說，是Doublewalker，可以

解釋為「雙重行走者」。看到自己的模樣是具有死亡含義的。如果還是不懂的話，請仔細看鏡子。然後想像鏡子裡的自己突然做出和自己不同的動作時的感覺，就應該可以理解了。看到自己的模樣即是被奪走自我，威脅到自己的原貌。這種觀念表現在怪物，即是複製怪。因為這種怪物會偷走人類的模樣，所以通常牠在殺了那個人之後，會扮成那個人，做那個人的替身。

龍（Dragon）：歷史最久遠、結合兩種原型而產生的最強大怪物。這兩種原型是鳥跟蛇。鳥極度自由，甚至可以飛向眾神，帶有向天的性質；蛇藏在地底，行動敏捷，帶有向地的性質。結合了這兩種特性的龍不管在古今中外，都是最有名的怪物。例如伊斯蘭神話的巴哈姆特、中東地區的提爾梅特、北歐神話的米德加爾德蛇、亞瑟王傳說中出現的凱爾特紅龍與白龍、《尼布龍根之歌》中出現的吉克夫里特之龍、猶太神話中（最後也進入了基督教）出現的古蛇（撒旦）、中國的龍……牠們是寶物的看守者以及掠奪者，擁有強大的力量、無限的知識，是處女的掠奪者（跟獨角獸屈服於純潔成相反，龍則會抓純潔的少女來吃。這是很值得詳細考察的差異點），又同時是英雄的試煉與救援。

矮人（Dwarf）：起源雖在北歐神話之中，但我們目前所熟知的矮人面貌卻是透過托爾金確立的。在北歐神話中，諸神透過巨人伊米爾的身體創造大地之時，這個種族就鑽到了地裡。他們是手藝極佳的鐵匠，擁有無盡的黃金與寶石，用其做出連諸神看了都訝異不止的寶物與武器。例如擲出必定命中的衮尼爾的槍、雷神索爾所持有擊中目標後會回到手上的神錘穆勒尼爾、會自動複製自己的德勞普尼爾的戒指、可以上天下海的金豬格林布爾斯提、西芙的黃金假髮、折起來以後可以放進口袋的船「斯基德布拉德尼爾」等等，全都是矮人的作品（北歐神話中，如果把矮人製作之物拿掉，那麼諸神簡直就是一無所有）。若依照托爾金所描寫的矮人來看，這一族是由偉大的鐵匠奧勒所創造出的，他們是天生的鐵匠、建築師與石工，能製作很精細的工藝品，也是礦工，善於一切需要靈敏手藝的工作。他們對寶石擁有跟龍一樣的貪欲，個性絕對不願受人支配。他們的象徵標誌就是小個子與濃密的鬍子。

巫妖（Lich）：意即封印自己的生命，可長生不死的巫師。因為已掏空所有的生命力，所以也稱得上是一種不死生物。巫妖原本是巫師，改變並清除本身的魔法後，即成為巫妖，和原來的魔法水準已不可同日而語。一旦成為巫妖後，將永遠是巫妖。除非封印其生命力的特殊容器被破壞，否則巫妖是絕對不會死亡的。

吸血鬼（Vampire）：因為血是生命的象徵，所以無論是東方還是西方的吸血鬼，我們可發現大都是高等動物。《龍族》裡的吸血鬼則是比較接近於布蘭姆·史鐸克所描寫的人物形象，而非安·萊絲所描繪的樣子。吸血鬼一到滿月的時候就會感受到吸血的欲望，會受到銀製武器或魔法武器的傷害。他們能夠變身為蝙蝠、野狼、霧的樣子，而且在鏡子前面會照不出形影。要是暴露在太陽光底下的話，他們的身體會燒起來，而且也無法涉水。因為擁有強大魅力，所以甚至可以使異性進入被催眠的狀態。被吸血鬼咬到的人就會變成吸血鬼。

藍龍（Blue Dragon）：雖然並不是屬於粗暴凶猛的龍，但常被形容為個性邪惡的龍。主要棲息地在沙漠等乾燥地帶。會噴吐出閃電氣息。

睡精（Sandman）：睡眠的妖精。

火精（Salamander）：火的妖精。

風精（Sylph）：風的妖精。

精靈（Elf）：跟矮人一樣都是源自於北歐神話，但還是因為《魔戒》一書而廣為人知。在北歐神話中，他們跟矮人一樣是從巨人伊米爾的身體中出現的種族，但矮人鑽入地下時，精靈則是留在地面上。北歐話叫做Alfen。他們生活在紐爾德的兒子豐裕之神福雷的領地中，擁有美麗的故鄉「精靈之鄉」（Alfheim）。甚至有人說福雷本身也屬於精靈之一。身高跟大拇指差不多，個性善良而愛開玩笑。但是在《魔戒》一書中，精靈的性格卻有了很大的轉變，身為最早誕生的生物，精靈可說本來是大地與世界的主人。身形瘦高，長得都很好看，追求無限的知識與品格、勇氣、善良等等。基本上精靈是不會死亡的（在《魔戒》一書故事發生的舞臺「中土」上，精靈是可以被殺害的。但是被殺的精靈能夠帶著原有的記憶復活）。他們是中土其他生命有限者無法理解的高尚生命體，會因世界的混亂和敗壞而痛苦。他們喜愛詩歌，但也不忌諱拿起劍來對抗敵人。從《魔戒》一書（正確說來應該是《精靈寶鑽》一書）出現之後，精靈與矮人間的仇恨變得眾所周知。他們的特徵是讓人驚豔的容貌與尖尖的耳朵。

食人魔（Ogre）：凶暴的食人怪物。身材高大，力量非常強。長得比巨人更像是怪物，智力薄弱，但是很會使用武器，戰鬥技巧很好。主食是迷路的旅行者，如果突然想吃宵夜，就會到村莊裡抓熟睡的人來吃。

半獸人（Orc）：是一種人形怪物，因為J・R・R・托爾金而變得有名。一般人的印象中，牠的頭是豬頭。地精這個概念是從地底的妖怪而來，相反地，半獸人的概念則既是怪物又是一種種族，跟人非常近似，甚至有一種說法說牠們可以跟人混血（在《魔戒》一書中，有一段暗示到白袍巫師薩魯曼想要做出人與半獸人混血的混種半獸人）。

光精（Will-o'-wisp）：光的妖精。

狗頭人（Kobold）：身材比人稍小，有像狗的頭，是小型的人形怪物。牠們的語言能力足以跟夥伴溝通，主要是在地下守住礦物，所以給人地底的低等怪物之印象。起源於傳說中地下的妖怪。

巨魔（Troll）：起源於北歐神話的食人怪物，智能比食人魔還低。最有名的巨魔是跟惡神洛基結婚，生下了三個孩子（趁著諸神黃昏之時將主神奧丁咬死的狼芬利爾，圍繞地球的大蛇裘孟干達，代表地獄的海爾）的女巨魔安格波達。因為皮膚很堅硬，所以防禦力非常高，就算受傷，也能夠在短時間內再生而恢復（據說可以用巨魔的血加工做成治療藥水）。雖然也會用棍棒等簡單的武器，但是更會利用自己的身體進行肉搏戰。

靈幻駿馬（Phantom Steed）：由巫師的意念所創造出來的馬。牠雖然算是一種幽靈馬，但只是一種意念的存在物，所以不是不死生物。如果是級數很高的巫師所創造出來的靈幻駿馬，甚至可以像雙翼飛馬那樣飛上天空。

妖精（Fairy）：他們的個子很小，有翅膀，心情好的時候，會在蘑菇附近盤旋飛舞，因為喜歡開玩笑，所以常常搞得人類很困窘。特別他們不是跟事物有直接關聯的妖精，而是身為單獨客體的存在物。在《龍族》當中的設定是，由於他們不隸屬於任何東西，也不隸屬於任何次元，對於神與人的差異，也不太感到困惑，對他人的區別力很模糊，因而是自我概念比人類優越的高等存在物。

半身人（Hobbit）：即哈比人，這是J・R・R・托爾金在《哈比人》書裡所創造出來的種族，身高不到一公尺，而個性則是開朗而且樂觀。喜歡貪食好吃的食物，在腳背上長有濃密的毛，並且不穿鞋。

◆魔法

光明術（Light）：造出光的魔法。巫師可以在空中造出光源，也可以讓某樣物體發光。

魔法飛彈（Magic Missile）：將空氣過度集中，形成柱狀然後對敵人加以攻擊的魔法。因為空氣壓縮的同時，裡面的水蒸氣也會液化，所以會造成光的散射，看來就像光箭一樣。依據施法者的能力，每次所能造出的個數也會隨之而不同。

記憶咒語（Memorize）：巫師在早晨是以記憶咒語作為一天的開始。巫師一面看魔法書，一面記憶自己能力允許範圍內的魔法。沒有記憶過的魔法是無法拿來使用的。遍布在整個世界的超自然力量「瑪那」會因巫師的力量而被重新配置，這時候，瑪那在與自然力的衝突及協調之下會產生魔法效果（就如同技術在與自然力的衝突及協調之下能轉動風車）。如果是正常狀態，瑪那會處在一種平衡狀態，不會與自然力相衝突。但是在瑪那平衡分布的狀態下，卻又很容易就製造出最初的一點點不平衡，而巫師所引發出的這一點點脫離平衡的行為，就能帶來全面性脫離平衡的結果，並且造成瑪那整個都重新配置。這種原理和混沌理論很相像。總而言之，重新配置過的瑪那會干涉自然力，並且扭曲自然力，這就成了魔法。巫師即使無法理解引起這種重新配置的最初的那一點點破壞是什麼東西，但是卻可以「感受」得到。所以每天早晨一邊做記憶咒語，一邊會感受到最初的啟動語。隨著時間的經過，瑪那的配置就會有所不同，所以也必須去感受不同的啟動語，因此巫師每天早晨都需做記憶咒語。

卷軸（Scroll）：含有魔法力量的魔法書。就算不是巫師也可以使用。因為必須影響時常改變的瑪那配置，所以要製作卷軸是非常困難的。

睡眠術（Sleep）：讓對方睡著的魔法。

增強普通火光（Affect Normal Fire）：可以調節普通火光，即非魔法火光的亮度和強度。巫師可以將燭光增強為營火用的柴火亮度。然而，蠟燭會在瞬間燒掉，所以不能將營火調為燭火的亮度。

隱形術（Invisibility）：能夠透明化的魔法。任何人都會暫時看不到被施法的對象。

油膩術（Grease）：巫師所指定的場所的摩擦力被降到非常低。如果沒有相當的平衡感，就會摔得很難看。

龍鱗術（Dragon Scale）：巫師的皮膚擁有刀槍不入，如同龍的鱗片般堅硬的防禦力。可是這種法術只能抵擋住物理性的攻擊，遇到魔法時就會形同無用之物。

生命力轉換術（Lifeforce Transfer）：可以移動生命力的法術。當巫師想要抽出自己的生命力，保管在其他地方時，此法術非常有用。

瑪那（Mana）：在整個世界裡均勻分布的一種能量。基本上常常因為自然力而重新配置，所以如果達到能量均衡的狀態，也就是某種熱平衡的狀態，這種能量就不會移動（也就代表著不會發生任何事情）。但是巫師重新配置瑪那時，自然力為了讓瑪那恢復到均衡狀態，所以在一定時間與一定範圍中，就會造成移動。簡單來說，全體溫度都相等的水是不會移動的。但是將水裝到水壺中去煮，因為水中各處產生了溫度差，所以就會開始對流。也就是說在短暫的時間當中發生了猶如擺脫重力影響的現象。這雖然是自然的現象，但是猛一看會以為它忽視重力的存在，如果不知道水是如何發生溫度差異，換句話說，如果不知道下面點著火，看起來就會像是魔法一樣。魔法就只是這種原理的擴大。

隕石群落術（Meteor Swarm）：使火球墜落如空中隕石墜落般的魔法。可以使一定的區域成為焦土。

吸血鬼式的接觸（Vampiric Touch）：施展了這種法術的巫師如果接觸到對方，對方的生命力會被這個巫師奪走。

瞬間移動（Blink）：在很短的距離內，像是閃爍般地移動。此種法術可以讓巫師瞬間消失，然後出現在數公尺之外的地方。在躲避攻擊而來的刀劍時，是很有用的法術，但是無法做長距離的移動。

風之僕人（Aerial Servant）：祭司召喚出某種風，可以指使它做搬運東西或傳遞消息的事。

冰牆術（Wall of Ice）：在需要的時候，可用來作為橫隔在敵人和自己中間的障礙物，或者可以從天空掉落下來攻擊敵人。

施法（Cast）：唸誦咒語以施展魔法。

強力失明術（Power Word Blind）：使指定的對象無條件失明。除非是巫師施法失敗，否則被指定的對象無法抵抗此種法術。

強力死亡術（Power Word Kill）：使指定的對象無條件死亡。除非是巫師施法失敗，否則被指定的對象無法抵抗此種法術。但如果對象是不可能立刻死亡的那種生命力充沛的生命體，也就是說，像龍之類的生命體會毫無效果。

火球術（Fireball）：極度上升某個區域的溫度，然後燃燒空氣。型態是採用火球的模樣。

巫師隨從（Familiar）：巫師的朋友。在西歐的民間傳說裡，在巫婆的身旁會有阿諛拍馬屁的黑貓或烏鴉，牠們就相當於巫師隨從。巫師與巫師隨從的感覺是共通的，所以也可以將巫師隨從用來做偵探。

防護魔法效果（Protect from Magic）：使施法對象得到保護，不受魔法影響。但要知道對方的魔法是什麼才行。

迅速移動術（Haste）：巫師的所有行動速度會變快兩倍。如果是十五秒跑一百公尺，就可以變成是七點五秒跑一百公尺。當然，巫師也會比周圍的事物快兩倍的速度。

◆其他用語

公會（Guild）：通常都是指中世紀歐洲的同業者團體。但是也可以廣義地指為了共同祭祀、共同酒宴、共同扶助等所組成的古公會，或者以政治目的所組成的政治公會等，都算是公會。像古公會這種組織，可以想成是現代的聯誼會，就可以明白古公會的含義。然而，最為人所知的還是中世紀歐洲的同業公會，也就是指相同行業的製造業者的組織。同業公會的由來，是因為中世紀都市文明的發達，隨著發展過程有一些工匠流浪尋找需要他們的人，後來他們停留在村落或首都圈附近，形成一個可以作為援助商圈的組織。在初期，公會成員死亡時會關照其遺族，或者成員倒閉時會給予援助，相互援助的意味非常濃厚，演變到後來，則是強調商業獨占性。也就是說，公會都只採用公會成員的商品，在一個商圈裡強制不採用非公會成員的商品。而在奇幻的世界裡，比較特別的是有一種叫做盜賊公會的組織。這是利用治安的弱點，以及魔力和神力等個人所擁有的武力過分高漲的社會裡所出現的現象。盜賊公會同樣也有公會的基本特性。也就是說，公會成員遭遇困難的時候（例如被逮捕的情況）會給予援助（幫助逃獄，或者幫忙請辯護律師，或者在意志薄弱的公會成員供出情報之前，會很好心地先把他殺死）。等活動，而且同樣地，在同一個「商圈」裡面規定非公會成員是不能營業（偷竊）的。

公會會長（Guild master）：公會成員們的代表。依照公會的特徵，會長的權限會有差異，但是大部分的公會會長是鄉村的士紳，且握有非常大的權利（盜賊公會的會長甚至還握有生殺大權）。

夜鷹（Nighthawk）：指稱夜盜的暗語。

敲打者（Knocker）：第一個敲打卡里斯・紐曼的鐵砧的人。

聖徽（Divine mark）：神的標誌，也就是象徵神的東西（就像基督教的十字架）。

巢穴（Lair）：比較高智能的怪物才會建造巢穴。大都是用來指稱龍的窩巢。而且眾所周知的是，龍的巢穴裡會有龍所收集的大批寶物，為了守住寶物，龍還會在眼睛上點火（在希臘神話裡，還出現龍為了守護金羊皮絕對不睡覺的故事）。

騎警（Ranger）：指偵察兵、游擊兵、特攻部隊等等特種兵。因為是要執行在非正規戰裡以特殊技能滲透到敵人的後方、擾亂敵人的後方、偷襲據點、暗殺重要人物等的任務，所以會接受生存技能、暗殺技能、格鬥技能、各種武器技能等特殊訓練。在奇幻的世界裡，也是具有與上述相似的含義。也就是說，他們是在無法運用大部隊的森林或山嶽等地形，做快速移動及游擊戰的部隊。所以擅長使用弓箭和空氣槍等武器，熟悉陷阱，並且有很強的近戰技術和生存能力。

噴吐攻擊（Breath）：龍以及某些怪物所使用的特殊攻擊方法。簡單來說，想成是吐火就行了。從以前開始，為了表現出怪物的恐怖，常會將破壞力強的火跟怪物連結在一起。使用噴吐攻擊的怪物中，最有名的還是龍，所以噴吐攻擊通常都是指龍吐出火焰。一般來說，最有名的是紅龍會吐火，白龍會吐冰氣，藍龍吐電，黑龍吐酸，綠龍吐毒氣。據說像中東神話中提爾梅特那種七頭龍，甚至可以同時使用各種的噴吐攻擊（還真可怕……）。

魔法寶物（Artifact）：是指稀有珍貴而且擁有神奇力量的東西或古物。

苦行僧（Ascetic）：脫離神殿或布教的義務，在深山中獨自專心修行的聖職者。

生命力容器（Lifeforce vessel）：能使巫妖封印自己的生命力於其中的魔法容器。

甦醒（Wakening）：原本處於睡眠期的龍醒來，要進入活動期。

祭司（Priest）：是指得到神的許可，能夠行使神的能力的聖職者（修煉士是無法行使的）。

幼龍（Hatchling）：龍的小孩子。

作者簡介

李榮道（이영도）

一九七二年生，兩歲起在韓國馬山市土生土長，畢業於慶南大學國語文學系。一九九三年正式開始撰寫小說，一九九七年秋在 Hite 網站連載長篇奇幻小說《龍族》，得到讀者爆發性的迴響，奠定了韓國奇幻小說復興的契機。後陸續出版了《未來行者》、《北極星狂想曲》、《喝眼淚的鳥》、《喝血的鳥》等多部小說，每部銷量數十萬冊，被譽為韓國第一流派小說家，尤其是《喝眼淚的鳥》被稱為韓國的《魔戒》，因為作品中的設定、語言、構圖都是全新創作，適合韓國人的情感，即使在奇幻出版市場的二〇〇三年進入低迷期，仍銷量二十萬冊。《龍族》更是全球銷量破二百五十萬冊的暢銷作品，以其無限的想像、深入的世界觀、出色的製作工藝，成為韓國奇幻文學的代表作，入選韓國國立高中教材，為韓國奇幻文學史開創時代，成為韓國奇幻小說之王。

譯者簡介

邱敏文

政治大學東方語文學系畢業，韓國漢陽大學教育系碩士學位。留學期間，數度擔任貿易即時翻譯及旅遊翻譯。畢業後在電腦軟體公司任職，負責中文化企劃，並曾擔任許多遊戲軟體的中文化翻譯工作，且開始對奇幻文學產生濃厚興趣。曾執筆翻譯《龍族》長篇小說與其他書籍六十餘冊。

鄭旻加

政治大學東方語文學系畢業，赴韓就讀漢陽大學產業設計研究所，獲碩士學位。曾於韓商公司服務三年，負責韓文文件編譯等。並曾擔任韓國音樂CD唱片版面設計，韓文歌曲中文編譯及網路線上遊戲之中文翻譯等工作。

幻想藏書閣 124

龍族 5：星星給予仰望者光芒

（全球暢銷250萬冊奇幻經典史詩鉅作25周年紀念典藏版）

國家圖書館出版品預行編目資料

龍族5：星星給予仰望者光芒 / 李榮道著；邱敏文、鄭旻加譯　—初版—台北市：奇幻基地出版；家庭傳媒城邦分公司發行；2025.3
面：公分. –（幻想藏書閣：124）
譯自：드래곤 라자. 5, 별은 바라보는 자에게 빛을 준다
ISBN 978-626-7436-55-4（平裝）

862.57　　113014864

ISBN 978-626-7436-55-4

Printed in Taiwan.

城邦讀書花園
www.cite.com.tw

作　　者 / 李榮道
譯　　者 / 邱敏文、鄭旻加
企畫選書人 / 張世國
責 任 編 輯 / 張世國、高雅婷

發 行 人 / 何飛鵬
總 編 輯 / 王雪莉
業 務 協 理 / 范光杰
行銷企劃主任 / 陳姿億
資深版權專員 / 許儀盈
版權行政暨數位業務專員 / 陳玉鈴
法律顧問 / 元禾法律事務所　王子文律師
出版 / 奇幻基地出版
115台北市南港區昆陽街16號4樓
電話：(02)2500-7008　傳真：(02)2502-7676
網址：www.ffoundation.com.tw
email：ffoundation@cite.com.tw
發行 / 英屬蓋曼群島商家庭傳媒股份有限公司城邦分公司
115台北市南港區昆陽街16號8樓
書虫客服服務專線：02-25007718・02-25007719
24小時傳真服務：02-25170999・02-25001991
服務時間：週一至週五09:30-12:00・13:30-17:00
郵撥帳號：19863813　戶名：書虫股份有限公司
讀者服務信箱E-mail：service@readingclub.com.tw
歡迎光臨城邦讀書花園　網址：www.cite.com.tw
香港發行所 / 城邦（香港）出版集團有限公司
香港灣仔駱克道193號1東超商業中心1樓
電話：(852)25086231　傳真：(852)25789337
馬新發行所 / 城邦（馬新）出版集團
【Cite (M) Sdn. Bhd.(458372U)】
11, Jalan 30D/146, Desa Tasik,
Sungai Besi, 57000 Kuala Lumpur, Malaysia.
電話：603-9056-3833　傳真：603-9057-6622

Cover Illustration / 李受妍
Book Design / 金炯均
Design Alteration / Snow Vega
文字校對 / 謝佳容、劉瑄
排版 / 菩薩蠻電腦科技有限公司
印刷 / 高典印刷有限公司
■2025年3月4日初版一刷

售價 / 600元

廣　告　回　函
北區郵政管理登記證
台北廣字第000791號
郵資已付，免貼郵票

115台北市南港區昆陽街16號8樓

英屬蓋曼群島商家庭傳媒股份有限公司城邦分公司 收

請沿虛線對摺，謝謝

奇幻基地

每個人都有一本奇幻文學的啟蒙書

奇幻基地粉絲團：http://www.facebook.com/ffoundation

書號：**1HI124**　　書名：龍族 5：星星給予仰望者光芒

（全球暢銷250萬冊奇幻經典史詩鉅作25周年紀念典藏版）

｜奇幻基地‧2025 年回函卡贈獎活動｜

購買 **2025** 年奇幻基地作品（不限年份）五本以上，即可獲得限量隱藏版「山德森之年」燙金藏書票！

電子版活動連結：https://www.surveycake.com/s/ZmGx

注：布蘭登‧山德森新書《白沙》首刷版本、《祕密計畫》系列首刷精裝版（共七本），皆附贈限量燙金「山德森之年」藏書票一張！
（《祕密計畫》系列平裝版無此贈品）

「山德森之年」限量燙金隱藏版藏書票領取辦法

活動時間：即日起至 2025 年 12 月 31 日前（以郵戳為憑）

參加辦法與集點兌換說明：

1. 2025 年度購買奇幻基地出版任一紙書作品（不限出版年份及創作者，限 2025 年購入）。
2. 於活動期間將回函卡右下角點數寄回本公司，或於指定連結上傳 2025 年購買作品之紙本發票照片／載具證明／雲端發票／網路書店購買明細（以上擇一，前述證明需顯示購買時間，**連結請見下方**）
3. 寄回五點或五份證明可獲限量隱藏版「山德森之年」燙金藏書票，藏書票數量有限送完為止。
4. 每月 25 號前填寫表單或收到回函即可於次月收到掛號寄出之隱藏版藏書票。藏書票寄出前將以電子郵件通知。若填寫或資料提供有任何問題負責同仁將以電子郵件方式與您聯繫確認資料。若聯繫未果視同棄權。
5. 若所提供之憑證無法確認出版社、書名，請以實體書照片輔助證明。

特別說明

1. 活動限台澎金馬。本活動有不可抗力原因無法執行時，主辦單位有權決定取消、中止、修改或暫停本活動。
2. 請以正楷書寫回函卡資料，若字跡潦草無法辨識，視同棄權。
3. 單次填寫系統僅可上傳一份檔案，請將憑證統一拍照或截圖成一份圖片或文件。
4. 隱藏版「山德森之年」燙金藏書票一人限索取一次
5. **本活動限定購買紙書參與，懇請多多支持。**

當您同意報名本活動時，您同意【奇幻基地】（城邦文化事業股份有限公司）及城邦媒體出版集團（包括英屬蓋曼群島商家庭傳媒股份有限公司城邦分公司、書虫股份有限公司、墨刻出版股份有限公司、城邦原創股份有限公司），於營運期間及地區內，為提供訂購、行銷、客戶管理或其他合於營業登記項目或章程所定業務需要之目的，以電郵、傳真、電話、簡訊或其他通知公告方式利用您所提供之資料（資料類別 C001、C011 等各項類別相關資料）。利用對象亦可能包括相關服務的協力機構。如您有依個資法第三條或其他需要協助之處，得致電本公司（(02) 2500-7718）。

個人資料：

姓名：________________ 性別：________ 年齡：________ 職業：__________ 電話：______________

地址：______________________________ Email：__________________

想對奇幻基地說的話或是建議：____

限量燙金藏書票

電子回函表單 QRCODE

請剪下上方點數，集滿五點寄回奇幻基地即可獲得限量燙金藏書票，影印無效。

海格摩尼亞
永恆森林
大迷宮
羅克洛斯海岸
布拉德洪
紅色山脈
卡納
東部林地
賽多拉斯
那吳勒臣
戴哈帕
巴拉坦
伊斯
盧斐曼海岸
南部大道

Map Illustration © Hong Yeon Ju